동 카즈무후

휴머니스트 세계문학 012

동 카즈무후

DOM CASMURRO

마샤두 지 아시스 | 임소라 옮김

차례

일러두기

1. 번역 대본으로는 Machado de Assis, *Dom Casmurro*(Ateliê Editorial, 2014)를 사용했다.
2. 주석은 모두 옮긴이 주다.
3. 본문 중 굵은 글씨는 원서에서 이탤릭체로 강조한 부분이다.

제1장 표제에 대하여

이맘때 어느 날 밤이었다. 도시에서 엔제뉴노부 농장으로 오는 중앙 열차 안에서 이 동네 출신의 한 청년을 만났다. 평소 지나다니며 인사를 하고 지내던 청년이었다. 그는 나에게 인사를 건네며 옆에 앉더니 달과 장관들에 대해 떠들어댔다. 그러고는 나에게 시를 낭송해주었다. 여정은 짧았고, 시는 완전히 엉망은 아니었을 수도 있다. 하지만 나는 피곤한 상태였기 때문에 서너 차례 졸았다. 그러자 그는 낭송을 멈추고 주머니에 시집을 집어넣었다.

"계속해보게." 내가 깨서 말했다.

"이미 끝났어요." 그가 중얼거렸다.

"아주 아름답군."

나는 그가 주머니에서 다시 시집을 꺼내려는 걸 보았지만 몸짓뿐이었다. 그는 샐쭉한 표정을 지었다. 그 이튿날부터 그는 나를 이상한 이름으로 부르기 시작했고, 결국 나에게 '동 카즈무후'•라는 별명이 생겼다. 말이 없고 은둔형 기질인 나를 좋아하지 않았던 이웃들이 사용하던 말이 결국 별명이 되어버렸다. 그 때문에 화났던 것은 아니다. 나는 도시에 사는 친구들에게 그 일화를 들려줬고, 친구들은 메모를 남길 때 재미로 나를 그렇게 부르곤 했다. "동 카즈무후, 일요일에 너랑 저녁 식사 하려고." "동 카즈무후, 나 페트로폴리스에 가. 매번 묵는 헤나니아 집에 머물 거야. 동굴 같은 엔제뉴노부를 벗어나서 나랑 15일 정도 거기 머물면 좋을 듯." "친애하는 동 카즈무후, 다름이 아니고 제가 내일 극장을 하루 쉴 예정입니다. 여기 도시에 와서 하룻밤 묵고 가시면, 제가 특별석과 차, 잠자리를 제공해드리겠습니다. 단, 아가씨는 제공해드릴 수 없습니다."

굳이 사전을 찾아보진 말길 바란다. 여기서 '카즈무후'는 사전적 의미가 아닌, 말이 없고 자기 세계에 빠진 사람에게 흔히 붙이는 별명이다. '동'은 귀족 냄새를 풍기기 위한 반어적 표현이다. 모두 졸다가 그렇게 된 것이다! 내 이야기에 적합한 더 나은 제목을 찾지 못한 탓도 있다. 이 책이 끝날 때까지 다른 생각이 떠오르지 않는다면, 이 제목으로 가게 될 것이다. 기차에서 만난 시인은 내가 그에게 앙심을 품지 않았다

• '무뚝뚝 경' 혹은 '통명 공'이라는 뜻의 포르투갈어.

는 사실을 알게 될 것이다. 그리고 제목을 제공했다는 조그마한 기여만으로 작품이 자기 것인 양 생각할 수도 있을 것이다. 저자의 것이라고는 제목이 전부인 책들이 있다. 어떤 책들은 그조차도 찾아볼 수 없긴 하지만.

제2장 책에 대하여

제목을 설명했으니 이제 책을 쓰고자 한다. 그러나 그 전에 내 손에 펜을 쥐게 된 이유를 말해보겠다.

나는 하인 한 명을 데리고 혼자 산다. 내가 사는 집은 내 소유로, 나는 이 집을 일부러 지었다. 너무 사적인 욕망에서 비롯된 것이어서 책으로 출판하는 것이 창피하기는 하지만, 이야기해보겠다. 몇 년 전 어느 날 나는 내가 자란 마타카발루스 거리의 화려했던 옛집을 예전 모습 그대로 엔제뉴노부에 재현하고자 생각했다. 건축업자와 화가는 내 지시를 잘 따라주었다. 옛집과 똑같이 단층집을 증축하여 이층집을 만들고, 앞쪽으로 세 개의 창문을 낸 뒤, 안에 발코니를 만들었다. 옛집과 똑같은 형태의 작은 침실과 응접실도 만들었다. 중앙 응접실의 천장화와 벽화도 엇비슷했고, 집안 곳곳에 작은 꽃들이 새겨진 화환 장식을 부리에 문 커다란 새들이 조각된 기둥도 있었다. 천장 네 귀퉁이에는 사계절의 모습이 장식되어 있었고, 벽 중앙에는 카이사르, 아우구스투스, 네로, 마시니사의 이름이 아래쪽에 새겨진 메달이 있었다……. 그 인물들이 왜 그곳에 있었는지는 모른다. 우리가 마타카발루스의 집으로 이사했을 때부터, 이미 그렇게 장식되어 있었다. 10년은 족히 된 장식물들이었다. 미국 회화에서 볼 수 있을 법한 고전적 취향과 고대 영웅들을 끼워 넣는 것이 분명 당시의 유행이긴 했다. 다른 곳들도 비슷한 분위기였다. 나는 작은 농장이 있다. 꽃과 채소, 카주아리나나무를 키우고, 우물과 빨래터도 있다. 나는 오래된 그릇과 가구를 사용한다. 어쨌든 지금은 예전과 마찬가지로, 시끌벅적한 바깥세상과 대조되는 조용한 전원생활을 하고 있다.

나의 분명한 목표는 삶의 양 끝을 연결하여, 노년기에 이르렀을 때 젊은 날의 의미를 되찾는 것이었다. 왜냐하면, 독자여, 나는 과거의 시간도 과거의 내 모습도 되살려내지 못했기 때문이다. 모든 면에서, 얼굴은 같은 사람인데, 인상이 달라진 듯했다. 내가 그저 누군가를 잃기만 한 것이라면, 괜찮았을지도 모른다. 사람은 누군가를 잃은 상처를 어느 정도 스스로 회복할 수 있다. 하지만 나 자신을 잃어버린 경우엔 모든 것을 잃은 것과 같다. 그 빈자리는 절대 채워지지 않는다. 굳이 비교하자면, 그것은 부검할 때, 수염과 머리카락의 모양새를 묘사하며, 사체의 살아생전 겉으로 드러난 습관만 담아내는 그림과 유사하다. 그 영혼은 잉크에 담아낼 수 없다. 누군가가 나에게 스무 살 청년임을 입증하는 증명서를 발급해준다면, 모든 위조문서가 그렇듯 낯선 이들을 속일 수는 있을 것이다. 하지만 나를 속일 수는 없다. 나에게 남아 있는 친구들은 최근에 만난 사람들이다. 옛 친구들은 모두 영적 세계의 지질학을 연구하러 떠났다. 여자 친구 몇몇은 떠난 지 15년이 되었고, 나머지는 그리 오래되지 않았다. 하지만 거의 모두가 젊다고 믿는다. 두서너 명은 다른 이들도 수긍할 정도로 실지 젊은 편이지만, 그 친구들이 하는 말은 사전을 찾아봐야 겨우 이해되는 경우가 종종 있어 피곤하다.

그러나 다른 삶이 더 나쁜 삶을 의미하지는 않는다. 그저 다른 것이다. 어떤 면에서, 오래된 것들과 함께하는 삶은 살면서 맞닥뜨리는 많은 환희의 순간을 이미 떠나보낸 것처럼 보이긴 하지만, 삶을 성가시게 하는 수많은 가시를 무뎌지게 해서, 달콤하고 매혹적인 기억을 떠올리게 하는 것도 사실이다. 사실 나는 되도록 사람들 앞에 나서지 않고 입도 잘 열지 않는다. 외출하는 일도 드물다. 대부분의 시간을 텃밭과 정원을 가꾸고 책을 읽는 데 소비한다. 잘 먹고 잠도 설치지 않는다.

지금은, 모든 것은 시들해지기 마련이듯, 이 단조로움 역시 결국 나를 지치게 했다. 변화를 꾀하고 싶었고, 책을 써볼까 하는 생각을 했다. 법학, 철학, 정치학 등의 글감을 떠올리긴 했지만, 창작 욕구를 불러일으키진 않았다. 이후 나는 《변두리의 역사》 같은, 루이스 곤사우베스 두스 산투스 신부•의 회

• 19세기 초 포르투갈 왕실의 브라질 천도 기록을 담당했던 연대기 작가. '청개구리 신부'로 알려져 있다.

고록보다는 덜 건조한 도시에 관한 이야기를 쓸 생각을 하게 되었다. 거창한 작업은 아니었지만, 사전 조사를 위해 무미건조하고 장황한 문서와 자료가 필요했다. 그때 마침 벽에 그려진 흉상들이 나에게 말을 건네며, 나에게 펜을 잡고 그들이 되살려낼 수 없었던 지나간 시절을 들려주라고 했다. 어쩌면 그 이야기가 나에게 환상을 심어주고, 그 그림자가 시인 곁을 스쳐 지나간다고 하더라도 말이다. 기차에서 만난 시인을 말하는 것이 아니다. 《파우스트》의 시인을 말하는 것이다. "당신이 다시 오신 건가요, 불안한 그림자여?" 지금도 그 생각만 하면 펜을 쥔 손이 떨릴 정도로, 나는 이 발상이 몹시 마음에 들었다. 진심이다. 네로, 아우구스투스, 마시니사, 내가 기억을 끄집어낼 수 있도록 독려해준 위대한 카이사르, 그대들의 조언에 감사한다. 나에게 떠오른 옛 기억들을 글로 펼칠 것이다. 이런 식으로, 내가 살아온 삶을 되살려 더 방대한 분량의 작품 집필에 착수할 것이다. 자, 그럼 절대 잊을 수 없는 11월의 어느 성대한 오후를 떠올려보자. 그날보다 더 좋거나 나빴던 날도 많았지만, 그날 오후만큼은 내 영혼에서 절대로 사라지지 않았다. 그 이유는 읽으면서 이해하게 될 것이다.

제3장 밀고

응접실로 들어서다가, 내 이름이 들려 문 뒤에 몸을 숨겼다. 마타카발루스 거리에 살던 때였다. 11월이었고, 연도는 정말 오래전이긴 하지만 오래된 이야기를 좋아하지 않는 사람들을 위한다는 명목으로 내 인생의 중요한 날짜를 변경하지는 않겠다. 1857년이었다.

"글로리아 사모님, 사모님께서는 여전히 우리 벤치뉴 도련님을 신학교에 보내실 생각이신가요? 시기도 시기려니와 지금으로서는 어려움이 있을 수 있습니다."

"무슨 어려움이 있다는 거죠?"

"대단히 큰 어려움이지요."

어머니는 그것이 무엇인지 알고 싶어 했다. 주제 지아스는 잠시 골똘히 생각에 잠겼다가, 복도에 누가 있는지 살폈다. 내가 숨어 있는 것을 알아채지 못하고 돌아가서는, 목소리를 낮추며 그 어려움은 바로 옆집 파두아 사람들에게 있다고 말했다.

"파두아 사람들이요?"

"얼마 전부터 사모님께 이 말씀을 드리려고 했지만 감히 드리지 못했습니다. 제 눈엔 우리 벤치뉴 도련님께서 거북이의 딸과 몰래 붙어 다니시는 모습이 좋아 보이지 않습니다. 바로 이것이 어려움이지요. 그 집에서 두 사람의 연애 사실을 알게 된다면 사모님께서는 그 둘을 떼어놓기 위해 부단히도 싸우셔야 할 테니까요."

"저는 그렇게 생각하지 않아요. 몰래 붙어 다닌다고요?"

"말이 그렇다는 겁니다. 남들 눈을 피해 항상 함께 있으니까요. 벤치뉴 도련님께서는 거의 그 집에서 사시다시피 합니다. 그 계집아이는 생각이 없어요. 아비는 보고도 못 본 척하고요. 일이 그렇게 되기를 바라마지않을 테지요……. 저는 사모님의 태도를 이해합니다. 사모님께서는 그런 계산적인 분이 아니니까요. 모든 이가 순수한 영혼을 가지고 있다고 생각하시지요……."

"하지만 주제 지아스 씨, 저는 그저 아이들이 장난치는 모습을 보았을 뿐, 의심을 살 만한 그 어떤 것도 본 적이 없어요. 나이만 봐도 그렇잖아요. 벤치뉴는 겨우 열다섯 살이에요. 카피투는 지난주에 열네 살이 되었고요. 둘 다 몸집만 컸지 어린아이들이에요. 10년 전 대홍수 이후 둘이 함께 자랐다는 사실을 잊지 마세요. 대홍수로 파두아 가족은 너무 많은 것을 잃었지요. 그때부터 우리의 관계가 시작됐어요. 글쎄요, 제가 그 이야기를 믿어야 할까요? 코즈미 오라버니, 어떻게 생각하세요?"

코즈미 삼촌은 대꾸할 가치도 없다는 듯 "쯧쯧!" 하고 응수하더니, 다음과 같이 말했다. "주제 지아스의 상상일 뿐이야. 어린아이들이 노는 걸 가지고. 나도 놀아야겠다. 백개먼• 어디 있지?"

"네, 착각하신 것 같아요."

"그럴지도 모르지요, 사모님. 모쪼록 올바른 판단이길 바랍

• 둘이서 하는 보드게임의 일종.

니다. 하지만 제가 제대로 알아보지도 않고 말씀드렸을 것이라고는 생각하지 않으셨으면 합니다…….”

“어쨌든 시간이 됐어요.” 어머니가 말을 끊었다. “되도록 빨리 제가 직접 신학교에 넣도록 할게요.”

“맞습니다, 도련님을 사제로 만들겠다는 생각을 버리지 않으실 거라면 중요한 건 그거죠. 벤치뉴 도련님께서는 어머님의 소원을 이뤄드릴 겁니다. 게다가 브라질 교회는 꿈이 크니까요. 한낱 주교가 제헌의회의 의장직을 수행하고 페이조 신부•는 제국을 통치하지 않았습니까…….”

“생긴 대로 통치했지!” 코즈미 삼촌이 케케묵은 정치적 원한을 눌러 담지 못하고 끼어들었다.

“죄송합니다, 박사님, 저는 특정인을 변호하는 게 아닙니다. 사실을 이야기하는 것입니다. 성직자들이 여전히 브라질에서 큰 역할을 한다는 것을 말이지요.”

“자네가 원하는 것은 대승이겠지. 자, 어서 가서 백개먼이나 찾아오게나. 그 아이와 관련해서는, 정말 사제가 될 운명이라면, 그런 헐뜯는 말은 애당초 꺼내지 않는 게 좋아. 그런데, 글로리아, 그 아이를 정말 사제로 만들어야 할까?”

“주께 맹세했으니 지켜야 해요.”

“나도 네가 맹세한 건 알아……. 하지만 그런 맹세는……

• 19세기 초 어린 나이에 브라질 제국의 왕위에 오른 동 페드루 2세를 대신하여 섭정했던 지오구 안토니우 페이조 신부(1784~1843).

모르겠다……. 잘 생각했으리라 믿어……. 어떻게 생각해, 주스치나 사촌?"

"저요?"

"사실 자기 자신에 대해 가장 잘 아는 사람은 우리 각자잖아." 코즈미 삼촌은 계속해서 말을 이어갔다. "하느님만이 모두를 알지. 그래도 그렇게 오래된 맹세는…… 왜 그래, 글로리아? 우는 거야? 아이고, 이런! 진짜 눈물을 흘리는 거야?"

어머니는 대답 없이 콧물을 훌쩍거렸다. 주스치나 당이모가 일어나서 어머니 곁으로 다가간 것 같았다. 무거운 침묵이 이어지는 동안 하마터면 나는 응접실에 들어갈 뻔했지만, 저항할 수 없는 또 다른 힘과 감정이 나를 가로막았다……. 나는 코즈미 삼촌이 꺼낸 말은 듣지 못했다. 주스치나 당이모는 "글로리아 사촌! 글로리아 사촌!"을 외쳐댔다. 주제 지아스는 용서를 구했다. "알았다면 말씀드리지 않았을 것입니다. 대단히 고통스러운 의무이긴 하지만, 이를 수행해야 했기에 존경과 존중, 애정을 담아 말씀드린 것입니다……."

제4장 대단히 고통스러운 의무!

주제 지아스는 최상급의 수식어를 사랑했다. 그것은 생각을 거창하게 꾸미는 방법이었다. 별다른 의견이 없을 때는 문장을 늘리는 역할을 했다. 그는 집 안에 있던 백개먼을 가지러 가려고 일어났다. 나는 벽에 몸을 바싹 붙인 채, 그가 프록코트에 나비넥타이를 매고 풀 먹인 흰색 바지에 멜빵 차림으로 지나가는 것을 지켜보았다. 그는 아마도 리우데자네이루에서, 아니 어쩌면 이 세상에서 가장 마지막까지 멜빵을 착용한 사람이었을 것이다. 바지는 주름 한 점 없이 쫙 펴질 수 있도록 짧게 입었다. 당시 유행하던 아치형의 금속제 고정 핀이 덧대어진 검은색 새틴 넥타이 탓에, 목을 제대로 움직이지도 못했다. 가벼운 실내용 옥양목 프록코트가 의례용 코트처럼 버거워 보였다. 홀쭉하게 여윈 몸의 그는 이제 막 머리숱이 듬성듬성해지기 시작한 것으로 보아 쉰대여섯 살쯤으로 보였다. 그는 의례적인 여유작작한 태도로 자리에서 일어났다. 천성이 게으른 사람의 굼뜬 모습이 아니라, 계산에 따라 예측된 느릿한 몸짓이었다. 가설에 따라 결과를 검증하고, 결론을 이끌어내는 완벽한 삼단논법. 대단히 고통스러운 의무!

제5장 객식구

그가 항상 그 느릿하고 철저히 계산된 행동을 유지한 것은 아니었다. 자세가 흐트러질 때도 있었고, 종종 빠르고 민첩한 움직임을 보이기도 했지만 계산된 행동만큼이나 아주 자연스러웠다. 또 필요할 때면 큰 소리로 웃기도 했다. 공허한 웃음이었지만, 장악력이 있었다. 뺨, 치아, 눈, 얼굴 전체, 온몸으로 웃는 듯했다. 심지어 온 세상이 그 안에서 웃고 있는 것처럼 보였다. 게다가 대단히 진지한 상황일수록 유독 그랬다.

그는 여러 해 전부터 우리 집에서 더부살이로 있었다. 아버지가 여전히 이타과이의 옛 농장에 머물던 시절, 내가 막 태어났을 무렵이었다. 어느 날 그는 자신을 동종 요법 의사라고 소개하며 그곳에 나타났다. '매뉴얼'이라고 적힌 동종 요법 책 한 권과 약상자를 지니고 다녔다. 때마침 열병이 돌았는데, 주제 지아스는 농장 관리인과 여종 한 명을 치료해주고는 어떤 대가도 요구하지 않았다. 그러자 아버지는 그에게 약간의 급여와 함께 거처를 제공하겠다고 제안했다. 주제 지아스는 초가삼간에 사는 이들의 건강을 챙기는 것이 자기의 사명이라며 거절했다.

"누가 다른 곳으로 가는 것을 막는답니까? 원하는 곳은 어디든 가시오. 그저 우리와 함께 지내라는 겁니다."

"3개월 후에 돌아오겠습니다."

그는 이 주 만에 돌아오더니 선물 몇 가지를 빼고는 별다른 보수 없이 숙식을 제공받았다. 아버지가 하원의원으로 선출되어 가족과 함께 리우데자네이루에 왔을 때도 따라왔고, 농장 뒤쪽에 그의 방이 마련되었다. 어느 날 이타과이에 다시 열병이 돌자, 아버지는 그에게 가서 우리 노예들을 봐달라고 부탁했다. 주제 지아스는 말없이 한숨을 쉬더니, 결국 자신은 의사가 아니라고 고백했다. 그는 새로 설립된 학교의 홍보를 돕기 위해 의사를 사칭했지만, 생각 없이 저지른 경솔한 행동은 아니었다고 했다. 그러나 환자를 받기에는 양심이 더는 허락하지 않았다.

"하지만 지난번에는 치료해냈잖소."

"그렇습니다. 하지만 더 정확히 말하자면 책에 적힌 처방대로 약을 먹고 나은 것입니다. 그들은, 네, 그들은 신의 비호 아래 있는 이들이니까요. 저는 그저 사기꾼일 뿐입니다……. 부정하지는 말아주세요, 제 행동의 동기는 그럴 만했고, 또 그럴 만한 가치가 있었습니다. 동종 요법은 진실이며, 저는 진실을 위해 거짓말했던 것입니다. 그러나 모든 것을 되돌릴 때입니다."

그는 요청한 것과 달리 해고되지 않았다. 당시 우리 아버지는 이미 그 없이는 지낼 수 없었다. 그는 자신을 받아들이게 만드는 재주가 있었다. 가족의 일원으로서 그가 필요했던 것이다. 아버지가 돌아가셨을 때, 그가 엄청나게 고통스러워했다고 사람들이 말했지만, 나는 생각나지 않는다. 어머니는 그에게 매우 감사해했고, 그가 농장을 떠나는 것을 허락하지 않았다. 7일 미사 후에 그는 어머니에게 작별 인사를 고하러 갔다.

"주제 지아스 씨, 계속 머물러주세요."

"말씀 따르겠습니다, 사모님."

그는 유언장에 적힌 작은 유산과 국채, 그리고 네 마디의 칭찬을 상속받았다. 그는 그 네 마디 칭찬을 액자에 넣어 침실 침대 위에 걸어두었다. 그러고는 종종 "이것이 최고의 채권"이라고 말하곤 했다. 시간이 흐르면서 그는 가족 내에서 어떤 권위를 부여받았다. 최소한 몇몇은 그의 말에 귀를 기울였다. 그는 그 권위를 남발하지 않고, 순종적인 자세로 자신의 의견을 펼칠 줄 알았다. 요컨대 그는 친구였다. 최고의 친구라고 말할 수는 없지만, 이 세상에 늘 최상의 것만 존재하는 것은 아니지 않은가. 그렇다고 그를 예속적인 존재로 여기지는 않았으면 한다. 몸을 굽히고 머리를 조아리는 그의 행동은 천성보다는 계산에 따른 것이었다. 옷은 늘 새것처럼 관리했다. 새 양복을 일부러 길들여 입는 사람들과 달리, 그는 주름 한 점 없이 손질된, 단추가 달린 매끄러운 낡은 양복을 입었고, 소박하지만 절제된 품위를 풍겼다. 그는 책을 꼼꼼히 읽는 편은 아니었지만, 저녁이나 후식 시간을 즐기기에는 부족함이 없었다. 어떤 현상을 설명하거나 더위와 추위 혹은 극지방과 로베스피에르의 영향에 관해 이야기하기에는 충분했다. 그는 종종 자신의 유럽 여행 이야기를 했고, 우리가 아니었다면 지금쯤 다시 그곳에 가 있었을 것이라고 했다. 리스본에 친구들이 있었지만, 그에게는 하느님 다음으로 우리 가족이 중요하다고 말했다.

"하느님 다음인 거야, 아니면 더 중요한 거야?" 어느 날 코즈미 삼촌이 그에게 물었다.

"다음이지요." 주제 지아스가 경의를 표하며 되풀이했다.

독실했던 우리 어머니는 그가 하느님을 마땅한 예우에 따라 높이 치켜세우는 것을 보고 기뻐했고, 흡족한 미소를 지었다. 주제 지아스는 고개인사로 감사를 표했다. 우리 어머니는 때때로 그에게 약간의 돈을 쥐여주었다. 변호사였던 코즈미 삼촌은 그에게 법정 문서 필사를 맡겼다.

제6장 코즈미 삼촌

어머니가 과부가 된 후로 코즈미 삼촌은 어머니와 함께 살았다. 당시 삼촌은 주스치나 당이모와 마찬가지로 이미 사별한 후였다. 배우자를 잃은 세 사람이 모여 살았던 것이다.

대개 큰돈을 버는 것은 자연의 순리대로 되지 않는 법이다. 자본주의의 고요한 기능을 수행하고자 했던 코즈미 삼촌은 법정에서 큰돈을 벌진 못했다. 그저 생계를 꾸리는 정도였다. 삼촌은 법원 근처 옛 비올라스 거리에 소재한 버려진 아우주비 감옥 안에 사무실을 가지고 있었다. 삼촌은 형법 전문 변호사였다. 주제 지아스는 코즈미 삼촌의 배심원 연설을 놓치는 법이 없었다. 그는 삼촌이 법복을 입고 벗는 걸 도왔고, 재판이 끝나고 난 뒤에는 칭찬을 아끼지 않았다. 집에서는 삼촌의 변론에 대해 언급하곤 했다. 코즈미 삼촌은 겸손해 보이려고 애썼지만, 회심의 미소를 감추지 못했다.

거구에 비만이었던 삼촌은 가쁜 숨을 몰아쉬고 졸린 눈을 한 사람이었다. 나의 가장 오래된 기억 중 하나는 매일 아침 삼촌이 어머니가 준 암탕나귀를 타고 사무실로 출근하는 모습을 바라보던 것이다. 마구간에서 당나귀를 데려온 흑인 노예는 삼촌이 발을 들어 등자에 끼워 넣는 동안, 고삐를 잡고 있었다. 이내 잠시 한숨을 돌리며 마음을 다잡는 시간이 이어졌다. 그런 다음, 삼촌은 다리에 힘을 주며 안장에 올라타려 했지만, 몸이 꿈쩍도 하지 않았다. 두 번째 시도에도 결과는 별반 다르지 않았다. 마침내 길고 긴 몇 분의 시간이 흐른 후, 코즈미 삼촌은 육체적, 정신적 힘을 모두 끌어모아 마지막으로 도약했고, 그제야 겨우 안장에 착석할 수 있었다. 삼촌이 안장에 오를 때마다 당나귀는 매번 세상과 방금 맞닥뜨린 듯한 몸짓을 취했다. 코즈미 삼촌이 살집을 정리하는 사이 당나귀는 종종걸음으로 길을 나섰다.

어느 날 오후 삼촌이 나에게 한 짓도 잊지 않았다. 시골에서 태어났지만(나는 두 살 때 그곳을 떠났다), 당시 풍습에도 불구하고 나는 말을 탈 줄 몰랐다. 오히려 두려워했다. 어느 날 코즈미 삼촌은 나를 붙잡아 당나귀 위에 앉혔다. 나는 땅바닥이 발아래 멀리 보이자, 당나귀 위에 홀로 남겨졌다는 사실을 깨닫고는(그때 나는 아홉 살이었다) 필사적으로 소리치기 시작했다. "엄마! 엄마!" 어머니는 창백하게 질린 얼굴로 파르르 떨며 나를 구출하러 왔다. 내가 누군가에게 죽임이라도 당할 뻔했던 양 어머니는 나를 끌어안아 쓰다듬어주었고, 이 모습을 지켜보던 삼촌이 물었다.

"글로리아, 이만한 덩치의 아이가 온순한 당나귀 따위를 무서워하는 게 말이 되니?"

"익숙하지 않으니까요."

"익숙해져야지. 시골 신부라도 신부가 되려면 말을 타야 해. 아직 신부는 아니지만, 여기서 다른 청년들처럼 제대로 자라고 싶다면 말이야. 나중에 말 타는 법을 모르면, 글로리아 너를 원망할 거다."

"원망하라고 해요. 저는 두려워요!"

"두렵다니! 도대체 뭐가 두렵다는 거야!"

실제로 나는 나중에 가서야 승마를 배우게 되었고, 그마저도 말을 탈 줄 모른다는 사실을 이야기하는 것이 수치스러워 마지못해 수락했다. "이제 그 아이도 진짜 연애를 하게 될 거야." 내가 승마 수업을 시작하자 사람들이 수군댔다. 코즈미 삼촌은 말할 것도 없었다. 삼촌에게 승마는 관습이자 결코 빼놓을 수 없는 삶의 일부였다. 그는 이제 연애를 하지는 않았다. 젊은 시절, 삼촌은 당원 활동에 열성적이었을 뿐만 아니라, 숱하게 많은 숙녀를 만났다고 했다. 그러나 정치적이든 성적이든 세월이 그의 열정 대부분을 앗아 간 지 오래였고, 비만으로 그나마 남아 있던 구체적이고 공적인 계획들도 끝났다. 이제는 그저 열정 없이 맡은 일을 충실히 수행할 뿐이다. 남는 시간은 백개먼을 하거나 남들이 하는 걸 구경하며 보냈다. 이따금 재치 있는 말도 했다.

제7장 글로리아 여사

어머니는 좋은 사람이었다. 남편인 페드루 지 아우부케르키 산치아구와 사별했을 때, 어머니의 나이는 서른하나였고 이타과이로 돌아갈 수도 있었다. 하지만 그렇게 하지 않았다. 아버지가 묻힌 교회 근처에 머물기를 원했다. 어머니는 농장과 노예를 팔고, 임대 수익을 낼 수 있는 노예는 일부 사들였다. 또한 건물 열두 채와 일정 수의 국채를 사들인 뒤, 아버지가 돌아가시기 전 마지막 두 해를 살았던 마타카발루스의 집에서 계속 살았다. 어머니는 상파울루 페르난지스 가문의 후손인 미나스제라이스 출신 집안의 딸이었다.

자, 그렇다면 그 은혜의 해인 1857년에 마리아 다 글로리아 페르난지스 산치아구 여사는 마흔두 살이었다. 여전히 예쁘고 젊었다. 하지만 자연이 시간의 흐름에서 그녀를 보호하려고 그토록 애썼는데도, 어머니는 젊음의 흔적을 고집스럽게 숨겼다. 그녀는 늘 장식이 없는 아득한 검은 드레스에 검은 숄을 삼각형으로 접어 두른 뒤, 가슴에 카메오 브로치를 달아 숄을 고정했다. 머리카락은 한가운데에서 가르마를 타 양쪽으로 정갈하게 빗어 내려 오래된 거북 등껍질 핀을 사용해 목덜미 위로 묶었고, 때때로 주름 장식이 있는 흰색 벙거지 모자를 쓰기도 했다. 여기에 굽이 없는 납작한 산양 가죽 신발을 신고, 아침부터 밤까지 집 안 여기저기를 다니며 가사를 감독했다.

어머니의 초상화가 저기 벽에 걸려 있다. 여느 집과 마찬가지로 남편의 초상화 옆에 나란히 걸렸다. 빛이 많이 바랬지만, 두 사람의 모습을 가늠하기에는 손색이 없다. 아버지에 대해서는, 키가 크고 커다란 가발을 사용했다는 막연한 사실 외에는 아무것도 기억하지 못한다. 초상화에는 어디에서나 나를 따라다니던 동그란 눈이 그려져 있는데, 이 그림이 어릴 적 나에게는 공포감을 자아냈다. 아버지의 목은 여러 겹으로 된 검은색 넥타이 사이로 솟아올라 있었고, 얼굴은 귀 옆의 작은 구레나룻을 제외하고는, 모두 깨끗하게 면도가 되어 있었다. 어머니의 모습은 아름다웠다. 당시 어머니는 스무 살이었고, 손가락 사이에 꽃을 들고 있었다. 그림 속 그녀는 마치 남편에게 꽃을 바치는 것처럼 보인다. 결혼 생활의 행복을 큰 행운에 비유할 수 있다면, 그들이 사회에서 사들인 표로 그 행운에 당첨되었다는 것을 두 사람의 얼굴에서 읽을 수 있었다.

나는 복권이 폐지되어서는 안 된다고 생각한다. 그 어떤 당첨자도 복권을 부도덕하다고 비난하지는 않았다. 희망이 바닥에 남아 있었기에 아무도 판도라의 상자를 나쁘다고 탓하지 않는 것처럼, 어딘가에는 희망이 남아 있어야 한다. 여기 내 앞에 오래전 행복한 결혼 생활을 했던 두 사람이 있다. 그들은 많이 사랑했고, 운이 좋았고, 어쩌면 꿈을 계속 이어가기 위해 이 세상을 떠나 저세상으로 간 것일지도 모른다. 복권과 판도라의 상자에 지칠 때면, 나는 그들을 올려다보며 내가 뽑은 꽝 복권과 저주받은 상자를 잊는다. 원본이기에 가치가 있는 초상화들이다. 남편에게 꽃을 건네는 어머니는 '저는 모두 당신 거예요, 나의 멋진 신사여!'라고 말하는 것 같다. 아버지는 우리를 보며 이렇게 말하는 듯하다. '이 아가씨가 나를 얼마나 사랑하는지 보라…….' 나는 그들의 아픔에 대해서는 아는 바가 없기 때문에, 그들이 서로에게 상처를 주고받았는지는 나도 모른다. 나는 어렸고, 내가 태어나지 않았던 시절의 이야기이기 때문이다. 아버지가 돌아가신 후, 어머니가 많이 울었던 기억이 난다. 그러나 여기 두 사람의 초상화가 있다. 시간의 먼지가 그들의 첫 표정까지 앗아 간 것은 아니다. 그것은 행복한 순간을 담은 스냅사진과 같다.

제8장 시간이 되었다!

그러나 우리 집과 우리가 살았던 거리만큼 조용한, 그 11월의 청량한 오후로 돌아갈 시간이다. 그것은 정말로 내 인생의 시작이었다. 이전에 일어난 모든 일은 무대에 오르려는 이들이 분장을 한 뒤, 의상을 입고, 조명을 켜고, 바이올린을 조율한 뒤 서곡을 연주하는 것과 같다……. 나는 이제 막 내 오페라를 시작하려던 찰나였다. "인생은 오페라다." 이곳에서 살다가 세상을 떠난 한 늙은 이탈리아 테너가 나에게 했던 말이다……. 어느 날 그는 나에게 그 의미를 설명해주었고, 나는 그의 말을 믿게 되었다. 그가 나에게 해주었던 이야기를 들려주는 것도 나쁘지 않을 듯하다. 겨우 한 장(章) 분량이다.

제9장 오페라

그는 이미 목소리를 잃었지만, 애써 부정했다. "연습을 안 해서 목소리가 나빠진 겁니다"라고 덧붙였다. 유럽에서 새로운 오페라 극단이 도착할 때마다, 그는 극단주를 찾아가서 자신이 경험한 세상 모든 억울한 일을 털어놓곤 했다. 그러다 극단주에게서 또다시 억울한 일을 당하면, 늙은 테너는 세상의 불공평함을 떠들고 다녔다. 그는 여전히 자신의 역할에 어울리는 콧수염을 길렀다. 나이가 아주 많았는데도 걸음걸이는 마치 바빌로니아 공주에게 구애라도 하러 가는 것 같았다. 때때로 그는 입을 다문 채 자신의 나이만큼 혹은 그보다 더 오래된 어떤 노랫가락을 흥얼거렸다. 그렇게 억눌린 목소리는 언제나 가능성을 품고 있다. 그는 나와 함께 저녁을 먹으려고 몇 번 여기에 왔었다. 어느 날 밤, 키안티 포도주를 많이 마신 후에 그는 관습적인 정의를 나에게 반복해 말했고, 내가 그에게 인생은 항해나 전투뿐만 아니라 오페라가 될 수도 있다고 말하자 그는 고개를 저으며 대답했다.

"인생은 오페라 그 자체입니다, 그랜드 오페라죠. 테너와 바리톤은 베이스와 조연 가수가 있는 곳에서 소프라노를 위해 싸웁니다. 테너를 위해 싸우는 사람이 소프라노와 알토가 아닐 때는, 같은 베이스와 조연 가수가 있는 곳에서 싸웁니다. 많은 합창단과 많은 발레단이 있고, 오케스트라도 훌륭하죠…….”

“하지만 친애하는 마르콜리니 씨…….”

“왜 아니라는 겁니까?”

그러고는 술을 한 모금 들이켠 후 성배를 내려놓으며, 다음과 같은 창작에 관한 이야기를 들려주었다.

“하느님은 시인입니다. 음악은 천상의 음악원에서 수련한, 장래가 촉망되는 젊은 지휘자 사탄의 곡입니다. 대천사 미카엘과 라파엘, 가브리엘의 적수인 그는 상금 분배에서 그들이 가진 우선권을 용납할 수 없었습니다. 다른 동료 제자들의 너무나 감미롭고 신비로운 음악이 그의 천성적으로 비극적인 천재성에는 혐오스럽게 느껴졌을 수도 있습니다. 그는 반란을 계획했고, 얼마 지나지 않아 발각당해 음악원에서 추방되었습니다. 하느님이 오페라 가사를 완성하지 않았다면, 모든 것이 거기서 끝났을 것입니다. 하느님은 그런 종류의 유희가 영원불멸한 존재에게 부적절하다고 여겼기 때문에 가사를 포기했습니다. 하지만 사탄은 가사를 지옥으로 가져갔지요. 자신이 다른 이들보다 더 가치 있는 존재임을 보여주기 위해, 그리고 아마도 천상과 화해하기 위해 곡을 작곡했고, 작곡을 마치자마자 그것을 영원하신 아버지께 바쳤습니다.

‘주여, 저는 제가 배운 교훈을 버리지 않았습니다.’ 사탄은 하느님에게 말했습니다. ‘여기에 곡이 있으니, 보시고, 수정하신 후, 무대에 올리시어, 천국의 높이에 합당하다고 생각되시면 당신의 발아래 저와 그 곡을 받아주십시오…….'

'듣고 싶지 않구나.' 주님이 반박했습니다. '나는 아무것도 듣고 싶지 않다.'

'하지만 주님…….'

'아무것도 듣고 싶지 않다! 아무것도!'

사탄은 자비가 충만한 하느님이 지쳐서 이 오페라를 무대에 올리는 데 동의할 때까지 무작정 계속 간청했습니다. 하느님은 오페라 공연이 천상 바깥에서 이루어질 때만 허락하겠노라고 했습니다. 사탄은 이 세상을 특별한 극장으로 만들고, 주연과 조연, 합창단과 무용수까지 모두 갖춘 완벽한 오페라 극단을 설립했습니다.

'지금 리허설을 몇 개 들었습니다!'

'아니, 나는 리허설에는 관심이 없어. 가사에 곡을 붙인 것만으로 충분해. 너와 저작권도 공유할 생각이야.'

이 단호한 거절은 실수였습니다. 그 결과 미리 들어보고 특정 부조화를 감지하는 우호적인 협력은 이루어지지 않았습니다. 실제로 시구가 오른쪽으로 진행되는 몇몇 구절에서 음악은 왼쪽으로 진행되는 곳이 많았습니다. 바로 이것이 에덴의 삼중주, 아벨의 아리아, 단두대와 노예제를 거론하는 합창에 관해 설명하는 바와 같이 단조로움을 벗어나는 구성의 미학이라고 말하는 사람이 적지 않습니다. 충분한 이유 없이 똑같은 플롯이 재생산되는 것도 드문 일이 아닙니다. 어떤 모티

프는 반복되기 때문에 지칩니다. 모호한 부분도 있습니다. 지휘자는 합창단을 남용하여 종종 혼란스러운 하모니로 가사의 의미를 은폐하기도 합니다. 하지만 오케스트라 부분에는 고도의 기술이 적용됩니다. 적어도 이것이 편견 없는 사람들의 의견입니다.

지휘자의 친구들은 그렇게 완성도가 높은 작품을 찾는 것이 쉽지 않다고 생각합니다. 그들 중 일부는 다듬어지지 않은 거친 형태나 이런저런 빈틈은 인정하지만, 오페라가 진행되면서 이러한 부분이 채워지거나 설명될 것이고, 완전히 해소되기도 한다고 말합니다. 지휘자는 자기 작품이 시인의 숭고한 사상과 상반될 때는 수정을 거부하지 않기 때문입니다. 나머지 친구들은 다른 견해를 가지고 있습니다. 그들은 가사가 희생되었고, 곡이 가사의 의미를 손상했으며, 어떤 구절에서는 잘 어울리기도 하고 다른 구절에서는 기교로 꾸며질 수도 있지만, 그것은 드라마의 정신과 전혀 관련이 없거나 심지어는 정반대라고 주장합니다. 예를 들면, 시인의 텍스트에는 괴기스러움이 없습니다. 그저 《윈저의 즐거운 아낙네들》을 모방하는 산물일 뿐이라는 것이죠. 사탄주의자들은 이 점에 대해 어느 정도 이성적으로 이의를 제기합니다. 그들은 젊은 사탄이 그랜드 오페라를 작곡할 당시, 이 희극이나 셰익스피어는 존재하지도 않았다고 말합니다. 그들은 심지어 영국 시인이 그 곡의 작가처럼 보이지만, 기교를 부려 오페라의 가사를 고스란히 베껴 쓰기만 한 명백한 표절자라고 단언합니다."

"이 극은……." 늙은 테너는 결론지었다. "극장이 존재하는 한 계속될 것이며, 천문학적인 수익을 창출하는 작품이어서 언제 중단될지 알 수 없습니다. 공연의 성공 횟수가 증가하고 있습니다. 시인과 음악가는 정기적으로 저작권료를 받지만, 똑같은 금액은 아닙니다. 분배는 '청함을 받은 자는 많고, 택함을 받은 자는 적다'는 성경의 법칙을 따릅니다. 하느님은 금으로, 사탄은 지폐로 받지요."

"재미있네요……."

"재미라고요?" 그는 분노에 휩싸여 외쳤다. 그러나 곧 스스로를 진정시키며, 이렇게 대답했다. "친애하는 산치아구 씨, 저는 전혀 재미없습니다. 재미를 느끼는 것이 두렵습니다. 제가 말씀드리는 것은 순수하고 궁극적인 진리입니다. 어느 날, 모든 책이 쓸모없다는 이유로 불태워진다면, 이 진리를 사람들에게 가르칠 누군가가 있을 것입니다. 아마도 테너일 것이고, 아마도 이탈리아인일 테지요. 나의 벗이여, 모든 것이 음악입니다. 태초에 '도'가 있었고, '도'에서 다시 '레' 등등이 생겨났지요. 이 잔, (그리고 잔을 다시 채우며) 이 잔은 짧은 후렴구입니다. 들리지 않나요? 지팡이와 돌의 소리도 들리지는 않지만, 그들은 모두 같은 오페라의 일부입니다……."

제10장 이론을 받아들이다

이것이 단 한 명의 테너에 대한 지나친 형이상학이라는 것은 의심의 여지가 없다. 그러나 목소리를 잃었다는 사실이 모든 것을 설명해준다. 간단히 말해서, 백수 테너인 철학자가 있는 것이다.

친구이자 독자인 나는 나의 늙은 벗 마르콜리니의 이론을 받아들인다. 그 이유는 종종 전부 진실이기 때문이라는 핍진성에 기인하기도 하지만, 내 삶이 그 정의와 잘 맞아떨어지기 때문이다. 나는 부드러운 '이중주곡'을 노래한 후에 '삼중주곡'을 불렀고, 이후에는 '사중주곡'을 부르게 되었다……. 하지만 이야기를 앞서나가지는 말자. 내가 이미 노래를 부르고 있었다는 사실을 알게 된 첫날 오후로 가보자. 왜냐하면 나의 친애하는 독자여, 주제 지아스의 밀고 대상이 바로 나였기 때문이다. 그는 나를 밀고했다.

제11장 맹세

복도에서 객식구가 사라지는 것을 보자마자, 나는 은신처를 빠져나와 뒤쪽 발코니로 달려갔다. 어머니가 눈물을 흘린 사실도, 감정이 북받친 까닭도 내 관심사는 아니었다. 그 이유는 아마도 어머니의 신앙 청사진 때문이었을 것이며, 바로 그 청사진에 대해 내가 지금 이야기하고자 하는 것이다. 그것은 그때를 기점으로 16년을 더 거슬러 올라가야 하는 아주 오래된 이야기였다.

그 청사진은 내가 잉태되었을 때부터 시작되었다. 첫아들을 사산하자, 어머니는 둘째 아이를 지키기 위해 사내아이라면 그 아이를 교회에 보내겠노라고 하느님께 맹세했다. 아마도 여자아이가 태어나기를 기대했던 것 같다. 어머니는 나를 낳기 전에도, 내가 태어난 후에도 아버지에게 아무런 말도 하지 않았다. 내가 학교에 들어가면 말하려고 했으나, 그 전에 과부가 되어버렸다. 과부가 된 어머니는 나와 헤어지는 게 두려웠다. 그러나 어머니는 독실했고, 하느님께 경외심을 품고 있었기에 친척과 가족에게 자신의 맹세를 털어놓음으로써 그 의무를 이행해야만 할 명분을 확보하고자 노력했다. 오로지 우리가 헤어져야 할 시간을 되도록 늦추려는 목적에서, 어머니는 나에게 코즈미 삼촌이 밤에 마실 다니던 삼촌의 오랜 친구 카브라우 신부에게 글자와 라틴어, 교리를 배우게 했다.

먼 훗날의 일은 쉽게 약속한다. 그 시간이 영원히 다가오지 않을 것처럼 여겨지기 때문이다. 어머니는 세월이 흐르기를 기다렸다. 그동안 나는 교회에 대한 생각에 익숙해졌다. 어린 시절의 장난감, 성서, 성상, 가정에서의 대화, 모든 것이 제단으로 귀결되었다. 우리가 미사에 갈 때마다, 어머니는 나에게 사제가 되는 법을 배우러 간다고 했고, 신부님에게서 눈을 떼지 말고 신부님 말씀에 집중해야 한다고 말했다. 집에서 나는 미사 놀이를 하곤 했다. 어머니가 미사는 놀이가 아니라고 말했기 때문에, 남들의 눈을 피해 몰래 했다. 카피투와 나는 제단을 만들었다. 그녀는 복사 역할을 했고, 우리는 우리끼리 성찬을 나누는 방식으로 전례를 변경했다. 성찬은 항상 달콤했다. 우리가 이 놀이를 즐겨 하던 시절, 나의 이웃집 여자아이는 보통 "오늘 미사가 있습니까?"라고 물었다. 나는 이것이 무엇을 의미하는지 이미 알고 있었기에 그렇다고 답한 뒤, 성찬으로 쓸 만한 대용품을 구하러 갔다. 그렇게 성찬을 구해 돌아오면, 우리는 제단을 준비하고, 라틴어를 중얼대며 전례를 서둘렀다. "도미누스, 논 숨 디그누스……."● 이 기도문을 세 번 읊어야 했지만, 실제로는 한 번만 읊었던 것 같다. 신부와 복사의 탐식 때문이었다. 우리는 포도주와 물도 마시지 않았다. 전자는 우리가 가질 수 없었고, 후자는 우리에게서 희생 제물의 맛을 앗아 갈 것이기 때문이었다.

최근 얼마 동안 사람들은 나에게 더는 신학교에 대해 언급하지 않았다. 나는 그들이 생각을 접었다고 생각했다. 하느님의 거룩한 부르심도 받지 못한 열다섯 소년이 세상의 신학교를 뒤로한 채, 성 요셉의 신학교를 선택할 수는 없는 일이었다. 어머니는 종종 내가 길 잃은 영혼이라도 되는 양 바라보거나, 아무렇지 않은 듯이 내 손을 꼭 잡곤 했다.

● '주님, 제 안에 주님을 모시기에 합당치 않사오나'라는 뜻의 라틴어.

제12장 발코니에서

나는 발코니에서 멈췄다. 어질어질하고 멍멍하면서 다리가 후들거렸다. 심장이 입 밖으로 뛰쳐나올 것 같았다. 농장으로 내려가 이웃집 뒤뜰로 건너갈 엄두가 나지 않았다. 나는 이리저리 서성대기 시작했고, 스스로를 진정시키기 위해 일정한 간격으로 걷다가 멈추기를 반복했다. 주제 지아스의 말들이 혼란스럽게 맴돌았다.

"항상 함께 있으니까요……."

"몰래……."

"그 집에서 연애 사실을 알게 된다면……."

그날 오후 내가 수도 없이 밟았던 벽돌들, 오갈 때마다 좌우로 내 옆을 스쳤던 누렇게 바랜 기둥들, 그대들은 내 안의 나를 감싸고 있다가 이내 산산이 부서뜨려 섬뜩하게 만들고, 알 수 없는 어떤 내적 향유로 정화된 듯 위안을 안겨주며, 나의 가장 위태로웠던 순간과 새로운 감각적 쾌락의 경험을 나와 함께했다. 때때로 나는 내 죄의 가증스러움이 폭로된다는 사실에 흡족한 미소를 띠고 있는 나 자신을 발견하곤 했다. 그때마다 그 말들이 혼란스럽게 맴돌았다.

"몰래……."

"항상 함께 있으니까요……."

"그 집에서 연애 사실을 알게 된다면……."

야자나무 한 그루가 안절부절못하는 내 모습을 위에서 지켜보고는 그 원인을 추측하며 속으로 열다섯 살짜리 소년이 열네 살 소녀와 사람들의 눈을 피해 어울려 다닌 것은 부끄러운 일이 아니라고 중얼거렸다. 그렇다고 그 나이대의 청소년들에게 다른 직업이 있거나 다른 용도의 공간이 있는 것도 아니지 않은가. 그것은 오래된 야자나무였고, 나는 오래된 야자나무를 고서보다 더 믿었다. 새, 나비, 여름을 준비하는 매미, 살아 숨 쉬는 모든 사람은 같은 의견이었다.

그렇다면 나는 어떻게 카피투를 사랑하게 되었고, 카피투는 어떻게 나를 사랑하게 되었던 것일까? 내가 그녀의 치맛자락에 꼭 붙어 다녔던 것은 사실이지만, 우리 사이에 정말 비밀스러운 일은 아무것도 없었다. 그녀가 학교에 가기 전에는 모두 어린아이의 유치한 장난에 불과했다. 학교를 졸업한 후에는 예전처럼 친밀하지는 않았지만, 조금씩 나아져 지난해에는 완벽하게 예전과 같은 친밀감을 회복했다. 그래도 우리 대화의 주제는 평소와 별반 다르지 않았다. 카피투는 때때로 나를 꽃처럼 아름다운 청년이라고 불렀다. 또 때로는 내 손을 잡고 내 손가락을 세기도 했다. 그리고 나는 이런저런 몸짓과 말, 그녀가 내 머릿결을 손으로 쓰다듬으며 너무 아름답다고 말했을 때 느꼈던 기쁨을 떠올리기 시작했다. 그녀에게 똑같은 행동을 하지는 않았지만, 나는 그녀의 머리칼이 내 것보다 훨씬 더 아름답다고 말했었다. 그때마다 카피투는 정색하며 우울한 표정으로 고개를 저었다. 그녀가 정말 감탄할 만한 머리칼을 가지고 있었기에, 나는 무척 의아해하며 그녀에게 미쳤다고 반박하곤 했다. 그녀가 전날 밤 자신에 대한 꿈을 꿨는지 나에게 물었던 날, 내가 아니라고 대답하자 그녀는 놀라운 모험으로 가득 찬 간밤에 꾼 꿈 이야기를 들려주었다. 우리가 하늘을 날아 코르코바두산에 올라 달빛 아래에서 춤추었는데, 천사들이 다가와 방금 태어난 다른 천사들에게 이름을 지어주기 위해 우리의 이름을 물었다고 했다. 게다가 꿈속에서 우리는 아주 가까운 사이였다고도 했다. 내 꿈은 그렇지 않았다. 그저 우리의 친분을 재현하는 데 그치는 수준이었고, 주로 일상에서 나눴던 말과 몸짓의 단순한 반복일 뿐이었다. 나 또한 꿈 이야기를 하곤 했다. 어느 날 카피투는 그 차이를 깨닫고는 자신이 나보다 더 예쁜 꿈을 꾼다고 말했다. 나는 잠시 망설이다 꿈이 그 주인을 닮은 것 같다고 했다. 그녀는 피탕가 체리처럼 얼굴이 발그레해졌다.

솔직히 말해서 나는 이런저런 비밀 이야기가 내 안에 불러일으켰던 감정을 그제야 이해하게 되었다. 그 감정은 달콤하고 새로웠지만, 나는 그 원인을 캐내거나 의심조차 하지 않은 채 회피했었다. 지난 며칠간의 침묵은 나에게 아무 의미가 없었다. 그제야 나는 그것이 하다 만 말, 호기심 어린 질문들, 모호한 대답, 조심스러운 행동들, 유년 시절의 추억을 떠올리는 즐거움과 같이 무언가를 의미하고 있었다는 걸 알아챘다. 카피투를 생각하며 잠에서 깨고, 그녀의 목소리가 환청으로 들리거나 그녀의 발소리에 화들짝 놀라는 현상이 나타난 것도 최근의 일이라는 사실을 깨달았다. 우리 집에서 그녀에 관한 이야기라도 할라치면 전보다 더 신경이 쓰였고, 그 이야기가 칭찬이냐 비판이냐에 따라 예전의 소꿉장난 친구였을 때보다 더 강렬한 쾌감이나 불쾌감이 일어났다. 나는 심지어 그 달 미사 중에 그녀를 떠올리기도 했다. 매번 그랬던 것은 아니지만, 그녀 생각에 온통 사로잡혀 있었던 것이 사실이다.

이 모든 것이 나를 밀고했던 주제 지아스의 입을 통해서야 나에게 분명하게 제시되었다. 나는 그의 온갖 악행을 사하여 주었다. 그가 했던 나쁜 말과 저질렀던 나쁜 행동들, 그 악행의 빌미가 되었거나 그로 인해 생겨난 잘못을 용서해주었다. 그 순간만큼은 영원한 '진리'도, 영원한 '선'도, 그 어떤 영원한 '미덕'도 그가 행한 악행에 비견할 순 없었다. 나는 카피투를 사랑하고 있었다! 카피투도 나를 사랑하고 있었다! 나는 발걸음을 내딛다 멈추기를 반복하며, 세상을 다 가진 것 같은 가슴 벅찬 떨림을 진정시키고자 노력했다. 심장이 두근대는 이 첫 느낌, 내가 살아 있다는 사실에 대한 이 자각의 느낌을 나는 결코 잊을 수 없었다. 같은 종류의 다른 어떤 감각적 경험도 그에 필적하지 못하리라고 생각했다. 아마도 내 감각의 기억이기 때문일 것이다. 물론 첫 경험이기 때문이었을 수도 있다.

제13장 카피투

갑자기 근처 집 안에서 외치는 소리가 들렸다.

"카피투!"

그러자 뒤뜰에서 대답했다.

"네, 엄마!"

집 안의 목소리가 다시 외쳤다.

"이리 와보렴!"

나는 나 자신을 주체할 수 없었다. 내 발걸음은 농장으로 이어지는 세 층계를 내려가 이웃집 뒷마당으로 향했다. 그것은 아침나절뿐만 아니라 오후에 늘 펼쳐지는 그들의 일상이었다. 다리도 사람의 인격을 지니고 있다. 팔보다 아래에 위치할 뿐, 머리가 이성적으로 다리를 통제하지 못할 때 다리는 스스로 행동에 나선다. 담장에 내 발걸음이 닿았다. 카피투와 내가 어렸을 때, 어머니가 만들라고 지시했던 통신용 샛문이 그곳에 있었다. 그 샛문에는 열쇠나 걸쇠가 없었다. 한쪽을 밀거나 다른 쪽을 잡아당기면 열리고, 밧줄에 매달린 돌의 무게로 닫히는 구조였다. 그 샛문은 우리가 거의 독차지하다시피 했다. 어릴 적 우리가 서로의 집에 놀러 갈 때마다, 한쪽에서 문을 두드리면 다른 쪽에서는 허리를 굽혀 인사하며 손님을 맞이했었다. 카피투의 인형이 병에 걸리면 나는 의사가 되었다. 주앙 다 코스타 박사의 지팡이를 흉내 내며, 막대기를 짚은 채 그녀의 뒤뜰에 들어서곤 했다. 그러고는 인형의 맥박을 재고, 혀를 보여달라고 요청했다. "귀가 먹었네요. 불쌍한 것!" 카피투는 큰 소리로 외치곤 했다. 그러면 나는 의사처럼 턱을 긁적이다가, 결국 거머리 요법이나 구토제를 처방했다.

이것이 의사의 일반적인 치료법이었다.

"카피투."

"네, 엄마!"

"담벼락 그만 후비고 이리 오너라."

그녀의 어머니 목소리는 이제 더욱 가까워졌다. 이미 뒷문 쪽에 와 있는 듯했다. 나는 마당으로 들어서고 싶었지만, 조금 전까지만 해도 그렇게 바삐 움직이던 다리가 땅에 달라붙은 것 같았다. 마침내 나는 힘껏 문을 밀고 들어갔다. 카피투는 맞은편 담장 아래에서 담벼락을 마주한 채 못을 긁어대고 있었다. 문소리에 그녀는 뒤를 돌아보았다. 나를 보자마자 무언가 숨기려는 듯이 담벼락에 몸을 기댔다. 나는 그녀에게 다가갔다. 자연스럽게 안색이 바뀌었다. 그녀가 나에게 다가와 걱정스러운 듯 물었다.

"무슨 일 있어?"

"나? 아무 일도 없는데."

"그럴 리 없어. 너 뭔가 있어."

아무 일도 없다고 주장하고 싶었지만, 적당한 말을 찾을 수 없었다. 눈과 마음에 온통 정신이 팔려 있었다. 이번에는 그 마음이 틀림없이 입 밖으로 튀어나올 것 같았다. 약간 빛바래고 꽉 죄는 옥양목 원피스를 입은, 키 크고 혈기 왕성한 그 열네 살짜리 소녀에게서 눈을 뗄 수 없었다. 양 갈래로 땋은 굵은 머리카락은 당시 유행처럼 끝을 하나로 묶어 등 뒤로 늘어뜨렸다. 카피투는 어두운색의 맑고 큰 눈, 곧고 긴 코, 얇은 입술과 넓은 턱을 가지고 있었다. 다소 거친 공예 작업에도 불구하고 손은 사랑스럽게 정돈되어 있었고, 화려한 비누나 화장품 향기는 풍기지 않았지만 일반 비누와 우물물로 깨끗이 씻겨 있었다. 그녀는 자신이 직접 바느질해서 만든 오래된 납작한 천 신발을 신고 있었다.

"무슨 일 있지?" 그녀가 되물었다.

"아무 일도 없어." 마침내 나는 더듬거리며 대답했다.

그러고는 바로 고쳐 말했다.

"새로운 소식이 하나 있어."

"무슨 소식?"

나는 내가 신학교에 가게 되었다고 말하고, 그녀가 어떤 표정을 지을지 살펴볼까 생각했다. 그녀가 실망한다면 나를 정말로 좋아하는 것이다. 그렇지 않다면 좋아하지 않는 것이다. 이 모든 계산은 모호하고 신속했지만, 나는 내가 명확하게 이야기하지 못하리라는 것을 알았고, 이제 어찌해야 할 바를 몰랐다…….

"무슨 소식인데?"

"저기……."

그 순간 나는 그녀의 어머니가 말했듯 그녀가 무언가를 쓰기 위해 후벼대던 담벼락에 시선이 멈췄다. 무언가 그어진 자국들이 보였고, 그녀가 그것을 숨기려 했던 것이 생각났다. 나는 가까이에서 보고 싶은 마음에 발걸음을 옮겼다. 그러자 카피투는 나를 붙잡아 세우고는, 내가 도망갈까 두려웠던 것인지, 아니면 어떻게든 나를 막고 싶었던 것인지 앞질러 달려가 글귀를 지웠다. 그 순간 그것이 무엇인지 알고 싶어졌다. 나의 욕망에 불씨를 댕긴 것이다.

제14장 새겨진 글귀

내가 지난 장 끝에서 말한 모든 일은 순식간에 벌어졌다. 그 이후에 벌어진 일은 더 재빠르게 진행되었다. 나는 펄쩍 뛰어 그녀가 담벼락의 글귀를 지우기 전에 못으로 새긴 두 이름을 읽어내는 데 성공했다. 글귀는 다음과 같았다.

벤투
카피톨리나

나는 그녀를 향해 돌아섰다. 카피투의 시선은 바닥을 향해 있었다. 그녀는 천천히 고개를 들었고, 우리는 서로를 바라보았다……. 어린아이들의 사랑 고백, 두세 쪽 정도 써 내려갈 가치가 분명 있겠지만, 나는 지면을 아끼고 싶다. 사실 우리는 아무 말도 하지 않았다. 담장이 우리 대신 말을 해주었다. 우리는 미동도 하지 않다가 조금씩 손을 뻗어 두 손을 꼭 마주 잡은 채 깍지를 꼈다. 그 동작이 지속된 정확한 시간을 재보지는 않았다. 그 시간을 재야 했다. 그날 밤에 글을 남겨두지 않은 것이 아쉽다. 혹여 맞춤법이 틀리더라도 남겨두었더라면 여기 소개했을 것이다. 하지만 아무것도 남겨둔 것이 없었다. 바로 이것이 학생과 사춘기 소년의 차이였다. 나는 사랑의 규칙은 전혀 모른 채 글쓰기 규칙을 배웠다. 라틴어에는 능수능란했지만, 여자 문제에 있어서는 그야말로 숫총각이었다.

우리는 서로 손을 놓지 않았고, 지쳐 떨어뜨리거나 놓치는 일도 없었다. 두 눈이 서로를 바라보다 말다 반복하며 주변을 맴돌다 서로 엉켰다……. 사제가 되기를 꿈꾸던 내가 우측엔 사도서, 좌측엔 복음서를 들고 그녀 앞에 제단처럼 서 있었다. 입은 성배가 될 수 있고, 입술은 문양이 될 수 있었다. 아무도 배우지 않은 라틴어로 새로운 미사를 바치는 일만 남았다. 그것은 바로 인간의 가톨릭 언어다. 독실한 여성 독자들이여, 내가 신성을 모독했다고 여기진 말지어다. 순수한 의도로 문체에서 흥미가 떨어지는 것을 씻어냈을 뿐이다. 그 순간 우리는 하늘을 영접하고 있었다. 신경이 합쳐진 듯 손이 두 사람을 하나의 존재로, 하나의 천사로 만들었다. 눈으로는 계속 많은 이야기를 나눴지만, 마음에서 우러나오는 말은 입 밖으로 감히 꺼낼 생각조차 하지 못한 채 조용히 제자리에 고이 간직해두었다…….

제15장 갑작스러운 또 다른 목소리

갑작스럽게 또 다른 목소리가 들려왔다. 이번에는 남자 목소리였다.

"누가 먼저 웃나 내기라도 하는 게냐?"

카피투의 아버지였다. 그가 그의 아내와 함께 뒷문에 서 있었다. 우리는 재빨리 손을 놓고, 당황한 채 서 있었다. 카피투는 담장으로 가서 못으로 우리의 이름을 슬쩍 지웠다.

"카피투!"

"네, 아빠!"

"내 담장 좀 그만 망가뜨리렴."

카피투는 새겨진 글귀를 못으로 긁어 감쪽같이 지웠다. 파두아가 무엇을 하고 있는지 보려고 뒤뜰로 나왔지만, 그의 딸은 이미 사람의 형상을 한 다른 것을 그리기 시작한 뒤였다. 그녀는 그것이 그의 초상화라고 말했다. 그러더니 이내 아버지의 초상화가 될 수도 있지만, 어머니의 초상화가 될 수도 있다고 했다. 그 말에 그는 웃음을 터뜨렸다. 그게 결정타였다. 이후 그는 미심쩍은 눈초리를 거두진 않았지만, 적어도 우리의 모습을 발견했을 때보다는 덜 의심스러운 태도로, 화내는 기색 없이 온화한 표정으로 우리에게 다가왔다. 땅딸하게 작은 키에, 팔다리가 짧고 허리가 구부정한 탓에 주제 지아스는 그에게 '거북이'라는 별명을 붙였더랬다. 우리 집안 그 누구도 그를 그렇게 부르지는 않았다. 객식구만이 그렇게 부를 뿐이었다.

"너희들 누가 먼저 웃나 내기하고 있었던 게냐?" 그가 물었다.

나는 근처의 딱총나무를 바라보았다. 카피투가 우리 둘을 대표해 대답했다.

"네, 아버지, 내기 중이었어요. 그런데 벤치뉴가 못 참고 금방 웃어버리네요."

"내가 문에서 보니, 안 웃고 있던데."

"이미 웃고 난 뒤였거든요. 참을 수가 없나봐요. 보실래요?"

그러곤 그녀는 진지하게 내 눈을 바라보며, 나를 게임에 초대했다. 나는 당연히 깜짝 놀랐다. 파두아의 등장 여파로, 아무리 그렇게 해야만 하는 상황이라 해도 카피투의 대답을 정당화할 만큼 웃을 수가 없었다. 기다림에 지친 카피투는 아버지가 옆에 있어서 내가 웃지 않는다며 얼굴을 피했다. 그 말에도 나는 웃지 못했다. 시간이 지나야만 배우는 것들이 있다. 일찍 터득하기 위해서는 타고나야 한다. 늦게 억지로 배우는 것보다는 일찍 자연스럽게 배우는 것이 낫다. 몇 마디 더 주고받고 난 후에, 카피투는 여전히 집 문 앞에 서 있던 어머니에게로 갔다. 나와 그녀의 아버지는 그녀에게서 눈을 떼지 못했다. 그녀의 아버지는 그녀와 나를 번갈아 바라보며, 온화함이 가득한 표정으로 말했다.

"누가 저 꼬마 숙녀를 열네 살이라고 하겠습니까? 열일곱은 되어 보이는데. 어머님은 잘 지내시지요?" 그의 몸은 계속해서 나를 향해 있었다.

"네, 잘 지내세요."

"며칠 동안 뵙지 못했습니다. 박사님께 후드 코트를 드리려고 했는데, 그것도 못 하고 말이지요. 집에서 업무를 보고 있거든요. 밤마다 보고서를 쓰느라 암울하게 보내고 있지요. 제 명금(鳴禽)을 보셨습니까? 저 안에 있네요. 방금 새장을 가지러 가던 참이었습니다. 와서 보세요."

나의 욕망 따위는 안중에도 없었다는 것은 굳이 천지의 맹세가 아니더라도 쉽사리 이해될 것이다. 나의 욕망대로라면 당장 카피투를 따라가서 우리 앞에 놓인 문제에 관해 이야기해야 했다. 그러나 다른 사람도 아닌 그녀의 아버지였고, 더구나 그는 새라면 껌뻑 죽었다. 파두아는 다양한 종류와 색상의 크고 작은 새들을 소유하고 있었다. 집 한가운데에 있는 뜰은 카나리아 우리가 둘러싸고 있어 소음이 엄청났다. 그는 다른 아마추어 사육자들과 새를 교환하거나 그들로부터 새를 구매했고, 일부는 포획용 틀을 설치해 뒤뜰에서 직접 잡았다. 새들이 병에라도 걸리면 사람처럼 지극정성으로 돌봤다.

제16장 임시 관리자

파두아는 전쟁부 산하 부서에 근무하는 직원이었다. 돈을 많이 벌지는 못했지만, 그의 아내가 알뜰해서 규모 있게 살림을 꾸려나갔다. 더구나 그가 살던 집은 우리와 같은 2층집으로, 비록 작기는 했지만 자기 소유였다. 그는 1000만 헤이스• 라는 큰 금액의 반장짜리 복권에 당첨되는 행운을 얻어 그 집을 장만했다. 복권에 당첨되었을 때, 파두아는 속으로 카보베르데산 말 한 필과 아내에게 선물할 다이아몬드 구매, 가족묘장만, 유럽에서 새들을 주문하는 등의 계획을 구상하고 있었다. 그러나 집 뒷문에 서서 딸과 이야기하고 있는, 딸처럼 큰 키에 혈기 왕성하고, 똑같은 생각과 똑같은 맑은 눈을 지닌 저 포르투나타 부인은 집을 먼저 사고, 남은 돈은 모아두었다가 큰일이 생길 때 쓰자고 했다. 파두아는 많이 망설였다. 결국 그는 포르투나타 부인이 도움을 요청한 우리 어머니의 조언에 굴복해야만 했다. 어머니가 그들에게 쓸모가 있었던 것은 이 때뿐만이 아니었다. 파두아의 생명을 구한 적도 있었다. 들려주겠다. 짧은 일화다.

파두아가 일하는 부서의 관리자가 북부로 이임되었을 때였다. 파두아는 일반적인 승계 규칙 혹은 특별 임명 절차를 거쳐, 격식에 따라 해당 업무의 수당을 받으며 관리자 업무를 수행하게 되었다. 이 운명의 변화는 그의 시야를 흐리게 만들었다. 10콘투••에 당첨되기 전이었다. 그는 의복과 식료품 저장실을 교체하는 데 만족하지 않고, 불필요한 지출을 마구잡이로 해댔다. 아내에게 보석을 사주었고, 파티가 있을 때

• 브라질의 옛 화폐단위.

•• 100만 헤이스를 의미하는 브라질의 옛 화폐단위 '콘투 지 헤이스'.

면 새끼 돼지를 잡았다. 극장에도 드나들기 시작하더니 에나멜가죽 구두를 신기에 이르렀다. 그는 임시 관리자 업무가 영원히 지속되리라 생각하며 22개월 동안 그렇게 살았다. 어느 날 오후 침울한 표정에 넋이 나간 모습으로 우리 집에 온 그는 그날 아침 관리자가 돌아와서 자리를 잃게 되었다고 털어놨다. 그는 우리 어머니에게 자신이 두고 갈 불쌍한 가족을 돌봐달라고 부탁했다. 그러고는 그 불행을 참기 힘들어 스스로 목숨을 끊겠다고 했다. 어머니는 그를 좋게 타일렀지만, 그는 아무 말도 들으려 하지 않았다.

"아니요, 사모님, 저는 그런 치욕을 받아들일 수 없습니다! 가족을 끌어내려 예전으로 돌아가라니요…… 말씀드렸잖아요, 자살하겠다고! 저는 제 가족에게 이 비참한 상황을 털어놓을 수 없습니다. 하물며 다른 사람들에게는 할 수 있겠어요? 이웃들은 뭐라고 할까요? 그리고 친구들은요? 대중은요?"

"무슨 대중이요, 파두아 씨? 그만하세요. 남자답게 구셔야죠. 당신의 아내에게는 당신밖에 없다는 것을 기억하세요……. 그리고 어떻게 해야 하냐고요? 남자잖아요……. 남자답게 행동하세요.

파두아는 눈물을 닦으며 집으로 돌아갔고, 며칠 동안 엎드려 말도 하지 않은 채, 골방에 처박혀 있거나 뒤뜰 우물가에서서 마치 죽음에 관한 생각이 여전히 마음속에 남아 있는 사람처럼 지냈다. 포르투나타 부인은 그를 꾸짖었다.

"여보, 당신이 애예요?"

그러나 그가 죽음에 관한 이야기를 너무 많이 하자 겁에 질린 그의 아내는 어느 날 어머니에게 남편의 목숨을 구해달라고 청하기 위해 달려왔다. 어머니는 우물가에서 그를 발견하고는 그를 따끔하게 야단쳤다. 겨우 수당 조금 덜 받고 임시직을 잃는 것 따위로 그 난리를 치는 게 얼마나 황당한 일인지 이야기했을까? 그렇게 생각하면 오산이다. 아내와 딸을 본받아 한 가정의 아버지로서 남자답게 행동해야만 한다고 했다……. 파두아는 그 말에 수긍했다. 우리 어머니의 뜻에 따라 힘을 내보겠다고 했다.

"제 뜻이 아니죠. 당신의 의무예요."

"네, 그러면 의무라고 해두죠. 그게 그런 건지는 모르겠지만."

그 후 며칠 동안 그는 시선을 바닥에 떨군 채 벽을 따라 집 안팎을 계속 걸어 다녔다. 임시 관리직을 맡기 이전에도 이웃에게 미소를 지으며 눈을 맞추고 인사를 건네느라 중절모가 해어질 정도로 벗었다 썼다 반복하던 사람은 아니었다. 몇 주가 지나고 상처가 치유된 파두아는 집안일에 관심을 두기 시작했고, 새들을 돌보고, 밤낮으로 평화롭게 자고, 대화를 나누며 거리의 소식을 전하기 시작했다. 평온한 일상이 돌아왔다. 그와 함께 밝은 모습도 되찾았다. 어느 주일날, 두 친구와 점수 내기 카드놀이를 하러 간 그는 웃고 있었고, 농담을 주고받으며 평소 모습을 되찾은 상태였다. 상처가 완전히 아문 것이다.

시간이 지나면서 흥미로운 현상이 나타났다. 파두아는 수

당에 대한 아쉬움도, 직위를 잃은 것에 대한 부끄러운 기색도 없었고, 심지어 빛바랜 추억을 되새기듯 자랑스럽게 임시 관리직에 관해 이야기하기 시작했다. 임시 관리직은 그의 이야기가 시작되는 헤지라•가 되었다.

"내가 관리자였을 때……."

혹은 이렇게.

"아! 네, 기억나네요. 제가 임시 관리직을 맡기 전, 한두 달 전이었죠……" 아니면 "잠깐만, 내가 임시 관리직을 맡았던 것이…… 응, 그러네, 한 달 반 전이었어. 한 달 반 전, 정확히 그때였어".

또는 심지어 이렇게.

"정확히, 내가 임시 관리직을 수행한 지 6개월째 되던 때였어……."

이것이 짧게 맛본 부귀영화의 뒷맛이다. 주제 지아스는 그에게 허세만 남았다고 떠벌려댔지만, 모든 것을 성경의 뜻으로 받아들이는 카브라우 신부는 옆집 파두아의 일화가 욥에 대한 엘리바스의 이야기를 시사한다고 말했다. "전능자의 징계를 거절하지 말지어다. 그분은 상처를 입혔다가도 치료해 주신다."

• 예언자 마호메트가 박해를 피해 소수의 신도와 함께 메디나로 이주한 일. 이해를 이슬람력의 기원 원년으로 한다.

제17장 책벌레

"그분은 상처를 입혔다가도 치료해주신다!" 나중에 아킬레우스의 창도 스스로 낸 상처를 치유한다는 것을 알았을 때, 나는 이 주제로 이런저런 생각들을 엮어 논문을 쓰고 싶었다. 심지어 오래된 책들, 고서들, 케케묵은 책들을 구해다가 펼쳐 비교하며, 이교 신탁과 이스라엘 사상의 공통된 기원을 찾기 위해 원문과 그 의미를 파헤치기도 했다. 나는 책벌레가 갉아먹은 원문의 내용을 알아내기 위해 책에서 진짜 벌레를 잡기도 했다.

"주인님." 길고 통통한 벌레가 대답했다. "저희는 저희가 갉아먹은 글에 대해 전혀 알지 못하며, 저희가 무엇을 갉아먹을지 선택하거나, 갉아먹은 것에 대해 호불호를 드러내지도 않습니다. 저희는 갉아먹을 뿐이죠."

나는 그 벌레에게서 더는 아무것도 취하지 않았다. 다른 모든 벌레도 마치 그 말을 전해 듣기라도 한 것처럼, 같은 말을 찬송가처럼 반복했다. 어쩌면 갉아먹은 글에 대한 이 은밀한 침묵이 갉아먹은 것을 여전히 갉아먹는 방식이었을지도 모른다.

제18장 계획

카피투와 내가 응접실에서 신학교에 관해 이야기하고 있을 때는 그녀의 아버지도 어머니도 우리를 보러 오지 않았다. 카피투는 나에게 시선을 고정한 채 어떤 소식이 나를 그토록 괴롭혔던 것인지 알고 싶어 했다. 내가 그것이 무엇인지 이야기하자, 그녀의 얼굴이 새하얗게 질렸다.

"하지만 나는 가기 싫어." 나는 재빨리 그녀를 안심시켰다. "신학교에 들어가고 싶지 않아. 안 들어갈 거야, 강요해봤자 소용없어. 안 들어가."

처음에 카피투는 아무 말도 하지 않았다. 그녀의 시선이 나를 벗어나 자신의 내면을 향했다. 동공이 풀려 초점을 잃고 흐릿해진 눈으로, 입은 반쯤 벌린 채, 꼼짝도 못 하고 멍하니 있었다. 그래서 나는 그 진술에 힘을 실어주기 위해 신부가 되지 않겠다고 맹세하기 시작했다. 그때 나는 삶과 죽음을 두고 여러 번이나 엄중하게 맹세했었다. 나는 죽음의 순간을 걸고 맹세했다. 내가 신학교에 가면 죽음의 순간에 빛이 나를 거두지 않을 것이라고. 카피투는 믿고 안 믿고를 떠나 아예 들으려고조차 하지 않는 것 같았다. 나무토막 같았다. 그녀를 불러 흔들어 깨우고 싶었지만 용기가 나질 않았다. 나와 같이 뛰어놀고, 춤추고, 함께 낮잠을 청하기도 했던 그 소녀가 이제 내 팔조차 옴짝달싹하지 못할 만큼 겁에 질리게 했던 것이다. 마침내 정신을 차린 그녀가 새파랗게 질린 얼굴로 격렬한 말을 내뱉었다.

"미친 광신도 같으니라고!"

나는 어안이 벙벙했다. 카피투는 어머니를 무척 좋아했고, 어머니도 그녀를 많이 좋아했기 때문에 나는 그런 격렬한 반응을 이해할 수 없었다. 물론 그녀도 나를 좋아했던 것이 사실이며, 어쩌면 이별의 위협이 그녀에게 이러한 악의까지 품게 할 만큼 나를 아주 많이 좋아했다고 설명할 수도 있을 것이다. 그러나 어머니에게 그렇게 나쁜 말을 사용하고, 특히 그녀 자신의 종교적 관습에 대해 모욕적인 언사를 일삼는 부적절한 행동은 어떻게 설명할 수 있을까? 그녀 또한 미사에 갔고, 어머니가 그녀를 우리의 오래된 마차에 태워 데려간 적도 서너 번 있었다. 게다가 어머니는 그녀에게 묵주, 황금 십자가, 기도서도 주었다……. 나는 어머니를 변호하고 싶었지만, 카피투가 허락하지 않았다. 그녀는 연신 어머니를 광신도라고 불렀다. 그녀의 부모님이 그 말을 들을까 두려웠다. 나는 그녀가 그때만큼 화난 것을 본 적이 없었다. 상대가 누구든 개의치 않고 아무 말이나 할 태세였다. 그녀는 이를 악물고 고개를 저었다……. 나는 겁에 질려 어찌할 바를 몰라 맹세를 되풀이했고, 그날 밤 집에 가서 어떤 대가를 치른다 해도 신학교에는 입학하지 않겠다고 선언할 것을 약속했다.

"네가? 너는 들어갈 거야."

"아니야."

"들어갈지 말지 곧 알게 되겠지."

그녀는 다시 침묵했다. 그녀가 다시 입을 열었을 때는 태도가 달라진 뒤였다. 아직 평소 카피투 같지는 않았지만, 거의 원래의 모습을 되찾은 상태였다. 그녀는 진지했고, 평온한 모습으로 조용히 말했다. 우리 집에서 나눴던 대화를 알고 싶어 했다. 나는 그녀와 관련된 부분은 빼고 모든 것을 말했다.

"주제 지아스 아저씨가 신학교 입학을 부추기는 이유가 뭐야?" 마지막에 그녀가 나에게 물었다.

"별다른 이유가 있어서라기보다는 상처를 주려는 거야. 정말 나쁜 사람이야. 하지만 내가 갚아줄 거야. 내가 집주인이 되면, 집을 나갈 사람은 아저씨가 되겠지. 잘 봐. 단 한시도 머물지 못하게 할 테니. 어머니는 너무 착해. 아저씨를 지나치게 배려하거든. 울기까지 했어."

"아저씨가?"

"아니, 어머니가."

"왜 우셨어?"

"모르겠어. 아저씨가 어머니에게 울지 말라고 말하는 것을 들었어. 울 일이 아니라고……. 아저씨는 말해놓고 미안했던지 자리를 뜨더라고. 나는 들키지 않으려고 빠져나와 발코니로 달려왔어. 하지만 언젠가 나에게 대가를 치르게 될 거야!"

나는 주먹을 불끈 쥐며 이렇게 말하고는 다른 협박도 쏟아냈다. 이런 기억을 회상하며, 나는 내가 우스꽝스럽다고 생각하지 않는다. 이 점에 있어서는 청소년기와 유년기는 우스꽝스러운 것이 없다. 그것은 그 시절의 특권 중 하나다. 이러한 악행이나 위험한 행동은 젊었을 때 시작되어 장년기를 거쳐 노년기에 최고조에 달한다. 열다섯 살에는 아무것도 행동에 옮기지 못하면서도 위협적인 언사를 쏟아내는 데서 어떤 재미를 느끼게 마련이다.

카피투는 생각에 잠겼다. 그녀가 생각에 빠지는 것은 드문 일이 아니었고, 눈을 가늘게 내리깔고 있는 모습만으로도 그 사실을 짐작할 수 있었다. 그녀는 나에게 몇 가지 상황과 그때 오갔던 말, 어조에 대해 더 물었다. 나는 대화의 발단, 즉 그녀에 관한 이야기는 꺼내고 싶지 않았기 때문에, 그 의미를 온전히 전달할 수는 없었다. 이제 카피투는 유독 어머니의 눈물에 관심을 보였다. 그 눈물의 의미를 이해하지 못했던 것이다. 그러고는 어머니가 나를 정말 사제로 만들고 싶었던 것은 아닌 듯하다고 말했다. 그것은 어머니가 하느님이 두려워 지키지 않을 수 없었던 오래된 맹세 때문인 것 같다고 했다. 나는 그녀가 조금 전에 자신이 입힌 마음의 상처를 이렇게 자발적으로 치유해주는 모습을 보고 너무 기뻤던 나머지 그녀의 손을 잡아 꼭 쥐었다. 카피투는 웃으며 손을 빼지 않은 채 그대로 있었다. 대화가 잠잠해지더니 한동안 정적이 흘렀다. 우리는 창문으로 갔다. 얼마 전부터 코카다•를 팔러 다니기 시작한 흑인 노예가 그녀 앞에 서서 물었다.

"아씨, 코카다 드실래요?"

• 야자열매로 만든 과자.

"아니요." 카피투가 대답했다.

"코카다가 맛있어요."

"저리 가요." 그녀가 단호하게 대답했다.

"이리 주세요!" 나는 손을 내밀어 두 개를 받으며 말했다.

두 개를 샀지만, 나 혼자 먹어야 했다. 카피투는 거절했다. 나는 내가 위기의 한가운데서도 코카다를 살 마음의 여유가 있다는 사실을 깨달았다. 이것은 불완전함만큼이나 완벽함을 의미할 수 있지만, 그러한 정의를 내리고 있을 때가 아니었다. 그토록 침착하고 총명한 내 여자친구가 단것을 거절했다는 사실을 주목해야만 한다. 게다가 그녀는 평소 단것이라면 껌뻑 죽었다. 흑인이 읊조리던 노래는 동네 사람이라면 누구나 아는, 우리의 어린 시절 오후마다 울려 퍼지던 너무나 친숙한 노래였다.

> 울어라, 꼬마야, 울어라,
> 울어라, 땡전 한 푼 없으니

그 노래가 카피투의 신경을 건드렸다. 멜로디 때문은 아니었다. 그 멜로디는 멀리서 듣고도 알아차릴 정도로 그녀에게 너무나 친숙했다. 우리는 어린 시절 웃고 뛰어다니며 서로 번갈아 단것을 사고파는 행상 놀이를 하곤 했고, 그때마다 그녀는 그 노래를 불렀다. 그녀의 기분을 상하게 한 것은 아이들의 허영심을 자극하기 위해 고안된 가사였다. 그녀는 나에게 말했다.

"내가 부자였다면, 네가 도망가서 증기선을 타고 유럽으로 갈 수 있게 할 텐데."

그렇게 말하면서 내 눈을 쳐다보았지만, 내 눈빛에서 그녀가 뭔가 다른 뜻을 읽었다고 생각하지는 않는다. 그저 그녀의 좋은 의도에 대해 고마운 마음을 전했을 뿐이다. 사실 그 느낌이 너무 친근해서 그 돌발 발언의 비범한 면은 무마될 수 있었다.

보다시피 열네 살의 카피투는 이미 대담한 생각을 하고 있었지만, 나중에 알게 된 다른 생각들에 비하면 훨씬 양호했다. 그러나 그 생각 자체만 대담할 뿐 실제 행동에 옮길 때는 적절하고 융통성 있으며 눈에 거슬리지 않게 처리했고, 한 번에 도달하기보다는 조금씩 나눠서 제안된 목표에 도달했다. 내가 제대로 설명했는지 모르겠다. 작은 수단으로 실행되는 위대한 계획을 상상하면 된다. 그래서 나를 유럽으로 보내고 싶은 막연한 가상의 욕망을 포기하지 않았다면, 카피투는 그것을 실현하기 위해 나를 증기선에 태워 도망가게 하지는 않았을 것이다. 여기서부터 유럽까지 카누를 연결한 뒤, 나를 흔들리는 다리를 건너 리우의 라지 요새로 보내는 듯했다가 실제로는 어머니를 해변에 기다리게 두고 보르도로 보냈을 것이다. 이것이 내 여자친구가 지닌 성격의 특징이었다. 따라서 그녀가 나의 공개적인 저항 계획에 반대하고, 오히려 우리가 도움을 요청할 수 있는 사람들을 미리 조사하여 오랜 시간 대화하고 공을 들이는 부드러운 수단을 통해, 느리고 일상적인 설득을 시도하려던 것은 놀랄 만한 일이 아니었다. 코즈미 삼촌은 그녀가 거부했다. 삼촌이 '보아 비다'•라고 불리는 한량이기 때문이었다. 삼촌은 내 서품에 찬성하지 않더라도 그것을 막기 위해 손가락 하나 까딱하지 않을 것이다. 삼촌보다는 주스치나 당이모가 낫고, 권위가 있다는 점에서 카브라우 신부가 두 사람보다 나았다. 하지만 사제가 교회의 뜻을 거스를 리는 없었다. 내가 하느님의 거룩한 부르심을 받지 못했다고 그에게 고백한다면 모를까…….

"고백해도 될까?"

"글쎄, 하지만 만천하에 알려질 테니, 더 좋은 방법이 있어. 주제 지아스 아저씨야……."

"아저씨가 뭘 할 수 있겠어?"

"해볼 만한 시도일지도 몰라."

"하지만 그 말을 꺼낸 사람인데……."

"상관없어." 카피투는 계속했다. "이제 다른 이야기를 하게 될 거야. 아저씨는 너를 많이 좋아해. 아저씨에게 쭈뼛대며 말하지 마. 네가 할 일은 겁내지 않고, 네가 집주인이 될 것이라는 사실과 네가 원하면 뭐든 할 수 있다는 것을 보여주기만 하면 돼. 그것이 호의가 아닐 수도 있음을 깨닫게 해주는 거지. 그리고 아저씨를 칭찬해줘. 칭찬받는 것을 매우 좋아하

• '좋은 인생'이라는 뜻의 포르투갈어.

니까. 글로리아 아주머니는 아저씨를 배려하지만 중요한 것은 그게 아니야. 아저씨는 너를 섬기기 위해 다른 누구보다 훨씬 더 열심히 떠들게 될 거야."

"나는 그렇게 생각하지 않아, 카피투."

"그럼 신학교에 가든지."

"그건 아냐."

"밑져야 본전이잖아? 해보자. 내가 말하는 대로 해. 글로리아 아주머니가 마음을 바꿀 수도 있어. 실패하면 다른 방법을 동원하면 돼. 카브라우 신부님께는 그때 가서 도움을 청해도 되고. 두 달 전에 처음으로 극장에 갔던 일 기억 안 나? 글로리아 아주머니가 가고 싶어 하지 않으니까 주제 지아스 아저씨조차 어쩔 도리가 없었지. 그런데 아저씨가 가고 싶어서 일장 연설을 했잖아. 기억나?"

"기억나. 극장은 관습을 가르치는 학교라고 했어."

"맞아. 하도 이야기해서 너희 어머니가 결국 승낙하고 두 사람 입장료를 내줬잖아……. 가서 아저씨에게 부탁하든 명령하든 해. 상파울루에서 법학을 공부할 준비가 되었다고 말해."

나는 기쁨으로 몸을 떨었다. 상파울루는 깨지기 쉬운 병풍이었고, 영적이고 영원한 두꺼운 벽이 아닌 언젠가는 제거될 운명이었다. 나는 알려준 대로 주제 지아스에게 말하겠다고 약속했다. 카피투는 일부 중요한 것들을 강조하며 같은 말을 반복했다. 그런 다음 내가 올바르게 이해했는지, 서로 바꿔서 이해한 것은 아닌지 확인하려고 나에게 질문했다. 그녀는 물을 가져올 의무가 있는 사람에게 물 한 잔을 요청하는 것처럼 정중하지만 부담 없이 요구해야 한다고 했다. 나는 그날 아침 내 여자친구의 행동을 더 잘 이해할 수 있도록 이러한 세부 사항을 이야기하는 것이다. 곧 저녁이 되고 아침이 되어 첫째 날이 되리니, 〈창세기〉에 일곱 날이 차례로 만들어짐과 같으리라.

제19장 반드시

내가 집에 돌아왔을 때는 밤이었다. 서둘러 왔지만 발걸음을 재촉하지는 않았다. 객식구에게 어떻게 말을 꺼내야 할지 생각할 시간이 없었기 때문이다. 나는 내가 쓸 단어와, 건조한 말투와 자비로운 말투 사이에서 어조를 선택하여 머릿속에 할 말을 정리했다. 집에 들어가기 전에 농장에서 나는 그 말이 적절한지, 카피투의 조언을 제대로 따랐는지 확인하기 위해 혼자 되뇐 후 큰 소리로 연습했다. "내일 아저씨에게 '반드시' 드릴 말씀이 있어요. 장소를 정해서 제게 말씀해주세요." 나는 한 마디씩 천천히 내뱉었고, '반드시'라는 단어는 밑줄이라도 긋듯이 더 천천히 이야기했다. 그 후에도 몇 번이고 되뇌었다. 그런데 그 말투가 솔직히 지나치게 건조하고 퉁명스럽다시피 해서 아이가 어른에게 사용하기에는 적절하지 않는다는 생각이 들었다. 나는 다른 단어를 선택하고자 연습을 멈췄다.

결국 나는 스스로 기분을 상하게 하지 않는 어조로 이야기 한다면, 어떤 단어를 사용해도 괜찮다는 결론을 내렸다. 그도 그럴 것이 여러 차례 말을 반복하면 반복할수록 거의 간청하는 것처럼 들렸다. 너무 강하거나 너무 약하지 않게, 중간 어조를 유지하기만 하면 충분했다. '그리고 카피투가 옳았어'라고 나는 생각했다. '내 집이고, 아저씨는 그저 객식구일 뿐이야……. 영리한 분이니, 나를 위해 아주 쓸 만한 일꾼이 되어 어머니의 계획을 접게 만들 수도 있어.'

제20장 천 번의 〈주님의 기도〉와 천 번의 〈성모송〉

눈을 들어 어두워지기 시작하는 하늘을 보았지만, 구름이 낀 건지 아닌지 분간할 수가 없었다. 나는 다른 하늘을 향해 내 영혼을 들어 올렸다. 그곳은 내 피난처이자 내 친구였다. 그러고는 나 스스로에게 다짐했다.

"만일 주제 지아스 아저씨가 제가 신학교에 가지 않게 해준다면, 천 번의 〈주님의 기도〉와 천 번의 〈성모송〉을 올리겠다고 약속합니다."

엄청난 양이었다. 그도 그럴 것이 이미 지키지 못한 맹세가 가득 차 있었다. 마지막 맹세는 이백 번의 〈주님의 기도〉와 이백 번의 〈성모송〉을 바치겠다는 약속이었다. 산타테레자에 놀러 갔던 어느 오후에 비가 오지 않게 해달라고 청했었다. 비는 내리지 않았지만, 나는 기도를 올리지 않았다. 나는 어렸을 때부터 하늘에 은총을 구하는 일에 익숙했다. 만일 소원이 이루어지면 기도로 보답하겠다고 했다. 하지만 맹세는 해놓고 기도를 미루기 일쑤였고, 계속 쌓이면 잊히게 마련이었다. 그렇게 횟수는 스무 번, 서른 번, 쉰 번으로 늘어갔다. 그러다 백 단위에 진입했고, 이제 천 단위에까지 진입하게 되었다. 기도의 양으로 신의 뜻을 매수하는 방식이었다. 매번 새로운 맹세를 할 때마다 오래된 빚을 청산한다는 생각이었던 셈이다. 그러나 요람에서 가져온 영혼의 나태는 살아가면서 저절로 사라지는 것이 아님을 어찌 알았겠는가! 하늘은 나에게 은혜를 베풀었고, 나는 보답을 미루었다. 결국 나는 셈을 포기했다.

'천 번, 천 번.' 나는 속으로 되뇌었다.

실로 그 은혜의 실체는 어느새 내 존재 전체의 구원이나 파멸에 버금갈 정도로 어마어마해졌다. 천 번, 천 번, 천 번. 모든 연체금을 한 번에 지급하려면 큰 금액이 필요했다. 하느님은 건망증에 짜증이 나서 큰돈이 아니면 내 말을 듣기를 거부할 수도 있었다……. 아이의 이러한 걱정이 우스꽝스럽다고 생각되지 않는 진지한 독자라면 아마도 지루함을 느낄 수도 있겠다. 숭고함과는 분명 거리가 멀기 때문이다. 나는 영적 빚을 어떻게 갚을지 많이 고민했다. 내 계획의 의도를 고려했을 때, 전액을 지급하고 내 양심의 책을 '적자' 없이 마감할 수 있는 다른 방법을 찾지 못했다. 미사 백 번 드리기, 무릎을 꿇은 채로 글로리아 언덕을 올라 미사 한 번 드리기, 약속의 땅으로 성지순례를 가는 것과 같은 늙은 노예 어멈들이 나에게 들려준 유명한 모든 맹세가 떠올랐지만 마음이 썩 내키지 않았다. 무릎을 꿇고 언덕을 오르는 고행은 너무 어려웠다. 무릎이 상처투성이가 될 것이 뻔했다. 약속의 땅은 너무 멀었다. 미사는 수도 없이 많았다. 다시 한번 내 영혼을 저당 잡힐지도 모를 일이었다…….

제21장 주스치나 당이모

발코니에서 나는 이리저리 서성거리는 주스치나 당이모를 발견했다. 그녀는 계단 아래로 내려와 나에게 어디 있었는지 물었다.

"근처에서 포르투나타 부인과 이야기를 나누다가 시간이 이렇게 된 줄 몰랐어요. 늦었죠? 엄마가 저 찾으셨어요?"

"찾으셨고말고. 그런데 내가 이미 네가 왔다고 했어."

그 거짓말은 솔직함 못지않게 나를 놀라게 했다. 주스치나 당이모는 위선을 떨 줄 모르는 사람이었다. 그녀는 페드루에게 자신이 파울루를 얼마나 나쁘게 생각하는지, 파울루에게 페드루를 어떻게 생각하는지 곧이곧대로 말하는 사람이었다. 그런 이모가 거짓말을 했다고 나에게 고백하다니 의외였다.

그녀는 여윈 몸과 창백한 피부를 지닌 40대 중년 여성으로, 가는 입술에 호기심 어린 눈을 가지고 있었다. 우리 어머니의 호의 덕분에 우리와 함께 살고 있었지만, 이기적인 동기에서 비롯된 것이기도 했다. 우리 어머니는 늘 근처에 가까운 여성을 두기를 원했고, 낯선 사람보다 친척을 선호했다.

우리는 등불이 켜진 발코니를 몇 분 동안 걸었다. 이모는 내가 어머니의 교회 청사진을 잊지 않았는지 알고 싶어 했고, 내가 잊지 않았다고 말하자 나에게 성직자의 삶에 대해 어떻게 생각하는지 물었다. 나는 모호하게 대답했다.

"신부의 삶은 매우 아름답죠."

"그래, 아름답지. 그러나 내가 묻고 싶은 것은 네가 신부가 되고자 하는지에 대한 것이란다." 그녀는 웃으며 설명했다.

"엄마가 원한다면 저도 좋아요."

"글로리아 사촌은 네가 서품되기를 간절히 원하지만, 네 어머니가 원치 않는다고 하더라도 네가 신학교에 가기를 간절히 바라는 누군가가 여기 이 집에 또 있어."

"누구죠?"

"아유, 누구냐니! 누구겠니? 코즈미 사촌은 아니야. 그런 걸 신경 쓰는 사람이 아니지. 나도 아니고."

"주제 지아스 아저씨인가요?" 내가 결론을 내렸다.

"맞아."

나는 아무것도 모른다는 듯이 눈살을 찌푸렸다. 주스치나 당이모는 주제 지아스가 어머니에게 옛 맹세를 상기시켰던 그날 오후의 사건을 전했다.

"글로리아 사촌은 시간이 지나면 그 맹세를 잊어버릴지도 몰라. 그런데 누군가 항상 옆에서 신학교 이야기를 하면 어떻게 잊을 수 있겠니? 게다가 그 사람이 늘어놓는 연설과 교회에 대한 찬사, 사제의 삶에 대해 이러쿵저러쿵, 그 특유의 말투로 분위기를 잡는다면……. 그 사람은 나쁜 영향을 끼칠 뿐이라는 걸 명심해. 이 등불만큼이나 종교에 맹목적이거든. 그래, 그게 사실이야, 요즘 같은 세상에. 조심하도록 해……. 오늘 오후에는 네가 상상할 수도 없는 이야기를 했단다."

"그런데 왜 갑자기 그런 이야기를 한 거예요?" 나는 그녀가 옆집 여자아이와 내가 연애하는 사실을 밀고했다는 이야기를 하는지 확인하기 위해 물었다.

이모는 말하지 않았다. 그저 말할 수 없는 다른 이유가 있다는 몸짓을 했을 뿐이다. 다시 이모는 조심하라고 말했다. 그리고 주제 지아스에 대해 생각하고 있던 모든 나쁜 점을 조목조목 읊어댔다. 적지 않았다. 음모꾼에 아첨꾼, 투기꾼인데다 겉으로 보기에만 공손한, 저속하고 천박한 사람이라고 했다. 나는 잠시 후 이렇게 말했다.

"이모님, 저와 함께 일을 도모해보시겠어요?"

"무슨 일?"

"하실 수 있을까요? 제가 신부가 되고 싶지 않다면…… 엄마에게 청할 수 있으시겠어요?"

"그건 안 돼." 이모가 재빨리 끼어들었다. "글로리아 사촌의 머릿속에는 그 계획이 확고하게 자리 잡고 있어서 세상 무엇도 네 엄마의 마음을 바꿀 수는 없어. 그저 시간만이 해결해 줄 수 있을 뿐이지. 네가 아직 어렸을 때, 이미 주변의 모든 친구와 그냥 아는 사람들에게까지 이 사실을 말했단다. 네 엄마에게 그 일을 또 겪게 할 수는 없어. 다른 사람의 불행을 위해 일하고 싶진 않거든. 다른 것을 청하는 것도 할 수 없단다. 만약 네 엄마가 나에게 조언을 구한다면 그렇게 하마. '주스치나 사촌, 어떻게 생각하세요?'라고 물으면, 나는 '글로리아 사촌, 그 아이가 사제가 되고 싶다면 가도 되지만, 그렇지 않다면 이곳에 머물도록 하는 게 좋겠어요'라고 답할 테다. 언젠가 네 엄마가 나에게 조언을 구한다면 그렇게 말하고말고. 하지만 청하지도 않은 조언은 할 수가 없구나."

제22장 다른 사람의 감정

나는 그 이상 아무것도 얻지 못했고, 결국 요청한 것을 후회했다. 카피투의 조언을 따랐어야 했다. 내가 안으로 들어가려고 하자 주스치나 당이모는 몇 분 동안 나를 붙잡고 더위와, 다가오는 원죄 없이 잉태되신 복되신 동정 마리아 대축일, 나의 어릴 적 성가극에 이어, 마침내 카피투에 대해 이야기했다. 이모는 카피투에 대해 나쁜 말을 하지 않았다. 오히려 예쁜 아가씨가 될 거라고 했다. 두려움이 나를 주저하도록 했기에 망정이지, 이미 그녀가 아름답다고 생각하던 나는 하마터면 그녀가 세상에서 가장 아름다운 생명체라고 소리칠 뻔했다. 그러나 주스치나 당이모가 카피투의 행동거지와 진중함, 습관, 부모에 대한 헌신, 우리 어머니에 대한 애정을 칭찬하기 시작하면서 나 역시 고무되어 그녀를 칭찬하기에 이르렀다. 말로 표현하지 않을 때는 고개를 끄덕이며 매번 강한 동조를 나타냈고, 분명히 내 얼굴에는 행복감이 드러났을 것이다. 이로써 주스치나 당이모는 그날 오후에 응접실에서 들은 주제 지아스의 밀고가 의심의 여지가 없음을 확인했다는 것을 나는 알아차리지 못했다. 침대에 누워서야 그 생각이 들었다. 그제야 나는 내가 말할 때 주스치나 당이모의 눈이 나를 훑으며, 듣고, 냄새 맡고, 음미하듯 나의 모든 감각을 샅샅이 살피고 있었다는 것을 깨달았다. 질투일 리는 없었다. 내 또래의 아이와 40대 과부 사이에 질투의 여지는 없었다. 얼마 지나지 않아 이모는 카피투에 대한 칭찬을 거두었고, 심지어 그녀를 약간 비판하기도 했다. 나에게 카피투가 다소 엉큼하고 눈을 치켜뜨는 습관이 있다고 말하기까지 했다. 그래도 질투는 아니었다. 나는 오히려…… 그래…… 그렇다. 나는 이렇게 믿는다. 주스치나 당이모가 다른 사람의 감정이 펼쳐지는 광경을 바라보며 자신의 감정이 부활하는 것 같은 묘한 느낌을 발견했다고 믿는다. 이야기하는 입술을 통해 쾌락을 맛보기도 하는 것이다.

제23장 통지

"내일 아저씨에게 반드시 드릴 말씀이 있어요. 장소를 정해서 제게 말씀해주세요."

나는 주제 지아스가 나의 이 말을 비정상적이라고 여겼으리라 믿는다. 어조는 내가 걱정했던 것만큼 명령조로 들리지 않았지만, 적어도 단어는 그랬다. 그리고 내가 평소 내 방식대로 전형적인 어린아이처럼 묻거나 정중하게 요구하지도 않고, 주저하는 모습도 보이지 않았다는 것이 그에게 무언가 확실히 다르다고 생각하게 했음이 틀림없었다. 우리가 차를 마시러 가고 있을 때, 복도에서 주제 지아스는 우리 어머니와 주스치나 당이모와 함께 읽은 월터 스콧의 책을 잔뜩 들고 오고 있었다. 그는 일정한 속도로 노래하듯 책을 읽었다. 성과 공원은 그의 입을 거치면 더욱 커졌고, 호수는 더 많은 물로 넘실댔으며, "하늘의 금고"는 수천 개의 반짝이는 별로 가득 찼다. 대화가 시작되면, 화자의 성별에 따라 목소리를 약간 굵거나 가늘게 번갈아 바꾸며 적당한 부드러움과 분노를 섞어 조정했다.

그는 발코니에서 작별 인사를 고하며 나에게 말했다.

"내일, 거리에서 뵙겠습니다. 사야 할 게 좀 있어서요. 같이 가셔도 됩니다. 어머니께 여쭤보겠습니다. 수업 있으십니까?"

"수업은 오늘이었어요."

"잘됐군요. 무슨 수업이었는지는 묻지 않겠습니다. 이미 진지하고 순수한 과목이라고 단언할 수 있을 것 같으니 말이죠."
"알겠습니다."
"내일 뵙겠습니다."
모든 것이 완벽해 보였다. 단 한 가지 작은 변수가 있었다. 어머니는 날이 더워서 내가 걸어가는 것을 허락하지 않으셨다. 우리는 집 문 앞에서 버스를 탔다.
"괜찮습니다." 주제 지아스가 나에게 말했다. "파세이우 푸블리쿠 공원 정문에서 내리면 되겠군요."

제24장 어머니와 하인

주제 지아스는 어머니의 지극한 보살핌과 하인의 관심으로 나를 대했다. 내가 혼자 외출할 수 있는 나이가 되었을 때, 그가 가장 먼저 한 일은 나의 경호원을 해고한 것이었다. 그는 자신이 나의 경호원이 되어 내가 외출할 때 동행했다. 집에서는 나의 옷부터 책이나 신발, 위생, 심지어 발음까지 시중을 들었다. 여덟 살 때, 나는 복수형에 약했다. 어미 활용의 정확성이 떨어질 때마다, 그는 교육적 권위를 부여하기 위한 진지한 어투와 지적질에 대한 용서를 구하는 미소를 절반씩 섞어가며 나의 실수를 바로잡았다. 이런 식으로 그는 내 초등학교 교사의 일을 도왔다. 나중에 카브라우 신부가 나에게 라틴어, 교리, 성서 이야기를 가르칠 때도 그는 수업을 참관했고,

성찬식을 하고 난 뒤에는 마지막에 신부에게 이렇게 물었다. "우리 젊은 친구가 빨리 배우지 않나요?" 그는 나를 '신동'이라고 불렀다. 그는 어머니에게 매우 똑똑한 다른 소년들을 알고 있지만, 굳이 내가 나이에 비해 이미 여러 가지 확고한 도덕적 자질을 갖추고 있다는 점을 거론하지 않더라도, 내가 그들 모두를 능가한다고 말하곤 했다. 비록 이 마지막 칭찬의 대가를 완벽하게 가늠해내진 못했지만, 나는 칭찬을 즐겼다. 칭찬은 칭찬이었기 때문이다.

제25장 파세이우 푸블리쿠 공원에서

우리는 파세이우 푸블리쿠 공원에 들어섰다. 몇몇 노인과 병자, 혹은 매춘부만이 정문에서 테라스로 이어지는 진입로에 우울하게 흩어져 있었다. 우리는 테라스로 갔다. 걸음을 옮기며, 용기를 내기 위해 나는 공원 이야기를 화제로 꺼냈다.

"여기 참 오랜만에 오네요. 아마 1년 정도 된 것 같아요."

"송구합니다만." 그가 끼어들었다. "옆집 파두아 씨와 3개월 전에 여기 오지 않으셨습니까? 기억 안 나시나요?"

"맞아요. 그런데 그냥 잠깐 지나간 거라……."

"파두아 씨가 어머님께 도련님을 모시고 와도 될지 허락을 구했고, 하느님의 어머니처럼 선한 어머님께서는 동의해주셨습니다. 하지만 이왕에 말이 나온 김에 말씀드리겠습니다. 도련님이 파두아 씨와 함께 다니는 모습이 보기 좋지 않습니다."

"그저 몇 번 함께 걸었을 뿐이에요……."

"지금보다 더 나이가 어리셨던 아이 때는, 하인을 대신해 파두아 씨와 다니는 것이 괜찮을 수 있습니다. 하지만 도련님이 청년이 되어가면서 파두아 씨가 쓸데없는 자신감을 얻어가고 있습니다. 글로리아 사모님도 결국 달가워하시지 않을 겁니다. 파두아 집안 사람들이 모두 나쁘지는 않아요. 카피투는 악마가 준 그 눈빛에도 불구하고…… 도련님, 그 아이의 눈빛을 본 적이 있으세요? 비스듬히 치켜뜬 은밀한 집시의 눈빛 말이죠. 하지만 그 눈빛에도 허세와 아첨꾼 같은 말투만 아니었다면 괜찮았을 겁니다. 어찌나 간사한 혀를 지녔는지! 포르투나타 부인은 존경받을 자격이 있습니다. 저는 파두아 씨가 정직하고, 좋은 직업을 가지고 있으며, 자기 소유의 집에서 살고 있다는 것을 부정하지는 않습니다. 하지만 정직함과 존경받을 만한 자격이 있다는 것만으로 충분하진 않습니다. 그자가 상대하는 질 나쁜 회사들을 고려할 때 다른 자질들은 가치가 현저히 떨어지니까요. 파두아 씨는 천한 사람들과 어울리는 경향이 있습니다. 그에게서 천박한 냄새가 나는 것도 그 때문이죠. 제가 그자를 미워해서가 아닙니다. 며칠 전 제 굽 높은 신발을 보고 비웃었던 것처럼, 그자가 저를 비방하고 비웃기 때문도 아닙니다……."

"죄송한데요." 내가 걸음을 멈추며 끼어들었다. "저는 파두아 아저씨가 아저씨를 나쁘게 말하는 것을 들어본 적이 없어요. 오히려 얼마 전에 그분은 제 앞에서 다른 사람에게 아저씨가 '능력이 출중하고, 의회의 하원의원처럼 말할 수 있는 사람'이라고 말씀하셨어요."

주제 지아스는 흡족한 듯 미소를 지었지만 애써 감췄다. 그러고는 다음과 같이 대답했다.

"저는 파두아 씨에게 감사해야 할 것이 없습니다. 더 나은 혈통을 지닌 다른 분들이 저에게 높은 평판을 받는 영예를 안겨주셨지요. 설령 그렇다고 해도 그자에 대한 제 평가가 바뀌진 않을 겁니다."

우리는 다시 걸음을 옮겨 테라스에 올라 바다를 바라보았다.

"아저씨는 제가 잘되는 것 말고는 관심이 없으시군요." 나는 잠시 후 말했다.

"당연하지요. 그것 말고 제가 무엇에 관심을 두겠습니까, 벤치뉴 도련님?"

"그리 말씀하시니, 부탁을 드릴까 하고요."

"부탁이요? 말씀하세요. 명령만 내리십시오. 뭡니까?"

"엄마……."

얼마 동안 나는 나머지 말을 내뱉을 수 없었다. 짧은 말이었고, 툭 치면 바로 나올 정도로 단단히 외운 상태였다. 주제 지아스는 그것이 무엇인지 나에게 다시 물었다. 나를 부드럽게 흔들며, 전날 주스치나 당이모처럼 불안한 표정으로 내 턱을 들어 올려 눈을 똑바로 응시했다.

"엄마 뭐요? 어머님이 뭐 어떻다는 거죠?"

"엄마는 제가 신부가 되기를 바라시지만, 저는 신부가 될 수 없어요." 나는 마침내 입을 열었다.

주제 지아스는 당황해서 몸을 일으켰다.

"저는 할 수 없어요." 나는 그 못지않게 당혹스러운 표정으로 계속 말을 이었다. "저는 그럴 만한 자질이 없어요. 저는 사제의 삶을 원치 않습니다. 엄마가 원하는 것은 무엇이든 할 준비가 되어 있어요. 엄마도 제가 무엇을 시키든 다 하리라는 걸 알고 계시죠. 저는 엄마를 기쁘게 하는 일이라면 무엇이든 할 준비가 되어 있어요. 그것이 버스 운전사라 해도요. 하지만 신부는 아니에요. 저는 신부가 될 수 없어요. 아름다운 일이지만, 제가 할 일은 아니에요."

이 모든 말이 글에서 보듯 자연스레 한 번에 단호한 어조로 나온 것은 아니었다. 한 마디씩 중얼거리듯 들릴락 말락 한 머뭇거리는 목소리로 흘러나왔다. 그런데도 주제 지아스는 그 말을 듣고 놀란 기색이 역력했다. 소심한 목소리였고, 분명 반항 조로 이야기한 것은 아니었지만, 이 마지막 말이 그를 더욱 당혹스럽게 했다.

"저는 아저씨가 저를 구해주셨으면 해요."

객식구의 눈이 휘둥그레지더니 눈썹이 치켜 올라갔다. 내심 나의 보호자로 선택되었다는 사실에 그가 기쁨을 감추지 못하리라고 기대했건만, 그의 안면 근육 어디에서도 기쁨의 흔적은 찾아볼 수 없었다. 당혹감이 그의 얼굴 전체에 넘쳐났다. 사실 그 말의 내용은 나에게도 새로운 발견이었다. 나도 내게 그런 면모가 있으리라고는 생각하지 못했다. 어쨌든 그 마지막 말은 특별한 힘을 발휘했다. 주제 지아스는 경악했다. 눈이 정상 크기로 돌아온 그가 물었다.

"하지만 제가 무엇을 할 수 있겠습니까?"

"하실 수 있는 일이야 많죠. 우리 집 사람 모두가 아저씨를 고맙게 생각한다는 것을 알고 계시잖아요. 엄마도 자주 아저씨께 조언을 구하시고요. 코즈미 삼촌은 아저씨가 재능 있는 분이라고 말씀하셨어요……."

"다들 좋게 봐주셔서 그런 것이지요." 그가 알랑거리며 대답했다. "모든 것을 누릴 자격이 있는 귀하신 분들께서 호의를 베풀어주신 덕입니다……. 여기 계신 도련님처럼 말이죠! 그 누구도 제가 그분들에 대한 말을 입 밖으로 꺼내는 것을 들어본 적이 없을 겁니다. 왜냐고요? 그분들은 훌륭하고 유덕하시기 때문이죠. 도련님 어머님께서는 성녀시고, 삼촌께서는 가장 완벽한 신사십니다. 제가 아는 귀족 가문 중에서 도련님 가문 분들의 고상한 인격을 따를 수 있는 자는 아무도 없을 겁니다. 도련님 삼촌께서 말씀하신 것처럼 제게 재능이 있다면, 그것은 바로 한 가지뿐일 겁니다. 선하고, 존경받아 마땅하고, 감사할 가치가 있는 것을 알아보는 재능 말이죠."

"저 같은 친구들을 보호하는 재능도 있으시죠."

"하늘의 천사님, 제가 무엇을 해드릴까요? 저는 맹세이기도 하려니와 오랜 야망이자 꿈이었던 계획을 포기하시라고 도련님 어머님께 말씀드릴 수는 없습니다. 설령 할 수 있다손 치더라도 이미 늦었어요. 망극하게도 바로 어제 어머님께서 제게 '주제 지아스 씨, 벤치뉴를 신학교에 넣어야 해요'라고 말씀하셨거든요."

소심함은 생각보다 그리 나쁘지 않은 결과를 가져올 수 있다. 내가 소심하지 않았다면, 화가 나서 그에게 거짓말쟁이라고 소리쳤을 것이다. 하지만 그랬다면 내가 문 뒤에서 대화를 엿듣고 있었다고 고백해야 했을 것이고, 이 행동은 다른 결과를 낳았을 것이다. 나는 아직 늦지 않았다고 대답한 것이 만족스러웠다.

"아직 늦지 않았어요. 원하신다면, 아직 시간이 있어요."

"제가 원한다면이라니요? 도련님을 섬기는 것 외에 제가 무엇을 더 원하겠습니까? 도련님께서 마땅히 누리셔야 할 행복 외에 제가 원하는 것이 무엇이겠어요?"

"글쎄, 아직 시간이 있다니까요. 들어보세요. 공부하기 싫어서 그러는 게 아니에요. 저는 모든 준비가 되어 있어요. 엄마가 제가 법학 공부를 하길 원하신다면, 저는 상파울루로 갈 거예요……."

제26장 법은 아름답다

주제 지아스의 얼굴에 무슨 생각이 떠오른 듯한 표정이 스쳤다. 그는 그 생각이 퍽 마음에 든 눈치였다. 그는 잠시 침묵했다. 나는 그에게서 시선을 떼지 않았고, 그는 항구 쪽으로 시선을 돌렸다. 그러고는 고집부리듯 말했다.

"늦었지만 의지가 부족하지 않다는 것을 도련님께 증명하기 위해 어머님과 이야기하겠습니다. 설득해내겠다고 약속할 수는 없지만, 싸울 것을 약속합니다. 온 힘을 다해 일하겠습니다. 정말 신부가 되고 싶지 않으신 거죠? 나의 소중한 도련님, 법은 아름답죠……. 도련님은 상파울루, 페르남부쿠, 혹은 더 멀리도 가실 수 있습니다. 외국에도 좋은 대학들이 있죠. 그것이 도련님의 소명이라면 법을 공부하십시오. 제가 글로리아 사모님과 이야기하겠지만, 제게만 기대하지 마시고 도련님 삼촌께도 말씀하세요."

"말씀드려야지요."

"하느님께도 도움을 구하세요. 하느님과 복되신 동정 마리아께요." 그가 하늘을 가리키며 말했다.

하늘에는 옅은 먹구름이 드리워 있었다. 해안 근처 상공에는 커다란 검은 새들이 원을 그리며 날아다니거나, 공중에 유유히 떠 있다 내려앉아 물에 발을 담갔다가 다시 날아오르기를 반복했다. 하지만 하늘의 그림자도 새들의 환상적인 춤도 내 대화 상대로부터 한눈을 팔게 할 정도로 정신을 혼미하게 만들지는 않았다. 나는 그에게 그렇게 하겠다고 답한 뒤, 고쳐 말했다.

"하느님은 아저씨가 원하는 것을 하실 겁니다."

"그분의 이름을 욕되게 하지 마십시오. 하느님은 모든 것의 주인이십니다. 그분은 땅이자 하늘, 과거, 현재, 그리고 미래이십니다. 그분께 도련님의 행복을 구하십시오. 제가 그렇게 하듯이 말입니다……. 도련님께서 정녕 신부가 될 수 없고 법을 선호하신다면 말이죠……. 법이 아름답기 위해 굳이 신학을 욕되게 할 필요는 없습니다. 사제의 삶이 가장 거룩한 것이기에, 신학이 모든 것 중의 제일인 겁니다……. 여기보다는 밖에 나가서 법을 공부하시는 것이 어떨까요? 바로 대학에 가는 것이 낫습니다. 공부하면서 동시에 여행도 할 수 있죠. 제가 함께 가겠습니다. 외국 문물도 경험하고, 영어, 프랑스어, 이탈리아어, 에스파냐어, 러시아어, 심지어 스웨덴어까지 듣게 되실 겁니다. 글로리아 사모님께서는 아마도 도련님과 동행하실 수는 없을 거예요. 가실 수 있을진 몰라도, 업무나 서류 준비, 등록 절차와 숙소까지 챙겨가며 도련님과 함께 이곳저곳을 다니실 수는 없을 겁니다……. 오! 법은 정말 아름답군요!"

"그럼 엄마에게 저를 신학교에 보내지 말라고 청하시는 겁니까?"

"청하긴 하겠지만, 청한다고 다 이루어지는 것은 아니죠. 제 마음의 천사여, 섬기려는 의지가 명령하는 힘에 닿는다면 우리는 배를 타게 될 겁니다! 아! 도련님은 유럽이 어떤 곳인지 상상조차 하실 수 없을 겁니다. 오! 유럽……."

그는 한쪽 다리를 들더니 피루엣 동작을 하듯 빙그르르 몸을 돌렸다. 유럽으로 돌아가는 것이 그의 야망 중 하나라고 그는 여러 차례 말했었다. 그렇게 유럽의 분위기와 아름다움에 대해 찬양을 늘어놓긴 했어도 우리 어머니나 코즈미 삼촌을 부추긴 적은 없었다……. 그가 나와 함께 가서 내가 유학하는 동안 함께 있을 가능성에 대해서는 생각해본 바가 없었다.

"벤치뉴 도련님, 우리는 배를 타게 될 거예요. 배를 탈 거라고요!"

제27장 입구에서

파세이우 공원 입구에서 거지 하나가 우리에게 손을 내밀었다. 주제 지아스는 그냥 지나쳐 갔지만, 나는 카피투와 신학교가 생각나서 주머니에서 2빈템•을 꺼내 거지에게 주었다. 거지는 동전에 입을 맞추었다. 나는 그에게 내가 소원을 모두 이룰 수 있도록 나를 위해 하느님께 기도해달라고 부탁했다.

"그리하지요, 독실한 청년이여!"

"제 이름은 벤투입니다." 나는 그를 일깨우기 위해 덧붙였다.

• 20헤이스에 해당하는 가장 작은 단위의 옛 동전.

제28장 길에서

주제 지아스는 기분이 무척 좋았던지 바깥에서 늘 유지하던 진중한 모습 대신 유순하고 들뜬 모습을 보였다. 팔다리를 경쾌하게 휘저으며 온갖 이야기를 쏟아냈고, 쇼윈도나 극장 벽보 앞을 지날 때마다 나를 멈춰 세웠다. 나에게 희곡 몇 편의 줄거리를 이야기하기도 했고, 독백 대사를 시처럼 읊어대기도 했다. 그는 모든 심부름을 충실히 이행한 뒤, 청구서대로 지급하고, 집세를 받으러 다녔다. 자신을 위해 복권 스무 장도 구매했다. 그제야 비로소 그 유순한 표정은 온데간데없이 사라지고, 평소의 진중한 모습으로 되돌아가 최상급 수식어를 사용하며 천천히 말하기 시작했다. 나는 그 자연스러운 변화를 알아채지 못했다. 그의 결심이 바뀔까 두려워 버스에 탈 때까지 다정한 말과 태도로 그를 대했다.

제29장 황제

가는 길에 우리는 의과대학에 다녀오는 황제와 맞닥뜨렸다. 우리가 탄 버스는 다른 모든 차량과 마찬가지로 멈춰 섰다. 승객들은 황실 마차가 지나갈 때까지, 버스에서 내려 모자를 벗고 예를 갖췄다. 좌석으로 돌아와 앉으며, 나는 기막힌 생각을 떠올렸다. 황제에게 가서 모든 것을 이야기하고,

도와달라고 청하는 것이었다. 나는 이 생각을 카피투에게 털어놓지 않을 작정이었다. '폐하께서 청하신다면, 엄마도 포기할 거야.' 나는 속으로 생각했다.

그 순간 내 눈앞에 황제가 내 청을 듣고 숙고하다 마침내 "그리하겠다"라고 대답하는 모습이 그려졌다. 나는 눈물을 흘리며 그의 손에 입맞춤한다. 그러고는 집에서 정찰병과 기마 초계병의 말굽 소리가 들릴 때까지 기다린다. 황제다! 황제다! 모두가 그의 모습을 보기 위해 창가로 몰려들지만, 그가 지나가는 모습을 볼 수는 없다. 마차가 우리 집 문 앞에 멈추자, 황제는 마차에서 내려 집 안으로 들어선다. 동네에 한바탕 큰 소란이 인다. "황제가 글로리아 부인의 집으로 들어갔어! 무슨 일이지? 무슨 일이야?" 우리 가족은 그를 영접하러 나간다. 그의 손에 처음으로 키스한 사람은 어머니다. 황제는 미소를 머금은 채 응접실에 들어서기도 전에, 아니 들어서며 우리 어머니께 나를 신부로 만들지 말 것을 청한다. 기억이 잘 나지 않는다. 하긴, 꿈은 종종 혼란스럽기 마련이니까. 그러자 어머니는 머리를 조아리며, 순순히 그렇게 하겠노라고 약속한다.

"의학은 어떤가요? 자제분에게 의학을 가르치는 건 어때요?"

"폐하께서 원하신다면……."

"자제분에게 의학을 가르치세요. 훌륭한 직업이기도 하고, 여기 이곳에도 좋은 선생님들이 계십니다. 우리 학교에 가본 적이 없으신지요? 정말 아름다운 곳입니다. 우리는 이미 다른 나라의 최고의 의사들과 경쟁할 수 있는 일류급 의사들을 보유하고 있지요. 의학은 위대한 과학입니다. 다른 이들의 건강을 보호하고 질병과 싸워 이기는 방법을 알려준다는 사실만으로도 그럴 만한 근거는 충분하지요……. 부인께서도 직접 기적을 목격하셨으리라 생각됩니다. 부군께서는 돌아가셨지만, 치명적인 질병에 걸렸음에도 자신의 몸을 돌보지 않으셨지요……. 정말 멋진 직업입니다. 자제분을 우리 학교에 보내세요. 저를 위해 그렇게 해주시겠습니까, 부인? 벤치뉴, 그대도 원하는가?"

"엄마가 원하신다면요."

"아들아, 원하고말고. 폐하께서 명하시지 않느냐."

그러자 황제는 다시 손을 내밀어 입맞춤을 하게 하고는, 우리 모두를 데리고 거리로 나선다. 사람들이 거리를 가득 메우고, 창문마다 사람들의 얼굴로 가득 차 있다. 경건할 정도로 적막이 감돈다. 황제는 마차에 올라 고개를 숙여 작별 인사를 고하며, 다시 한번 "의학을 전공하러 우리 학교로 오세요"라고 말한다. 마차는 부러움과 감사의 시선 속에서 자리를 뜬다.

이 모든 것은 내가 보고 들은 것이다. 아니다. 아리오스토의 상상력은 어린아이와 연인 들의 상상력보다 풍부하지 못하며, 실현할 수 없는 포부를 품는 데는 버스 한구석이면 족하다. 나는 계획을 철회하고 버스 안의 다른 승객들처럼 꿈없는 사람의 얼굴로 돌아갈 때까지 잠시, 말하자면 몇 분 동안 나 자신을 위로했다.

제30장 성체 행렬

독자는 의학 공부와 황제에 관한 이 기억이 내가 리우데자네이루를 떠나고 싶지 않다는 암시일 뿐임을 이해했을 것이다. 백일몽은 다른 꿈과 마찬가지로, 우리의 성향과 기억의 설계로 짜인다. 상파울루라면 갈 수 있을지 모르겠지만, 유럽은…… 너무 멀고, 바다 건너에 있는 데다 너무 시간이 오래 걸린다. 의학이여, 영원할지어다! 나는 카피투에게 이 가능성을 이야기할 것이다.

"성체 행렬이 시작되려나봐." 버스 안의 누군가가 말했다. 종소리가 들린다. 가난한 이들의 수호성인 성 안토니오 성당의 종소리가 분명했다. "차장 양반, 내려주시오!"

찻삯을 받는 사람이 운전사의 팔에 걸린 끈을 잡아당기자, 버스가 멈췄고 남자가 내렸다. 주제 지아스는 재빨리 고개를 돌려 두어 번 두리번대더니, 내 팔을 잡고 함께 버스에서 내렸다. 성체 행렬에 동참하려는 것이었다. 실제로 종은 미사의 마지막 순간을 함께할 신자들을 불러 모으고 있었다. 성소에는 이미 몇몇 사람이 모여 있었다. 나는 이렇게 엄숙한 상황에 직면한 것이 처음이었다. 처음에는 억지로 그 지시에 따랐지만, 봉사의 자선을 베풀기 위해서라기보다는 나에게 사람 직분을 부여해준 것에 이내 만족해하며 순순히 복종했다. 복사가 제의를 배포하기 시작할 무렵, 한 남자가 가쁜 숨을 몰아쉬며 무리에 끼어들었다. 성체 행렬에 동참하려는 옆집 파두아였다. 그는 우리를 발견하고는 인사하러 왔다. 주제 지아스는 성가시다는 듯 손을 씻고 있는 사제를 바라보며 무미건조하게 인사를 건넸다. 이후 파두아가 낮은 목소리로 복사에게 말을 건네려고 하자 주제 지아스가 그들에게 다가갔다. 나는 그의 뒤를 따랐다. 파두아는 복사에게 팔리움 봉 중 하나를 들게 해달라고 간청하고 있었다. 주제 지아스도 하나를 요구했다.

"남은 것은 하나뿐입니다." 복사가 말했다.

"그럼 그걸 주시면 되겠군요." 주제 지아스가 말했다.

"내가 먼저 물어봤잖소." 파두아가 끼어들었다.

"당신이 먼저 묻긴 했지만, 늦게 왔잖습니까." 주제 지아스가 반박했다. "저는 진작 여기 와 있었어요. 횃불이나 드세요."

파두아는 주제 지아스의 기세에 눌려 한풀 꺾인 기죽은 목소리로 봉을 들게 해달라며 고집부렸다. 복사는 경쟁자들을 화해시킬 방법을 찾았다. 그는 팔리움의 다른 운반자 중 한 명에게 그의 봉을 주제 지아스와 마찬가지로 교구의 유력 인사 중 한 명인 파두아에게 양보하도록 했다. 그가 양보했지만, 주제 지아스는 여전히 이 조합이 마음에 들지 않았다. "아니요." 봉이 하나 더 생기자 주제 지아스는 그 봉을 들기에 더 합당한 "젊은 신학생"인 나에게 양보하라고 요청했다. 파두아의 낯빛이 횃불처럼 창백해졌다. 아버지의 마음을 시험하려던 것이다. 주일마다 어머니와 함께 그곳에 있던 나를 직접 봤던 복사는 내가 정말 신학생인지 궁금해하며 물었다.

"아직은 아니지만, 그렇게 될 겁니다." 주제 지아스는 나를 향해 왼쪽 눈을 깜박거리며 대답했다. 그 눈짓에도 불구하고 나는 화가 났다.

"그렇군요, 벤치뉴 도련님에게 양보하리다." 카피투의 아버지는 한숨을 쉬었다.

나는 그에게 봉을 양보하고 싶었다. 그가 매번 풀이 죽은 채 횃불을 들고 성체 행렬을 따르다 지난번 행렬에서 겨우 봉을 얻어냈다는 사실이 떠올랐다. 팔리움의 특별한 상징은 교구신부의 제의와 성체를 덮는 데만 사용되었다. 횃불은 아무나 들 수 있는 것이었다. 이 모든 말을 나에게 해준 사람이 바로 파두아였고, 이 이야기를 하는 동안 그의 얼굴은 성령과 영광의 기쁨으로 가득 차 있었다. 그가 교회에 들어섰을 때의 소란이 이해되었다. 그가 두 번째로 팔리움을 들 순간이어서 곧바로 그것을 요구하러 갔던 것이다. 결국 모든 노력이 수포가 되었다! 그는 다시 평범한 횃불을 들게 되었고, 임시직의 꿈은 또다시 산산조각이 났다. 관리자는 이전 직책으로 돌아가야 했다……. 나는 그에게 봉을 양보하고 싶었다. 객식구는 내가 이런 관대함을 베풀지 못하도록 막았고, 복사에게 자신과 내가 두 개의 봉을 들고 팔리움 행렬 선두에 서게 해달라고 요청했다.

제의를 입고 나누어준 횃불에 불을 붙인 뒤 성반을 든 신부가 준비를 마치자, 우슬초와 종을 손에 든 복사가 거리로 나서며 성체 행렬이 시작되었다. 봉 하나를 든 채 무릎을 꿇고 있는 신자들 사이를 지나는 나의 모습에 나는 감격했다. 파두아는 비통함에 횃불을 갉아먹고 있었다. 일종의 은유적 표현이다. 나의 이웃의 고통과 굴욕을 이보다 더 생생하게 표현할 만한 다른 말을 찾을 수 없었다. 이후 나는 오래 그를 쳐다볼 수도 없었고, 나와 나란히 서서 만군의 하느님이라도 된 듯 고개를 들고 있는 객식구의 모습도 제대로 쳐다볼 수 없었다. 나는 조금씩 피곤함을 느꼈다. 팔이 떨어져 나갈 것 같았다. 다행히 집은 세나두 거리에서 가까웠다.

병든 여자는 과부였고, 굶주림에 지친 모습이었다. 그녀에게는 방문 앞에서 울고 있는 열다섯 혹은 열여섯 먹은 딸이 하나 있었다. 그 소녀는 예쁘지 않았고, 어쩌면 매력이라곤 전혀 찾아볼 수 없다고 하는 편이 더 맞을 듯했다. 풀어 헤친 머리카락은 엉클어져 있었고, 눈물로 얼룩진 눈가에는 주름이 가득했다. 그러나 그 모습이 오히려 나에게 말을 건네는 듯했고, 나의 마음을 사로잡았다. 교구신부는 환자의 고해성사를 집전하고, 영성체 후 성유로 축성해주었다. 소녀의 울음소리가 더욱 커지자 나의 두 눈이 젖어 들었다. 나는 도망쳐 창가로 왔다. 불쌍한 영혼! 고통이 그대로 전해지며 우리 어머니에 대한 기억과 엉켜 마음을 더욱 심란하게 만들었다. 그리고 마침내 카피투를 떠올렸을 때는 나도 모르게 흐느끼고 싶은 충동을 느꼈다. 복도로 들어서려는데 누군가가 나에게 말하는 소리를 들었다.

"그렇게 울지 마!"

카피투가 내 눈앞에 나타났고, 조금 전에 내가 그녀로 인해 눈물을 흘렸던 것처럼, 지금 내 눈앞의 그녀는 활짝 웃고 있었다. 나는 그녀가 담벼락에 글씨를 쓰고, 나에게 말을 걸고, 팔을 흔들며 주변을 걸어 다니는 모습을 보았다. 나는 나의 이름을 부르는 감미로운 목소리에 도취했고, 그것은 분명 그녀의 목소리였다. 캄캄한 어둠을 밝히는 횃불이 켜져 있었고, 마치 결혼식 샹들리에처럼 보였다……. 결혼식 샹들리에였을까? 모르겠다. 죽음과는 반대되는 이미지였고, 나는 결혼식 외에 다른 곳에서 샹들리에를 본 적이 없었다. 이 새로운 느낌에 내가 너무 사로잡혀 있었는지 주제 지아스가 나에게 다가와 내 귓가에 낮은 목소리로 말했다.

"그렇게 웃지 마세요!"

내 얼굴이 금세 굳었다. 떠날 시간이었다. 나는 나의 봉을 잡았다. 그리고 우리는 교회로 발길을 돌렸다. 이미 걸어본 탓인지 거리가 더 짧게 느껴졌고, 봉의 무게도 매우 가벼운 듯했다. 게다가 바깥의 태양 빛과 거리의 활기, 부러운 시선으로 나를 바라보는 내 또래의 소년들, 창문으로 다가오거나 복도에서 우리가 지나갈 때 무릎을 꿇는 신도들, 이 모든 것이 새로운 경쾌함으로 내 영혼을 가득 채웠다.

반대로 파두아는 더 큰 굴욕감을 느꼈다. 나에게 양보하긴 했지만 그는 횃불로부터, 그 비참한 횃불로부터 위로받지 못했다. 그러나 멀쩡히 횃불을 들고 가는 다른 이들도 있었다. 뽐내는 것처럼 보이지는 않았지만 슬퍼하지도 않았다. 그들은 행렬에 동참하게 된 것을 명예롭게 생각하는 듯했다.

제31장 카피투의 호기심

카피투는 신학교만 아니라면 모든 것이 괜찮았다. 긴 이별의 위협에 낙담하는 대신, 그녀는 유럽에 가는 계획이 성공하기만 한다면 만족한다고 선언했다. 그리고 내가 황제와 관련된 계획을 털어놓자, 그녀는 대답했다.

"아니, 벤치뉴, 황제는 내버려두자. 지금은 주제 지아스 아저씨와의 약속에 기대를 걸어보는 게 좋겠어. 아저씨가 언제 어머니에게 말할 거래?"

"날짜를 정하지는 않았지만, 이야기해보겠다고 약속했어. 되도록 빨리 이야기하겠다고 했고, 나에게 하느님께 도움을 청하라고 했어."

카피투는 객식구가 했던 모든 대답과 몸짓의 변화, 심지어 피루엣에 이르기까지, 내가 제대로 언급하지 않았던 부분들도 자신에게 말해주기를 원했다. 어조까지 물었다. 그녀는 철저하고 세심했다. 화법과 대화 모두를 속으로 되새김질하는 것 같았다. 게다가 내가 그녀에게 말한 모든 것을 확인하고, 분류하고, 머릿속에 정리했다. 이 이미지가 어쩌면 다른 이미지보다 그녀의 모습과 좀 더 유사할지는 모르겠지만, 여전히 그녀를 온전히 대변할 수는 없다. 카피투는 카피투였다. 말하자면 그녀는 아주 특별한 영혼이었다. 여성스러운 그녀와 비교하면 나는 남자답지 못한 남자였다. 내가 전에 이 말을 하지 않았다면, 그 나름의 이유가 있다. 내가 말했다면, 그것도 이유가 있다. 반복의 힘으로 독자의 영혼에 주입해야 하는 개념이 있는 것이다.

호기심이 유독 많기도 했다. 카피투의 호기심은 한 장은 족히 채울 분량이다. 다방면에 걸친 그녀의 호기심은 이해가 되기도 하고 안 되기도 했으며, 쓸데가 있기도 하고 없기도 했다. 진지한 내용도 있었지만, 경박하기 이를 데 없기도 했다. 그녀는 모든 것을 알고 싶어 했다. 한 가지 예를 들자면 일곱 살 때부터 읽기, 쓰기, 계산하는 법, 프랑스어, 교리, 바느질하는 법을 배웠던 학교에서 그녀는 레이스 만드는 법을 배우지 못했다. 그래서 주스치나 당이모에게 가르쳐달라고 조르기도 했었다. 그녀가 카브라우 신부와 함께 라틴어를 공부하지 않았던 이유는 신부가 농담으로 그녀에게 공부해보라고 권한 뒤, 라틴어는 소녀들의 언어가 아니라고 말했기 때문이다. 카피투는 어느 날 나에게 그 일이 그녀에게 배움의 욕망을 부추겼다고 고백했다. 그녀는 라틴어 대신 영어를 아버지의 친구이자 토지 사업 동업자인 한 노교사에게서 배우려 했지만, 실행에 옮기지는 않았다. 코즈미 삼촌은 그녀에게 백개먼을 가르쳤다.

"카피투, 선두를 잡아버리렴." 삼촌은 그녀에게 말하곤 했다.

카피투는 그 지시를 곧잘 따랐고, 놀이에 열중하며 즐겼다.

그 놀이를 정말 좋아했다고 말해야 할지는 모르겠다. 어느 날 나는 그녀가 연필로 초상화를 그리는 것을 발견했다. 마무리 작업을 하는 중이었는데, 닮았는지 봐달라고 나에게 청했다. 초상화의 주인공은 어머니가 응접실에 걸어놓은 액자 속 우리 아버지였고, 그 그림은 지금도 내가 가지고 있다. 완벽한 초상화는 아니었다. 눈은 튀어나왔고, 머리카락은 작은 원이 겹겹이 쌓인 형국이었다. 하지만 예술에 대한 기초가 전혀 없는 그녀가 몇 분 만에 기억을 더듬어 초상화를 그려냈다는 점을 고려하면 가치 있는 작품이라고 생각했다. 치기 어린 동정심으로 평가하지는 말길 바란다. 그래도 나중에 음악을 배웠기 때문에, 그림도 쉽게 배울 수 있었으리라고 확신한다. 그 무렵 카피투는 무용지물의 천덕꾸러기 애장품에 불과했던 우리 집 피아노에 흠뻑 빠져 있었다. 그녀는 유적지나 인물들, 전투, 명칭, 역사, 장소에 대해 알고 싶다며 우리 집 서재의 소설을 읽고 도록도 훑어보았다. 주제 지아스는 박식함을 뽐내듯 카피투에게 이러한 이야기들을 들려주었다. 그의 박식함은 칸타갈루의 동종 요법 때와 비교하면 그리 두각을 나타내지는 못했다.

어느 날, 카피투는 응접실에 있는 인물들이 누구인지 알고 싶어 했다. 객식구는 그녀에게 간략하게 설명해주다가 카이사르에 다다라서는 조금 더 시간을 지체하며 라틴어로 감탄사를 남발했다.

“카이사르! 율리우스 카이사르! 위대한 남자여! 투 퀴케 브

루투스?"•

카피투는 카이사르의 용모가 잘생겼다고 생각하지는 않았지만, 주제 지아스가 들려준 그의 활동상에는 감명받은 듯했다. 그녀는 오랫동안 그를 향해 얼굴을 돌린 채 서 있었다. 뭐든지 할 수 있었던 남자! 모든 것을 이뤘던 남자! 여자에게 동화 600만 닢의 진주를 안겨주던 남자!

"동화 한 닢의 가치가 어느 정도예요?"

동화의 가치 따위는 안중에도 없었던 주제 지아스는 격앙된 어조로 대답했다.

"그는 역사상 가장 위대한 사람입니다!"

카이사르의 진주 이야기에 카피투의 눈동자가 반짝였었다. 그날 그녀는 왜 이제는 초상화 속 보석을 착용하지 않는지 우리 어머니에게 물었었다. 아버지의 초상화와 나란히 응접실에 걸려 있던 초상화를 언급한 것이었다. 어머니는 보관을 쓴 채 큰 목걸이와 귀걸이를 착용하고 있었다.

"카피투, 나처럼 보석도 과부가 된 것이란다."

"이 보석들은 언제 착용하신 거예요?"

"대관식 때였지."

"와! 대관식 이야기 좀 해주세요!"

카피투는 이미 그녀의 부모에게서 대관식 이야기를 들었지만, 부모님은 분명 거리에서 일어난 일 이상에 대해서는 아

• '브루투스, 너마저?'라는 뜻의 라틴어.

는 바가 거의 없으리라고 생각했던 것이다. 그녀는 황실 예배당의 특별석과 연회장에서 있었던 일들을 듣고 싶어 했다. 그녀는 그 유명한 연회보다 한참 뒤에 태어난 것이다. 황제가 감행했던 섭정 종식 선언에 대한 언급을 몇 차례 듣고 난 어느 날 카피투는 그 사건에 대해 알려달라고 졸랐다. 사람들의 설명을 들은 뒤 그녀는 황제가 열다섯 살에 왕위에 오르기로 결심한 것은 아주 잘한 일이었다고 생각했다. 모든 것이 카피투의 호기심거리였다. 오래된 가구, 낡은 장신구, 관습, 이타과이에서 온 소식, 우리 어머니의 유년 시절과 젊은 시절, 이곳저곳의 속담과 옛이야기, 머나먼 이역 땅의 아다지오…….

제32장 파도를 닮은 눈

모든 것이 카피투의 호기심거리였다. 그러나 그 호기심이 배워서 생긴 것인지 누군가의 가르침에서 비롯된 것인지, 아니면 나처럼 두 경우 모두에 해당하는 것인지 알 수 없는 때가 있었다. 그에 대해서는 다른 장에서 이야기하겠다. 이 장에서는 내가 객식구와 며칠 조정 기간을 거친 후에 내 여자 친구를 만나러 갔던 일만 이야기할 것이다. 오전 10시였다. 뒤뜰에 있던 포르투나타 부인이 내가 그녀의 딸에 관해 물어볼 겨를도 없이 나에게 말했다.

"응접실에서 머리를 빗고 있어요. 몰래 가서 놀래주세요."

조심스레 다가갔지만, 발소리와 거울이 산통을 깼다. 후자 때문은 아니었을 수도 있다. 이탈리아 행상에게서 산 조잡한 테두리의 작은 싸구려 거울(이 천박한 표현을 용서하기를 바란다)이 두 개의 창문 사이의 벽에 작은 놋쇠 고리에 걸려 있었다. 거울이 아니었다면, 발소리였다. 원인이 무엇이었든 간에, 중요한 사실은 내가 그저 방에 발을 들여놓기만 했을 뿐인데 카피투가 화들짝 놀라 빗과 머리카락을 내팽개치며 공중으로 솟구치듯 벌떡 일어섰다는 것이다. 그러고는 나에게 아무렇지도 않은 듯 질문을 던졌다.

"무슨 일이야?"

"아무것도 아냐." 내가 대답했다. "카브라우 신부님 수업이 시작하기 전에 너를 보러 왔어. 잘 잤어?"

"잘 잤어. 주제 지아스 아저씨는 아직도 말씀 안 하신 거야?"

"그런 거 같아."

"그럼 언제 하신다는 거야?"

"오늘이나 내일 그 이야기를 꺼내보겠다고 하셨어. 한꺼번에 다 말씀하시지는 않을 거야. 그냥 넌지시 떠보기만 하실 테지. 그런 다음 본론을 꺼내실 거고. 아저씨는 먼저 엄마가 결심을 굳히신 건지 궁금해하셔……."

"당연히 굳히셨지." 카피투가 끼어들었다. "그리고 무슨 수를 써서라도 당장 너희 어머니를 설득하기 위해 누군가가 필요하지 않았다면 아저씨에게 말씀을 드리지도 않았을 거야. 나는 이제 주제 지아스 아저씨의 말이 무슨 소용이 있을지조차 모르겠어. 네가 정말로 신부가 되고 싶지 않다고 느끼신다면, 무엇이든 하시리라고 생각해. 하지만 해내실 수 있을까? ……아저씨를 신뢰하긴 하지만, 만약…… 정말 지옥 같아! 벤치뉴, 네가 아저씨에게 좀 졸라봐."

"졸라볼게. 오늘 바로 이야기하시라고."

"약속할 수 있어?"

"약속할게! 카피투, 네 눈 좀 보여줘."

나는 주제 지아스가 그녀의 눈빛을 두고 "비스듬히 치켜뜬 은밀한 집시의 눈빛"이라고 말했던 것이 떠올랐다. '비스듬히'라는 것이 무슨 의미인지는 몰랐지만 '은밀한'의 의미는 알고 있었고, 진짜 그런지 확인하고 싶었다. 카피투는 자기 눈을 응시한 채 살펴볼 수 있도록 해주었다. 그 실체를 본 적이 없었기 때문에 도대체 그것이 무엇인지 궁금했다. 특별한 점을 발견하지는 못했다. 내가 이미 알고 있는 그 눈동자 색깔과 달콤한 눈빛일 뿐이었다. 그렇게 오래 자신을 관찰하는 모습에 그녀는 내 의도와는 다른 생각이 들었던 모양이다. 카피투는 나의 행동이 그녀의 눈을 더 가까이에서 바라보기 위한 핑계라고 생각했다. 내가 계속 한결같은 눈빛으로 응시하자, 그녀의 눈동자가 점점 커지더니 형언할 수 없이 그윽해졌다…….

연인들의 수사학은 카피투의 그 눈빛을 묘사할 수 있는 정확하고 시적인 표현을 나에게 제시해준다. 문체의 위엄을 깨뜨리지 않고는 그 눈빛이 어땠는지 나에게 무슨 짓을 한 것인지 설명할 만한 표현이 떠오르지 않는다. 파도를 닮은 눈이라고나 할까? 그랬다, 파도와 닮아 있었다. 그녀의 눈빛을 바라볼 때면 머릿속에 파도의 이미지가 중첩되어 떠올랐다. 파도가 일렁일 때 해변을 휩쓸고 가는 물결처럼 모든 것을 안으로 빨아들이는 신비하고 강한 흡인력을 지니고 있었다. 나는 휩쓸리지 않으려고 그녀의 귀와 팔, 어깨에 드리워진 머리카락처럼 다른 곳으로 애써 시선을 돌리려고 했지만, 이내 그녀의 눈동자에 다시 시선을 빼앗겼다. 그 눈동자에서 밀려오는 파도는 점점 거세져 깊은 동굴처럼 아득해졌고, 나를 사로잡아 끌고 가더니 삼켜버릴 듯 위협했다. 우리가 그렇게 서로를 마주 보며 몇 분을 보냈을까? 하늘의 시계만이 이 짧으면서도 영원한 시간을 표시할 수 있을 것이다. 영원의 시간에도 추가 달려 있다. 끝나지 않는다고 해서 행복과 고통의 지속기간을 알고 싶어 하지 않는 것은 아니다. 천국에서 복을 받은 자의 기쁨은 그들의 원수가 지옥에서 곧 겪게 될 고통의 총합을 안다면 곱절이 되게 마련이다. 마찬가지로 원수의 고통을 즐거워하며 천국에서 누리는 기쁨의 양이 늘어날수록 지옥의 저주받은 이들의 고통은 커질 것이다. 이 다른 고통에 대해 신성한 단테는 다룬 바 없었다. 그렇다고 내가 여기서 시인의 잘못을 바로잡으려는 것은 아니다. 그 영원의 시간이 어떻게 끝을 맺었는지 말하려는 것뿐이다. 종국에는 내 시선이 카피투의 머리카락에 쏠렸다. 손으로 그녀의 머리카락을 쓰다듬던 나는 무슨 말이라도 해야 할 것 같아서 그녀만 괜찮다면 머리를 묶어주겠다고 말했다.

"네가?"

"내가 직접 묶어줄게."

"머리카락이 다 엉킬 텐데."

"엉키면, 네가 나중에 풀어."

"그래, 해줘."

제33장 머리 묶기

카피투는 나에게 등을 보이며 거울을 향했다. 나는 허리까지 오는 그녀의 머리카락을 모두 모아 이마부터 머리카락 끝부분까지 빗으로 정리하기 시작했다. 일어선 상태로 빗질하는 것은 아무래도 역부족이었다. 그녀가 나보다 약간 키가 크다는 사실을 잊지 않았길 바란다. 물론 나의 키와 똑같았더라도 쉽지는 않았을 것이다. 나는 그녀에게 앉으라고 권했다.

"여기 앉는 게 더 나을 것 같아."

그녀가 앉았다. "위대한 미용사의 솜씨를 구경해봅시다." 그녀가 웃으며 말했다. 나는 머리카락을 아주 조심스럽게 계속 곧게 빗어 내린 뒤, 두 가닥으로 땋기 위해 정확히 양 갈래로 갈랐다. 전문 미용사가 하듯 그렇게 빠른 손놀림으로 바로 머리를 땋아 내려간 것은 아니었다. 오히려 그녀의 일부인 두꺼운 머리 타래를 손으로 음미하며 한 가닥씩 아주 천천히 땋아 내려갔다. 때로는 내가 서투른 탓에, 때로는 다분히 의도적으로 다 땋은 머리 가닥을 풀었다 땋기를 반복하느라 작업은 더디게 진행되었다. 내 손가락이 그 어린 소녀의 목뒤를 스치거나 옥양목 원피스로 덮인 어깨를 스칠 때마다 전율이 느껴졌다. 그러나 마침내 그녀의 머리카락은 끝이 났고, 나는 그 시간이 끝나지 않기를 바랐다. 그렇다고 해서 내가 새벽의 여신 오로라의 머리 타래만큼 그녀의 머리카락을 길게 만들어달라고 하늘에 청한 것은 아니었다. 왜냐하면 훗날 옛 시인들이 나에게 소개할 이 여신에 대해 아직 알지 못했기 때문이다. 하지만 몇백 년이고 영원히 그녀의 머리를 빗질하며, 셀 수 없이 기나긴 세월 동안 두 가닥의 머리를 땋을 수 있게끔 머리 타래를 늘리고 싶었다. 혹여 이것이 과하게 보인다면, 가련한 독자여, 그대는 어린 소녀의 머리를 빗어본 적도, 사춘기 시절에 젊은 님프의 머리에 손을 얹어본 적도 없는 이일 것이다……. 그녀는 님프였다! 아무래도 내가 너무 신화 쪽으로 빠진 것 같다. 조금 전에는 파도를 닮은 그녀의 눈빛을 말하려다 테티스에 관해 쓰기도 했다. 내가 테티스를 지웠던 것처럼 님프에 관한 이야기도 지우도록 하자. 그리스도교와 이교도 할 것 없이 그 어떤 종교에도 구애받지 않는 사랑스러운 생명체라는 단어를 사용하도록 하자. 드디어 나는 두 가닥의 땋은 머리를 완성했다. 머리 묶는 리본은 어디에 있었을까? 탁자 위에 구겨진 리본이 처량하게 놓여 있었다. 나는 다 땋은 머리 두 가닥의 끝을 합쳐 리본으로 묶었고, 이리저리 번갈아 빼고 당기기를 반복하며 손가락으로 매무새를 가다듬은 뒤 외쳤다.

"다 됐어!"

"제대로 한 거 맞아?"

"거울 봐봐."

독자는 카피투가 거울을 보는 대신에 어떤 행동을 했으리라고 생각하는가? 그녀가 나에게 등을 보이고 앉아 있었다는 사실을 잊지 말길 바란다. 카피투는 갑자기 머리를 뒤로 젖혔고, 나는 손으로 그녀의 머리를 받쳤다. 의자 등받이가 낮았던 것이다. 그렇게 그녀의 얼굴 위로 몸을 기울인 채 나는 그녀와 얼굴을 마주하게 되었다. 물론 눈과 입은 거꾸로 맞닿아 있었다. 나는 그녀에게 현기증이 나거나 목을 다칠 수 있으니 머리를 일으켜 바로 앉으라고 했다. 심지어 그녀에게 못생겨 보인다고 말하기까지 했다. 그러나 이 말에도 그녀는 꿈짝할 생각을 하지 않았다.

"일어나, 카피투!"

그녀는 말을 듣지 않았고, 머리를 일으키려 하지도 않았다. 우리는 그렇게 서로를 바라보았다. 그녀가 입술을 뾰족하게 내밀었다. 나는 입술을 낮춰 그녀에게 다가갔다…….

입맞춤의 감각은 강렬했다. 카피투는 잽싸게 자리에서 일어났고, 눈앞이 캄캄해지고 현기증 같은 것이 느껴진 나는 말없이 벽으로 물러나 기댔다. 내가 정신을 차렸을 때 카피투는 바닥에 시선을 떨구고 있었다. 나는 감히 아무 말도 하지 못했다. 하고 싶어도 무슨 말을 꺼내야 할지 몰랐다. 그녀에게 다가가 따뜻하고 달콤한 말을 쏟아내고 싶었지만, 어찌할 줄 몰라 한 발짝도 움직이지 못한 채 얼이 빠진 모습으로 벽에 기대어 있었다……. 조숙한 독자여, 나의 열다섯 살 시절을 비웃지 말길 바란다. 데 그리외•는 열일곱 살 무렵에(심지어 데 그리외는 나보다 더 나이가 많았다) 성별의 차이에 대해 아직 생각조차 해본 적이 없었다.

제34장 나는 남자야!

복도에서 발소리가 들렸다. 포르투나타 부인이었다. 재빨리 정신을 차린 카피투는 어머니가 문가에 나타나자 고개를 저으며 웃었다. 죄책감의 흔적도, 쑥스러움으로 인한 일말의 주저함도 전혀 없이 밝고 자연스러운 웃음을 지으며 재미있다는 듯 설명을 늘어놓았다.

"엄마, 이 미용사 신사께서 제 머리를 어떻게 묶어놨는지 보세요. 나더러 머리를 묶어준다고 하더니 이렇게 해놨어요. 머리 땋은 것 좀 보세요!"

"그랬니?" 자상함이 묻어나는 표정으로 부인이 말했다. "아

• 프랑스의 소설가 앙투안 프레보(1697~1763)의 《마농 레스코》에 등장하는 남자 주인공.

주 잘 묶으셨네요. 처음 해본 사람의 솜씨라고는 아무도 안 믿겠는걸요."

"뭐라고요, 엄마? 이게요?" 카피투는 땋은 머리를 풀어 헤치며 반박했다. "엄마도 참!"

그러고는 가끔 자연스럽게 몸에서 우러나오는 기품 있는 자태로 새쭉하며, 빗을 들고 머리를 매끄럽게 다듬어 다시 묶었다. 포르투나타 부인은 카피투가 철이 없다고 변덕스러워 그런 것이니 나에게 괘념치 말라고 했다. 부인은 나와 그녀를 부드럽게 바라보았다. 돌이켜보니 그때 그녀는 의심했던 것 같다. 벽에 바싹 붙은 채 얼빠진 모습으로 서 있는 나를 바라보며, 어쩌면 우리 사이에 머리 묶기 이상의 무언가가 있음을 알아채고 아무렇지도 않은 척 미소를 지었던 것일지도 모른다…….

나 역시 변명이라도 할 요량에 속으로 몇 마디 말을 웅얼댔지만, 말이 입 속에서만 맴돌 뿐 밖으로 내뱉어지지 않았다. 카피투의 입맞춤이 내 입술에 빗장을 채운 것 같았다. 짧은 감탄사 혹은 한마디의 관사조차 아무리 애를 써도 입 밖으로 꺼내지지 않았다. 그렇게 내뱉지 못한 말들이 모두 가슴속에 웅어리져 중얼거렸다. "여기 사사로운 감정에 사로잡혀 세상에 나가 큰일을 하지 못할 놈이 있습니다……."

그렇게 카피투의 어머니에게 들킨 우리 둘의 모습은 완전히 딴판이었다. 그녀는 말로 무마하려 했고 나는 침묵으로 일관했다. 포르투나타 부인은 우리 어머니가 라틴어 수업을 위해 나를 찾는다고 말하며 쭈뼛대던 나에게 구원의 손길을 내밀었다. 카브라우 신부가 나를 기다리고 있었다. 빠져나갈 절호의 기회였다. 나는 작별 인사를 하고 복도로 향했다. 복도를 빠져나오는 길에 포르투나타 부인이 딸의 태도를 꾸짖는 소리가 들렸지만, 그녀의 딸은 아무 말도 하지 않았다.

나는 내 방으로 달려가 책을 집어 들었지만, 수업을 들으러 가지는 않았다. 나는 침대에 앉아 머리를 빗어주던 순간과 방금 벌어진 일련의 상황들을 떠올렸다. 전율이 스쳤고, 내가 어디에 있는지, 왜 그곳에 있는지조차 잊을 정도로 무아지경에 빠졌던 몇몇 순간은 잘 기억이 나지 않았다. 나는 정신을 차려 침대, 벽, 책, 바닥을 향해 시선을 옮겼고, 가까이인지 멀리인지 확실히 알 수 없는 소리가 바깥에서 들려왔다. 하지만 이내 모든 것이 사라지고 카피투의 입술만 느껴졌다……. 내 입술 아래로 그녀의 입술이 몽글몽글 느껴졌다. 그녀의 입술에 내 입술이 닿음과 동시에 서로의 입술이 포개져 하나가 됐다. 불현듯 생각지도 못했던 감탄사가 나도 모르게 내 입에서 튀어나왔다.

"나는 남자야!"

그 소리가 너무 커서 누군가 들었을지도 모른다는 생각에 나는 침실 문으로 달려갔다. 밖에는 아무도 없었다. 나는 다시 안으로 들어와 남자라고 조용히 되뇌었다. 지금도 귓가에 여전히 메아리가 되어 맴돈다. 그 말이 나에게 가져다준 쾌감은 실로 엄청났다. 콜럼버스가 아메리카를 발견하고 느꼈던 쾌감은 비교할 게 아니었다. 노골적인 표현을 쓰는 것이 송구하긴 하지만, 사실 모든 10대에게는 그만의 숨겨진 세계와 사령관, 10월의 태양이 있다. 훗날 나는 다른 발견도 하게 되었지만, 그 어느 것도 나를 그렇게 현혹하지는 못했다. 주제지아스의 밀고는 나에게 감정의 동요를 불러일으켰다. 오래된 코코넛나무의 교훈도 마찬가지였다. 독자가 목격했듯, 그녀가 뒤뜰 담에 우리의 이름을 새겨놓은 것을 봤을 때도 나는 엄청난 충격을 받았다. 하지만 그 어느 것도 입맞춤의 감각에 비교할 수는 없었다. 거짓이었을 수도 있고 착각이었을 수도 있다. 진실이었다면, 그저 한낱 살과 피에 그치는 것이 아닌 진실의 뼈에 해당했다. 손으로도 서로 만지고, 잡고, 깍지를 낄 수는 있지만, 전부 교감할 수는 없었다.

"나는 남자야!"

이 말을 세 번째 반복했을 때 신학교가 생각났지만, 지나간 위험, 뿌리 뽑힌 악, 사라진 악몽에 대해 생각하는 이가 있을까? 나의 모든 신경이 나에게 남자는 성직자가 될 수 없다고 말했다. 나의 피도 같은 생각이었다. 다시 한번 카피투의 입술이 느껴졌다. 어쩌면 내가 입맞춤의 추억을 남용하는 측면이 있는지도 모르겠지만 추억은 바로 그런 것이다. 지나간 옛 기억을 곱씹는 것이다. 그 시절의 모든 기억 중에서 가장 달콤하고, 가장 새롭고, 가장 포용력 있고, 나 자신을 온전히 드러냈던 기억이 바로 이것이다. 내가 지닌 수없이 많은 다른 기억 중에도 달콤한 기억들이 있다. 다양한 종류의 풍부한 지적 자극을 받았던 기억들이다. 제아무리 위대한 사람이라 하더라도 이 기억들보다 더 많은 기억을 지니고 있지는 못할 것이다.

제35장 사도좌(使徒座) 서기관

드디어 나는 책을 들고 수업을 들으러 달려갔다. 정확히 말하면 뛰어가지는 않았다. 단단히 지각한 것은 알고 있었지만, 내 얼굴에서 무엇인가 읽을 수도 있다는 생각에 도중에 걸음을 멈췄다. 현기증이 나서 바닥에 누워 있었다고 거짓말을 할까도 했지만, 어머니가 놀라실까 두려워 생각을 접었다. 〈주님의 기도〉를 수십 번 올릴까도 생각했지만, 다른 맹세를 하고 또 다른 소원을 빌었던 터다……. 아니다. 일단 지켜보자. 걷다보니 즐겁게 대화를 나누는 소리가 떠들썩하게 들려왔다. 응접실에 들어섰지만, 아무도 나를 꾸짖지 않았다.

카브라우 신부가 전날 로마 교황 대리 사절에게서 전갈을 받아 그를 알현하러 갔고, 교황령에 따라 사도좌 서기관으로 임명되었다는 사실을 알게 되었던 것이다. 교황청에서 전해진 영전 소식은 그와 우리 모두에게 큰 기쁨을 안겨주었다. 코즈미 삼촌과 주스치나 당이모는 감탄하며 직함을 되풀이했다. 의전 사제, 몬시뇰, 주교, 로마 교황 대사, 로마 교황 대리 사절 같은 직함에 익숙했던 우리 귀에도 생소했다. 도대체

사도좌 서기관은 무엇일까? 카브라우 신부는 그것이 정확히는 로마 교황청의 직위가 아니라 그와 비슷한 수준의 명예직을 부여받은 것이라고 설명했다. 코즈미 삼촌은 카드 게임 파트너로 인해 자신의 신분도 높아질 것을 직감하고는 거듭 반복하여 말했다.

"사도좌 서기관님!"

그러고는 나를 향해 말했다.

"벤치뉴, 너도 준비하거라. 너도 사도좌 서기관이 될 수 있어."

카브라우 신부는 직함을 반복해서 불러주는 것이 듣기 좋았다. 그는 몇 걸음 내딛더니 미소를 지으며 코담뱃갑 뚜껑을 톡톡 두드렸다. 신분이 곱절로 고귀해진 만큼 그 직함도 곱절이 된 탓에, 이름과 연결해 사용하자니 지나치게 길었다. 이 생각은 코즈미 삼촌의 의견이었다. 카브라우 신부는 직함을 전부 말할 필요는 없으며, 그를 카브라우 서기관이라고 부르면 된다고 했다. 그러면 사도좌로 이해한다고 설명했다.

"카브라우 서기관이면 족합니다."

"네, 그 말이 맞군요. 카브라우 서기관님."

"하지만 서기관님." 주스치나 당이모가 직함 사용에 익숙해지려는 듯 말했다. "그러면 로마에 가셔야 하는 거 아니에요?"

"그렇지는 않습니다, 주스치나 부인."

"그럴 필요 없지요. 명예직이라고 하셨잖아요." 어머니가 지적했다.

“그렇다고 해서 쓸 수 없는 것은 아닙니다.” 생각에 잠겨 있던 카브라우 신부가 말했다. “공식 석상이나 공문 등 제대로 격식을 갖춰야 할 때 사도좌 서기관이라는 전체 직함을 사용할 수는 있습니다. 하지만 일반적으로 사용할 때는 서기관이면 충분합니다.”

“지당하신 말씀입니다.” 모두 고개를 끄덕였다.

내 뒤를 이어 방에 들어선 주제 지아스는 영전 소식에 손뼉을 치며, 의도적으로 이탈리아의 위대한 희망 비오 9세의 첫 번째 정치적 행동을 회상했다. 그러나 아무도 그 주제에 관심을 기울이지 않았다. 그 시간과 자리의 주인공은 나의 오랜 라틴어 스승이었다. 두려움에서 벗어난 나는 그에게 축하 인사를 건네야 한다는 것을 깨달았다. 나의 박수갈채는 다른 이들의 박수 못지않게 그의 마음에 감동을 안겨주었다. 아버지처럼 뺨을 쓰다듬어주고 방학까지 줬다. 불과 한 시간 사이에 행복한 일이 너무 많이 일어났다. 입맞춤을 한 것도 모자라 방학까지 생기다니! 나의 얼굴에 좋아하는 기색이 역력했던 탓인지, 코즈미 삼촌이 배를 흔들며 나를 못난이라고 불렀다. 그러자 주제 지아스가 찬물을 끼얹듯 말했다.

“수업을 빼먹는 것을 기뻐해서는 안 됩니다. ‘사제가 되지 않더라도’ 라틴어는 항상 도련님께 필요할 것입니다.”

나는 여기서 그가 나의 사람이 되었음을 알았다. 가족의 귀에 익숙한 듯 스쳐 지나가며 땅에 뿌려진 씨앗의 첫마디였다. 어머니는 얼굴 가득 사랑과 애틋함이 엇갈린 미소를 지으셨지만 이내 대답했다.

"신부님이 되어야지. 틀림없이 잘생긴 신부님이 될 게다."

"명심해, 글로리아. 서기관도 되어야 해. 사도좌 서기관."

"산치아구 서기관님." 카브라우 신부가 강조하듯 덧붙였다.

나의 라틴어 스승의 의도가 이름과 함께 직함을 사용하는 것에 익숙해지기 위한 것이었는지는 확실치 않다. 그러나 그렇게 직함을 붙인 나의 이름을 들었을 때, 나쁜 말을 내뱉고 싶은 강한 충동을 느꼈던 것은 확실하다. 하지만 여기에서의 충동은 어디까지나 그저 생각일 뿐이었다. 그것은 그 이후의 다른 생각들과 마찬가지로 조용히 침묵으로 일관하게 될, 말로 표현되지 않은 생각일 뿐이었다……. 사실 이 이야기는 별도의 장에서 다뤄져야 한다. 그의 큰 관심사가 아니었음에도 라틴어 스승이 얼마 동안 나의 교회 서품에 관해 이야기했다는 말로 이 장을 마치도록 하겠다. 그는 자신의 영전 소식이 잊혔다는 사실을 알려주기 위해 다른 주제를 찾다 자신도 모르게 그 이야기에 빠져버렸다. 그는 좋은 품성을 타고난 날씬하고 조용한 성격의 노인이었다. 몇 가지 결함은 있었다. 그 중 최고봉은 탐욕스럽다는 것이었다. 그렇다고 해서 대식가는 아니었다. 그는 소식가였지만, 고급스럽고 진귀한 것들을 좋아했다. 우리 집 주방은 소박했지만, 그의 주방만큼 가난하지는 않았다. 그래서 어머니가 축하주를 들자며 만찬에 초대했을 때, 초대를 수락한 그의 눈빛은 서기관의 눈빛이었을 수는 있어도 사도좌의 것은 아니었다. 신부는 어머니를 기쁘게 해주려고 다시 나를 이야깃거리로 삼아 성직자로서의 나의 미래에 관해 설명했다. 게다가 내가 내년에 신학교에 갈 것인지 알고 싶어 하며, '산치아구 서기관'이 될 수 있도록 '주교님'에게 자신이 말씀드려놓겠다고 했다.

제36장 손과 발을 잃은 생각

놀러 갔다 오겠다는 핑계로 자리를 빠져나온 나는 다시 아침나절의 모험에 대한 생각으로 돌아갔다. 라틴어가 없이도, 심지어 라틴어로도 내가 할 수 있는 최선의 것이었다. 오 분 후, 나는 옆집으로 달려가 카피투를 붙잡고 땋은 머리를 풀어 다시 땋은 뒤, 입술을 포갠 채 특별한 방식으로 마무리해야겠다고 생각했다. 그래, 그거야, 그렇게 하자, 그거야……. 그저 생각일 뿐이었다! 행동으로 옮기지 못하는 생각! 내 다리는 뛰거나 걸을 생각이 전혀 없었다. 한참이 지난 후에야 천천히 자리를 떠나 나를 카피투의 집으로 데려갔다. 내가 그곳에 도착했을 때, 나는 그녀가 같은 응접실에서 등나무 소파에 앉아 쿠션을 무릎에 얹은 채 평화롭게 바느질하고 있는 모습을 발견했다. 그녀는 나를 빤히 쳐다보지 못하고, 몰래 두려움에 가득 찬 표정으로, 객식구의 표현을 빌리자면 비스듬히 치켜뜬 은밀한 눈빛으로 나를 바라보았다. 그녀는 바늘을 천에 꽂은 뒤 손을 멈췄다. 탁자 맞은편의 나는 또다시 말문이 막혀 어찌할 바를 몰랐다. 그렇게 그녀가 바느질을 완전히 그만두고 자리에서 일어나 내가 다가오기를 기다릴 때까지 우리는 몇 분을 그냥 허비했다. 나는 그녀에게 다가가서 그녀의 어머니가 무슨 말을 했는지 물었다. 포르투나타 부인은 아무 말도 하지 않았다고 했다. 대답하는 그녀의 입이 나에게 접근하도록 도발하는 몸짓 같았다. 확실한 것은 카피투에게서 약간 거리가 느껴졌다는 것이다.

그녀를 끌어안고 입맞춤할 기회였다……. 그저 생각일 뿐이었다! 행동으로 옮기지 못하는 생각! 내 손은 떨어져 나가 생명력을 잃은 상태였다. 나는 성경에 대해 전혀 몰랐다. 알았더라면 사탄의 영이 나에게 〈아가〉의 신비한 언어에 직접적이고 자연스러운 의미를 부여하게 했을 것이다. 그랬다면 나는 첫 번째 구절을 따랐을 것이다. "나에게 입맞춰주세요." 그리고 기력을 잃은 팔에 관해서는 2장 6절을 따르기만 하면 충분했을 것이다. "그가 왼팔로 내 머리를 고이고 오른팔로 나를 안는구나." 그곳에서 독자는 몸짓의 연대기를 확인하게 될 것이다. 그렇게 그저 실행에 옮기기만 하면 됐을 것이다. 하지만 내가 그 구절들에 대해 알고 있었다고 해도, 카피투의 태도가 이젠 너무 냉담해서 내가 계속 잠자코 서 있지 않고 행동에 나섰을는지도 모르겠다. 오히려 그 상황에서 나를 구해준 것은 바로 그녀였다.

제37장 영혼은 신비로 가득 차 있다

"카브라우 신부님이 오래 기다리셨대?"

"오늘은 수업이 없었어. 방학이야."

나는 방학이 생긴 이유를 설명했다. 카브라우 신부가 나의 신학교 입학에 대해 어머니의 결정을 지지하는 뜻을 보이며, 추악하고 가혹한 말을 늘어놓았다고도 말했다. 카피투는 잠시 생각하다가 오후에 우리 집에 가서 신부에게 인사해도 되냐고 물었다.

"응, 그런데 왜?"

"아버지도 당연히 가보고 싶어 하시겠지만, 사제관으로 가시는 게 좋을 것 같아. 그게 모양새가 더 좋으니까. 나는 안 되잖아, 이미 반은 여자니까." 그녀는 웃으며 말을 마쳤다.

그 웃음이 나에게 용기를 북돋워주었다. 그 말은 그녀 스스로를 놀리는 것 같았다. 아침부터 내가 남자였던 것처럼, 그녀는 여자였다. 솔직히 털어놓자면, 사랑스러운 그 모습에 그녀가 완전한 아가씨가 됐음을 증명해주고 싶었다. 오른손으로 그녀를 가볍게 끌어안은 뒤 왼손을 뻗었지만, 너무 긴장한 나머지 떨리기 시작했다. 그저 생각에 그쳤을 뿐이다. 카피투의 손을 잡아당겨 품에 안고 싶었지만, 그 행동 역시 뜻대로 되지 않았다. 그러나 내가 강하고 대담한 사람이라는 사실을 알게 되었다. 나는 누군가를 따라 행동한 것이 아니었다. 연애 이야기를 알려줄 만한 남자아이들과도 어울린 적이 없었다. 루크레티아의 능욕에 대해서도 알지 못했다. 로마에 대해서는 페레이라 신부의 입문서•를 통해 본시오 빌라도 총독에 대해서만 알고 있을 뿐이었다. 아침에 있었던 머리 묶기 사건으로 우리 사랑에 큰 진척이 있었다는 것은 부정하지 않지만, 행동은 아침과 정반대였다. 아침에는 나를 향해 머리를 뒤로 젖혔던 그녀가 지금은 나를 피해 도망 다녔다. 그뿐만이 아니었다. 다른 한편으로는 서로의 태도만 반대가 되었을 뿐 아침 상황이 재현된 것처럼 보이기도 했다.

내가 그녀를 억지로 내 쪽으로 끌어당기려고 했던 것 같다. 맹세컨대 너무 흥분해서 무슨 행동을 하는지 제대로 인식할 수가 없었다. 그러나 그녀가 뒤로 물러서 내 손에서 자기 손을 빼려고 했던 걸 보면 그랬던 게 틀림없다. 그러고는 더는 물러설 곳이 없자 한 발은 앞으로, 다른 발은 뒤로 내민 채 상체만 거리를 두었다. 이 동작 때문에 그녀의 손을 힘껏 잡아야 했다. 결국 상체는 지쳐서 굴복했지만 머리는 굽히려 들지 않았다. 그녀는 머리를 한껏 뒤로 젖힌 채 내 모든 노력을 무용지물로 만들었다. 친애하는 독자여, 나는 이미 노력하고 있었다. 〈아가〉의 교훈을 알지 못했기 때문에 나는 그녀의 머리 아래로 왼손을 뻗어 받치진 못했다. 더욱이 이 동작은 합의가 전제되어야 했기에 지금 나에게 저항하는 카피투는 오히려

• 19세기에 널리 읽힌 포르투갈 신부 안토니우 페레이라 드 피게이레두(1725~1797)의 《라틴 문법의 새로운 연구방법론》.

그 동작을 이용해 다른 손을 빼낸 뒤 나에게서 완전히 도망쳤을 것이다. 그렇게 공격과 수비를 주고받고 있었음에도 집안에 들리지 않도록 필요한 주의를 잃지 않은 덕에 우리는 소란 없이 그 싸움을 이어갈 수 있었다. 영혼은 신비로 가득 차 있다. 이제 나는 내가 그녀를 끌어당겼다는 것을 안다. 머리는 지칠 때까지 계속 버텼다. 그러나 머리가 굴복하자 그다음은 입이 문제였다. 카피투의 입은 나의 입과 반대로 움직이기 시작했다. 내가 한쪽에서 그녀의 입을 찾으면 카피투는 금세 다른 방향으로 고개를 돌려버렸다. 그렇게 우리는 그 이상 다가서지 못한 채 엇갈림 속에 팽팽한 거리를 유지하고 있었다. 단 한 걸음이면 충분할 거리였다…….

그때 문을 두드리는 소리와 복도에서 말하는 소리가 들렸다. 조금 일찍 사무실에서 돌아온 카피투의 아버지는 가끔 하던 습관대로 외쳤다. "문 열어줘, 나나타! 카피투, 문 열거라!" 겉보기에는 카피투의 어머니와 맞닥뜨렸던 아침과 똑같아 보였지만, 겉보기에만 그럴 뿐 상황은 아주 달랐다. 아침에는 모든 상황이 끝나 있었고, 포르투나타 부인의 발소리가 우리의 정신을 일깨우는 일종의 경고음 역할을 했다. 하지만 지금 우리는 손을 붙잡은 채 힘겨루기를 하던 중이었고, 이제 막 일이 벌어질 참이었다.

안쪽 복도로 통하는 문의 빗장이 열리는 소리가 들렸다. 문을 열어준 사람은 카피투의 어머니였다. 모든 것을 고백하기로 했으니 털어놓자면, 내 여자친구의 손을 놓고 자시고 할 겨를조차 없었다. 그럴 생각으로 카피투의 아버지가 들어오기 전에 손을 놓으려는 순간, 카피투가 내 입에 자신의 입을 갖다 댔다. 있는 힘을 다해 저항하다가 돌연 태도를 바꿔 입술을 내주었다. 다시 말하지만 영혼은 신비로 가득 차 있다.

제38장 맙소사, 깜짝이야!

파두아가 복도를 지나 응접실로 들어서자 카피투는 나에게 등을 대고 서서 바느질거리를 집으려는 듯 몸을 굽히며 큰 소리로 물었다.

"벤치뉴, 그런데 사도좌 서기관이 뭐야?"

"오, 주여, 축복하소서!" 파두아가 소리쳤다.

"맙소사, 깜짝이야!"

이제 그 이후의 사건은 똑같이 전개된다. 내가 여기서 40년 전의 두 가지 사건을 이야기하는 이유는 그 사건에서 그랬던 것처럼, 카피투는 그녀의 어머니 앞에서 결코 주눅 드는 법이 없었을 뿐만 아니라 아버지조차 두려워하지 않았다는 것을 보여주기 위함이다. 내가 입이 얼어붙어 한마디도 못 하는 상황에서도 그녀는 이 세상에서 가장 천진난만한 모습으로 쉽게 말을 꺼냈다. 확신하건대 그녀의 심장 박동이 더 빨라지거나 느려지지는 않았다. 그녀는 깜짝 놀랐다고 말하며, 약간 움츠러든 표정을 지었다. 그러나 모든 것을 알고 있던 나는 그것이 거짓임을 알고 있었고 그녀가 부러웠다. 그녀는 곧바로 아버지에게 말을 건네러 다가갔고, 그는 나와 악수하며 그의 딸이 왜 사도좌 서기관에 대해 이야기하고 있었는지 알고 싶어 했다. 카피투는 나에게서 들은 이야기를 그에게 전달한 뒤, 곧이어 아버지가 사제관에 가서 신부에게 축하 인사를 하는 것이 좋겠다고 제안했다. 자신은 우리 집으로 가서 인사하겠다고 했다. 그러고는 바느질용품을 챙겨 복도를 따라가면서 천진난만하게 외쳤다.

"엄마, 저녁 식사요, 아빠가 오셨어요!"

제39장 하느님의 거룩한 부르심

카브라우 신부는 영전의 기쁨에 한껏 도취해 아주 작은 축하에도 크게 감격하는 첫 단계에 아직 머물러 있었다. 시간이 흐르면 제아무리 큰 찬사라 하더라도 감사하는 마음도 감동의 기색도 없이 평소 인사처럼 받아들이는 때가 온다. 첫 순간의 환희가 더 좋은 법이다. 이 순간 영혼의 상태는 바람을 따라 흔들리는 관목을 바라보며 식물군 전체에 경의를 표할 때와 같아 그 어떤 순간보다 더 친밀하고 섬세한 감각을 불러일으킨다. 카브라우 신부는 기쁨에 심취해서 카피투의 말에 귀를 기울였다.

"고맙구나, 카피투, 정말 고마워. 네가 기뻐해주니 좋구나.

아빠는 잘 지내시니? 엄마는? 네 안부는 묻지 않으마. 건강한 사람이 아니면 이런 얼굴을 가질 수 없거든. 그럼 우리 기도를 어떻게 하지?"

모든 질문에 카피투는 즉각적으로 적절히 대응했다. 그녀는 가장 좋은 원피스를 차려입고 외출용 신발을 신고 왔다. 평소처럼 거리낌 없이 응접실로 들어서지 않고, 문 앞에서 잠시 멈췄다가 우리 어머니와 신부의 손에 입을 맞추었다. 그녀가 신부에게 오 분 만에 두 번의 입맞춤을 하며 서기관 직함에 합당한 예우를 올리자, 주제 지아스는 경쟁심에 사로잡혀 "비오 9세의 그 누구보다 위엄 있고 부성애가 넘치는 마음"을 기리는 짧은 연설을 했다.

"자네는 정말 대단한 연설가야." 그가 연설을 끝내자 코즈미 삼촌이 말했다.

주제 지아스는 당황한 기색 없이 미소를 지었다. 객식구의 수식어를 사용하지는 않았지만 카브라우 신부가 그의 찬사에 힘을 실어주자, 주제 지아스는 마스타이 추기경•은 분명 그 자리에 오를 운명을 타고났었을 것이라고 덧붙였다. 그러더니 나에게 눈짓하며 다음과 같이 말했다.

"하느님의 거룩한 부르심이 모든 것을 결정합니다. 성직자가 요람에서부터 그 운명을 타고난다면 사제직은 가장 완벽한 길일 겁니다. 하지만 하느님의 소명을 받지 못하는 경우,

---

● 교황 비오 9세 조반니 마리아 마스타이 페레티(1792~1878).

저는 현실적이고 참된 소명을 따르라고 이야기합니다. 젊은이라면 인문학을 공부하는 것이 대단히 훌륭한 선택이 될 수 있기 때문입니다. 유용하고 영예로운 학문이기도 하고요."

카브라우 신부가 반박했다.

"부르심은 여러 가지 형태일 수 있지만 하느님의 힘은 거역할 수 없습니다. 교회를 미워하고, 심지어 박해했던 사람이라도 어느 날 하느님의 부르심이 그에게 임하면 사도가 될 수 있습니다. 성 바오로를 보세요."

"이의를 제기하는 것은 아니지만, 제가 말하려는 것은 다른 것입니다. 제가 말하려는 것은 사제가 되지 않고도 여기 바깥에서 하느님을 잘 섬길 수 있다는 것입니다. 그렇습니까, 그렇지 않습니까?"

"그렇지요."

"그러니 말입니다!" 주제 지아스가 주위를 둘러보며 의기양양하게 외쳤다. "부르심을 받지 못하면 훌륭한 사제가 될 수 없고, 하느님을 섬기는 것이 우리 모두의 의무인 것처럼 그 어떤 자유 직종에서도 하느님은 섬길 수 있습니다."

"맞습니다. 하지만 모두가 요람에서부터 부르심을 받는 것은 아닙니다."

"남자, 그것이 더 나은 소명일 수도 있죠."

"성직자의 삶에 아무런 관심도 없던 청년도 훌륭한 사제로 거듭날 수 있습니다. 모든 것은 하느님이 결정하십니다. 저 자신을 모델로 제시하고 싶지 않습니다만, 여기 있는 저만 하더라도 의사가 되려고 했지만, 산타히타 부교구장이셨던 제 대부님께서 아버지께 저를 신학교에 넣으라고 종용하셨고, 결국 아버지께서 양보하시게 된 것입니다. 선생님, 그렇게 저는 신학 공부를 비롯해 사제들과 함께하는 삶을 좋아하게 되었고 결국 서품을 받았습니다. 만약 그런 일이 일어나지 않았고 사제가 되지 않았다면 어떻게 되었을까요? 신학교에서 알아두면 좋을 몇 가지 과목을 공부했을 테죠. 그 과목들은 예나 지금이나 신학교에 가야만 제대로 배울 수 있으니까요."

주스치나 당이모가 끼어들었다.

"무슨 소리죠? 그러면 신학교에 들어가더라도 신부가 되지 않을 수 있나요?"

카브라우 신부는 그렇다고, 그렇게 할 수 있다고 대답했고, 나에게로 돌아서며 내가 명백한 하느님의 부르심을 받았다고 말하며, 내가 가지고 놀던 장난감들이 모두 교회의 물건이었던 데다 내가 성직자의 삶을 동경하는 것이 그 증거라고 했다. 하지만 그가 내세운 증거는 아무것도 증명하지 못했다. 어린 시절 내 또래 아이들은 모두 독실했다. 카브라우 신부는 기적적으로 나를 낳으면서 어머니가 했던 맹세에 대해 최근 듣게 된 성 요셉 수도원장도 같은 의견이라고 덧붙였다. 우리 어머니 치맛자락에 꼭 붙어 있던 카피투는 내가 보낸 초조한 눈빛에 반응하지 않았다. 그녀는 신학교와 관련된 대화는 귀 기울여 듣지 않는 듯했다. 나중에 알게 된 사실이긴 하지만, 오히려 그녀는 중요한 부분을 암기하고 있었다. 나는 두어 번

창가로 다가가 어슬렁거렸고, 행여 종말이 온다면 그때까지만이라도 단둘이 편히 지낼 수 있기를 바라며 카피투가 다가오길 바랐지만 그녀는 내 곁으로 오지 않았다. 그녀는 집을 나설 때까지 우리 어머니 곁을 떠나지 않았다. 늦은 오후가 되어서야 그녀는 작별 인사를 했다.

"카피투와 함께 가거라, 벤치뉴." 우리 어머니가 말했다.

"괜찮아요, 그럴 필요 없어요. 글로리아 아주머니." 그녀가 웃으며 말했다. "저도 길 알아요. 안녕히 계세요, 서기관님……."

"잘 가렴, 카피투."

나는 응접실을 가로지르기 위해 한 발짝 내디뎠다. 물론 그것은 나의 의무이자 내가 좋아하는 일이기도 했거니와, 혈기 왕성한 나이에 응접실을 가로질러 바깥 복도로 이웃을 따라 나가 농장으로 내려간 뒤, 뒤뜰로 들어서서 그녀에게 세 번째 키스를 하며 작별 인사를 고할 절호의 기회를 놓칠 리 만무했다. 나는 카피투의 거절을 괜히 해본 말이라 여겨 개의치 않았고, 그녀의 뒤를 따라 복도로 나섰다. 그런데 걸음을 재촉하던 카피투가 멈춰 서서 나에게 돌아가라고 신호를 보냈다. 나는 그 말을 따르지 않고 그녀에게 다가갔다.

"오지 마, 안 돼. 내일 이야기해."

"하지만 나 너에게 하고 싶은 말이 있어……."

"내일 해."

"내 말 좀 들어봐!"

"따라오지 마!"

그녀가 조용히 말했다. 내 손을 잡더니 손가락을 입에 가져다 댔다. 복도의 등을 켜기 위해 안에서 나온 한 흑인 노예가 어둠 속에서 우리를 바라보며 상냥한 미소를 짓고 있었다. 무언가 그녀가 중얼거리는 소리가 우리에게 들리긴 했지만, 전혀 알아들을 수 없었다. 노예가 의심해서 다른 사람들에게 말할 수도 있다고 카피투가 나에게 속삭였다. 그녀는 다시 따라나서지 않겠다는 다짐을 받아내고는 집으로 향했다. 나는 그 자리에 못이라도 박힌 듯 멈춰 선 채 꼼짝도 하지 않았다.

제40장 암말

나는 홀로 잠시 생각에 잠겨 공상에 빠져들었다. 독자는 이미 나의 공상 세계를 접해본 바 있다. 나는 황실 방문에 관한 이야기를 했었고, 엔제뉴노부의 이 집에 관해 이야기하며 마타카발루스에 있는 집을 소개하기도 했다……. 상상력은 내 삶 전체의 동반자였으며, 살아 있고, 빠르며, 안절부절못하고, 때로는 소심하고 수줍음을 많이 타는 친구이자 거듭되는 삶의 투쟁을 가장 잘 참아낼 수 있는 친구였다. 나는 타키투스의 책에서 이베리아 암말이 바람에 의해 잉태되었다는 것을 읽었다고 믿는다. 타키투스가 아니었다면 다른 고대 작가의 책을 읽고 이 맹신에 빠졌을 것이다. 나는 특히 위대한 이

베리아 암말에 관해 상상의 나래를 펼치곤 했다. 스쳐 지나가는 산들바람에 망아지가 잉태되어 이내 알렉산드로스 대왕의 말이 태어나는 상상이었다. 하지만 열다섯 살 시절의 대담하고 부적절한 비유는 공개하지 않고 남겨두도록 하겠다. 간단히 그 공상에 관해서만 이야기하도록 하자. 그때 내가 했던 공상은 어머니에게 나의 사랑을 고백하며 내가 하느님의 거룩한 부르심을 받지 못했다고 말하는 것이었다. 이제 소명에 관한 대화는 나에게 온전한 자아를 일깨워주었다. 나를 두렵게 만들긴 했지만 나에게 탈출구를 열어준 것이다. '그래, 그렇게 하면 돼. 엄마에게 부르심을 받지 못했다고 말하고 우리 관계를 고백하는 거야. 엄마가 의심한다면 전날 무슨 일이 있었는지, 머리 묶어준 일과 그 나머지 것들을 털어놓으면 돼…….' 나는 생각했다.

제41장 비밀 관객

그 나머지 것들이 나를 얼마간 더 복도에 잡아둔 채 생각에 빠뜨렸다. 주앙 다 코스타 박사가 집 안으로 들어서는 모습이 보였고, 평소처럼 금세 옴버 판이 준비되었다. 어머니는 응접실에서 나와 나를 보더니 카피투를 데려다주었느냐고 물었다.

"아니요, 어머니, 혼자 갔어요."

그러고는 어머니에게 거의 달려들듯 말했다.

"엄마, 드리고 싶은 말이 있어요."

"무슨 일이니?"

어머니는 무척 놀란 얼굴로 어디가 아픈 건지 알고 싶어 했고, 머리가 아픈지, 가슴이 아픈지, 아니면 배가 아픈지 묻고는 내 이마를 짚으며 열이 있는지 확인했다.

"아픈 곳 없어요, 어머니."

"그러면 왜 그러니?"

"별일은 아니에요, 엄마. 하지만 제 이야기를 들어주셨으면 해요. 음, 차를 마시고 난 뒤가 더 좋을 것 같아요. 끝나자마자 바로요……. 안 좋은 일은 절대 아니에요. 엄마는 조그만 일에도 놀라시지만, 신경 쓰실 일이 아니에요."

"어디 불편한 곳이 있는 건 아니지?"

"아니에요, 어머니."

"아냐, 다시 감기 기운이 있는 게 틀림없어. 발한제를 먹지 않으려고 아닌 척하고 있지만, 너는 감기에 걸렸어. 목소리만 들어도 알 수 있지."

나는 아픈 곳이 없다는 것을 보여주기 위해 웃으려고 노력했다. 그런데도 어머니는 고백의 시간을 뒤로 미루도록 내버려두지 않았다. 나를 붙잡고 자기 방으로 데려가 촛불을 켠 뒤, 자신에게 모든 것을 말하라고 명령했다. 나는 우선 어머니에게 신학교에 언제 가느냐고 물었다.

"이제 곧 방학이 지나면 연초에 가게 되겠지."

"제가…… 거기서 살게 되나요?"

"살다니, 그게 무슨 말이니?"

"집에는 못 와요?"

"토요일과 방학에는 올 수 있어. 게다가 사제 서품을 받게 되면 와서 나와 함께 살 수도 있단다."

나는 눈물을 훔치며 코를 훌쩍였다. 어머니는 나를 쓰다듬으며 엄하게 타이르려고 했지만, 목소리가 떨렸고 눈도 젖어 있는 것 같았다. 나는 어머니에게 우리가 헤어지는 것이 슬프다고 말했다. 어머니는 헤어지는 것이 아니라고 했다. 그저 학업 때문에 처음에만 잠시 떨어져 있는 것이라고 했다. 조금만 지나면 내가 동료들과 사부들에게 익숙해져 그들과 함께 생활하는 것을 즐기게 될 것이라고도 했다.

"저는 엄마만 좋아요."

계산된 말은 아니었지만, 어머니가 나의 유일한 애정의 대상이라고 믿게 했다는 사실에 뿌듯했다. 카피투에 대한 의심을 거두게 될 것이기 때문이었다. 이렇게 순수하고 천진난만한 문장 중간에 편승하는 사악한 의도가 얼마나 많겠는가! 이 때문에 종종 거짓말은 땀을 흘리는 것처럼 의지와는 상관없는 생리 현상이 아닐까 하는 의구심이 들기도 한다. 다른 한편으로는, 친애하는 독자여, 보다시피 나는 카피투에 대한 의심의 눈초리를 돌리고 싶었다. 내가 어머니를 찾았던 것도 바로 그녀가 의심하고 있는지 확인하기 위해서였다. 그러나 이 세상은 모순적이다. 사실 우리 어머니는 첫 원죄를 저지르기 이전의 최초의 여명처럼 진솔한 사람이었다. 단순한 직관으로 한 가지에서 또 다른 무언가를 추론해낼 수 없었다. 즉, 주제 지아스가 어머니에게 말했던 카피투와의 비밀 연애 같은 갑작스러운 나의 변화는 전혀 생각하지도 못했다. 어머니는 잠시 침묵했다. 그런 다음 강압적이지도 권위적이지도 않은 태도로 대답했고, 이러한 모습은 오히려 나의 반항심을 부추겼다. 나는 결국 그날 오후에 나눴던 하느님의 부르심에 관한 이야기를 꺼냈고, 내 안에 부르심이 임한 것을 느껴본 적이 없다고 고백했다.

"하지만 너는 신부가 되는 것을 아주 좋아했잖니." 어머니가 말했다. "성 요셉 수도원의 신학생들이 사제복을 입은 모습을 보러 가게 해달라고 조르기까지 했던 것 기억 안 나니? 주제 지아스 씨가 집에서 너를 전하라고 부를 때면 정말 좋아하며 웃곤 했잖아! 인제 와서 어떻게? 나는 믿기지 않는다. 믿기지 않아, 벤치뉴. 게다가…… 부르심을 받은 적이 없다고? 하지만 사제직을 수행하면서 소명 의식이 자연스럽게 생기기도 하는 거야." 어머니는 나의 라틴어 선생에게서 들었던 이야기를 그대로 반복했다.

내가 그 말에 반박하려고 하자 어머니는 거칠게 꾸짖진 않았지만 강하게 말했고, 나는 다시 순종하는 아들로 돌아갔다. 그 후에도 어머니는 계속 자신이 한 맹세에 대해 진지하고 장황한 어조로 말을 이어갔다. 하지만 나에게 그때의 상황이나 맹세하게 된 계기 혹은 이유에 대해서는 말하지 않았고, 나는 나중에야 그에 대해 알게 되었다. 어머니는 가장 중요한 것에 대해서만 이야기했다. 요컨대 그녀가 하느님에게 약속했던 그 대가를 치러야만 한다는 것이었다.

"우리 주님께서 내 청을 들어주셨기 때문에 너의 생명을 구할 수 있었던 거란다. 벤치뉴, 나는 하느님을 속이거나 거역할 수 없어. 원죄 없이는 할 수 없는 일들이 있단다. 위대하고 권세 높은 하느님께서 나를 이대로 내버려두지는 않으실 게다, 벤치뉴. 아니고말고. 나는 분명 벌을 받을 거야, 아주 큰 벌을 받게 되겠지. 사제가 되는 것은 선하고 거룩한 일이야. 누이와 함께 행복하게 사는 카브라우 신부님처럼 너도 많은 사람을 봐서 알잖니. 우리 삼촌도 신부셨는데, 주교가 될 뻔하셨다고 하더라……. 꾀부려서 될 일이 아니야, 벤치뉴."

나는 어머니를 향한 나의 눈빛이 불만으로 가득 차 있어서 어머니가 즉시 말을 수정했다고 생각한다. 꾀, 그것은 아니었다, 꾀를 부린 것은 아니었다. 어머니는 내가 자신을 좋아한다는 사실을 아주 잘 알았고, 내가 느끼지 못한 감정을 속일 수 없다는 것도 알았다. 유약함이 어머니가 하고 싶었던 말이었다. 나에게 유약함에서 벗어나 남자가 되어 어머니를 위해 그리고 내 영혼의 안녕을 위해 해야 할 일에 순종하라고 말하고 싶었을 테다. 이 모든 것과 그 밖의 다른 것은 제대로 전달되지 못했다. 어머니가 불분명하게 웅얼대며 목멘 소리로 말했기 때문이다. 어머니의 감정이 다시 북받쳤다는 것을 알 수 있었지만 고집을 꺾진 않았다. 나는 어머니에게 감히 물었다.

"엄마가 하느님께 맹세를 없었던 것으로 해달라고 청하면 안 되나요?"

"안 돼, 그리 청할 수는 없다. 정신 나갔니, 벤치뉴? 그리고 하느님께서 맹세를 없었던 것으로 해주신다 해도 내가 그 사실을 어떻게 알 수 있겠니?"

"꿈에서 알 수도 있잖아요. 제 꿈에는 가끔 천사와 성인들이 나타나는걸요."

"아들아, 그건 나도 마찬가지야. 하지만 소용없어……. 자, 늦었다. 응접실로 가자꾸나. 명심하렴. 내년 첫 달이나 두 번째 달에는 신학교에 가는 거야. 내가 원하는 것은 네가 공부하는 책의 내용을 잘 깨우치는 것이란다. 그것이 너뿐만 아니라 카브라우 신부님께도 좋은 일이야. 신학교 사람들도 카브라우 신부님께서 네 이야기를 하도 하셔서 너에게 관심이 많단다."

어머니는 문을 향해 걸어갔고 우리 둘은 함께 문을 나섰다. 문을 나서기 전 어머니는 나를 향해 몸을 돌렸고, 하마터면 그녀가 나를 와락 끌어안은 채 신부가 되지 말라고 부르짖는 모습을 볼 뻔했다. 이것이 시간이 다가옴에 따라 어머니가 느꼈던 솔직한 속내였다. 어머니는 떠안고 있는 빚을 그에 상응하는 다른 방식으로 상환할 방법을 찾고자 했지만, 찾을 수 없었던 것이다.

제42장 생각하는 카피투

이튿날 나는 서둘러 옆집으로 향했다. 카피투는 그녀를 만나러 온 파울라와 산샤에게 작별 인사를 하고 있었다. 둘 다 학교 친구였고, 의사 집안 딸인 파울라는 열다섯, 미제 물건을 판매하는 상인 집안 딸인 산샤는 열일곱 살이었다. 카피투는 생기 없는 표정으로 머리에 손수건을 싸매고 있었다. 카피투의 어머니는 나에게 그녀가 전날, 차를 마시기 전과 후에, 응접실과 침대에서 자정이 훨씬 넘도록 등불을 켠 채 책을 너무 많이 읽었다고 말했다…….

"내가 촛불을 켰다면 엄마가 화를 내셨을 거야. 이제 괜찮아."

카피투가 머리에 동여맨 손수건을 풀자, 그녀의 어머니가 잠시 머뭇거리다 묶고 있는 것이 나을 것 같다고 말했다. 하지만 카피투는 그럴 필요가 없다며 괜찮다고 대답했다.

응접실에는 우리 둘뿐이었다. 카피투는 그녀의 어머니가 했던 말을 반복하며, 우리 집에서 들은 이야기 때문에 마음이 아팠다고 덧붙였다. 나 역시 나에게 있었던 일과 어머니와의 면담, 나의 간청, 어머니의 눈물, 그리고 마침내 결정적인 마지막 답변에 대해 그녀에게 털어놓았다. 2~3개월 후에 신학교에 가게 될 것이라고 했다. 이제 우리는 어떻게 될까? 열중해서 내 말을 듣던 카피투의 표정이 어두워졌다. 내가 말을 마치자 카피투는 금방이라도 화를 터트릴 것처럼 가쁜 숨을 몰아쉬었지만 참았다.

이 일이 있은 지 너무 오래되어 그녀가 정말로 울었는지, 아니면 단순히 눈물을 훔쳤는지 확신할 수는 없다. 카피투는 그저 눈물만 훔쳤던 것 같다. 그 행동을 보고 나는 카피투를 위로하기 위해 그녀의 손을 잡았지만 나 역시 위로가 필요했다. 우리는 등나무 소파에 털썩 주저앉아 허공을 응시했다. 거짓말이다. 카피투는 바닥을 보고 있었다. 그 모습을 본 나도 똑같이 따라 했다……. 하지만 내가 바닥과 벌레 먹은 틈새, 기어 다니는 파리 두 마리와 한쪽 다리가 부서진 의자를 그저 바라만 보는 동안 카피투는 자기 내면을 들여다보았던 것 같다. 짧은 시간이었지만 잠시나마 고통을 잊게 해주었다. 내가 다시 그녀에게 시선을 돌렸을 때 카피투는 미동도 하지 않은 채 앉아 있었고, 그 모습에 너무 놀란 나는 살며시 그녀를 흔들어 깨웠다. 정신을 차려 바깥세상으로 돌아온 카피투는 우리 어머니와 무슨 일이 있었는지 다시 말해달라고 청했다. 나는 카피투가 신경 쓰지 않도록 이번에는 내용을 완화하여 그녀가 좋아할 만한 이야기만 전했다. 나는 독자들이 나를 정직하지 못하다고 탓하지 않고, 자비로운 사람이라고 불러주길 바란다. 희망이 다 사라지면 카피투를 잃게 될까봐 두려웠던 것도 사실이지만, 그녀가 고통받는 모습을 보는 것이 마음 아팠다. 하지만 진심은, 나의 솔직한 심정은 주제 지아스가 무언가 손을 쓰기도 전에 내가 먼저 어머니에게 말한 것을 후회하고 있었다. 곰곰이 생각해보니 머지않아 그렇게 되리라는 것을 알고 있었으면서도 환멸감을 느끼고 싶지 않아서였던 것 같다. 카피투는 생각하고, 생각하고, 또 생각했다…….

제43장 무서워?

갑자기 생각을 멈춘 카피투는 파도를 닮은 눈으로 나를 바라보며 무섭냐고 물었다.

"무섭냐고?"

"응, 무섭냐고 묻는 거야."

"뭐가 무섭냐는 거야?"

"두들겨 맞거나, 어디 갇히거나, 싸우거나, 걷거나, 일하는 거 무섭냐고……."

나는 이해하지 못했다. 만약 카피투가 나에게 그냥 '가자!'라고 말했다면 순순히 따르거나 따르지 않았을 것이다. 어쨌든 이해는 했을 것이다. 하지만 그렇게 모호하고 밑도 끝도 없는 질문은 도무지 알 수가 없었다.

"그게 무슨…… 이해가 안 돼. 맞는 게 무섭냐고?"

"응."

"누구한테 맞아? 누가 날 때리는데?"

카피투는 조바심이 나는 몸짓을 했다. 파도를 닮은 눈은 시선을 고정한 채 더 커진 것 같았다. 나는 스스로 그 답을 알아낼 수 없었지만, 그녀에게 다시 묻고 싶지 않았다. 누구에게 어떤 이유로 맞을지, 왜 내가 갇히게 될지, 누가 나를 가둘지 궁금해졌다. 맙소사! 나는 상상 속에서 어둡고 더러운 감옥을 떠올렸다. 교도소 선박과 바르보누스 군사 총사령부, 교도소의 모습도 보았다. 이 모든 아름다운 사회제도가 나를 신비롭게 감싸 안았지만, 그마저도 무색할 정도로 나에게는 카피투의 파도를 닮은 눈이 더 컸다. 카피투의 실수는 그 눈이 무한대로 커지도록 내버려둔 것이 아니라 정상적인 크기로 줄어들게 내버려두어 평상시 모습대로 돌아가게 한 것이었다. 카피투는 원래의 모습으로 돌아와서 농담이었다고 말하며, 괴로워할 필요 없다고 했다. 그러고는 애교 넘치는 몸짓으로 내 뺨을 톡 치며 미소를 지은 채 말했다.

"겁쟁이!"

"내가? 하지만……."

"아무것도 아니야, 벤치뉴. 누가 너를 때리고 가두겠어? 미안해, 내가 오늘 좀 제정신이 아니야. 장난치려고 그런 거야……."

"아니, 카피투. 너는 장난치는 게 아니었어. 이런 상황에서는 누구도 장난이라고 생각하지 않을 거야."

"맞아. 그냥 내가 미쳐서 그런 거야. 나중에 봐."

"나중에 보자고?"

"다시 머리가 지끈거리려고 해. 이마에 레몬이나 한 조각 올려놓아야겠어."

그녀는 말한 대로 했고, 다시 손수건을 이마에 둘렀다. 그런 다음 작별 인사를 하기 위해 뒤뜰까지 나를 배웅했다. 그러나 그곳에서 우리는 몇 분간 더 우물가에 앉아 있었다. 바람이 불었고 하늘에는 구름이 껴 있었다. 카피투는 우리의 이별이 이미 확실히 정해진 사실인 것처럼 다시 말했다. 바로 그 점이 두려웠던 나는 그녀의 기분을 풀어줄 방법을 찾고 있었다. 입을 열지 않을 때면 카피투는 대나무 조각을 이용해 바닥에 사람의 옆모습과 코를 그렸다. 그림을 그리기 시작하면서 그것은 그녀의 기분 전환 방법 가운데 하나가 됐다. 그녀에게는 모든 것이 종이와 연필이 되었다. 나는 카피투가 담벼락에 새겼던 우리의 이름이 떠올라 바닥에도 똑같이 새기고 싶어 그녀에게 대나무 조각을 달라고 했다. 그녀는 내 말을 못 들었거나 들은 체도 하지 않았다.

제44장 첫아이

"이리 줘봐, 뭐 하나만 쓸게."

카피투는 나를 쳐다봤지만, 고개는 들지 않은 채 주제 지아스의 말을 연상시키는 비스듬히 치켜뜬 은밀한 눈빛으로 나를 올려다봤다. 그녀는 다소 가라앉은 목소리로 나에게 물었다.

"하나만 말해줘. 하지만 사실대로 말해야 해. 거짓말은 원치 않아. 가슴에 손을 얹고 답해봐."

"뭔데? 말해봐."

"나와 너희 어머니 중 한 명을 골라야 한다면 누구를 선택할 거야?"

"내가?"

그녀는 나에게 긍정의 신호를 보냈다.

"나는…… 그런데 왜 선택해야 하는데? 엄마는 나에게 이런 건 물어보지 않으셔."

"응, 그러실 거야. 하지만 나는 물어보거든. 네가 신학교에 있는데 내가 죽었다는 소식을 들었다고 치자……."

"그런 말 하지 마!"

"아니면 네가 빨리 오지 않으면 내가 너무 보고 싶어 죽을 것 같다고 했다고 치자. 그런데 너희 어머니는 네가 오는 걸 원치 않으셔. 말해봐. 너 올 거야?"

"갈 거야."

"너희 어머니의 명령을 거스르고?"

"엄마의 명령을 거스르고."

"내가 죽는 모습을 지켜보기 위해 신학교도 버리고, 너희 어머니도 버리고, 모든 것을 버릴 수 있어?"

"죽는다는 이야기는 하지 마, 카피투!"

카피투는 창백한 표정으로 믿을 수 없다는 듯 웃음을 지은 뒤, 대나무로 바닥에 단어 하나를 썼다. 나는 몸을 기울여 그 단어를 읽었다. "거짓말쟁이."

이 모든 상황이 너무 낯설어서 나는 답을 찾을 수 없었다. 그녀가 한 말의 의도를 이해하지 못했기에 글의 의도도 이해할 수 없었다. 그곳에서 크든 작든 모욕이라도 당한 것이라면, 똑같이 대나무로 글을 쓸 수도 있었겠지만 아무런 생각도 나지 않았다. 머리는 텅 빈 것 같았다. 게다가 누군가가 우리의 말을 듣거나 읽지 않을까 두려웠다. 우리 둘뿐이었는데 도대체 누가 듣는단 말인가? 포르투나타 부인은 문가에 한 번 나왔다가 곧 들어갔다. 주변에는 적막만 가득했다. 제비 몇 마리가 뒤뜰 상공을 지나 산타테레자 언덕 옆으로 날아갔을 뿐 사람이라곤 아무도 없었다. 멀리 파두아의 작은 새들이 지저귀는 집 옆 길가에서 말발굽 소리 같은 모호하고 혼란스러운 소리가 들려왔다. 하지만 그뿐이었고, 이 기이한 현상만 제외하면 평상시와 다를 것이 없었다. 카피투가 쓴 거짓말쟁이라는 그 단어가 바닥에서 나를 비웃으며 염탐하는 것처럼 여겨졌고, 심지어 공중에 메아리쳐 울려 퍼지는 것 같았다. 그 순간 나는 나쁜 생각이 들었다. 생각해보니 신부의 삶이 나쁘지 않은 것 같고, 큰 후회 없이 받아들일 수 있을 것 같다고 말했다. 그녀에게 앙갚음하려는 유치한 행동이었다. 그러나 그녀가 눈물을 흘리며 내게 안기는 것을 보고 싶은 은밀한 희망도 있었다. 카피투는 눈을 휘둥그레 떴지만 감정을 억누르며 말했다.

"신부가 되는 건 의심할 여지 없이 좋은 일이야. 신부보다 좋은 건 자주색 양말을 신는 의전 사제밖에 없어. 자주색은 정말 예쁜 색인 것 같아. 다시 생각해보니 의전 사제가 낫겠는걸."

"하지만 먼저 신부가 되지 않고는 의전 사제가 될 수 없어." 나는 입술을 깨물며 그녀에게 말했다.

"그럼, 검은색 양말로 시작한 다음 자주색 양말을 신으면 되겠네. 네가 집전하는 첫 미사는 놓치고 싶지 않아. 벌룬스 커트와 주름이 크게 잡힌 최신식 드레스를 맞춰 입을 거니까 시간을 넉넉히 두고 미리 나에게 알려줘야 해……. 그런데 어쩌면 그때쯤에는 유행이 달라질 수도 있겠다. 반드시 카르무 성당이나 성 프란체스코 성당같이 큰 교회여야만 해."

"아니면 칸델라리아."

"칸델라리아도 괜찮지. 첫 미사 참례만 할 수 있다면 어디든지 상관없어. 아주 멋지게 차려입고 갈 거야. 사람들이 '저기 예쁜 드레스를 입은 멋진 아가씨가 누구죠?'라고 물으면, '저분은 마타카발루스 거리에 살았던 카피톨리나 아가씨입니다'라고 대답하겠지."

"살았던? 너 이사 가려고?"

"나중에 어디에서 살게 될지 누가 알겠어?" 카피투는 약간 우울한 어조로 말했다. 하지만 금세 장난기 어린 말투로 돌아갔다. "그리고 너는 제단에서 흰색 사제복 위에 황금 망토를 두르고 노래하겠지……. '파테르 노스테르…….'"●

아! 이 아이러니의 결투를 이야기할 낭만주의 시인이 되지 못한 것이 얼마나 후회스러운지! 나의 찌르기와 그녀의 찌르기, 한쪽이 숨 고르기를 하는 사이 다른 한쪽이 가한 민첩한 반격, 곧이어 흘러내리는 피, 내 영혼의 분노와 다음과 같은

● '하늘에 계신 우리 아버지'라는 뜻의 라틴어.

나의 최후의 일격까지 모두 들려주었을 것이다.

"그래, 카피투, 너는 내 첫 미사에 참례하게 될 거야. 하지만 한 가지 조건이 있어."

그러자 그녀는 이렇게 답했다.

"전하, 말씀하옵소서."

"한 가지 약속할 수 있어?"

"뭘?"

"약속한다고 말해."

"뭔지 말 안 하면 약속 안 할 거야."

"사실은 두 가지야." 다른 생각이 떠오른 내가 말을 이었다.

"두 가지라고? 뭔지 말해봐."

"첫 번째는 내가 네 사죄를 구하고 보속을 줄 수 있도록 고해성사는 나한테만 봐. 그리고 두 번째는……."

"첫 번째 것은 약속할게." 그녀는 망설이는 나를 보며 대답했고, 두 번째 것도 얼른 말해보라고 덧붙였다.

그 말을 꺼내는 데 얼마나 큰 대가를 치러야 했는지 모른다. 그 말을 입 밖으로 꺼내지 않았다면 나는 내가 들은 것을 듣지 않아도 되었을 테고, 믿기 어려운 이야기를 여기에 쓰지도 않았을 것이다.

"두 번째는…… 음…… 그건…… 내가 너와 결혼할 신부가 될 거라고 약속할 수 있어?"

"나랑 결혼하는 신부가 되겠다고?" 그녀는 크게 감동해서 말했다.

그러나 바로 입꼬리를 내리며 고개를 저었다.

"아니, 벤치뉴." 그녀가 말했다. "기다리기에는 너무 긴 시간이 될 거야. 네가 내일 당장 신부가 되는 게 아니잖아. 몇 년이 걸릴 거야……. 그래서 내가 다른 약속을 하려고. 약속해, 내 첫아이의 세례는 너에게 부탁할게."

제45장 독자여, 고개를 저어라

독자여, 고개를 저어라. 온갖 불신의 몸짓을 취해도 된다. 지루함에 책을 버리고 싶었던 적이 없다면 이참에 이 책을 버려도 된다. 무엇이든 가능하다. 하지만 전에는 한 번도 그랬던 적이 없었는데 유독 지금에서야 그렇다면 작가의 진정성에 굳이 연연해 말고 책을 다시 집어 같은 쪽을 펼치기를 바란다. 그보다 더 정확한 것은 없다. 카피투는 그런 말투와 태도로 말했다. 그녀는 마치 첫 인형 이야기를 하듯 첫아이에 대해 이야기했다.

그 모습을 본 나의 놀라움은 그 크기도 크기려니와 묘한 감정이 뒤섞여 있었다. 내 안에 무언가가 흘러내리는 것 같았다. 첫아이에 관한 그녀의 위협, 카피투의 첫아이, 다른 사람과의 결혼, 그에 따른 영원한 이별, 상실, 파멸, 이 모든 것이 그러한 효과를 일으켰고, 이를 표현할 단어도 몸짓도 찾을 수 없을 정도로 나는 바보가 되었다. 카피투는 미소를 짓고 있었고, 나는 바닥에서 놀고 있는 그 첫아이를 보았다…….

제46장 평화

평화는 전쟁처럼 빠르게 찾아왔다. 내가 이 책에서 나의 영광을 구한다면, 그 협상이 나로 인해 시작되었다고 말했을 것이다. 하지만 아니었다. 협상을 시작한 것은 카피투였다. 내가 고개를 떨군 채 말없이 앉아 있자 그녀도 잠시 후 고개를 숙였다. 하지만 나의 눈을 보려고 눈은 위로 향했다. 나는 그녀가 나에게 간청하게 했다. 그런 다음 일어나서 떠나고 싶었지만, 앉은 자리에서 몸을 일으키지 못했고 자리를 뜰지도 알 수 없었다. 카피투가 아주 부드러운 눈빛으로 나를 바라보았고, 그 위치 탓에 눈빛이 너무 간절해 보였던지라 감히 자리를 뜰 엄두가 안 났다. 나는 그녀의 허리를 팔로 감싸 안았고, 그녀는 나의 손가락 끝을 잡았다. 그리고…….

다시 한번 포르투나타 부인이 문가에 나타났다. 왜인지는 모르겠다. 내가 팔을 잡아당길 시간조차 없었을 정도로 잠시 나타났다가 이내 사라졌다. 그것은 단순한 양심의 가책일 수도 있고, 의무적인 기도처럼 영혼 없이 무리 지어 이루어지는 의례적인 행동이었을 수도 있다. 그녀의 마음이 시키는 대로 사실을 직접 눈으로 확인하기 위해서가 아니었다면…….

그게 무엇이든 나의 팔은 여전히 카피투의 허리를 힘주어 감싸 안고 있었고, 우리는 그렇게 화해했다. 아름다운 사실은 이제 우리 각자가 자신을 탓하며 서로에게 용서를 구했다는 점이다. 카피투는 불면증, 두통, 우울증, 마침내 "자신의 나쁜 성질"까지 운운했다. 당시 심한 울보였던 나는 눈가가 젖어 드는 것을 느꼈다……. 그것은 순수한 사랑이었고, 내 소꿉친구가 느끼는 고통의 산물이었으며, 화해의 부드러운 손길이었다.

제47장 "마님께서는 외출하셨습니다"

"좋아, 그 이야기는 그만하자." 나는 마침내 입을 열었다. "하지만 한 가지만 설명해줘. 왜 맞는 게 무섭냐고 물었어?"

"그냥 한 말은 아니야." 카피투는 약간의 망설임 끝에 대답했다. "그게 왜 그렇게 신경 쓰여?"

"말해봐. 신학교 때문에 그렇게 물은 거야?"

"응, 때리곤 한다고 들었어……. 아니야? 나도 믿지는 않아."

그 설명이 마음에 들었다. 그 이상 다른 설명은 없었다. 만약에 카피투가 진실을 말하지 않았다면, 그녀가 말해선 안 된다고 깨달았기 때문일 것이다. 거짓은 마님이 누구와도 이야기하고 싶지 않을 때 찾아온 손님에게 "마님께서는 외출하셨습니다"라고 재빨리 대답하는 하인들의 말이다. 이런 유형의 공모는 특별한 쾌감을 준다. 함께 범한 죄는 속은 방문객의 얼굴과 허탕 치고 현관 계단을 도로 내려가는 그 뒷모습이 주는 쾌감은 물론, 공모자들에게 얼마간 평등한 지위를 부여한다……. 진실은 모습을 드러내지 않았고, 집 안에 머문 채 카피투의 마음속에서 참회를 잠재웠다. 그렇게 나는 허탕을 치고 현관 계단을 도로 내려오긴 했지만, 슬프지도 화가 나지도 않았다. 오히려 하녀가 유모보다 더 친절하고 매혹적이라는 사실을 알게 되었다.

제비 떼는 이제 반대 방향으로 다가오고 있었다. 어쩌면 아까 그 제비와 같은 제비가 아니었을지도 모른다. 같은 건 우리였다. 우리는 그곳에 앉아 우리의 환상과 두려움을 더한 뒤, 이미 추억의 합까지 계산하기 시작했다.

제48장 우물가의 맹세

"안 돼!" 내가 갑자기 소리쳤다.

"뭐가 안 된다는 거야?"

몇 분의 침묵이 흐르는 동안 나는 많은 생각을 한 뒤 기발한 생각이 떠올랐다. 그런데 그 감탄사 소리가 너무 커서 나의 이웃을 놀라게 했다.

"아니, 그렇게 되어서는 안 돼." 나는 계속해서 말했다. "사람들은 우리가 결혼하기에는 어리다고 해. 우리를 애라고 부르지. 그래, 하지만 2~3년은 금방 지나가. 하나만 맹세해줄 수 있어? 내가 아니면 결혼하지 않겠다고 맹세해?"

카피투는 주저하지 않고 맹세했고, 얼굴마저 기쁨으로 붉게 상기된 것이 보였다. 그녀는 두 번이나 연거푸 맹세를 반복했고, 세 번째 맹세에는 다음과 같이 말했다.

"네가 다른 사람과 결혼하더라도 나는 결혼하지 않고 내 맹세를 지킬게."

"내가 다른 사람과 결혼한다고?"

"무슨 일이 일어날지 모르잖아, 벤치뉴. 너를 원하는 다른 아가씨를 만나서 사랑에 빠지면 결혼할 수도 있는 거야. 그런 일이 일어난다면 내가 뭐라고 너를 잡겠어?"

"하지만 나도 맹세해! 맹세컨대 카피투, 나는 너 아니면 결혼하지 않겠다고 하느님 아버지께 맹세해. 이러면 됐지?"

"그것도 좋긴 한데." 그녀가 말했다. "내가 감히 더 많은 것을 요구하고 싶진 않아. 그래, 너도 맹세해……. 그런데 다른 방식으로 맹세하자. 무슨 일이 있어도 서로 결혼하겠다고 맹세해."

독자는 그 차이를 이해할 것이다. 그것은 배우자 선택 이상의 혼인 서약이었다. 내 여자친구의 머리는 비상했고 빠르게 판단할 줄 알았다. 사실, 이전 방식은 제한적이고 배타적이었다. 우리는 우물가의 맹세를 지키려고 해와 달처럼 노총각, 노처녀로 평생 지낼 수도 있었다. 이 방식이 더 좋았다. 서품식에 반대하는 내 마음을 굳건히 할 수 있다는 이점이 있었다. 우리는 두 번째 방식으로 맹세했고, 위험에 대한 모든 두려움이 사라져서 아주 기뻤다. 우리는 독실했고 하늘이 증인이 되어주었다. 나는 이제 신학교가 두렵지 않았다.

"사람들이 너무 고집을 부리면 갈게. 그러나 나는 그냥 일반 학교처럼 생각할 거야. 서품을 받지는 않을 거야."

카피투는 우리의 이별을 두려워했지만 결국 이 제안을 수락했고, 그것이 최선이었다. 우리는 어머니를 괴롭히지 않고, 결혼식을 올릴 수 있을 때까지 시간이 흘러가도록 두기로 했다. 그러지 않고 어떠한 형태로든 신학교에 가지 않겠다고 반항한다면, 주제 지아스의 밀고를 확인시켜주는 꼴만 될 것이다. 이것은 내 생각이 아니라 그녀의 생각이었다.

제49장 토요일의 촛불

그렇게 각고의 노력 끝에 우리가 곧바로 대피해야 할 항구에 다다른 방법은 다음과 같다. 우리를 책망하지 말길 바란다. 사악한 죽음의 조종사, 그 마음은 이 세상의 다른 바다처럼 항해하지 않는다. 우리는 행복감에 도취해 미래를 이야기하기 시작했다. 나는 아내에게 시골이나 도시 외곽에서의 평화롭고 아름다운 삶을 약속했다. 우리는 1년에 한 번 여기에 올 것이다. 교외에 머문다면 아무도 우리를 귀찮게 하지 못하도록 멀리 떨어진 곳에 살 것이다. 내 생각에 집은 크지도 작지도 않은 중간 정도 크기가 좋을 것 같았다. 내가 직접 집에 꽃을 심고, 가구와 마차는 물론 기도실까지 골랐다. 그랬다, 우리는 자카란다나무로 만든, 원죄 없는 잉태를 하신 성모 마리아의 모습이 담긴 크고 아름다운 기도실을 갖기로 했다. 나는 나머지 부분보다 이 부분에서 더 오래 머뭇거렸다. 그것은 무엇보다도 우리의 신앙이 독실하기 때문이었고, 흥미를 잃어버린 사제복에 대한 보상 심리의 발로이기도 했다. 하지만 그와 더불어 신의 가호를 비는 비밀스럽고 무의식적인 의도에서 비롯되기도 했다. 우리는 토요일마다 촛불을 켜기로 했다…….

제50장 중간 기간

몇 달 후 나는 성 요셉 신학교에 입학했다. 그 전날과 그날 아침에 내가 흘린 눈물의 양을 셈할 수 있다면, 아담과 하와 이후의 모든 인류가 흘린 양보다 더 많을 것이다. 이것은 다소 과장되었다. 하지만 때때로 괴로울 정도로 정확성에 집착하는 모습을 보완하기 위해서라도 지나치게 강조하는 것이 나쁘진 않은 것 같다. 그러나 감각의 기억에만 집착한다면 나는 진실에서 멀지 않다. 열다섯 살에는 모든 것이 무한하게 느껴진다. 사실 그렇게 단단히 마음을 먹었는데도 나는 무척 힘들었다. 어머니도 힘들어했고 마음과 영혼 깊숙이 고통을 겪었다. 반면 카브라우 신부는 내가 부름을 받는지 시험해볼 수 있는 중간 기간을 찾게 되었다. 두 해가 지나도록 내가 부름을 받지 못한다면 다른 길을 가게 될 것이다.

"서원은 하느님의 뜻대로 이루어져야 합니다. 주님께서 아드님의 성품을 부인하고, 신학교의 관습이 저에게 주었던 기쁨을 아드님에게 허락해주시지 않는다면, 그것은 신의 뜻이 다르기 때문입니다. 부인께서도 주님께서 허락하지 않으신 소명을 아드님이 태어나기도 전에 강요하실 수는 없었을 테니까요……."

그것은 신부의 허락이었다. 그는 어머니에게 일찌감치 죄를 사하여주고 빚을 탕감해주었던 것이다. 어머니의 눈은 빛났지만 입은 아니라고 말했다. 주제 지아스는 나와 함께 유럽에 갈 수 없게 되자 차선책에 매달렸고, "서기관님의 제안"을 지지했다. 다만 그는 1년이면 충분하다고 생각했다.

"저는 확신합니다." 그는 내게 눈짓하며 말했다. "1년 안에 우리 벤치뉴 도련님은 분명하고 결정적인 부르심을 받게 되실 겁니다. 도련님은 분명 훌륭한 사제가 되실 겁니다. 물론 1년 안에 부름을 받지 못하실 수도 있지만 말이죠……."

나중에 그는 나에게 개인적으로 말했다.

"1년만 가 계세요. 1년은 빨리 지나갑니다. 도련님께서 전혀 기쁨을 느끼지 못하신다면 신부님께서 말씀하셨듯이 하느님께서 그것을 원하지 않으시기 때문입니다. 그렇게 된다면 도련님, 최선의 해결책은 유럽입니다."

우리 어머니에게서 내가 신학교에 입학하게 되었다는 소식을 전해 들은 뒤 카피투도 나에게 같은 조언을 했다.

"우리 딸이 어린 시절의 동반자를 잃게 되겠구나……."

이 '딸'이라는 호칭이 카피투를 아주 기분 좋게 해주었기 때문에(우리 어머니가 그녀를 이렇게 부른 것은 처음이었다) 그녀는 슬퍼할 겨를조차 없었다. 카피투는 어머니의 손에 입을 맞춘 뒤, 나에게 들어 이미 알고 있었다고 말했다. 특히 그녀는 모든 것을 참을성 있게 견디도록 나를 격려해주었다. 한 해가 끝나면 상황이 바뀔 것이고 1년은 빠르게 지나갈 것이라고 했다. 그것은 아직 우리의 마지막이 아니었다. 다른 장에서 이야기하겠지만, 우리는 내가 떠나기 전날 밤 작별 인사를 나누었다. 내가 여기서 말하고자 하는 것은, 우리가 서로에게 빠져들수록 그녀가 우리 어머니를 사로잡아가고 있었다는 것이다. 카피투는 교회에 더욱 열심히 나갔고, 싹싹하게 굴었으며, 어머니에게서 눈을 떼지 않고 곁에 붙어 지냈다. 우리 어머니는 천성적으로 동정심이 많았고 그만큼 감수성이 풍부했다. 무엇이든 함께 즐거워하고 아파했다. 어머니는 카피투에게서 많은 새로운 자질과 훌륭하고 희귀한 재능을 발견했다. 자기 반지와 소장품 일부를 주기도 했다. 어머니는 카피투가 초상화를 그려주려고 사진 촬영을 청했을 때 동의하지는 않았지만, 잠시 망설이다 스물다섯 살 때 만들어 지니고 있던 자신의 작은 초상화를 카피투에게 주기로 결심했다. 어머니가 애지중지하던 물건을 받았을 때 카피투의 눈은 비스듬히 치켜뜬 상태도 아니었고, 파도를 연상시키지도 않았으며, 형언할 수 없을 정도로 곧고, 맑고, 또렷했다. 카피투는 초상화에 열렬히 입맞춤했고, 우리 어머니도 그녀에게 똑같이 했다. 이 모든 것이 우리의 이별을 떠올리게 한다.

제51장 황혼과 어둠 사이

황혼과 어둠 사이, 모든 것은 이 순간처럼 짧다. 우리의 작별은 길지 않았지만, 그녀의 집 응접실의 촛불이 켜지기 전까지 되도록 오래 머물렀다. 그때 우리는 제대로 된 작별 인사를 했다. 우리는 다시 결혼하기로 맹세했고, 뒤뜰에서처럼 계약을 체결하며 손만 잡았던 것이 아니라 두 입술의 결합을 통해 우리의 사랑을 확인했다……. 이 글을 인쇄할 때까지 다른 생각이 나지 않는다면 이 부분은 삭제하게 될지도 모르겠다. 다른 생각이 떠오른다면 그대로 둘 것이다. 그리고 그것이 바로 지금 남아 있다면, 사실 그것이 우리가 방어하는 방식이기 때문이다. 하느님의 계명이 원하는 것은 우리가 하느님의 거룩한 이름으로 '헛되이' 맹세하지 않는 것이다. 나는 신학교에 거짓말하려고 하지 않았다. 왜냐하면 나는 하늘의 공증 사무소에서 계약을 맺었기 때문이다. 인장에 관해서는 하느님이 손을 깨끗하게 하신 것같이 입술을 깨끗하게 하셨고, 사악한 의도는 이 10대 연인의 머릿속이 아닌 오히려 너의 그 불순한 머릿속에 있나니……. 오! 어린 시절 나의 달콤한 동반자여, 나는 순결했고, 순결을 지켰고, 순결한 몸으로 성 요셉 신학교의 수업에 임했다. 겉으로는 성직자로 서품되는 특명을 추구하는 듯했지만, 그보다는 하느님의 부름을 먼저 확인하고 싶었다. 그러나 네가 바로 하느님의 부르심이었으며, 서품하는 것이었다.

제52장 늙은 파두아

그건 그렇고, 이제 늙은 파두아와의 작별 인사에 대해서도 이야기하고자 한다. 그는 아침 일찍 우리 집에 왔다. 어머니는 그에게 방에 가서 나와 이야기를 나누라고 말했다.

"들어가도 될까요?" 그는 문 너머로 고개를 들이밀며 물었다. 나는 그와 악수하러 다가갔고, 그는 나를 다정하게 껴안았다.

"행복하게 지내세요!" 그가 나에게 말했다. "저와 저희 식구들 모두 도련님이 무척 그리울 겁니다. 우리 모두 도련님을 정말 사랑합니다. 도련님은 마땅히 그럴 자격이 있는 분이시지요. 사람들이 도련님께 다른 소리를 한다면, 믿지 마십시오. 음모일 테니까요. 저도 결혼할 때 음모의 희생양이 되었던 적이 있습니다. 그들 스스로 무너졌지요. 하느님은 위대하시며 진실을 밝혀주십니다. 어느 날 도련님께서 어머님과 삼촌을 잃게 되신다면, 물론 저를 환하게 비춰주는 빛과 같은 분들이신 데다 좋은 분들이시고, 훌륭한 분들이시고, 베풀어주신 은혜에 저는 그저 감사할 따름인지라 그런 일이 일어나는 것을 원하지는 않습니다……. 아니요, 저는 기생충 같은 그런 사람들과는 다릅니다. 타지에서 굴러 들어와 가족의 분열을 조장하는 천박한 아첨꾼이 아닙니다. 저는 다른 종류의 인간입니다. 저는 남의 집에서 저녁을 얻어먹지도 얹혀살지도 않아요……. 그런 놈들은 정말 운 좋은 놈들이지요!"

'왜 이런 이야기를 하는 걸까?' 나는 생각했다. 물론 그는 주제 지아스가 자신을 험담하는 것을 알고 있다.

"하지만 제가 말씀드렸듯이, 도련님께서 가족을 잃게 된다면 제가 도련님 곁을 지켜드리겠습니다. 별것 아닌 것 같지만 저는 도련님을 무척 아낍니다. 저를 믿으세요. 사제가 되시더라도 저희 식구들은 항상 도련님의 명령에 따를 것입니다. 저는 도련님께서 저를 잊지 않으시기를 바랄 뿐입니다. 늙은 파두아를 기억해주세요……."

그는 한숨을 쉬며 말을 이었다.

"도련님의 늙은 파두아를 잊지 마세요. 그리고 도련님께서 쓰시던 물건이 있으면 제가 간직하며 도련님을 기억할 수 있도록 주셨으면 합니다. 아무거나 괜찮습니다. 라틴어 공책이나 조끼 단추처럼 도련님에게는 이제 쓸모없는 것들이면 됩니다. 중요한 것은 기억이니까요."

나는 자리에서 벌떡 일어섰다. 그 전날 자른 아주 길고 고운 내 머리카락 한 다발을 종이에 싸놓았었다. 떠나는 길에 카피투에게 가져다주려고 했었다. 그러나 그녀의 아버지에게 주기로 했다. 필시 그의 딸이 받아서 보관하리라고 생각했다. 나는 머리카락 다발을 집어 그에게 주었다.

"여기요, 간직해주세요."

"도련님의 머리카락이군요!" 종이를 펼쳤다 닫으며 파두아가 외쳤다. "오! 감사합니다! 저와 제 식구들을 이리 신경 써 주셔서 감사합니다! 제가 마누라에게 잘 간직하도록 당부하겠습니다. 아니면 어미보다는 조심성이 있는 딸내미에게 주어 간직하도록 하겠습니다. 어찌 이리 머릿결이 곱단 말입니까! 이 고운 머리카락을 아까워서 어찌 자르셨습니까? 저를 한번 안아주십시오! 한 번 더요! 한 번 더! 잘 가세요!"

그의 눈은 진짜로 젖어 있었다. 그의 얼굴은 마치 복권 한 장에 평생의 희망을 다 쏟아붓고, 고심 끝에 고른 그 행운의 숫자가 저주받은 숫자, 꽝이 된 것을 본 사람처럼 모든 걸 체념한 표정이었다.

제53장 길을 나서다!

나는 신학교에 갔다. 다른 작별 인사들에 대해서는 자세히 거론하지 않겠다. 어머니는 나를 꼭 안아주었다. 주스치나 당이모는 한숨을 쉬었다. 그녀는 약간 눈물을 흘렸거나 전혀 흘리지 않았을 수도 있다. 눈물이 바로 나오지 않거나 전혀 나지 않는 사람들이 있다. 이들이 받는 고통이 누구 못지않게 크다고 들었다. 주스치나 당이모는 우리 어머니의 뒤치다꺼리와 나의 훈육을 도맡아 하며 자연스럽게 그녀의 남모를 병을 숨기고 지냈다. 코즈미 삼촌은 내가 작별 인사로 그의 손에 입맞춤하자 웃으며 말했다.

"녀석, 잘 가고, 교황이 돼서 돌아오거라!"

차분하고 진지한 주제 지아스는 처음에는 아무 말도 하지 않았다. 나는 신학교를 피할 방법이 있을지 알아보기 위해 전날 밤에도 그를 찾아가 그의 방에서 이야기를 나눴다. 이미 그 이상 손쓸 수 있는 상황은 아니었지만, 그는 나에게 희망을 주었고, 무엇보다 큰 힘이 되어주었다. 1년 안에 우리는 승선할 계획이었다. 내가 너무 서두르는 것 아니냐며 걱정하자 그가 설명했다.

"사람들이 대서양을 건너기에 좋은 시기가 아니라고 말하더군요. 제가 알아보겠습니다. 아니면 우리는 3월이나 4월에 가게 될 겁니다."

"여기서도 의학 공부는 할 수 있어요."

주제 지아스는 조바심이 난 듯 멜빵 위에 손가락을 대더니 입술을 오므린 채 제안을 공식적으로 거부할 명분을 찾았다.

"저는 주저하지 않고 그 제안을 받아들일 것입니다." 그가 말했다. "우리 의과대학에서 썩어빠진 대증요법만 독점적으로 가르치지 않았다면 말이지요. 대증요법은 시대의 오류이며 사라질 것입니다. 그것은 살인, 거짓, 환상을 조장하는 행위입니다. 의과대학에서 모든 시스템에 공통적인 과학의 한 부분을 배울 수 있다고 말한다면 그것은 사실입니다. 대증요법은 실패한 치료법입니다. 생리학, 해부학, 병리학은 대증요법도 동종 요법도 아니지만, 책과 진리를 탐구하는 이들의 말을 듣고 모든 것을 한 번에 배우는 것이 더 좋습니다……."

그는 전날 밤 방에서 이렇게 말했었다. 지금은 아무 말도 하지 않았고, 종교와 가족에 대한 격언 정도를 말했을 뿐이다. 그가 했던 말이 떠오른다. "도련님을 하느님과 나누는 것이 계속 곁에 두는 방법입니다." 어머니가 나에게 마지막으로 입맞춤할 때, 그는 탄식하며 말했다. "한 폭의 사랑스러운 그림 같군요!" 날씨가 화창한 아침이었다. 흑인 꼬마 녀석들이 수군대고 있었다. 여자 노예들은 축복을 빌었다. "벤치뉴 도련님께 신의 가호가 있기를!" "도련님의 조아나를 잊지 마세요!" "미켈리나는 도련님을 위해 계속 기도할 겁니다!" 주제 지아스는 거리까지 나와 희망을 잃지 말 것을 당부했다.

"1년만 버티세요. 그때까지는 모든 것이 정리될 겁니다."

제54장《산타모니카의 찬사》

신학교는…… 아! 신학교에 대해서는 말하지 않겠다. 한 장으로는 충분하지 않을 것이기 때문이다. 아니다. 나의 벗이여, 언젠가 그곳에서 내가 보고 체험했던 것, 내가 상대했던 사람들, 관습, 그 밖의 모든 것에 대해 집약해서 담아낼 수 있게 된다면 그리하리다. 나이 쉰에 글쓰기에 재미를 들이면 멈추기 힘들다. 젊었을 때는 치료할 수 있다. 멀리서 찾을 필요 없이 여기 신학교에도 최근 수도사 시인에 관한 시집을 발표한 준케이라 프레이리•처럼 시를 쓰던 동료가 있었다. 그는 서품받았고 몇 년 후 나는 성 베드로 합창단에서 그를 만나 새로 쓴 시를 보여달라고 청했다.

"무슨 시?" 그는 조금 놀란 듯 물었다.

"네 시. 신학교에서 시 썼던 거 기억 안 나?"

"아!" 그는 미소를 지었다.

그는 미소를 지은 채 펼쳐놓은 책을 계속 들여다보며 이튿날 노래해야 하는 부분을 찾더니 서품받고 나서는 시를 쓰지 않았다고 고백했다. 청춘의 근질거림이었다. 몸이 근질댔고, 그 시간이 지나갔고, 괜찮아진 것이다. 그리고 그는 일상의 무한한 것들에 대해 산문 형식에 기대어 나에게 말했다. 높은 생활비, 모 신부의 설교…… 미나스제라이스 출신의 부교구장 등등…….

성직을 포기한 신학생의 대조적인 일화도 있다. 그의 이름은…… 이름은 말할 필요가 없을 것 같다. 일화만 소개해도 충분할 듯하다. 그는 몇몇 사람에게 찬사를 받았을 뿐만 아니라 신학생들 사이에서 널리 읽혔던 《산타모니카의 찬사》

• 《수도원 회랑의 영감》을 발표한 브라질 북부 바이아 출신 후기 낭만파 시인 루이스 주제 준케이라 프레이리(1832~1855).

의 저자였다. 이 시는 출판 허가까지 얻어 성 아우구스티누스에게 헌정되었다. 이 모든 것은 오래된 이야기다. 가장 최근의 기억은 1882년 어느 날의 일이다. 나는 일을 보기 위해 해군 사단에 들렀다가 행정 부서장으로 일하고 있는 나의 동기와 마주쳤다. 그는 신학교를 떠나 글쓰기를 그만두고 결혼한 뒤부터 평생에 걸쳐 주변 사람들에게 나누어주고 다니는 약스물아홉 쪽 분량의 《산타모니카의 찬사》를 제외하고는 다른 어떤 것도 안중에 없었다. 약간의 정보가 필요했기 때문에 나는 그에게 물어보았고, 그보다 더 낫거나 더 손쉽게 구할 수 있는 정보를 찾는 것은 사실상 불가능했다. 그는 나에게 모든 정보를 줬고, 그가 준 정보는 분명하고, 정확했으며, 풍부했다. 우리는 과거의 일과 사적인 기억들, 사례 연구, 아무것도 아닌 사건, 책, 동사, 좌우명에 관해 이야기를 나누었고, 온갖 케케묵은 헛소리가 튀어나와 함께 웃고 기분 좋은 한숨도 내쉬었다. 우리는 오래된 신학교에서 얼마 동안 함께 생활했었다. 그 작품이 그의 것이었기 때문이든 아니면 당시 우리가 젊었기 때문이든 옛 기억은 행복감을 안겨주었고, 당시에는 있었을지 모를 불행의 그림자도 지금은 사라지고 없었다. 그는 나에게 동료 신학생들을 전혀 만나보지 못했다고 털어놨다.

"나도 마찬가지야. 거의 모두가 그럴 거야. 서품받고 난 후에 다들 자연스럽게 자기 고향으로 돌아갔고, 여기 출신 동료들은 다른 교구의 부교구장으로 갔거든."

"그때가 좋았어!" 그는 한숨을 쉬었다.

그러고는 잠시 생각에 잠겼다가 시들하고 고집스러운 눈빛으로 나를 바라보며 물었다.

"나의 《찬사》는 간직하고 있어?"

나는 할 말이 생각나지 않았다. 입술을 움직이려 했지만 아무 말도 하지 못했고, 결국 다음과 같이 되물었다.

"찬사? 무슨 찬사?"

"내 《산타모니카의 찬사》."

바로 답변이 떠오르진 않았지만 충분한 설명을 해야만 했다. 그리고 몇 분간 머릿속을 샅샅이 뒤진 끝에 나는 오랫동안 보관하다가 이사와 여행을 다니면서…….

"내가 한 권 가져다줄게."

스물네 시간이 채 지나기도 전에 그는 26년 된 오래된 소책자를 들고 우리 집에 나타났다. 세월의 때가 묻어 빛이 바랬지만 보관 상태가 좋았고, 정중하게 손으로 쓴 헌사도 있었다.

"마지막에서 두 번째 발행본이야." 그가 말했다. "이제 내게 남은 한 권은 아무에게도 줄 수 없어."

그러고는 소책자의 책장을 펼쳐 넘기는 나를 보며 말했다.

"생각나는 것이 있는지 봐봐."

26년의 세월이 깊고 끈끈한 우정을 이어가는 데 방해가 되었던 게 사실이었지만, 예의상 혹은 거의 자선을 베푸는 심정으로 그 추억을 회상하는 데 몇 쪽 정도를 할애했다. 나는 그중 한 작품을 낭송했고, 특정 시구가 나에게 큰 울림을 주었다는 인상을 주기 위해 특히 강조해서 읽었다. 그는 그 시구들이 아름답다는 데는 동의했지만, 자신이 선호하는 다른 시구를 가리켰다.

"기억나?"

"당연하지. 《산타모니카의 찬사》잖아! 이걸 보니 내가 젊은 시절로 돌아간 것 같아! 나는 신학교를 잊어본 적이 없어. 정말이야. 세월이 지나면서 이런저런 사건도 많았고, 감각도 달라졌고, 인생의 법칙대로 새로운 친구가 생겼지. 나중에는 이마저도 사라져갔지만……. 여보게, 친구, 아무것도 그 시간을 지우지는 못해. 우리가 함께 생활했던 기억, 신부님들, 수업, 쉬는 시간…… 우리의 쉬는 시간, 기억하지? 로페스 신부님, 오! 로페스 신부님……."

그는 허공에 시선을 둔 채 나의 말을 들은 게 틀림없었다. 분명 그랬겠지만 나에게는 한마디만 했을 뿐이다. 그리고 그렇게 잠시 침묵이 흐른 뒤에 시선을 거두며 한숨을 쉬었다!

"사람들이 나의 이 《찬사》를 참 많이도 좋아해줬는데!"

제55장 소네트

그 말을 하고는 큰 감사의 마음을 담아 힘찬 악수로 작별 인사를 한 뒤 자리를 떴다. 《찬사》만 덩그러니 남았고, 그 책장을 넘기며 내가 떠올리는 추억들은 한 장 이상을 할애받을 자격이 있었다. 하지만 그 전에, 나 역시 나만의 《찬사》를 가지고 있었기에 내가 끝내 완성하지 못한 소네트를 이야기하고자 한다. 신학교에 다니던 때였고, 첫 번째 시구는 다음과 같다.

오! 천상의 꽃! 오! 밝고 순수한 꽃!

이 시구가 어떻게, 그리고 왜 나의 머릿속에 떠올랐는지는 모르겠다. 내가 침대에 누웠을 때 그냥 튀어나온 감탄사였다. 그리고 운율이 있다는 것을 깨닫고는 시구에 어울리는 소네트를 지을 생각을 했다. 절로 눈이 말똥말똥 떠지게 하는 뮤즈, 불면증 탓에 한두 시간 동안 잠을 이루지 못했다. 몸이 근질거려 손톱으로 긁고 싶었다. 나는 온 영혼을 다해 긁어댔다. 처음부터 소네트를 선택한 것은 아니었다. 처음에는 느슨한 운율과 시구를 지닌 다른 형식을 고려했지만 결국 소네트에 정착했다. 짧고 실용적인 시이기 때문이었다. 발상에 관해서는, 첫 번째 시구는 아직 발상이라고 이야기할 만한 것이 아닌 그저 감탄사에 불과했다. 발상은 모름지기 나중에 떠오르는 것이다. 그렇게 나는 시트를 돌돌 만 채 침대에서 뒹굴며 시를 지으려 했다. 마치 첫아이의 태동을 느낀 어머니의 설렘 같은 것이 있었다. 나는 시인이 되기로 했다. 얼마 전 등단해 당시 떠오르는 신예 작가였던 바이아의 수도사와 경쟁하려고 했다. 그가 수도원 회랑에 서린 자신의 비애를 시로 읊었던 것처럼 나 역시 신학생으로서 나의 비애를 시로 읊고자 했다. 나는 시구를 마음에 새긴 뒤 부드러운 목소리로 침대에 누워 반복해 읊었다. 솔직히 괜찮다고 생각했고 지금도 나쁘지는 않은 것 같다.

오! 천상의 꽃! 오! 밝고 순수한 꽃!

꽃은 누구였을까? 당연히 카피투였다. 그러나 그것은 덕, 시, 종교, 꽃의 은유와 천상의 꽃에 들어맞는 다른 개념일 수도 있었다. 나는 시구를 연신 읊어대며 나머지 시구도 떠오르길 기다렸다. 한번은 오른쪽, 한번은 왼쪽으로 번갈아 누웠다가 결국 등을 대고 천장을 바라보며 똑바로 누웠지만 별다른 영감이 떠오르지는 않았다. 그러던 중 나는 제일 높이 칭송받는 소네트가 황금 열쇠, 즉 의미와 형식적 측면에서도 생명에 관계되는 구절 중 하나로 마무리된다는 것을 깨달았다. 나는 그런 열쇠를 위조하기로 했다. 왜냐하면 만일 앞의 13절 이후에 마지막 구절이 차례대로 지어진다면, 찬사를 받을 만큼 완벽한 작품을 선보이기엔 역부족이기 때문이다. 나는 그러한 열쇠가 자물쇠보다 먼저 주조되었다고 상상했다. 그래서 소네트의 마지막 시구를 짓기로 결심했고, 많은 땀을 흘린 끝에 이 구절이 탄생했다.

목숨은 잃고 전투는 이긴다!

허세 부리지 않고 마치 남 일 이야기하듯 말하는 멋진 구절이었다. 선율은 말할 것도 없었다. 게다가 목숨을 희생하여 승리를 얻는다는 고결한 생각이 담겼다. 완전히 새롭지는 않았지만 흔해 빠진 상투적인 표현도 아니었다. 그리고 지금까지도 나는 왜 그 어린 나이에 머릿속에 그런 신기한 발상이 떠올랐는지 설명할 길이 없다. 당시 나는 그것을 숭고하게 여겼다. 나는 황금 열쇠를 연거푸 읊었다. 그런 다음 두 시구를 차례대로 반복했고, 열두 개의 중앙 시구로 연결할 준비를 했다. 정작 마지막 구절을 보니 카피투 대신 정의가 더 나을 듯했다. 정의를 위한 투쟁은 한 사람의 목숨을 앗아 갔지만 전투는 승리로 이끌었다고 말하는 것이 더 적절했다. 전투를 당연하게 여기도록 조국을 위한 투쟁으로 만들어야겠다는 생각도 들었다. 이 경우 천상의 꽃은 자유가 될 것이다. 그러나 신학생으로서 그런 시어를 사용하는 것은 적절하지 않을 수 있었다. 그렇게 나는 둘 중 하나를 선택하는 데 몇 분을 허비했다. 정의가 더 낫다고 생각했지만 결국 완전히 새로운 시어인 자비로 결정했다. 나는 두 시구를 각기 다른 방식으로 읊어보았다.

오! 천상의 꽃! 오! 밝고 순수한 꽃!

한 구절은 나른하게, 다른 구절은 비장하게 낭송했다.

목숨은 잃고 전투는 이긴다!

완벽한 소네트가 나올 것 같은 예감이 들었다. 잘 시작하고 잘 마무리하는 것이 결코 간단한 일은 아니었다. 나는 영감을 얻기 위해 유명한 소네트 몇 편을 떠올렸고, 대부분이 상당히 손쉬운 소네트라는 점에 주목했다. 시구와 그 안에 담긴 생각이 서로 아주 자연스럽게 맞아떨어져서 생각이 시구를 지어낸 것인지 아니면 시구가 생각을 불러일으킨 것인지 구분할 수가 없었다. 나는 나의 소네트로 돌아가서 다시 한번 첫 시구를 읊은 뒤, 두 번째 시구가 떠오르길 기다렸다. 두 번째 시구는 떠오르지 않았다. 세 번째도, 네 번째도, 도통 머릿속에 떠오르는 생각이 없었다. 나는 몇 차례나 부아가 끓어올랐고, 한 차례 이상 침대에서 일어나 잉크와 종이를 찾을 생각도 했다. 쓰다보면 시구가 떠올랐을지도 모르겠지만…….

기다리는 데 지쳐서 나는 다음과 같이 두 단어의 간단한 조옮김으로 마지막 시구의 의미를 바꾸기로 했다.

목숨은 구하고 전투는 패한다!

의미는 정확히 정반대가 되었지만, 어쩌면 그것이 영감을 불러일으킬지도 모를 일이었다. 이 경우에는 역설이 될 것이다. 자비를 베풀지 않아도 살아갈 수는 있지만, 천상의 전투에서는 패할 수 있다. 새롭게 마음을 다잡고 기다렸다. 내 방에는 창문이 없었다. 있었다면, 밤에 기발한 시구가 샘솟는데 도움을 받았을지도 모른다. 그리고 이 아래쪽에서 반짝이는 반딧불이가 나에게 별의 운율처럼 여겨졌거나, 이 살아 있는 은유가 적절한 자음과 의미를 지닌, 누구도 생각해본 적 없는 기상천외한 시구를 탄생시켰을지 누가 알겠는가?

나는 부질없이 애를 썼고, 찾고, 뒤지고, 기다렸지만, 어떤 구절도 떠오르지 않았다. 그 이후로 나는 몇 쪽의 산문을 썼고, 지금 나는 이 이야기를 쓰고 있다. 잘 썼든 못 썼든 글쓰기보다 더 어려운 것은 없다고 생각한다. 이러한 연유로, 독자들이여, 내가 소네트를 쓰지 못했다는 사실에 대해서는 그 어떤 핑계나 변명도 나에게 위로가 되지 않는다. 그러나 나는 소네트가 형이상학적 법칙에 따라 송가와 드라마, 그리고 다른 예술 작품과 마찬가지로 이미 만들어진 형태를 지니고 있다고 믿기 때문에 언제라도 이 두 시구를 원하는 한가한 이가 있다면 그에게 기꺼이 내어주고자 한다. 주일날이나 비가 올 때, 혹은 시골에 머물고 있거나 아무 때나 한가할 때, 소네트가 써지는지 시도해볼 수 있을 것이다. 그저 생각을 고안하여 빈 중앙을 채우기만 하면 된다.

제56장 어느 신학도

그 소책자 속 악마는 오래된 활자체와 라틴어 인용문으로 연신 나에게 말을 걸었다. 많은 신학생의 약력이 책장마다 적혀 있었다. 한 가지 예를 들자면, 아우부케르키 형제 중 한 명은 바이아에서 의전 사제가 되었고, 다른 한 명은 의학을 공부해서 황열병의 특이성을 발견했다고 했다. 말라깽이 바스투스도 있었다. 아직 죽지 않았다면 메이아폰치의 부교구장으로 있을 것이다. 루이스 보르지스는 사제의 신분으로 정치에 입문해 제국의 상원의원이 되었다……. 《찬사》의 온기가 사라진 책장에서 얼마나 많은 다른 얼굴과 마주했는지 모른다! 아니다. 책장은 온기를 잃지 않았다. 피어나는 청춘의 온기, 과거의 온기, 나 자신의 온기를 되살려주었다. 나는 시집을 다시 읽고 싶었고, 일부 텍스트의 의미를 파악해낼 수 있었다. 비록 더 짧은 시간이긴 했지만, 첫날만큼 신선하게 느껴졌다. 나는 마법에 걸린 듯 소책자에 빠져들었고, 간혹 무의식적으로 실제 책을 읽을 때처럼 책장을 접기도 했다. 내가 책장 끄트머리에 적혀 있는 단어에 눈이 갔을 때 익숙해진 손길이 제 역할을 해주었던 것이다…….

여기 또 다른 신학생이 있다. 그의 이름은 에제키에우 지 소자 에스코바르였다. 맑은 눈을 가진 가냘픈 소년이었다. 다른 사람과 눈을 오래 마주치지 못했던 그는 눈뿐만 아니라 손과 발, 말투, 모든 것을 한곳에 가만히 두거나 집중하지 못했다. 그 모습에 익숙하지 않은 사람은 시선을 어디에 둬야 할지 몰라서 불편할 수 있다. 그는 얼굴을 똑바로 바라보지도 않았고, 말을 명확하고 조리 있게 하지도 않았으며, 악수를 청하며 손을 내밀거나 손을 잡게 내버려두는 법도 없었다. 손가락이 워낙 가늘고 짧아서 사람들이 악수를 청한다 해도 손가락 사이로 다 빠져나가 마주 잡을 만한 손이 남아 있지 않았기 때문이다. 그의 발도 마찬가지였다. 이곳저곳을 신출귀몰하며 누비고 다녔다. 한곳에 진득하니 머물러 있지 못하는 점이 그가 신학교 생활에 적응하는 데 가장 큰 걸림돌이었다. 순간적으로 잠시 스쳤다 사라질 때 말고는 그의 미소를 보는 일은 거의 없었지만, 이따금 크게 활짝 웃기도 했다. 그가 산만하지 않은 유일한 순간은 생각할 때였다. 우리는 시선을 고정한 채 생각에 잠긴 그를 여러 번 발견했다. 그는 항상 자신이 어떤 영적인 면에 대해 명상 중이거나 전날 수업에 대해 생각하고 있다고 대답했다. 나와 친해진 이후부터 그는 종종 상세한 설명을 반복해달라고 요구했고 단어까지 모두 암기할 정도의 기억력을 가지고 있었다. 아마도 이 천부적인 재능이 다른 재능을 발휘하는 데 해를 끼쳤던 것 같다.

그는 쿠리치바 출신 변호사의 아들로, 나보다 세 살 위였다. 그에게는 리우데자네이루에서 사업을 하는 친척이 있었는데, 그는 그곳에서 부친의 대리인으로 일했다. 그의 아버지는 독실한 가톨릭 신자였다. 에스코바르에게는 누이가 하나 있었다. 그는 그녀가 천사라고 했다.

"천사처럼 아름다울 뿐만 아니라 선하기까지 해. 그 아이가 얼마나 좋은 사람인지 너는 감히 상상도 못 할 거야. 나에게 자주 편지를 보내줘. 그 아이의 편지를 보여줄게."

사실 편지는 단순한 애정 어린 말과 충고로 가득 차 있었다. 에스코바르는 나에게 그녀에 대한 흥미로운 이야기를 들려주었고, 그 모든 게 그녀의 선량함과 영적인 면에 관한 것이었다. 카피투만 아니었다면 나는 기꺼이 그녀와 결혼할 마음까지 먹었을 것이다. 그녀는 얼마 후 세상을 떠났다. 나는 그의 말에 매료되어 당장 내 이야기를 꺼내놓을 뻔했다. 처음에는 조심스러웠지만 그는 점차 내 신뢰를 얻어갔다. 그의 산만함은 그가 원할 때 통제할 수 있게 되었고, 시간이 흐름에 따라 환경에 익숙해지면서 더욱 안정감을 찾게 되었다. 에스코바르는 마음의 문을 대문부터 뒤뜰 안쪽까지 활짝 열고 다가왔다. 알다시피 사람의 영혼은 집의 구조와 같다. 사방에 창문이 나 있고, 많은 빛과 신선한 공기가 들어온다. 수도원이나 감옥처럼 창문이 없거나 창살로 둘러싸여 없는 것과 매한가지인 폐쇄적이고 어두운 곳도 있다. 또한 예배당과 시장, 소박한 농가나 호화로운 궁전도 있다.

나의 것은 무엇이었는지 모르겠다. 나는 아직 '카즈무후'라는 이상한 별명도, '동 카즈무후'라는 경어법이 어울릴 만한 지위를 가진 것도 아니었다. 두려움이 나의 솔직함을 가로막았지만, 문에는 열쇠도 자물쇠도 없었기 때문에 그저 문을 밀기만 하면 됐다. 에스코바르는 그 문을 밀고 안으로 들어왔다. 나는 그를 여기 안에서 발견했고, 적어도 그때까지는 이 안에 머물러 있었다…….

제57장 준비 과정

아! 그러나 《찬사》의 낡은 책장에서 신학생들만 소환된 것은 아니다. 이 시집은 내 과거의 감각도 소환했는데, 너무 많고 다양해서 나머지 이야기의 분량을 조정하지 않고는 그에 대해 모두 말할 수 없을 것 같다. 그 첫 번째 감각 중 하나는 여기에 라틴어로 설명하겠다. 그 내용을 제대로 담아낼 만한 우리말을 찾지 못해서가 아니다. 순결한 이에게는 순결한 것만 보이고, 음탕한 이에게는 음탕한 것만 보일 수 있기 때문이다. 그러니 지고지순한 여성 독자여, 이미 고인이 된 나의 주제 지아스가 말했듯이 독자는 놀라거나 모멸감을 느낄 필요 없이 이 장을 끝까지 읽어도 된다.

이미 그 이야기는 다른 장에 넣기로 했다. 이 장의 구성이 제아무리 짜임새 있어 보이더라도, 이야기에는 항상 약간의 휴식과 준비 과정에 필요한 덜 엄격한 부분이 있게 마련이다. 이 장을 준비 과정으로 여기기를 바란다. 그리고 친애하는 독자여, 이 준비 과정은 중요한 역할을 맡게 될 것이다. 앞으로 벌어질 일의 가능성과 사건의 비중, 유사 사건을 검토할 때를 대비해 마음을 굳건하게 하고 의지를 강하게 만들어 나쁜 일이 덜 나쁘게 느껴지게 할 것이다. 또한 만일 이 준비 과정을 통해 아무것도 얻는 것이 없다면, 앞으로도 마찬가지일 것이다. 자, 이제 독자가 읽게 될 내용을 예상했던 것보다 덜 잔인하게 여기게 해줄 나의 속임수 몇 가지를 보게 될 것이다.

제58장 협정

어느 월요일에 있었던 일이다. 나는 신학교로 돌아오던 중 한 숙녀가 거리에서 넘어지는 것을 보았다. 그런 상황에 보통 나의 첫 번째 반응은 동정이나 웃음이어야 했다. 하지만 내 반응은 그중 어느 한쪽도 아니었다. 그것은(바로 이것이 내가 라틴어로 말하고 싶은 부분이다) 그 숙녀가 신고 있던 눈부시게 깨끗한 스타킹이 더러워지지도 않았고, 차고 있던 실크 가터도 멀쩡했기 때문이다. 여러 사람이 그녀를 도우려 했지만 일으켜 세울 시간조차 없었다. 그녀는 몹시 창피해하며 황급히 일어나 옷을 털었고, 감사 인사를 한 뒤 가던 길을 계속 걸어갔다.

"프랑스 여성들을 따라 하는 오비도르 중심가의 이런 취향은 정말 어리석은 짓입니다." 주제 지아스가 걸음을 옮기며 조금 전 사건에 대해 평했다. "우리의 젊은 여성들은 저렇게 프랑스식으로 또각또각 종종거리며 걸을 게 아니라 늘 그랬듯이 천천히 여유를 즐기며 걸어야 합니다……."

나는 그의 말을 거의 듣지 못했다. 숙녀의 스타킹과 가터는 하얗게 빛났고, 스타킹이 돌돌 말린 채 걷다가 내 앞에서 넘어졌다. 그녀는 곧장 일어나 가던 길을 갔다. 모퉁이에 다다라 반대편 거리를 보니, 저 멀리 같은 걸음걸이로 길을 따라 걸어가는 우리의 불행한 숙녀가 보였다. 또각또각, 또각또각…….

"다치지는 않은 것 같군요." 내가 말했다.

"숙녀에게는 다행스러운 일이지만 분명 무릎은 까졌을 겁니다. 꾀를 부리느라 서두른 것이지요……."

나는 그가 '꾀'라고 말했다고 믿는다. "무릎은 까졌을 겁니다"라는 말이 나의 머릿속을 맴돌았다. 그때부터 신학교에 이르기까지 나는 거리에서 넘어지기 일보 직전의 여성을 찾았지만 보지 못했다. 꽉 끼는 스타킹에 꽉 죄는 가터를 착용한 여성이나…… 스타킹을 신지 않은 여성도 있을 법했지만…… 보이는 여성마다 모두 신고 있었다. 그렇다면…… 그것도 가능했다…….

나는 나의 생각에 관한 생각을 제공하기 위해 이 생각을 일부러 한 가닥씩 풀어서 꺼내놓을 것이다. 나의 생각이 두서없이 뒤섞여 있기도 했다. 분명 나는 아무것도 꺼내놓지 못할 것이다. 머리는 뜨거웠고 걸음은 불안정했다. 신학교에서의 첫 몇 시간은 견디기 어려웠다. 치마 모양의 사제복은 나에게 그 숙녀가 넘어지던 모습을 떠올리게 했다. 그녀가 넘어지는 모습만 보였던 것은 아니다. 내가 거리에서 마주쳤던 모든 여성이 나에게 파란색 가터를 살짝 드러내 보여주었다. 파란색이었다. 밤에는 꿈까지 꿨다. 가증스러운 한 무리의 여인이 내 주위를 맴돌았다. 또각또각……. 여인들은 아름다웠다. 일부는 가냘프고 또 다른 일부는 풍만했지만, 모두 악마처럼 민첩했다. 나는 잠에서 깨어나 주문과 다른 방법을 동원해 그들을 쫓아내려고 했지만 이내 다시 잠들었고, 내가 잠들자마자 여인들은 돌아와 손을 마주 잡은 채 치마로 커다란 원을 만들어 나를 에워싸거나 공중에 기어올라 나의 머리 위로 발과 다리를 빗줄기처럼 내리부었다. 꿈은 새벽까지 이어졌다. 나는 더는 잠들지 못했다. 〈주님의 기도〉, 〈성모송〉, 〈사도신경〉을 올렸고, 이 책은 순수한 진실만 담기로 했기 때문에 나는 멀리 어둠 속 누군가를 따라가기 위해 한 번 이상 기도를 중단해야 했음을 고백하고자 한다. 또각또각, 또각또각……. 하지만 마치 아무 일도 없었던 것처럼 항상 중간에 다시 재빨리 기도를 드렸다. 그러나 확신컨대 새 기도문을 이전 기도문에 이어서 올린 것은 아니었다.

다음 날 아침 악이 다시 찾아왔을 때, 나는 그것을 이겨내려고 애썼지만 완전히 물리치지는 않았다. 성경을 공부해본 사람이라면 그 이유를 짐작할 수 있을 것이다. 바로 그거였다. 환영을 거부할 수 없었기에, 나는 내 의식과 상상 사이에 맺어진 협정에 의지하기로 한 것이다. 이제 여인들의 환영은 단순한 악의 화신으로 여겨졌고, 그랬기 때문에 삶의 가혹한 전투에 대비해 심신을 단련하고 강화하는 가장 좋은 방법으로 여길 수 있었다. 나는 이것을 말로 내뱉어 공식화하지 않았고 그럴 필요도 없었다. 협정은 암묵적으로 이루어졌고, 약간의 거부감이 있긴 했지만 성사되었다. 그리고 며칠 동안 나를 강인하게 만들기 위해 환영을 소환한 것은 바로 나 자신이었고, 여인들을 내치지 않고 그들 스스로 지쳐 사라질 때까지 내버려두었다.

제59장 기억력이 좋은 손님

펜이나 혀로 공론화될 때까지 쉬지 않는 기억이 있다. 어느 옛사람은 기억력이 좋은 이와 한 식탁에 앉는 것을 꺼린다고 말했다. 인생은 그런 사람들로 가득 차 있고, 나도 어쩌면 그들 중 하나로 여겨질 것이다. 하지만 내 기억력이 좋지 않다는 증거로, 바로 그 옛사람의 이름이 지금 나에게 떠오르지 않는다는 사실을 들 수 있다. 어쨌든 그는 옛사람이고 그것으로 충분하다.

나는 정말 기억력이 좋지 않다. 오히려 드문 경우를 제외하고는 각자 얼굴도 이름도 모른 채 여관에서 지내는 투숙객에 비견된다. 똑같은 가구와 관습, 사람과 애정이 있는 한 가족의 집에서 평생을 보내는 사람에게는 모든 것이 연속성과 반복성을 통해 각인된다. 나는 처음 입었던 바지의 색을 잊지 않고 기억하는 사람들이 얼마나 부러운지 모른다! 나는 어제 내가 입었던 바지의 색도 모른다. 적어도 노란색은 아니었다고 단언할 수 있다. 내가 그 색을 싫어하기 때문이다. 그러나 이것조차도 건망증과 혼돈에서 비롯된 것일 수도 있다.

그리고 그것은 혼돈보다는 차라리 건망증에 가까웠다고 나 자신에게 설명할 것이다. 혼란스러운 책을 수정할 방법은 없으나 내용이 빠진 책에는 모든 것이 끼어들 수 있다. 나는 후자의 유형 중 하나를 읽을 때 절대 화를 내는 법이 없다. 마지막 책장에 다다르면 나는 눈을 감고 그 안에서 찾지 못한 모든 것을 소환한다. 그러면 얼마나 많은 좋은 생각이 떠오르는지 모른다! 얼마나 깊은 성찰의 기회란 말인가! 내가 읽은 책장에서 보지 못한 강, 산, 교회, 모든 것이 물, 나무, 제단과 함께 그제야 나에게 모습을 드러낸다. 장군들은 칼집에 남아 있던 검을 뽑고, 클라리온이 금속 안에 잠들어 있던 음을 뽑으면, 모든 것이 그 자리에서 되살아나 행진에 나선다.

친애하는 독자여, 사실 모든 것은 허점을 지닌 책 바깥에서 찾을 수 있다. 이런 식으로 나는 빈 곳을 메운다. 독자도 이렇게 나의 빈 곳을 메울 수 있다.

제60장 친애하는 소책자

이것이 내가 《산타모니카의 찬사》를 위해 한 일이며, 그러고도 더 많은 일을 했다. 성녀에게 부족했던 부분뿐만 아니라 그녀와 관련이 없는 것들도 넣었다. 독자는 소네트, 스타킹, 가터, 신학생 에스코바르 및 기타 여러 가지를 보았다. 독자는 이제 그날 소책자의 빛바랜 책장에서 내가 발견한 나머지 부분을 보게 될 것이다.

친애하는 소책자여, 너는 아무짝에도 쓸모가 없었다. 그도 그럴 것이 낡은 슬리퍼 한 켤레가 얼마나 더 쓸 만하겠는가? 그러나 슬리퍼 한 켤레에는 종종 두 발의 체취와 온기가 남아 있다. 낡고 해졌지만, 아침에 침대에서 일어나 슬리퍼를 신고, 밤에 침대에 누우며 슬리퍼를 벗었던 누군가를 잊지 않게 해준다. 슬리퍼가 발에 직접 닿는 사람의 일부처럼 느껴지는 물건이라 비교 대상으로 적합하지 않다고 생각한다면, 거리의 돌, 집 문, 특별한 휘파람, 제18장에서 언급했던 코카다 행상인의 외침과 같은 다른 기억들도 있다. 실제로 코카다 행상인에 대해 이야기했을 때 나는 그리움에 사무쳐 음악의 거장인 한 친구를 위한 이야기를 그 장 끄트머리에 덧붙였던 기억이 난다. 나중에 그 장을 잘라냈다면, 내가 글을 보여줬던 또 다른 음악가가 그 구절에서 그리움을 일깨울 만한 그 무엇도 찾지 못했다고 솔직히 고백했기 때문이다. 혹시라도 내 책을 읽게 될 다른 전문가들에게 같은 일이 일어나지 않도록 편집자의 수고와 인쇄비를 아끼는 것이 낫다. 봤다시피 나는 아무것도 써넣지 않았고, 앞으로도 그럴 것이다. 신학교의 소책자처럼 길거리 행상인의 외침이 사건, 사람, 감각을 그 안에 모두 담아내기에는 충분하지 않다고 확신했기 때문이다. 아무런 색깔도 소리도 없는 존재가 아닌, 사람들이 다 아는 세월의 풍파를 거친 것이어야 한다.

어쨌든 빛바랜 책장에서 발견한 나머지 내용들에 대해 살펴보겠다.

제61장 호메로스의 암소

나머지 내용은 방대하다. 신부님과 신학생들의 격려 인사와 주제 지아스가 신학교로 전해준 어머니와 코즈미 삼촌의 위로에도 이별 첫날은 힘들고 우울했다.

"모두가 도련님을 그리워합니다." 주제 지아스가 나에게 말했다. "그러나 가장 그리워하는 사람은 당연히 위대한 마음을 지니신 분입니다. 누구실까요?" 그는 눈으로 답을 말하며 물었다.

"엄마요." 내가 응수했다.

주제 지아스는 요란스럽게 내 손을 잡고 흔들며, 슬픔에 잠겨 거의 매시간 나에 대해 이야기하는 어머니의 근황을 상세히 들려주었다. 그가 항상 그녀의 말에 동조하며 하느님이 나에게 준 재능에 대해 몇 마디 덧붙였을 테니, 그때마다 어머니의 낙담은 형언할 수 없이 컸을 것이다. 그는 벅찬 마음에 눈물까지 흘리며 이 모든 것을 나에게 전해주었다. 코즈미 삼촌도 많이 안쓰러워하고 있다고 했다.

"어제는 흥미로운 일도 있었습니다. 제가 하느님께서 사모님께 아들이 아니라 하늘에서 내려온 천사를 주신 것이라고 말씀드리자, 삼촌께서 울컥하셔서 눈물을 억지로 참으시며 그 특유의 조롱 섞인 찬사를 저에게 보내셨지요. 말할 것도 없이 글로리아 사모님께서도 슬쩍 눈물을 훔치셨고요. 그러지 않으셨다면 어머니가 아니실 테지요! 얼마나 지극한 사랑입니까!"

"그건 그렇고, 주제 지아스 아저씨, 저는 여기에서 언제 나가게 되나요?"

"그건 저에게 맡기십시오. 유럽을 여행하려면 지금부터 한두 해 정도는 필요하니 1859년이나 1860년 즈음……."

"너무 늦어요!"

"올해면 더 좋겠지만 모든 일에는 순서가 있는 법입니다. 인내심을 가지고 학업에 매진하십시오. 이곳에서는 배워서 손해될 것이 없습니다. 게다가 사제가 되시지 않더라도 신학교에서의 삶은 유익할 것입니다. 신학의 성유를 바르고 세상에 나가는 것이 나쁜 일은 아니니까요……."

이때(나는 마치 오늘 일처럼 기억한다) 주제 지아스의 눈이 너무 강렬하게 빛났기 때문에 나는 소스라치게 놀랐다. 그런 다음 그의 눈꺼풀이 감기더니 얼마간 그대로 있었다. 잠시 후 다시 눈을 뜬 그는 마치 다른 사람처럼 무언가에 홀린 듯 안뜰 벽에 시선을 고정했다. 그러고는 벽에서 시선을 거둬 안뜰 전체를 쭉 훑어보기 시작했다. 그 모습이 호메로스의 암소에 견줄 만했다. 그는 방금 낳은 송아지 주위를 맴돌며 울었다. 나는 그에게 무슨 일인지 묻지 않았다. 수줍음 탓에 머뭇거린 것이기도 했지만, 교사 두 명이 우리 쪽으로 걸어오고 있었기 때문이었다. 그중 한 사람은 신학 교사였다. 그들이 우리 앞을 지나칠 때 그들을 알고 있던 객식구는 그들에게 마땅히 받아야 할 존경심을 표하며 나의 근황에 관해 물었다.

"무어라 말하기에는 아직 이릅니다." 그들 중 하나가 말했다. "하지만 잘 해낼 것 같습니다."

"그러지 않아도 제가 방금 도련님께 그 이야기를 드리던 참입니다." 주제 지아스가 재빨리 말했다. "저는 도련님의 첫 미사 참례를 기대하고 있습니다. 그러나 도련님께서 사제로 서품받지 못하시더라도 여기에서 받는 교육보다 더 나은 가르침을 받으실 수는 없을 겁니다. 인생의 여정을 위해." 그는 마지막 몇 마디를 길게 늘이며 끝맺었다. "신학의 성유를 바르고 나아가게 될 것입니다."

이번에는 눈의 반짝임이 덜했지만, 눈꺼풀이 감기지도 않았고 눈동자의 시선도 이전처럼 움직이지 않았다. 오히려 그는 주의를 기울이며 질문을 던졌다. 심지어 그의 입가에 밝고 다정한 미소가 떠올랐다. 신학 교사는 그의 비유를 마음에 들어 했고, 그에게 그렇게 말했다. 주제 지아스는 감사 인사와 함께 대화 중에 떠오른 생각이라고 설명하며, 자신은 작가도 웅변가도 아니라고 덧붙였다. 나는 그 모습이 못마땅했다. 교사들이 사라지자마자 나는 고개를 저었다.

"나는 신학의 성유에는 관심 없어요. 되도록 빨리 혹은 지금 당장 여기서 나가고 싶은 마음뿐이에요……."

"나의 천사여, 당장은 어렵습니다. 그러나 우리가 상상하는 것보다 훨씬 빨리 그 일이 일어날 수 있습니다. 1858년 올해가 될지 누가 알겠습니까? 제가 다 계획을 세웠고 글로리아 사모님께 설명할 말도 이미 생각해놨습니다. 저는 어머님께서 포기하고 우리와 함께 가시리라고 확신합니다."

"엄마가 떠나실지 모르겠네요."

"지켜보시죠. 어머니는 무엇이든 할 수 있습니다. 그러나 어머님이 가시든 안 가시든 우리는 가게 될 것이라고 확신합니다. 저는 노력을 아끼지 않을 것입니다. 도련님께서는 그냥 계시면 됩니다. 필요한 것은 끈기입니다. 그리고 여기에서 비난이나 불만을 불러올 수 있는 어떤 행동도 하셔서는 안 됩니다. 늘 순종하시고 겉으로는 모든 일에 만족하는 모습을 보이셔야 합니다. 선생님께서 칭찬하시는 거 들으셨지요? 모두 도련님께서 처신을 잘하신 덕분입니다. 계속 그리하시면 됩니다."

"하지만 1859년이나 1860년은 너무 늦어요."

"올해가 될 것입니다." 주제 지아스가 대답했다.

"지금부터 3개월 뒤?"

"혹은 6개월이요."

"안 돼요, 3개월."

"네, 알겠습니다. 저는 지금 다른 어떤 것보다 괜찮아 보이는 계획이 있습니다. 하느님의 부르심을 받지 못했다는 사실과 환경 변화의 필요성을 함께 제기하는 것입니다. 도련님, 왜 기침을 안 하시나요?"

"기침을 왜 안 하냐고요?"

"자, 자, 지금 말고요. 하지만 때가 되면 제가 기침하시라고 알려드리겠습니다. 조금씩 마른기침을 하시고 약간의 권태감이 있다고 하세요. 저는 사모님을 맡겠습니다……. 오! 이 모든 것은 어머님을 위한 것입니다. 아들이 교회를 마땅히 섬겨야 할 방식대로 섬길 수 없다는 것을 알게 된 이상, 하느님의 뜻을 따르는 가장 좋은 방법은 아들을 다른 일에 헌신하도록 하는 것이니까요. 세상 역시 선한 이들을 위한 교회입니다……."

"세상 역시 선한 이들을 위한 교회"라는 말이 마치 "신학의 성유"의 형제인 또 다른 송아지 같아서 다시 한번 호메로스의 암소가 연상되었다. 그러나 나는 어머니의 은혜에 대한 말을 꺼낼 틈도 없이 대답했다.

"아! 알겠어요! 해외에 나갈 구실을 만들기 위해 몸이 좋지 않은 모습을 보여주라는 말씀이지요, 그렇지요?"

주제 지아스는 잠시 머뭇거리다가 다음과 같이 설명했다.

"솔직히, 벤치뉴 도련님, 저는 몇 개월 전부터 도련님의 가슴이 의심스러웠습니다. 어머님께 솔직하게 말씀하세요. 도련님은 가슴이 좋지 않으십니다. 어렸을 때 열병을 앓으시면서 코골이도 생기셨지요. 모두 지난 일이지만, 낯빛이 창백하신 날이 있습니다. 도련님께서 당장 편찮으시다고 말씀드리는 것은 아니지만, 병이 갑자기 찾아올 수도 있습니다. 하루아침에 집안이 풍비박산이 날 수 있어요. 그러니 사모님께서 우리와 함께 가시기를 꺼리시거나, 더 빨리 가시려면 기침이 좋은 방법이라고 생각합니다……. 기침이 정말로 올 것 같으면 빨리하는 편이 나으니까요……. 저에게 맡기십시오. 제가 알려드리겠습니다……."

"알았어요. 하지만 제가 여기를 나가는 대로 바로 떠나지는 않을 거예요. 일단 나가서 떠날 준비를 할게요. 여행은 내년에 떠나도 돼요. 여행하기 가장 좋은 시기가 4월이나 5월이라면서요? 그러니 5월로 하시지요. 우선 두 달 안에 신학교를 나가겠어요……."

그러고는 재빨리 몸을 돌려 목구멍까지 올라와 있던 말을 바로 내뱉었다.

"카피투는 잘 지내고 있나요?"

제62장 이아고의 손길

출항일을 미루려던 상황에서 그 질문은 경솔했다. 그것은 내가 신학교를 혐오하는 주된 또는 유일한 이유가 카피투였음을 인정하는 것과 같았고, 여행을 불가능하게 만드는 것과 마찬가지였다. 나는 이 말을 하고 나서야 깨달았다. 나의 말을 바로잡고 싶었지만 방법을 몰랐고, 그는 나에게 틈을 주지 않았다.

"평소처럼 즐겁게 지냅니다. 사리 분별을 못 하는 아이입니다. 동네 건달 놈을 잡으면 결혼하겠지요……."

얼굴이 하얗게 질려버린 듯했다. 적어도 온몸에 소름이 돋는 것은 확실히 느꼈다. 내가 매일 밤 울고 있는 동안 그녀가 즐겁게 지내고 있었다는 소식이 그런 효과를 불러일으켰고, 지금도 그 소리가 들리는 것 같을 정도로 내 심장의 격렬한 박동 소리가 이어졌다. 다소 과장이 있을 순 있겠지만, 인간의 말은 바로 이와 같다. 서로를 보완하고 조율해가는 크고 작은 것들의 복합체다. 반면 이 경우 청중은 귀가 아니라 기억임을 이해한다면 정확한 진실에 도달할 것이다. 그 순간 심장이 뛰던 소리가 아직도 내 기억에 생생하다. 그것이 첫사랑의 감정이었다는 것을 잊지 말길 바란다. 나는 주제 지아스에게 카피투가 웃거나 노래하거나 뛸 때 무엇을 하고 있었는지, 그녀가 무슨 일에 희희낙락하는 것인지 상세히 이야기해달라고 요청하려고 했지만, 시간을 확인하고는 다른 생각이 떠올랐다…….

아니다, 다른 생각이 아니었다. 잔인하고 알 수 없는 감정, 순수한 질투, 나의 내면의 독자였다. 그러한 감정들이 내가 혼자 주제 지아스의 말을 되뇔 때 나를 갉아먹었다. "동네 건달 놈." 사실 이것은 내가 한 번도 생각해본 적이 없는 재앙이었다. 나는 그녀에게 홀딱 빠져 그녀를 생각하며, 그녀를 위해 살았기 때문에 건달 같은 놈의 개입은 현실성이 없는 관념과 같았다. 오후만 되면 어슬렁대기 좋아하는 다양한 나이와 유형의 사람들이 주변에 있다는 것은 전혀 생각지도 못했다. 그제야 나는 그들 중 일부가 카피투를 쳐다보던 것이 떠올랐다. 당연히 나는 내가 그녀의 주인이라고 느꼈기 때문에 그들이 마치 나를 쳐다보는 것 같았고, 단순히 감탄과 부러움의 시선이라고만 생각했다. 공간과 운명에 의해 서로 분리되어 있던 악은 이제 나에게 나타날 가능성이 있을 뿐만 아니라 확실히 그 모습을 드러냈다. 그리고 카피투의 즐거움이 그 의심을 확인해주었다. 그녀가 희희낙락하고 지낸다면 이미 다른 사람과 연애하고 있다는 뜻이었고, 눈으로 그를 따라 길을 걸으며, 저물녘에 창가에서 말을 걸고, 꽃을 주고받고, 또…….

또 뭐가 있겠는가? 그들이 무엇을 더 주고받을지 알 것이다. 스스로 눈치채지 못했다면, 이 장의 나머지 부분이나 책의 나머지 부분을 읽어도 소용이 없을 것이다. 각 단어의 어원을 알려주더라도 아무것도 알아낼 수 없을 것이다. 그러나 독자가 눈치챘다면, 내가 몸서리치며 곧장 정문으로 질주해 나머지 경사로를 내려간 뒤, 한달음에 파두아의 집까지 달려가 카피투를 붙잡고 그녀에게 몇 번이나 동네 건달 놈과 입맞춤했는지 고백하도록 강요하고 싶은 충동을 느꼈음을 이해할 것이다. 나는 아무것도 하지 않았다. 그 삼사 분의 시간은 내가 지금 이야기하고 있는 똑같은 꿈들이 그러한 움직임과 생각의 논리를 갖추기엔 턱없이 부족했다. 뿔뿔이 흩어져 있던 꿈들이 조각조각 이어 붙여졌지만, 마치 잘리고 비뚤어진 디자인 조각처럼 잘못 이어 붙여졌다. 나는 돌풍이 덮친 아수라장 한가운데 있는 것처럼 아무것도 보이지도, 들리지도 않았다. 내가 정신을 차렸을 때, 주제 지아스는 내가 시작 부분은 듣지도 못한 끝이 모호한 문장을 끝맺고 있었다. "자신에 대해 신경 쓸 것입니다." 무슨 신경을 누가 쓴단 말인가? 나는 당연히 카피투에 대해 이야기하는 줄 알았고, 그에게 묻고 싶었지만 다른 많은 생각과 마찬가지로 그 생각은 피어나기도 전에 시들었다. 나는 언제 어머니를 뵈러 집에 갈 수 있을지에 대해서만 객식구에게 물었다.

"엄마가 보고 싶어요. 당장 이번 주에 가도 될까요?"

"토요일에 가십시오."

"토요일이요? 아! 네! 네! 토요일에 저를 데리러 와달라고 엄마에게 말씀해주세요! 토요일! 이번 토요일이지요, 맞나요? 저를 데리러 오시라고요, 반드시."

제63장 꿈의 조각들

나는 토요일이 오기만 고대했다. 그때까지 나는 깨어 있을 때도 꿈에 시달렸다. 이 단락의 분량이 늘어나는 것을 피하기 위해 그 꿈 이야기는 여기에서 하지 않을 것이다. 되도록 적은 단어로, 단 한 가지만 거론하거나 하나가 두 조각으로 나뉘어 전체를 구성하고 있는 것이 아니라면, 그 하나가 다른 하나에서 비롯된 것이기 때문에 두 가지 모두 거론할 것이다. 여성 독자여, 그대들에게는 이 모든 것이 모호할 수 있다. 그러나 잘못은 가련한 신학생의 청소년기를 이렇게 송두리째 흔들어놓은 그대들의 성별에 있다. 그 성별만 아니었다면, 이 책은 아마도 내가 신부가 되었다면 단순한 본당 강론집이 되었거나, 주교가 되었다면 목회 활동을 담은 글이 되었을 것이고, 코즈미 삼촌이 나에게 권했던 대로 교황이 되었다면 회칙이 되었을 것이다. "녀석, 잘 가고, 교황이 돼서 돌아오거라!" 아! 나는 왜 그 소망을 이루지 못했을까? 중위이자 황제인 나폴레옹 이후 모든 운명은 금세기에 있다.

꿈은 이랬다. 동네 건달들을 염탐하던 중 나는 창 아래에서 그들 중 한 명이 내 여자친구와 대화하는 것을 보았다. 나는 그곳으로 돌진했고 그는 도망쳤다. 나는 카피투에게 다가갔지만 그녀는 혼자가 아니었다. 그 옆에는 그녀의 아버지가 눈물을 훔치며 슬픈 눈으로 복권을 바라보고 있었다. 나는 영문을 몰라 그에게 설명을 요청했고, 그의 말에 따르면 건달 놈이 복권 당첨 번호를 알려주었는데 자신의 복권이 당첨되지 않았다고 했다. 번호는 4004번이었다. 그는 숫자의 대칭이 이렇게 신기하게 딱 맞아떨어질 수가 없다며 아무래도 룰렛에 문제가 있었던 것 같다고 말했다. 큰 금액에 당첨이 안 될 수가 없는 번호라는 것이었다. 그가 말하는 동안, 카피투의 눈은 나에게 온갖 크고 작은 상금을 뿌려주었다. 이 가운데 가장 큰 상금은 입으로 주어져야 했다. 그리고 여기서 꿈의 두 번째 조각이 등장한다. 파두아는 복권에 대한 희망이 사라졌듯이 꿈에서 사라졌다. 카피투가 창밖으로 몸을 내밀었고, 나는 주변 거리를 훑어보았다. 거리에는 아무도 없었다. 나는 그녀의 손을 잡고, 무슨 말인지 알 수 없는 말들을 중얼거리다 기숙사에서 혼자 눈을 떴다.

독자가 방금 읽은 내용의 관심사는 꿈이 아니라 내가 다시 잠들어 그 꿈을 다시 꾸기 위해 노력했던 것에 있다. 눈꺼풀을 내려 눈을 질끈 감은 뒤 모든 것을 내려놓고 잠들기 위해 내가 얼마나 많은 힘과 노력을 집요하게 기울였는지 독자는 절대 알 수 없을 것이다. 그러나 나는 잠들지 못했다. 바로 이 일 때문에 새벽까지 잠을 이루지 못했다. 새벽녘이 되어서야 겨우 잠이 드는 데 성공했지만, 이미 그때는 건달도, 복권도, 크고 작은 상금도, 아무것도 더는 나타나지 않았다. 그날 밤 나는 더는 꿈을 꾸지 않았고, 다음 날 수업을 망쳤다.

제64장 한 가지 생각과 고민

지난 장을 읽다가 문득 떠오른 한 가지 생각과 고민이 있었다. 그 고민은 바로 생각을 종이에 적을까 말까 하는 것이었다. 매일, 그리고 매달 할 것 없이 하늘에서 변함없이 우리를 비춰주는 해와 달일지라도 이보다 더 진부한 것은 이 세상에 없을 것이기 때문이다. 나는 원고에서 시선을 돌려 벽을 바라보았다. 독자는 엔제뉴노부에 있는 이 집이 크기, 배치 및 장식까지 마타카발루스에 있는 나의 옛집을 고스란히 옮겨놓은 복제품이라는 것을 알고 있다. 그리고 제2장에서 말했듯이 내가 이렇게 복제품을 만든 목적은 인생의 양 끝을 연결하고자 함이었다. 나는 이것을 아직 이루지 못했다. 신학교에서의 그 꿈도 마찬가지였다. 아무리 잠들려고 노력하고 또 노력해도 잠을 이룰 수가 없었다. 이로부터 나는 인간의 직무 중 하나가 이른 밤에 중단된 꿈이 늦은 밤에도 계속될 것인지 알아보기 위해 눈을 꼭 감고 있는 것이라는 결론을 내렸다. 이것은 내가 여기에 쓰기를 주저했던 진부하고도 참신한 생각이며, 단지 임시로 쓰는 것뿐이다.

이 장을 마치기 전에 나는 밤에게 왜 꿈은 그리도 미약해서 조금만 눈을 뜨거나 몸을 돌려도 갈기갈기 찢겨 더는 이어지지 않는지 물었다. 밤은 나에게 곧바로 대답하지 않았다. 밤은 몹시도 아름다웠다. 나지막한 언덕은 달빛으로 창백했고 사방은 숨죽인 듯 고요했다. 내가 답을 가르쳐달라고 종용하자, 밤은 꿈이 이제 자기 담당이 아니라고 딱 잘라 말했다. 밤이 내게 해준 설명은 루키아노스가 그에게 준 섬, 밤의 궁전이 있던 그 섬에서 꿈이 살았을 때, 밤이 그들을 여러 가지 형상으로 바꿔 떠나보냈다는 것뿐이었다. 그러나 세월이 모든 것을 바꾸어놓았다. 오래된 꿈들은 은퇴했고 오늘날의 꿈들은 사람의 뇌에 살고 있다. 이 오늘날의 꿈들은 예전 꿈들을 모방하고 싶어도 할 수 없었다. 전 세계 바다의 모든 섬과 마찬가지로, 사랑의 섬과 같은 꿈의 섬은 이제 유럽과 미합중국의 야망과 경쟁의 대상이 되었기 때문이다.

필리핀에 대한 암시였다. 나는 정치를 좋아하지 않고 국제 정치는 더더군다나 싫어하기 때문에 잠자리에 들기 전에 이 장을 끝내기 위해 창문을 닫았다. 나는 이제 루키아노스의 꿈을 청하지 않으며, 기억을 떠올리게 하거나 배앓이를 낫게 해주는 다른 꿈도 청하지 않는다. 꿈도 없는 고요한 숙면에 만족할 뿐이다. 아침에 머리가 맑아지면 내 나머지 이야기와 관련 인물들 이야기를 이어가겠다.

제65장 속임수

토요일이 오고, 다른 토요일이 왔고, 나는 결국 집과 신학교를 오가는 새로운 삶에 익숙해졌다. 신부들은 나를 좋아했고, 신학생들도 나를 좋아했다. 그리고 특히 에스코바르는 그 누구보다 나를 좋아했다. 오 주가 끝날 무렵 나는 그에게 나의 문제와 소망 사항들을 이야기하려고 했었다. 하지만 카피투가 나를 저지했다.

"에스코바르는 나의 아주 좋은 친구야, 카피투!"

"하지만 내 친구는 아니야."

"그렇게 될 수도 있잖아. 에스코바르는 이미 나에게 엄마를 만나러 여기 온다고까지 했는걸."

"그런 건 상관없어. 그건 너 혼자만의 비밀이 아닌 내 비밀이기도 해. 너는 그 말을 꺼낼 권리가 없어. 나는 네가 다른 사람에게 내 이야기를 해도 좋다고 허락한 적 없으니까."

그녀가 옳았다. 나는 침묵을 지켰고 그 말에 따랐다. 내가 그녀의 말을 따랐던 또 다른 일은 첫 번째 토요일에 그녀의 집에 갔을 때였다. 몇 분 동안 대화를 나눈 후 그녀는 나에게 그만 집에 가는 것이 좋겠다고 조언했다. "오늘은 여기 더 있지 말고 집에 가. 그러면 내가 이따가 너희 집으로 갈게. 글로리아 아주머니도 분명 너와 많은 시간을 보내고 싶으실 거야. 가능하다면 네가 있는 동안 내내."

굳이 세 번째 예를 들지 않고 이 사례들만으로도 나의 여자 친구가 얼마나 똑 부러지는 성격인지 잘 보여줄 수 있겠지만, 사례란 모름지기 예로 들기 위해 만들어진 것인 데다 이렇게 좋은 사례를 생략하는 것은 범죄나 매한가지일 것이다. 집에 오는 세 번째 또는 네 번째 토요일이었다. 우리 어머니는 신학교에서의 대우, 학업, 교우 관계, 훈육, 어디 아픈 곳은 없는지, 잠은 잘 자는지, 어머니의 사랑에서 우러나온 모든 질문에 수천 번도 넘게 대답하느라 아들의 인내심이 바닥을 드러낼 즈음 주제 지아스를 향해 돌아서며 물었다.

"주제 지아스 씨, 여전히 이 아이가 좋은 신부가 될 것을 의심하세요?"

"사모님……."

"그리고 카피투." 우리 어머니가 함께 응접실에 있던 파두아의 딸에게 눈을 돌려 물었다. "우리 벤치뉴가 좋은 신부가 되리라고 생각하지 않니?"

"그렇게 생각해요, 아주머니." 카피투가 확신에 차서 대답했다.

나는 그 확신이 마음에 들지 않았다. 다음 날 아침 나는 그녀의 집 뒤뜰에서 그녀가 전날 저녁에 했던 말을 상기시키며 그렇게 말했다. 그리고 처음으로 그녀의 얼굴을 정면으로 마주 보며, 내가 신학교에 입학해서 그리움에 사무쳐 지내는 동안 뭐가 그리 희희낙락 즐거웠냐고 쏘아붙이듯 캐물었다. 카피투는 아주 진지한 표정으로 이미 의심받는 것을 아는 상황에서 자신이 어떤 행동을 하길 바랐던 거냐고 되물었다. 그녀 역시 밤마다 눈물이 마를 날이 없었고 집에서 나만큼이나 슬픈 나날을 보냈었다며, 그녀의 아버지와 어머니에게 물어보라고 했다. 보다못한 그녀의 어머니가 그녀에게 더는 나를 생각하지 말라고 넌지시 말하기까지 했다는 것이었다.

"글로리아 아주머니와 주스치나 아주머니와 함께 있을 때는 당연히 주제 지아스 아저씨의 밀고가 사실이 아닌 것처럼 보일 수 있도록 즐거운 척했어. 그것이 사실이라면 우리를 더 갈라놓으려고 하셨을 테니까. 어쩌면 내가 집에 발을 들여놓지도 못하게 하셨을지도 몰라……. 나는 우리가 서로 결혼하기로 한 맹세면 충분해."

그것은 사실이었다. 우리는 일말의 의심마저 없애고 동시에 예전처럼 모든 자유를 누리면서 평화롭게 우리의 미래를 건설하기 위해 속임수를 써야만 했다. 그러나 세 번째 사례는 내가 다음 날 점심 식사 때 들은 이야기로 완성된다. 코즈미 삼촌이 내가 미사에서 어느 쪽 손으로 사람들에게 하느님의 강복을 기원할지 여전히 보고 싶다고 했을 때, 어머니는 며칠 전 젊은 여성들의 조혼을 이야기하며 카피투가 그녀에게 다음과 같이 말했다고 했다. "글쎄요, 제 혼배성사는 벤치뉴 신부님이 주례를 맡아주셔야 해서요. 저는 벤치뉴가 서품받을 때까지 기다릴 거예요!" 코즈미 삼촌은 재미있어하며 웃었고, 주제 지아스도 미소를 참지 않았다. 주스치나 당이모만 인상을 찌푸리며 나를 의심스럽게 쳐다보았다. 모두를 지켜보던 나는 당이모의 표정이 못내 못마땅했지만 묵묵히 식사했다. 하지만 먹는 둥 마는 둥 했다. 카피투의 그 기막힌 속임수에 너무 기분이 좋아서 더는 아무것도 눈에 들어오지 않았다. 점심 식사를 마치자마자, 나는 카피투에게 달려가서 식사 때 오갔던 대화를 말해주며 그녀의 영민함을 칭찬했다. 카피투는 고맙다며 생긋 웃었다.

"네가 옳았어, 카피투." 내가 말했다. "우리가 모두를 속이는 거야."

"그렇게 하고 있는 것 아니었어?" 그녀가 천연덕스럽게 대답했다.

제66장 친밀감

카피투는 이제 우리 어머니의 영혼의 동반자가 되어가고 있었다. 두 사람은 많은 시간을 함께 지냈고, 내 이야기뿐만 아니라 날씨가 좋다 나쁘다 또는 시시콜콜한 것들에 대해 이야기를 나눴다. 카피투는 아침마다 바느질하러 우리 집에 가곤 했고, 때때로 저녁을 먹고 가기도 했다.

주스치나 당이모는 이러한 식사에 함께하지 않았지만, 내 여자친구를 그리 홀대하지는 않았다. 그녀는 누군가에게 나쁜 감정을 느끼면 곧이곧대로 말할 만큼 충분히 진지한 사람이었고, 그 누구도 좋아하지 않았다. 아마도 당이모부가 유일했을는지 모르지만 세상을 떠난 지 오래였다. 어쨌든 애정, 근면 성실함, 정직함, 예의범절, 냉철한 판단력에 이르기까지 그에 버금가는 사람은 존재하지 않았다. 코즈미 삼촌에 따르면, 이 의견은 사후에 나온 것이었다. 왜냐하면 살아생전에는 서로 다투기 일쑤였고, 죽기 6개월 전부터는 별거 상태로 지냈기 때문이다. 그녀의 정의감을 위해서는 너무나 잘된 일이었다. 망자를 찬양하는 것은 그들을 위해 기도하는 방법 가운데 하나다. 주스치나 당이모는 우리 어머니도 좋아했었다. 혹여 어머니에 대해 나쁘게 생각하는 것이 있었다면, 베갯머리에서나 털어놨을 것이다. 겉보기에 그녀가 어머니에게 적절한 존경심을 보여야 했다는 것은 이해할 만하다. 나는 그녀가 유산을 노리고 그랬다고는 생각하지 않는다. 그러한 성향이 있는 사람들은 일상적인 봉사의 수준을 넘어 더 호의적으로, 더 부지런하게, 더 세심하게 살피며, 하인을 능가하게 마련이다. 이 모든 것은 냉소적이고 완고한 주스치나 당이모의 본성에 어긋나는 것이었다. 그녀는 우리 집에서 더부살이하는 처지였기 때문에 여주인을 무시하거나 원한을 품지 않고, 설령 그렇다 하더라도 하느님과 마귀에게만 불만을 토로하는 것이 당연했다.

우리 어머니에게 원한을 품었더라도 그녀가 카피투를 싫어할 이유는 되지 못했고, 그녀에게는 그 이상의 이유도 필요 없었다. 카피투의 친밀감은 오히려 당이모가 그녀를 더욱 꺼리게 하는 역효과를 가져왔다. 처음에는 카피투를 나쁘게 대하지 않았지만, 시간이 지나면서 태도를 바꿔 결국 그녀를 피하게 되었다. 당이모가 안 보일 때면, 살뜰한 카피투는 그녀에 대해 묻고 그녀를 찾아 나서곤 했다. 주스치나 당이모는 이러한 배려를 애써 외면하지는 않았다. 인생은 우리가 아무리 노골적으로 외면하고 싶어도 이행해야만 하는 의무로 가득 차 있다. 게다가 카피투는 사람의 마음을 사로잡는 어떤 마법 같은 힘을 지니고 있었다. 결국 주스치나 당이모는 비록 씁쓸한 미소일지언정 미소를 짓긴 했다. 하지만 어머니와 단둘이 있을 때면 뭔가 흠을 들추어 소녀를 헐뜯었다.

어머니가 열병으로 사경을 헤맬 지경에 이르렀을 때 카피투에게 자신의 병간호를 부탁한 적이 있었다. 주스치나 당이모의 짐을 덜어주기 위한 배려였지만, 이모는 나의 여자친구의 개입을 용납하지 않았다. 어느 날은 카피투에게 집에서 할 일이 없냐고 묻기도 했고, 또 어느 날은 웃으며 다음과 같은 명언을 남기기도 했다. “그렇게 쫓아다닐 필요 없다. 네 것이 될 거라면 저절로 네 손에 굴러 들어올 테니.”

제67장 죄

와병 중인 어머니를 침대에서 일으켜 세우려면 이제 나에게 일어난 일을 말하지 않을 수 없다. 닷새가 지난 어느 날 아침, 심한 착란 증세를 보이며 잠에서 깬 어머니는 나를 신학교에서 집으로 데려오라고 명령했다. 코즈미 삼촌은 만류하며 말했다.

"글로리아, 그냥 네가 놀라서 그러는 거다. 열은 지나갈 거야……."

"아니요! 아니에요! 그 아이를 데려오세요! 벤치뉴가 여기 제 곁에 있지 않으면 제가 죽어도 제 영혼은 구원받지 못할 거예요."

"애가 놀랄 거야."

"그럼 아무 말도 하지 말고 데려오세요. 지금 당장이요. 지체하시면 안 돼요."

다들 그것이 섬망 증상이라고 생각했다. 그러나 나를 데려오는 데 비용이 드는 것은 아니었기 때문에 주제 지아스가 그 일을 맡았다. 얼빠진 모습으로 나타난 그를 보고 나는 적잖이 겁을 먹었다. 그는 원장에게 따로 용건을 이야기했고 나를 집에 데려가도 된다는 허락을 받았다. 우리는 아무 말 없이 길을 걸었다. 그는 평소 걸음걸이대로, 가설에 따라 결과를 검증하고, 결론 도출을 위해 판단을 이끌어내는 순서를 바꾸지는 않았지만, 고개를 숙인 채 이따금 한숨을 내쉬며 걸었다. 나는 그의 얼굴에서 행여나 슬픈 소식을 읽게 될까봐 두려워 쳐다볼 엄두가 나지 않았다. 그는 별다른 설명 없이 어머니가 와병 중이라고만 말했다. 그러나 갑작스러운 호출, 침묵, 한숨은 그 이상의 무언가가 있을 수도 있음을 의미했다. 심장이 쿵쾅쿵쾅 뛰고 다리가 후들거려 넘어질 뻔한 적이 한두 번이 아니었다…….

진실을 알고자 하는 열망과 그것을 아는 것에 대한 두려움이 뒤섞여 마음이 복잡해졌다. 죽음이 이렇게 나에게 가까이 다가와 나를 감싼 채 퀭하니 어두운 눈으로 나의 얼굴을 바라보는 것은 처음이었다. 바르보누스 거리를 따라 걸을수록 내가 집에 도착해 들어서자마자 우는 소리가 들리고 시신을 보게 될 거라는 생각에 점점 더 두려움이 밀려왔다……. 오! 나는 그 끔찍한 순간에 내가 느낀 모든 것을 결코 여기에 담아낼 수 없을 것이다. 주제 지아스가 최대한 천천히 한 걸음씩 내디뎠는데도 땅은 발아래로 꺼질 것 같았고 거리의 집들이 이리저리 날아다니는 것 같았다. 시경의 부대 막사에서 때마침 들려온 나팔 소리는 마치 최후의 심판에서 천사들이 부는 트럼펫 소리처럼 내 귓가에 울려 퍼졌다.

나는 계속 걸어 아르쿠스에 도착했고, 마타카발루스 거리로 들어섰다. 집은 그곳에서도 조금 더 떨어진 상원 의회 근처의 카자 두스 인발리두스 요양원 너머까지 한참을 더 가야 했다. 서너 차례 나는 나의 동반자에게 질문하려 했지만 감히 입을 열지 못하고 있었다. 그러나 이제는 그런 욕망조차 사라졌다. 나는 최악의 상황을 통과의례라 받아들이고 운명의 힘에 맡긴 채 그냥 걸었다. 그러자 공포와 싸우기 위해 희망이 꿈틀대며 나의 마음에 속삭였다. 뭐라 형언할 수 없는 막연한 생각 같은 것이었지만, 그 의미를 번역하자면 대략 다음과 같았다. '엄마가 죽으면 신학교도 끝나.'

독자여, 그것은 마치 전광석화와도 같았다. 밤하늘을 번쩍 밝히고 이내 사라진 뒤, 나에게 남은 회한으로 인해 어둠은 더욱 짙어졌다. 그것은 탐욕과 이기심의 부추김이었다. 빚과 채무자의 소멸을 통해 확실한 자유를 얻을 수 있다는 기대감에 효는 순간적으로 잊힌 것이다. 그것은 순식간보다도 짧은, 순식간의 100분의 1에 해당하는 지극히 찰나의 순간이었지만, 그렇다고 해도 나의 고통에 회한을 뒤섞어 복잡하게 만들기에는 충분했다.

주제 지아스는 한숨을 쉬었다. 그가 나의 생각을 짐작한 듯 슬픈 표정으로 나를 바라보았던지라 나는 그에게 아무에게도 말하지 말아달라고, 스스로 나 자신을 벌하겠다는 등의 이야기를 하려 했다. 그러나 그 연민의 눈빛이 내가 죄책감을 떠올리게 하지 않을 만큼 큰 사랑을 깨닫게 해주었다. 하지만 이제 우리 어머니의 죽음이 늘……. 나는 큰 고뇌에 빠져들었고, 목구멍에 뭐가 걸린 것처럼 울컥 눈물이 치밀어 더는 참을 수 없었다. 나는 와락 울음을 터트렸다.

"왜 그러세요, 벤치뉴 도련님?"

"엄마?"

"아니요! 아닙니다! 왜 그런 생각을 하신 겁니까? 어머님의 상태는 대단히 심각하지만, 치명적인 병은 아니니 하느님께서 도와주실 겁니다. 눈물을 닦으십시오. 도련님 또래의 남자가 거리에서 울면서 돌아다니는 것은 보기 안 좋습니다. 별거 아닐 겁니다. 그냥 열병이…… 열병은 그렇게 갑자기 왔다가 금세 사라지는 법입니다……. 아니, 손으로 닦으시면 안 됩니다. 손수건은 어디 두셨습니까?"

나는 눈물을 닦으면서도 주제 지아스가 했던 모든 말 중에서 '대단히'란 한마디가 마음에 걸렸다. 그것이 단순히 '심각하다'의 의미일 뿐이었다는 것을 나중에 깨달았지만, 최상급 수식어의 사용은 나를 지레 겁먹게 했을 뿐만 아니라 당시 어머니에 대한 애틋한 마음만큼 나의 슬픔을 가중시켰다. 독자가 이 책에서 같은 가족 내부의 어떤 사례를 찾고자 했다면 2판에서 수정할 수 있도록 조언해주기를 바란다. 별거 아닌 생각에 억지로 다리를 길게 늘여 붙이는 것보다 더 꼴불견은 없다. 다시 한번 말하지만, 나는 눈물을 닦고 계속 걸었다. 집에 다다르자 내가 했던 사악한 생각에 대해 어머니에게 용서를 구할 생각에 마음이 조마조마해졌다. 마침내 우리는 도착했고 집 안으로 들어섰다. 나는 떨리는 발걸음으로 여섯 계단을 올라갔고, 잠시 후 침대에 기대 어머니의 다정한 목소리를 듣고 있었다. 어머니는 내 손을 꼭 잡고 '우리 아들'이라고 불렀다. 어머니의 몸은 펄펄 끓었고, 내 눈에 비친 어머니의 눈은 시뻘겋게 타오르고 있었다. 화산이 온몸을 집어삼킨 것 같았다. 나는 침대 발치에 무릎을 꿇었지만, 침대가 너무 높아서 어머니의 손길에서 너무 멀리 떨어져 있었다.

"우리 아들, 그러지 말고 일어나거라, 일어나!"

어머니의 침실에서 나의 등장과 몸짓, 말, 눈물을 지켜봤던 카피투는 그 모습이 좋았다고 나중에 나에게 이야기해주었다. 물론 그녀는 나의 고뇌에 또 다른 이유가 있었으리라고는 의심조차 하지 못했다. 내 방으로 돌아온 나는 엄마가 낫는 대로 모든 것을 이야기해야겠다고 생각했다. 하지만 이 생각은 그리 오래가지 못했다. 나의 기분에 취해 뒷일은 생각하지 못한 순진한 생각이었기 때문이다. 내가 아무리 죄책감에 시달린다고 하더라도 절대 하지 않을 행동이었다. 나는 양심의 가책을 느끼며 영적 맹세의 오래된 방편을 다시 한번 사용했다. 하느님에게 용서를 구하며 어머니의 생명을 구해달라고 간구했고, 이천 번의 〈주님의 기도〉를 올리겠다고 약속했다. 이 책을 읽으시는 신부님, 이토록 기도를 남용한 죄를 사하여 주소서. 이것이 내가 마지막으로 기도를 써먹은 때였다. 그런 방법이 동원되기까지는 관례와 믿음 못지않게 내가 당면했던 위기가 그 현실적인 필연성과 당위성을 설명해주었다. 모두 합쳐서 이천 번이 넘었다. 예전에 맹세했던 기도들은 어떻게 되었냐고? 나는 그 어떤 맹세도 이행하지는 않았지만, 솔직하고 진실한 영혼에서 나오는 맹세는 채권과 같다. 채무자가 돈을 상환하지 않더라도 그 채권의 금액만큼 가치가 있다.

제68장 미덕에 관한 이야기는 다음 기회로 미루겠다

마타카발루스 거리에서 내가 했던 것과 같은 생각을 고백할 용기를 지닌 사람은 거의 없을 것이다. 나는 나의 이야기와 관련된 모든 것을 고백할 것이다. 몽테뉴는 자신에 대해 이렇게 썼다. 내가 쓰고자 하는 것은 나의 행위가 아니라 나 자신, 즉 나의 본질이다(Ce ne sont pas mes gestes que j'ecris; c'est moi, c'est mon essence). 요컨대 본질 그 자체를 설명하는 단 하나의 방법은 좋은 점이든 나쁜 점이든 모든 것을 숨김없이 말하는 것이다. 이것이 내가 나 자신을 들여다보거나 돌이켜 볼 때마다 스스로에게 상기시키는 것이다. 예를 들어, 내가 방금 죄에 관해 이야기했으니 비슷한 시기에 했던 어떤 아름다운 행동이 떠올라 함께 이야기할 수 있다면 금상첨화일 테지만 기억나는 것이 없다. 적절한 기회가 생길 때까지 기다려야 한다.

나의 벗이여, 기다린다고 해서 기회를 잃는 것은 아니다. 오히려 이제 나에게 새로운 기회가 생기는 것이다……. 아름다운 행동은 언제나 아름답다. 하지만 내가 알고 있는 죄와 미덕에 관한 이론에 따르면, 이 단순하고 명백한 사실 못지않게 여러 가지 가능성과 변수가 있다. 그것은 이렇게 설명할 수 있다. 각각의 사람은 살면서 서로를 보완해줄 수 있는 배우자와의 결혼을 통해 결합된 일정한 수의 죄와 미덕을 가지고 태어난다. 두 배우자 중 한 사람이 다른 배우자보다 더 강할 때, 그 한 사람은 혼자 개인을 인도한다. 이 경우, 후자는 그러한 미덕을 행하지 않았거나 죄를 범하지 않았기 때문에 어느 한쪽에서 면제되었다고 말할 수 있다. 그러나 규칙은 그 두 가지를 동시에 수행하는 것이다. 그러므로 두 가지를 모두 수행하는 사람이 이득을 누리고, 때로는 땅과 하늘에서 큰 영광을 누릴 수 있다. 내가 하나 이상의 반대되는 사례로 이에 대한 근거를 제시할 수 없다는 것이 유감이다. 하지만 나에게는 시간이 턱없이 부족하다.

내 생각에 나는 그러한 부부 중 일부의 피를 물려받았고, 당연히 그 두 가지 모두를 여전히 지니고 있다. 최근에 여기 엔제뉴노부에서 나에게 일어났던 일이다. 어느 날 밤 두통이 너무 심해서 누군가 죽더라도 중앙 열차가 나의 귀에 안 들리는 멀리 떨어진 곳에서 폭발해 일정 시간 동안 노선이 중단되기를 바랐던 적이 있다. 그리고 이튿날 나는 지팡이도 없이 길을 가던 시각장애인에게 나의 지팡이를 건네주러 갔다가 같은 노선의 기차를 놓쳤다. 이것이 나의 행위이고, 이것이 나의 본질이다(Voilà mes gestes, voilà mon essence).

제69장 미사

나의 본질을 가장 잘 표현하는 행동 중 하나는 다음 주일에 가난한 이들의 수호성인 성 안토니오 성당의 미사에 참례하기 위해 달려갔던 일이다. 객식구가 나와 함께 가겠다며 옷을 입기 시작했지만, 멜빵을 메고 집게로 고정하느라 너무 오래 걸려서 기다릴 수가 없었다. 게다가 나는 혼자 있고 싶었다. 나는 제67장에서 일어난 일 이후에 내가 가고자 하는 목적에서 생각을 빗나가게 할 수 있는 대화는 무엇이든 피하는 것이 좋겠다고 느꼈다. 그리고 그것은 하느님과 나와의 화해를 위해서도 필요했다. 사죄를 구하는 것뿐만 아니라 우리 어머니의 병환을 낫게 해준 것에 대해 감사를 드리고 싶었다. 그리고 내가 모든 것을 말하겠다고 한 것처럼, 하느님께 내가 맹세를 이행할 거라는 기대를 버리고 단념하게 할 생각이었다. 여호와는 신성한 존재지만, 바로 그래서 훨씬 더 인간적인 로스차일드•다. 채무자가 진정으로 개과천선해서 지출을 줄이려고 한다면, 지급유예를 선언할 것이 아니라 오히려 빚을 완전히 탕감해준다. 나는 다른 것을 청하고 싶지는 않았다. 이제부터는 지킬 수 없는 맹세는 하지 않을 것이며, 내가 한 맹세는 그 즉시 이행하겠다고 할 참이었다.

나는 미사를 봤다. 높이 들린 성체를 바라보며 나는 어머니의 생명과 건강을 지켜준 것에 감사드렸다. 그러고는 죄의 사함과 빚 탕감을 간구한 뒤, 엄숙한 화해의 행위로 집전 신부가 빌어주는 마지막 강복을 받았다. 강복을 마친 뒤, 신부는 교회가 인간과 하느님 사이의 도덕적 회계 결산을 위한 가장

• 독일-유대계 혈통의 금융인 가문.

신뢰할 수 있는 장치를 고해성사를 통해 마련했고, 고해소라는 안전한 등기소를 운영하고 있다는 사실을 상기시켜주었다. 그러나 나의 치명적인 소심함으로 인해 나는 이 확실한 문을 열지 못했다. 고해신부에게 내 비밀을 어떻게 털어놓아야 할지 몰라 말문이 막히지 않을까 두려웠던 것이다. 사람은 변하게 마련이다! 이제는 그것을 만천하에 공개하려고 하고 있으니 말이다.

제70장 미사가 끝나고 난 뒤

나는 계속 기도했고, 성호를 그은 뒤 미사 책을 덮고 문 쪽으로 걸어갔다. 사람이 많지는 않았지만, 성당도 크지 않아 바로 나갈 수 없었고 천천히 나갈 수밖에 없었다. 남자와 여자, 늙은 자와 젊은 자, 비단옷을 걸친 부유한 자와 옥양목 차림의 가난한 자를 비롯해 아마도 잘생긴 자와 못생긴 자까지 있었겠지만, 나는 그들 중 누구도 보지 못했다. 나는 인파에 휩쓸려 인사를 주고받는 소리와 웅성대는 소리를 들으며 문으로 향했다. 성당 앞마당에 이르러 시야가 밝아지자 나는 그제야 멈춰 서서 사람들을 바라보았다. 그때 성당을 나서는 한 소녀와 남자가 눈에 들어왔다. 소녀는 나를 보고 그 남자에게 말을 했고, 남자는 소녀의 말에 나를 쳐다보았다. 그리고 이런 말이 내 귀에 들려왔다.

"뭘 알고 싶은 게야?"

"부인의 근황을 알고 싶어요. 아빠가 여쭤보세요."

우리 어머니의 근황을 궁금해한 사람은 카피투의 학교 친구인 산샤 양이었다. 그녀의 아버지가 나에게 다가왔다. 나는 그에게 어머니가 회복되었다고 말했다. 그런 다음 우리는 성당을 나섰다. 그는 자기 집을 가리켰고, 나 역시 같은 방향으로 가고 있었기 때문에 우리는 함께 걸었다. 구르제우는 마흔살 정도의 남자로, 복부 비만이 유독 심했다. 그는 무척 친절했다. 그의 집 문에 다다랐을 때 그가 나에게 함께 점심을 먹고 가라며 고집을 부렸다.

"감사합니다. 하지만 엄마가 저를 기다리고 계세요."

"흑인 하인을 댁으로 보내 도련님께서 점심을 드시고 나중에 가실 거라고 전하겠습니다."

"다음에 오겠습니다."

산샤 양은 아버지를 향해 귀를 기울이며 기다리고 있었다. 그녀는 못생기지는 않았다. 그녀의 아버지와 유일하게 닮은 구석은 뭉툭한 코끝이었다. 그러나 자세히 보면 예쁘장한 구석도 있었다. 그녀는 소박한 차림새였다. 구르제우는 홀아비였고 딸만 바라보며 살았다. 내가 점심 식사 초대를 거부하자, 그는 잠시 쉬었다 가라고 간청했다. 나는 끝내 거절하지 못하고 집으로 올라갔다. 그는 나의 나이와 학업, 신앙에 대해 알고 싶어 했고, 내가 신부가 될 경우를 대비해 조언까지 해주었다. 그는 키탄다 거리에 있는 자신의 가게 번호를 알려주었다. 마침내 나는 작별 인사를 했고, 그는 층계참까지 내려와 인사했다. 그의 딸은 카피투와 우리 어머니에게 안부를 전했다. 거리에서 올려다보니 구르제우는 창가에 서서 크게 손을 흔들며 작별 인사를 하고 있었다.

제71장 에스코바르의 방문

집에서는 이미 내가 돌아와서 옷을 갈아입고 있다고 엄마에게 거짓말한 뒤였다.

"8시 미사는 이미 끝났을 텐데…… 벤치뉴가 돌아올 시간이 지났어요……. 무슨 일이 있는 것 아닐까요, 코즈미 오라버니? 사람을 보내서 알아보세요……." 어머니는 일 분마다 한 번씩 이렇게 말했고 나는 조용히 집에 도착했다.

기분 좋은 날이었다. 에스코바르가 우리 어머니의 병문안을 위해 방문했다. 그는 그때까지 나를 찾아온 적이 없었고 아직은 우리의 관계도 그렇게 가깝지 않았지만, 사흘 전에 내가 집에 간 이유를 알고 주일을 이용해 찾아와서는 어머니의 병환이 여전히 위중한지 물었다. 내가 괜찮다고 말하자 그는 안도의 숨을 내쉬었다.

"무서웠어." 그가 말했다.

"다른 사람들이 알까봐?"

"그랬던 것 같아. 몇 명은 알고 있어."

코즈미 삼촌과 주제 지아스는 청년을 마음에 들어 했다. 객식구는 리우데자네이루에서 그의 아버지를 한 번 본 적이 있다고 그에게 말했다. 에스코바르는 매우 예의가 발랐다. 평소보다는 더 많이 말했지만 우리 또래의 청년들보다 그리 많은 편은 아니었다. 그날 나는 평소보다 조금 더 외향적인 그의 모습을 발견했다. 코즈미 삼촌은 그를 저녁 식사에 초대했다. 에스코바르는 잠시 생각하다가 아버지의 대리인이 그를 기다리고 있다고 말했다. 나는 구르제우의 말이 생각나서 그가 했던 말을 따라 했다.

"흑인 하인을 보내 여기서 저녁을 먹고 나중에 갈 거라고 전할게."

"너무 번거롭잖아!"

"전혀 문제 될 것 없다." 코즈미 삼촌이 끼어들었다.

에스코바르는 초대에 응했고 저녁을 먹었다. 나는 그가 교실을 장악했던 그 빠른 움직임으로 응접실과 식탁도 장악하고 있음을 알아차렸다. 그가 나와 함께 보낸 시간은 허물없는 이야기를 나눌 수 있는 시간이었다. 나는 그에게 내가 가지고 있는 책 몇 권을 보여주었다. 그는 우리 아버지의 초상화를 무척 마음에 들어 했다. 초상화를 바라보며 얼마 동안 생각에 잠겨 있던 그가 나에게 몸을 돌려 말했다.

"마음이 순수한 분이셨던 것 같아!"

내가 이미 말한 것처럼 에스코바르의 눈은 맑았고, 그가 가고 난 후 주제 지아스가 썼던 표현에 따르면 "대단히 달콤"했다. 나는 그를 묘사할 때 이 표현을 40년이 지난 지금도 계속 사용한다. 적어도 이 경우에는 객식구의 과장이 전혀 아니었다. 에스코바르의 면도한 얼굴은 하얗고 매끈한 피부를 돋보이게 했다. 이마는 헤어라인이 왼쪽 눈썹 위에 거의 닿을 정도로 좁았지만, 다른 이목구비와 충돌하지 않고 항상 그 우아함을 훼손시키지 않을 만큼은 넓었다. 사실 그는 흥미로운 외모의 소유자였다. 간사해 보이는 얇고 가는 입술과 구부러진 날렵한 코를 지녔다. 그는 때때로 오른쪽 어깨를 실룩대는 버릇이 있었지만, 어느 날 신학교에서 우리 중 한 명이 지적하자 그 습관을 고쳤다. 내가 사람의 사소한 결점은 혼자 힘으로도 바로잡을 수 있다는 사실을 확인한 첫 번째 사례였다.

나는 내 친구가 모두를 깍듯하게 대한다는 사실에 자부심을 느꼈다. 온 가족이 에스코바르를 아주 좋아했다. 주스치나 당이모조차 그를 매우 훌륭한 젊은이로 생각했을 정도였다 "그렇기는 해도……." "그렇기는 해도 뭐 말입니까?" 그녀가 문장을 채 끝맺지 못하는 것을 본 주제 지아스가 물었다. 그는 답을 얻지 못했고 그럴 가능성도 없었다. 주스치나 당이모는 아마도 우리 손님에게서 명백하거나 중요한 결점을 찾지 못했을 것이다. '그렇기는 해도'는 그녀가 언젠가 그에게서 발견할지도 모를 어떤 결점에 대한 일종의 보호 장치였거나 흠잡을 데 없는 대상을 평가할 때 흔히 사용해왔던 오랜 습관의 산물이었을 것이다.

에스코바르는 저녁 식사 직후에 돌아갔다. 나는 그를 우리가 버스가 지나가기를 기다리는 문까지 배웅했다. 그는 대리인의 가게가 페스카도리스 거리에 있으며 9시까지 열려 있다고 말했다. 그는 바깥에서 늦게까지 있는 것을 좋아하는 사람이 아니었다. 우리는 이별에 못내 아쉬운 마음을 드러내며 작별 인사를 건넸다. 그는 버스 안에서 여전히 손을 흔들며 나에게 작별 인사를 했다. 나는 그가 멀리서도 뒤돌아볼지 확인하기 위해 문 앞에 남아 있었지만 그는 돌아보지 않았다.

"무슨 친구인데 작별 인사가 그리 거창해?" 가까운 창에서 누군가가 물었다.

말할 필요도 없이 그것은 카피투였다. 소설이든 실화든 책에서처럼 삶에서도 저절로 짐작되는 것들이 있다. 덧창으로 내내 우리를 엿보던 카피투가 그제야 창문을 활짝 열고 나타났다. 그녀는 우리가 그렇게 아쉬워하며 다정하게 인사를 나누는 모습을 보았고, 나에게 그토록 중요한 사람이 도대체 누구인지 알고 싶어 했다.

"에스코바르야." 나는 창 아래로 다가가 위를 올려다보며 말했다.

제72장 극적인 개선

나를 포함해 독자와 그녀, 이 이야기의 다른 누구도 그 이상 대답할 수 없었을 것이다. 그래서 모든 극작가와 마찬가지로 운명은 페리페테이아•나 결말을 알리지 않는다는 것은 분명 확실하다. 그들은 각각 정해진 시간에 도착해, 막이 내리고, 조명이 꺼지고, 관중은 돌아가 잠자리에 든다. 혹여 이 장르에서 개선해야 할 점이 있다면, 나는 실험적으로 끝에서 시작하는 작품을 제안하고 싶다. 오셀로가 1막에서 스스로 목숨을 끊고 데스데모나를 죽인 뒤, 다음에 이어지는 세 개의 막은 느린 동작과 함께 갈등의 하강 구조로 펼쳐지고, 마지막은 첫 장면부터 터키인의 위협, 오셀로와 데스데모나의 설명, 슬기로운 이아고의 좋은 충고로 마무리된다. "지갑에 돈을 장만해요." 이를 통해 관객은 우선 정기간행물이 주는 평범한 수수께끼를 극장 안에서 발견하게 될 것이다. 왜냐하면 일종의 삼단논법처럼 마지막 막이 첫 번째 막의 결말을 설명해줄 것이기 때문이다. 그리고 다른 한편으로는 애정과 사랑에 대한 좋은 인상을 지닌 채 잠자리에 들게 될 것이다.

> 그녀는 내가 지나온 위험 때문에 나를 사랑했다,
> 그리고 나는 그녀가 그 위험들에 보여준 동정심 때문에 그녀를 사랑했다.

• '극적인 순간', '운명의 급작스러운 변화'를 의미하는 그리스어. 행복에서 불행으로, 불행에서 행복으로 급격히 바뀌는 것을 뜻한다.

제73장 무대감독

운명은 극작가일 뿐만 아니라 그 자체로 무대감독이기도 하다. 즉 등장인물들이 어느 장면에서 등장할지 정하고, 등장인물들에게 지시를 내리고 다른 소품들을 준비해주며, 극중 대화 내용에 따라 뇌우, 자동차, 총소리 등의 무대 음향 연출을 담당한다. 내가 어렸을 때, 어떤 극장에서 상연되었는지는 모르겠지만, 최후의 심판으로 막을 내리는 드라마 공연이 있었다. 주인공은 아하수에로였고 마지막 장면에서 "나는 대천사의 트럼펫 소리가 들린다!"라는 감탄문과 함께 독백을 끝맺었다. 트럼펫 소리는 전혀 들리지 않았다. 당황한 아하수에로는 무대감독에게 신호를 주기 위해 이번에는 더 크게 대사를 되풀이했지만, 여전히 아무 소리도 들리지 않았다. 그러자 그는 비극적인 몸짓으로 무대 뒤를 향해 걸어갔다. 그러고는 낮은 목소리로 속삭였다. "피스톤! 피스톤! 피스톤!" 청중이 이 말을 듣고 웃음을 터뜨리자 마침내 트럼펫이 울렸고, 아하수에로는 대천사의 트럼펫 소리라고 세 번째로 외쳤다. 그때 짓궂은 관객 하나가 무대 아래에서 그 말을 바로잡았다. "아니요, 선생, 대천사의 피스톤이지요!"

내가 카피투의 창 아래에 머무는 동안 벌어졌던 일과 우리가 당시에 쓰던 표현대로 '댄디 보이', 말을 탄 한 남자의 등장도 이렇게 설명할 수 있다. 그는 아름다운 밤색 말 위에 올라 안장에 꼿꼿한 자세로 앉아 있었고, 왼손은 고삐를 쥔 채

오른손은 허리춤에 올리고, 에나멜가죽 장화 차림의 우아한 자태를 뽐냈다. 그의 얼굴이 낯설지 않았다. 다른 사람들은 지나갔고, 또 다른 사람들이 그 뒤를 이었다. 모두 연인을 만나러 가는 길이었다. 말을 타고 연애하는 것은 당시의 관습이었다. 알렝카르•를 다시 읽기 바란다. "왜냐하면 학생(1858년의 극중 인물 중 한 명이 말했다)은 말과 연인, 이 두 가지 없이는 있을 수 없기 때문입니다." 아우바리스 지 아제베두••도 다시 읽기 바란다. 그의 시 중 하나는(1851) 그가 카툼비에 살았고, 카테치에 있는 그의 연인을 보기 위해 3000헤이스를 주고 말 한 필을 빌렸다고 말한다……. 무려 3000헤이스였다! 모든 것은 시간의 밤에 집어삼켜진다!

그런데 그 밤색 말을 탄 '댄디 보이'는 다른 사람들처럼 그냥 지나치지 않았다. 그는 최후의 심판의 트럼펫이었고 제때 울렸다. 그 자체가 무대감독이기도 한 운명이 그렇게 한 것이다. 말을 탄 남자는 길을 가는 데 만족하지 않고 우리 방향으로, 카피투가 있는 방향으로 고개를 돌려 그녀를 바라보았고, 카피투도 그를 바라보았다. 말은 가던 길을 계속 갔지만, 남자의 머리는 계속 뒤를 향해 있었다. 그것이 나를 문 질투의 두 번째 이빨이었다. 사실 아름다운 인물에게 감탄하는 것은

• 주제 마르치니아누 지 알렝카르(1829~1877). 브라질 낭만주의의 대표 작가로, 민족 소설의 위상을 정립했다.

•• 브라질 후기 낭만파 시인 마누에우 안토니우 아우바리스 지 아제베두(1831~1852).

당연했다. 그러나 그 친구는 오후마다 그곳을 지나다녔고, 예전 캄푸다아클라마사웅에 살았다. 그리고…… 그리고…… 시뻘겋게 불타오르던 내 심정으로 추리해보기를 바란다! 나는 카피투에게 아무 말도 하지 않았다. 나는 서둘러 거리를 벗어나 복도를 따라 집 안으로 들어왔고, 정신을 차렸을 때는 응접실이었다.

제74장 멜빵 집게

응접실에서는 코즈미 삼촌과 주제 지아스가 대화를 나누고 있었다. 한 사람은 앉아 있었고, 다른 한 사람은 걷다 멈추기를 반복하고 있었다. 주제 지아스의 그 모습이 신학교에서 그가 나에게 했던 말을 떠올리게 했다. "동네 건달 놈을 잡으면 결혼하겠지요……." 그것은 확실히 말을 탄 남자에 대한 암시였다. 이 기억은 나를 거리에서 있었던 일에 더욱 집착하게 했다. 그러나 나의 무의식 속에 간직되어 있던 이 말이 내가 그들의 시선에 악의가 있다고 믿게 한 것일 수도 있다. 나는 당장에라도 주제 지아스의 멱살을 잡고 그를 복도로 끌고 가 그의 말이 실제로 목격한 사실에 근거를 둔 것인지 아니면 그저 우연한 가정에서 비롯된 것인지 묻고 싶었다. 그러나 내가 들어오는 것을 보고 멈췄던 주제 지아스는 계속 왔다 갔다 하며 말을 이어갔다. 인내심에 한계를 느낀 나는 옆집에 가고 싶었다. 얼마 지나지 않아 카피투가 겁에 질린 얼굴로 창밖에 모습을 나타내고, 꼬치꼬치 캐묻는 나의 질문에 대답하는 상상을 했다……. 두 사람의 대화는 코즈미 삼촌이 와병 중인 어머니를 살펴보러 자리에서 일어나 주제 지아스가 다른 창의 난간에 있던 나에게 다가올 때까지 계속되었다.

조금 전까지만 해도 나는 카피투와 동네 건달 사이에 무슨 일이 있었는지 그에게 묻고 싶었다. 그러나 막상 그가 나에게 그 말을 하러 왔다고 생각하니 듣기가 두려워졌다. 나는 그의 입을 막고 싶었다. 주제 지아스는 내 얼굴에서 평소와 다른 어떤 징후를 알아채고는 호기심 어린 눈으로 물었다.

"무슨 일이십니까, 벤치뉴 도련님?"

그의 눈과 마주치지 않기 위해 나는 눈을 내리깔았다. 아래로 향한 시선을 따라 객식구의 바지 멜빵 집게 중 하나가 빠진 것이 눈에 들어왔다. 그가 집요하게 나에게 무슨 일이 있는지 알아내려고 했기 때문에 나는 손가락으로 가리키며 대답했다.

"멜빵 집게가 빠졌네요. 다시 하셔야 할 것 같아요."

주제 지아스는 고개를 숙였고, 나는 황급히 달아났다.

제75장 절망

나는 객식구에게서 도망쳤고, 어머니 방에도 들르지 않은 채 어머니에게서도 도망쳤지만, 나 자신에게서는 도망칠 수 없었다. 나는 내 방으로 달려가 내 뒤를 따라 들어갔다. 나 자신에게 말을 걸고, 나를 쫓아 침대에 몸을 던지고, 나와 함께 뒹굴었다. 그러다 울음을 터뜨렸고, 시트 가장자리에 얼굴을 묻고 흐느꼈다. 그날 오후에 나는 다시는 카피투를 보러 가지 않겠다고 맹세했고, 바로 사제가 되기로 결심했다. 이미 서품받고 그녀 앞에 서 있는 나에게 카피투는 회개의 눈물을 흘리며 용서를 구할 것이다. 그러면 나는 냉정하고 침착하게 경멸, 그 이상의 모멸감을 그녀에게 안겨줄 것이다. 그리고 그녀에게 등을 돌린 채 더럽다고 욕할 것이다. 두 번이나 나는 마치 이 사이에 그녀가 물려 있기라도 한 듯이 힘주어 이를 악문 나 자신을 발견했다.

침대에 누워 있는데 그녀의 목소리가 들렸다. 그녀가 다른 때처럼 남은 오후를 어머니와 함께 보내고, 자연스럽게 나와도 함께 보내기 위해 온 것이다. 그녀에게 정신이 온통 쏠려 있긴 했지만 나는 방에서 나가지 않았다. 카피투는 마치 자신이 거기에 있다는 사실을 알려주기라도 하듯이 큰 소리로 웃고, 큰 소리로 말했다. 나는 계속 못 들은 척하며, 경멸로 똘똘 뭉쳐 나 자신과 홀로 마주하고 있었다. 나는 그녀의 목 아주 깊숙이 손톱을 박아 넣고, 그녀가 피를 흘리며 숨이 끊어져가는 모습을 지켜보고 싶은 욕망을 느꼈다…….

제76장 설명

얼마쯤 지나자 평정심을 되찾았지만 나는 여전히 의기소침했다. 침대에 누워 천장을 바라보고 있는 나 자신을 발견하고는, 소화불량이 나타날 수 있으니 저녁 식사 후에는 바로 눕지 말라던 어머니의 충고가 불현듯 떠올랐다. 나는 벌떡 일어났지만, 방을 나서지는 않았다. 카피투는 이제 덜 웃고 더 낮은 목소리로 말했다. 두문불출하는 나 때문에 괴로울 것이 분명했지만, 그렇다고 흔들릴 내가 아니었다.

나는 밤참도 거르고, 잠도 못 잤다. 이튿날 아침에도 기분은 나아질 기미가 보이지 않았고, 오히려 다른 생각이 들었다. 내 고통은 이제 문제를 제대로 검토하지도 않은 채 적절한 수준 이상으로 대응한 것에 대한 두려움으로 인해 더 가중되었다. 머리가 실제로도 조금 아팠지만, 신학교에 가지 않고 카피투와 이야기하기 위해 더 안 좋은 척했다. 그녀가 나에게 화를 낼 수도 있고, 이제는 나를 원하지 않거나 말을 탄 남자를 더 좋아할 수도 있었다. 나는 모든 것을 해결하고, 그녀의 말을 직접 듣고, 그녀를 판단하고 싶었다. 그녀가 스스로를 변론하거나 설명해줄지도 모를 일이었다.

그녀는 두 가지 모두 했다. 그녀는 전날 내가 두문불출했던 이유를 듣자 지나치게 부당한 처사라고 항변했다. 우리가 맹세를 교환한 후 그녀의 행동이 너무 경박해 보여서 나는 믿을 수가 없었다……. 그 순간 그녀는 눈물을 터뜨렸고, 이별에 직면한 사람처럼 행동했다. 나는 곧바로 카피투에게 다가가 그녀가 전율을 느낄 정도로 영혼과 열정을 가득 담아 그녀의 손에 입맞춤했다. 그녀는 손가락으로 눈물을 훔쳤다. 나는 그 모습이 안쓰러워 카피투의 눈에 다시 입을 맞추었다. 그러자 그녀는 한숨을 내쉬며 고개를 저었다. 그녀는 말을 타거나 오후에 도보로 집 앞을 지나갔던 다른 사람들과 마찬가지로 그 청년을 모른다고 고백했다. 그녀가 그를 쳐다보았다면 그것이 바로 그들 사이에 아무 일도 없었다는 증거라며, 무슨 일이 있었다면 당연히 모르는 척했을 것이라고 했다.

"게다가 혼인을 앞둔 사람과 무슨 일이 있을 수 있겠어?" 그녀가 덧붙였다.

"혼인을 앞두고 있다고?"

그녀는 그렇다고 답하며, 나에게 그가 누구와 결혼하는지도 말해주었다. 바르보누스 거리의 한 아가씨와 혼인할 거라고 했다. 이 말은 그 어떤 설명보다 납득할 만했고, 그녀는 내 행동에서 그것을 알아차렸다. 그런데도 더는 오해를 사지 않기 위해 앞으로는 창가에 머물지 않겠다고 말했다.

"아니야! 아니야! 아니야! 너한테 그런 걸 원하는 건 아니야!"

그녀는 그 말을 무르는 데는 동의했지만, 도리어 다른 약속을 하게 했다. 내가 의심했으니 우리 사이도 모두 끝난 것으로 하자는 것이었다. 나는 그 협박을 받아들였고, 그 약속을 이행할 일은 절대 없을 것이라고 맹세했다. 그것이 나의 첫 의심이자 마지막 의심이 될 것이라고 했다.

제77장 오래된 고통의 즐거움

나의 사춘기 시절 사랑의 위기에 대해 내가 잘 설명하고 있는 건지 모르겠다. 그 시기의 고통은 시간이 지남에 따라 영적으로 변해 쾌락과 하나로 녹아들었다. 이것은 분명하지 않다. 그러나 인생에서든 책에서든 모든 것이 명확하지는 않다. 사실 나는 전혀 기억하고 싶지 않았던 애꿎은 사람들을 기억해야만 할 때, 그러한 고통스러운 기억을 언급하며 특별한 즐거움을 느낀다.

제78장 비밀을 위한 비밀

더군다나 당시에도 나는 카피투와 나 사이에 있었던 일을 누군가에게 말할 필요성을 느꼈다. 전부 언급하지 않고 일부만 언급했는데, 내 이야기를 들어준 사람은 에스코바르였다. 수요일에 내가 신학교로 돌아왔을 때 그는 불안해하고 있었다. 그는 내가 하루만 더 집에 머물렀으면 나를 보러 갈 생각이었다고 말했다. 그는 나에게 무슨 일이 있었는지, 이제 다 괜찮은지 세심하게 물었다.

"괜찮아."

그는 나의 눈을 뚫어져라 바라보며 귀를 기울였다. 사흘 후 그는 사람들이 내가 학업에 전혀 집중하지 못하는 것을 알아채기 시작했으니 되도록 그 사실을 숨기려고 노력하는 것이 좋겠다고 말했다. 자신도 집중을 못 하는 이유가 있기는 했지만, 집중하려고 노력하고 있다고도 했다.

"그렇게 보여?"

"응, 가끔은 네가 딴 데 정신이 팔려서 아무 소리도 들리지 않는 것처럼 보일 때가 있어. 숨기는 척이라도 좀 해봐, 산치아구."

"그럴 만한 사정이 있어……."

"그러리라고 믿어. 그 누구도 아무 이유 없이 방황하는 법은 없으니까."

"에스코바르……."

나는 머뭇거렸다. 그는 기다렸다.

"왜?"

"에스코바르, 너는 나의 친구이고, 나도 너의 친구야. 여기 신학교에서 너는 나에게 가장 많이 다가와준 사람이야. 나는 바깥에서도 식구들을 제외하고는 주변에 친구라고 할 만한 사람이 없어."

"내가 똑같은 말을 하면 재미가 없겠지. 네 말을 그대로 따라 하는 것처럼 보일 테니까. 하지만 사실은 나에게도 네가 여기에서의 유일한 친구야. 네가 처음이고, 나는 사람들이 우리 관계를 이미 눈치챘다고 생각해……. 그래도 나는 그런 것 따위는 신경 쓰지 않아." 그가 미소를 지으며 대답했다.

나는 크게 감동해서 지금 당장이라도 목구멍에서 말이 튀어나올 것 같았다.

"에스코바르, 너 비밀을 지킬 수 있어?"

"네가 묻는 것은 의심해서야. 그리고 그렇다면……."

"미안해. 내 말투가 그래. 나는 네가 진지한 사람이라는 걸 알아. 그래서 신부님에게 고해성사 보는 것처럼 생각하고 이야기하려는 거야."

"죄 사함이 필요하면 사하여지나니."

"에스코바르, 나는 신부가 될 수 없어. 나는 여기 있고, 우리 집 사람들은 내가 신부가 될 거라고 믿고 기대하지만, 나는 신부가 될 수 없어."

"나도 그래, 산치아구."

"너도?"

"비밀을 위한 비밀이라고 해두자. 나도 졸업할 생각은 없어. 내가 정말 하고 싶은 것은 무역이야. 아무한테도 말하지 마. 절대 말하면 안 돼. 이건 우리 둘만의 비밀이야. 그리고 내가 신앙심이 없어서 그런 것은 아니야. 나는 독실한 신도지만, 무역에 대한 열정을 버릴 수는 없어."

"그게 다야?"

"또 뭐가 있어야 해?"

나는 수도원 안을 두 바퀴 정도 돌며 걷다가 나의 신상에 대한 첫마디를 기어드는 목소리로 어물댔다. 그 목소리가 너무 희미하고 불명확해서 스스로도 알아들을 수 없었다. 그러나 나는 분명 "한 사람이……"라고 조심스럽게 밝혔다. 사람이라고? 그의 이해를 돕기 위해 그 이상의 말은 필요 없었다. 그 한 사람은 여자임이 틀림없었다. 그리고 내가 사랑에 빠졌다는 사실에 그가 놀란 기색이 역력했을 것이라고는 생각하지 말기를 바란다. 그는 오히려 다시 한번 나의 눈을 뚫어져라 바라보며, 그것이 아주 자연스러운 일이라고 생각한다고 말했다. 그래서 나는 그에게 그간의 일들을 가능한 선에서 대략적으로 찬찬히 털어놓았다. 그 주제를 다시 곱씹는 재미도 쏠쏠했다. 유심히 귀 기울여 듣던 에스코바르는 대화가 끝날 무렵, 나에게 무덤까지 그 비밀을 가져 가겠다고 말했다. 그는 나에게 신부가 되지 말라고 충고했다. 하늘이 아닌 땅에 속한 마음을 교회에 가져갈 수 없는 노릇이라며, 나는 나쁜 신부가 될 것이고, 신부가 되지도 못할 것이라고 말했다. 하지만 하느님은 진실한 자들을 보호해주신다며, 나는 세상에서만 그분을 섬길 수 있으니 그곳에 머물러야 한다고 했다.

독자는 내가 이 비밀을 그에게 털어놓은 것이 나에게 안겨준 기쁨을 가늠조차 못 할 것이다. 나에게 그것은 마치 또 하나의 커다란 행복 같았다. 내 말을 듣고 공감해주는 그 젊은이의 마음은 이 세상이 특별하게 느껴지도록 만들어주었다. 세상은 위대하고 아름다웠고, 산다는 것은 그 자체가 훌륭한 직업이었으며, 나는 하늘의 아낌과 사랑을 받는 존재, 그 이상도 이하도 아니었다. 이것이 내가 느낀 감정이었다. 내가 그에게 모든 것을 말하지 않았으며, 심지어 가장 핵심에 해당하는 부분에 대해서는 전혀 언급하지 않았다는 점에 주목하길 바란다. 예를 들어 나는 머리 묶기에 관한 장이나 그와 유사한 다른 장들에 대해서는 언급하지 않았다. 그러나 내가 털어놓은 내용은 그야말로 방대했다.

두말할 필요도 없이 우리는 같은 주제로 돌아왔다. 한 번에 그치지 않고 몇 번이고 다시 돌아왔다. 나는 신학생이 좋아할 만한 주제인 카피투의 도덕적 자질과 솔직함, 검소함, 근면함, 독실함을 칭찬했다. 육체적인 매력은 이야기조차 꺼내지 않았고, 그도 나에게 그 점에 대해서는 묻지 않았다. 나는 단지 그녀가 한눈에 알아볼 수 있는 빼어난 외모의 소유자임을 암시했을 뿐이다.

"지금은 불가능해." 나는 집에서 돌아온 첫 번째 월요일에 그에게 말했다. "카피투가 인발리두스 거리에 사는 친구네 집에서 며칠 머물 예정이거든. 카피투가 돌아오면, 나와 함께 집에 가자. 그런데 그 전에 와도 되고, 아무 때나 와도 돼. 어제는 왜 나랑 저녁 먹으러 안 왔어?"

"네가 초대하지 않았잖아."

"꼭 초대해야만 해? 우리 집 사람들 모두 너를 무척 좋아해."

"나도 어르신들 모두 마음에 들어. 하지만 굳이 꼽자면, 나는 너희 어머니가 정말 좋은 분이신 것 같아."

"당연한 것 아니야?" 나는 신이 나서 응수했다.

제79장 다음 장으로 넘어가보자

사실 나는 그가 그런 식으로 말하는 것이 듣기 좋았다. 독자는 내가 우리 어머니를 어떻게 생각했는지 알고 있다. 지금도 잠시 글쓰기를 멈추고 벽에 걸린 초상화를 바라보니 어머니의 얼굴에는 어떤 품격이 아로새겨진 것 같다는 생각이 든다. 그것 외에는 에스코바르의 의견을 달리 설명할 방도가 없다. 왜냐하면 그는 어머니와 겨우 네 마디 정도 주고받았을 뿐이었기 때문이다. 그 말 한마디면 어머니의 내면 깊숙한 곳의 본질을 꿰뚫기에 충분했다. 그래, 그 말이 맞았다. 우리 어머니는 칭송받아 마땅했다. 아무리 내가 원하지 않는 직업을 갖도록 강요했더라도 어머니가 성녀처럼 칭송받아 마땅하다는 생각은 부정할 수 없었다.

그리고 어쩌면 어머니가 나에게 성직자의 길을 가도록 강요했다는 말 자체에 어폐가 있지 않을까? 이 점에 대해서는 뜻하지 않게 미리 언급했지만, 이미 숙고를 거쳐 나중에 어느 시점에서 하나의 장으로 구성하고자 했었다. 사실 내가 나중에서야 깨닫게 되리라고 생각했던 것을 지금 말하기는 적절치 않지만, 일단 언급했으니 마무리를 짓는 것이 좋을 듯하다. 그중 한 가지는 그것이 저자가 그 아들의 말을 수긍해야 하고, 그 아들도 저자의 말을 수긍해 두 사람이 모두 사실을, 진실뿐만 아니라 모든 사실을 말할 수 있도록 해야 하는 무겁고, 복잡하고, 섬세하면서도 미묘한 문제라는 점이다. 이 문제의 요점은 어머니의 내면 깊숙한 곳에 있던 인간적인 부분과 세속적인 부분에 대해 편견 없이 (정반대로!) 성녀를 더욱 성스럽게 만드는 바로 그 점에 있다. 이 정도면 장의 도입부로서 충분하다. 다음 장으로 넘어가보자.

제80장 장으로 들어가보자

장으로 들어가보자. 우리 어머니는 하느님을 경외하는 분이었다. 독자는 이 사실을 알고 있고, 어머니의 종교 생활과 그 원동력인 순수한 믿음에 대해서도 익히 들어 알고 있다. 그리고 내가 성직자의 길을 가게 된 것이 나를 잉태했을 때 어머니가 했던 맹세 때문이라는 사실도 잊지 말길 바란다. 모든 것이 시의적절하게 서술되었다. 또한 그녀가 도덕적 판단에 있어서 연대 의무를 강화하기 위해 자신의 계획과 동기를 가족에게 털어놓았다는 사실도 알고 있다. 자신의 간절한 기도에 하느님이 자비로 응답하며 이루어진 맹세를 어머니는 기쁘게 마음 깊은 곳에 간직해왔다. 나는 어머니가 나에게 젖을 물릴 때 행복감을 느꼈으리라고 생각한다. 우리 아버지가 살아 계셨다면 아마도 계획을 수정했을지도 모른다. 아버지는 정치에 소명감을 지니고 있었으니 나를 그 길로 인도하셨을 가능성이 크다. 비록 두 직업이 공식적으로는 양립할 수 없지만, 일부 사제들은 정쟁과 인간의 통치에 관여하기도 한다. 그러나 우리 아버지는 아무것도 모른 채 돌아가셨고, 어머니는 단독 채무자로 계약 이행을 종용당했다.

프랭클린의 격언 중에 "부활절에 빚진 돈을 지급해야 하는 사람들에게는 사순절이 짧다"라는 말이 있다. 우리의 사순절은 다른 사람들보다 짧았고, 어머니는 나에게 라틴어와 성경을 가르친다는 핑계로 나의 신학교 입학을 미루기 시작했다. 시장 논리에 따르자면, 어음을 갱신한 것이다. 채권자는 백만장자였고 먹고사는 데 연연할 필요가 없었기 때문에 이율도 인상하지 않고 갱신에 동의했다. 그러나 어느 날 그 어음 갱신에 일조했던 가족 중 한 명이 약속한 채무를 갚아야 한다고 말했다. 그 내용이 초반의 장 중 하나에 실려 있다. 우리 어머니는 동의했고, 나는 성 요셉 수도원에 은신하게 되었다.

바로 이 장에서 어머니는 몇 차례 눈물을 쏟았고 설명도 없이 눈물만 훔쳤다. 그 자리에 있던 코즈미 삼촌도, 주스치나 당이모도, 객식구 주제 지아스도 어머니가 눈물을 흘리는 이유를 전혀 이해하지 못했다. 문 뒤에 있던 나는 더 말할 나위도 없었다. 너무 먼 옛날이기는 하지만 곰곰이 기억을 더듬어 보면, 어머니의 눈물은 예견된 그리움과 이별의 아픔을 우려한 것이었음을 짐작할 수 있다. 그리고 어쩌면(이것이 그 문제의 시발점이었다) 맹세한 것에 대한 회한의 눈물이었을지도 모른다. 독실한 가톨릭 신자였던 어머니는 맹세를 지켜야 한다는 것을 잘 알고 있었다. 쟁점은 그 모든 맹세를 하는 것이 과연 옳고 적절한지였고, 자연스럽게 판단은 부정적인 쪽으로 기울었다. 왜 하느님은 어머니의 둘째 아들을 부인함으로써 그녀를 벌하려 했을까? 굳이 잉태되던 순간부터 헌신하지 않았더라도 나는 신의 뜻대로 살 수 있었다. 뒤늦은 추리였다. 그것은 내가 잉태된 날에 이루어졌어야 했다. 어쨌든 그것이 첫 번째 결론이었다. 하지만 파멸로 결론짓기에는 증거가 불충분했다. 모든 것이 그대로 유지되었고, 나는 신학교로 떠났다.

믿음이 한눈을 팔았다면 문제가 나에게 유리하게 해결됐을 테지만, 믿음은 크고 천진난만한 눈으로 경계를 늦추지 않았다. 우리 어머니는 할 수만 있었다면 맹세를 바꿔 성직자가 되는 대신 결혼하고 한 가정의 아버지가 된 나와 함께 지내기 위해 자신의 여생 중 몇 년이라도 바쳤을 것이다. 짐작건대 그것이 어머니에게는 부정직한 것처럼 보여서 그러한 생각을 거부했던 듯하다. 그렇게 나의 하루하루의 일상에는 늘 맹세가 함께했다.

나의 공백에 대한 우려는 카피투가 부지런하게 우리 집을 드나들면서 곧바로 누그러졌다. 카피투는 어머니를 살뜰히 챙기기 시작했다. 어머니는 조금씩 이 소녀가 나를 행복하게 해줄 것이라는 믿음을 지니게 되었다. 그러고는 마침내(이것이 그 예고된 문제의 결말이다) 우리의 사랑이 나를 신학교와 절대적으로 양립할 수 없는 존재로 만들어 하느님을 위해서든 악마를 위해서든 거기 머물지 않도록 이끌 것이라는, 이 은밀하면서도 내밀한 속내가 담긴 희망이 우리 어머니의 마음속에 침투하기 시작했다. 이 경우 나는 어머니의 잘못을 추궁하지 않고 계약을 파기할 것이다. 그녀는 손 하나 까딱하지 않고 나와 함께 지내게 되는 것이다. 마치 채권자에게 인계하기 위해 채무금을 누군가에게 전부 맡겼는데, 그 채무금의 소지자가 돈만 챙기고 아무것도 인계하지 않은 것과 같았다. 일상생활에서 제삼자의 행위는 계약 당사자의 의무를 면제하지 않는다. 그러나 하늘과 체결한 계약의 장점은 의도가 돈과 같은 가치를 지닌다는 것이다.

독자도 이와 비슷한 갈등을 겪었을 테고, 독자가 종교인이라면 한 번쯤은 이와 같거나 유사한 방식으로 하늘과 땅을 화해시키려고 노력했을 것이다. 하늘과 땅은 결국 화해한다. 그들은 흡사 쌍둥이 형제에 가깝다. 둘째 날에는 하늘이 만들어지고, 셋째 날에는 땅이 만들어졌다. 아브라함처럼 우리 어머니는 아들을 모리아산으로 데려갔고, 번제에 쓸 장작과 불, 칼까지 챙겼다. 그러고는 이삭을 장작더미 위에 묶어놓고 칼을 높이 빼 들었다. 칼을 내리치려는 순간, 어머니는 주님의 이름으로 자신을 부르는 천사의 음성을 들었다. "네 아들을 해하지 말라. 네가 하느님을 경외하는 줄 내가 이제 알았노라." 이것이 우리 어머니의 은밀한 희망이었을 것이다.

카피투는 틀림없이 성경 속 천사였을 것이다. 사실 우리 어머니에게 카피투는 이미 없어서는 안 될 존재였다. 커져가는 애정은 그녀의 남다른 행동으로 말미암은 것이었다. 카피투는 우리 집의 꽃이었고, 아침나절의 태양이자 저녁 무렵의 선선함, 밤하늘의 달과 같은 존재가 되었다. 그녀는 어머니의 말을 들어주고, 이야기나 노래도 들려주며 시간 가는 줄을 모르고 우리 집에 머물렀다. 카피투의 마음이 진심이라는 사실을 깨닫게 되면서 우리 어머니는 그녀를 다시 보기 시작했고, 나의 이름은 보장된 미래의 암호처럼 두 사람 사이에 오르내렸다.

제81장 어떤 말

이처럼 내가 나중에 발견한 사실을 먼저 이야기했으니, 이곳에서는 우리 어머니의 말을 전하겠다. 이제 독자는 내가 첫 번째 토요일에 집에 도착했을 때, 카피투가 인발리두스 거리의 산샤 양과 함께 있다고 어머니가 말했던 이유를 이해하게 될 것이다.

"카피투를 보러 가는 게 어떠니? 산샤의 아버지가 너를 집에 초대했다고 하지 않았니?"

"그러셨어요."

"그럼 가보지 그러니? 물론 네가 원한다면 말이다. 카피투가 오늘 나와 함께 일을 끝내려고 돌아올 예정이었는데, 그 친구가 하룻밤 묵고 가라고 한 게 틀림없어."

"젊은 남자들과 시시덕거리고 있는지도 모르지요." 주스치나 당이모가 넌지시 말했다.

내가 그때 그녀를 죽이지 않았던 것은 오로지 손에 쇠몽둥이나 밧줄, 혹은 권총이나 단검조차 들고 있지 않았기 때문이다. 그러나 눈빛만으로도 누군가를 죽일 수 있었다면 그녀는 이미 죽은 목숨이었을 것이다. 하느님의 실수 중 하나는 사람의 팔과 치아만 공격 무기로 쓰게 하고, 다리는 도피 또는 방어 무기로만 쓰게 한 것이다. 눈은 첫 번째 목적에 충분히 부합하는 무기가 되었을 것이다. 한 번 쳐다보는 것만으로도 적이나 적수를 막고 쓰러뜨리거나, 바로 복수를 실현할 수 있게 할 것이다. 또한 정의를 무너뜨리는 바로 그 살인자의 눈에서 측은지심이 우러나와 희생자를 위한 눈물을 흘리기도 할 것이다. 주스치나 당이모는 나의 눈을 외면했다. 하지만 정작 나는 그녀가 넌지시 건넨 그 말을 외면하지 못했고, 일요일 11시에 인발리두스 거리로 달려갔다.

산샤의 아버지는 슬픔에 잠겨 경황없이 나를 맞이했다. 그의 딸이 와병 중이었다. 전날 밤 열이 나기 시작하더니 점점 더 심해지고 있다고 했다. 딸에 대한 사랑이 지극했던 그는 이미 딸이 죽기라도 한 듯 호들갑을 떨며 자신도 따라 죽겠다고 말했다. 이 장은 묘지, 죽음, 자살 및 살인과 같은 장례의 기운이 깃들었다. 나는 밝은 한 줄기 빛과 푸른 하늘을 갈망하고 있었다. 그 빛과 하늘을 가져다준 이는 바로 카피투였다. 산샤의 아버지에게 딸이 찾는다고 알리려고 응접실 문 앞에 나타났던 것이다.

"더 심해졌니?" 구르제우가 놀라서 물었다.

"아니요, 아저씨. 산샤가 아저씨랑 이야기하고 싶어 해요."

"여기서 조금만 기다리거라." 그는 카피투에게 말한 뒤, 나를 향해 몸을 돌렸다. "산샤의 병시중을 들고 있지요. 별일은 아니니 금방 돌아오겠습니다."

카피투는 지치고 힘든 기색이 역력했지만, 나를 보자마자 놀라는가 싶더니 언제 그랬냐는 듯이 상큼하고 발랄한 천생 소녀의 모습으로 바뀌었다. 그녀는 내가 그곳에 나타났다는 사실이 믿기지 않는 눈치였다. 자신에게 말을 걸어보라고 나에게 청했고, 우리는 이후 몇 분 동안 이야기를 나누었다. '벽에도 귀가 있다'고 했지만, 워낙 나지막하게 입속말로 웅얼대서 벽조차 우리의 이야기를 들을 수는 없었다. 설령 무언가를 들었다 하더라도 아무것도 이해하지 못했을 것이다. 벽도, 가구도, 그 주인처럼 비탄에 빠져 있었기 때문이다.

제82장 등나무 소파

그중 등나무 소파만이 우리의 도덕적 상황을 이해하는 것 같았다. 우리가 그렇게 끈질기게 일을 시키며 지키고 앉아 있었는데도 우리에게 기꺼이 자리를 내주었기 때문이다. 내가 등나무 소파에 대해 가지고 있는 다소 특별한 의견은 이 시기부터 시작된다. 등나무 소파는 친밀함과 예의범절을 겸비하고 있으며, 응접실 중앙에서 집의 위엄을 위풍당당하게 드러낸다. 소파 위에 앉아 있는 두 남자라면 제국의 운명을 토론할 테고, 두 여자라면 드레스의 품격을 논할 것이다. 그러나 남자와 여자는 자연의 법칙에 어긋나는 경우에만 그 자신 이외의 것에 대해 이야기할 것이다. 그게 카피투와 나, 우리 두 사람이 한 일이다. 그녀에게 그곳에 얼마나 더 있어야 하는지 물었던 것이 어렴풋이 기억난다…….

"모르겠어. 열이 내리는 것 같긴 한데……."

그리고 그녀에게 인발리두스 방문은 순전히 어머니의 권유 때문이었다고 설명했던 것도 어렴풋이 기억난다.

"어머니께서 권유하셨다고?" 카피투가 중얼거렸다.

그리고는 갑자기 눈빛을 빛내며 덧붙여 말했다.

"우리는 행복할 거야!"

나는 그저 깍지 낀 그녀의 손을 힘주어 잡으며, 그 말을 따라 했다. 보았든 보지 못했든 등나무 소파는 우리의 마주 잡은 손과 서로 맞닿을 듯 가까이 기대고 있던 우리의 머리를 계속 시중들었다.

제83장 초상화

구르제우는 응접실로 돌아와 카피투에게 딸이 찾는다고 말했다. 나는 재빨리 자리에서 일어났지만, 어쩔 줄 몰라 하며 애꿎은 의자만 바라보고 있었다. 그와 반대로 카피투는 태연하게 일어나 열이 오르지 않았느냐고 물었다.

"안 올랐단다." 구르제우가 말했다.

카피투는 당황하기는커녕 아무렇지도 않게 행동하며, 전혀 숨기는 기색이 없었다. 그녀는 나에게 몸을 돌려 어머니와 주스치나 당이모에게 안부를 전해달라고 말하고는, 손을 내밀어 악수를 청한 뒤 복도로 향했다. 나는 그녀를 부러워하지 않을 수 없었다. 카피투는 저렇게 쉽게 자신을 통제하는데, 나는 왜 그렇지 못한 것일까?

"아가씨가 다 되었군요!" 구르제우가 그녀의 뒤를 좇으며 말했다.

나는 중얼거리듯 그렇다고 응수했다. 실제로 카피투는 빠르게 여인이 되어가고 있었다. 몸에 굴곡이 생기고 생기가 넘쳤고, 도덕적으로도 성숙해지고 있었다. 그녀는 안팎으로도 여자요, 좌우로도 여자요, 머리부터 발끝까지 사방이 여자였다. 최근 며칠 사이에 더 눈에 띄게 성장해 있었다. 내가 집에 올 때마다 그녀는 훌쩍 커 있었고 더욱 여성스러워졌다. 눈에서는 무언가 다른 그녀만의 광채가 났고, 입에는 그녀만의 다른 제국이 있는 것 같았다. 젊은 여성의 초상화가 걸린 응접실 벽으로 시선을 돌리던 구르제우가 나에게 카피투와 초상화 속 여인이 닮았냐고 물었다.

나의 생활 습관 중 하나는 그 문제가 나를 화나게 하거나 짜증 나게 하거나 강요하지 않는 한, 상대방이 내놓는 의견에 항상 동의하는 것이었다. 카피투가 정말 초상화 속 여인과 닮았는지 제대로 살펴보지도 않고서 나는 그렇다고 대답했다.

그러자 그는 그것이 아내의 초상화라고 말했고, 그녀를 아는 사람들 모두 똑같이 이야기한다고 말했다. 그는 특히 이마와 눈의 생김새가 비슷하다고 여겼다. 가지고 있는 재주도 자매처럼 똑 닮은 것 같다고 했다.

"게다가 우리 산샤하고도 친하니 말입니다. 산샤에게는 엄마가 둘도 없는 친구였습니다……. 살다보면 이렇게 이상할 만큼 닮은 점을 발견할 때가 있지요."

제84장 부름

현관을 지나 거리로 나서며 나는 구르제우가 무언가 이상한 낌새를 맡은 것이 아닌지 잠시 걱정했지만, 그럴 리 없다고 판단하고 걸음을 옮겼다. 카피투의 기뻐하는 모습과 구르제우의 찬사에 찾아오길 잘했다고 생각하던 참이라 나를 부르는 소리를 미처 듣지 못했다.

"벤치뉴 도련님! 벤치뉴 도련님!"

소리가 더 커지는가 싶더니 그 목소리의 주인이 문 앞에 나타났다. 나는 무슨 일인지 보기 위해 걸음을 멈추고, 내가 있는 곳이 어디인지 확인했다. 이미 마타카발루스 거리에 들어서 있었다. 내가 멈춘 곳은 보잘것없고 가난한 도자기 가게 앞이었다. 문은 반쯤 열려 있었고, 나를 부르던 사람은 백발에 초라한 행색의 가난한 남자였다.

"벤치뉴 도련님……." 그가 울먹이며 말했다. "제 아들 만두카가 죽었다는 사실을 알고 계셨습니까?"

"죽었다고요?"

"삼십 분 전에 죽었습니다. 내일 매장하려고요. 방금 도련님의 어머님께 전언을 보냈는데, 친절하시게도 어머님께서 관에 꽂을 꽃을 보내주셨습니다. 불쌍한 우리 아들! 죽을 운명을 타고났던 게지요. 가엾은 것, 차라리 죽는 게 나았습니다. 그래도 그 아이만 생각하면 늘 마음이 아팠습니다. 그 아이 인생은 왜 그 모양이었던 건지! 얼마 전에는 도련님 이야기를 하면서 신학교에 계신지 묻더군요……. 그 아이를 보시겠어요? 들어오십시오, 오셔서 마지막 얼굴이라도 보세요……."

이런 말을 하게 돼서 유감이지만, 어차피 지을 죄라면 작은 죄보다는 큰 죄가 낫다. 나는 아니라고 하고 싶었다. 심지어 만두카를 보고 싶지 않아서 도망치려고까지 했다. 두려워서가 아니었다. 다른 때라면 궁금해서 아무런 거리낌 없이 들어갔을 수도 있겠지만, 불과 조금 전까지만 해도 행복에 겨워 흥얼대며 걷고 있지 않았던가! 연인을 만나고 돌아오는 길에 죽은 사람을 보는 것은……. 서로 어울릴 수도 없고 어울리지도 않는 것들이 있는 법이다. 그 소식 자체도 이미 큰 충격이었다. 나의 황금빛 찬란한 생각은 빛을 잃었고, 금속에 빗대자면 어둡고 추악한 잿빛으로 변해 더는 아무것도 분간할 수 없었다. 나는 시간이 없다고 말한 듯한데, 아마도 분명하게 이야기하지 않았거나 제대로 전달되지 않았던 모양이다.

그가 문간에 기댄 채 길을 열어주며 들어오라는 몸짓을 했다. 들어가고 싶은 마음도, 도망갈 용기도 없던 나는 그저 몸이 시키는 대로 따랐고, 결국 나는 안으로 들어갔다.

나는 그 남자를 비난하지 않는다. 그때 그에게 가장 중요한 것은 자기 아들이었다. 그러나 나 역시 비난하지 말길 바란다. 나에게 가장 중요한 것은 카피투였다. 문제는 이 두 가지가 같은 날 오후에 함께 찾아왔다는 것이다. 한 사람의 죽음이 찾아와서 다른 사람의 삶에 코를 박은 셈이었다. 여기에 모든 문제가 있었다. 내가 그 전이나 그 후에 지나갔거나, 만두카가 죽는 데 몇 시간만 더 지체했더라면, 내 영혼의 선율을 방해하는 불쾌한 음표가 등장하지는 않았을 것이다. 굳이 삼십 분 전에 죽어야만 했던 것일까? 이 세상을 떠나는 데 적절하지 않은 시간은 없다. 하지만 저녁 6시나 7시라면 아주 멋지게 죽을 수 있다.

제85장 망자

이것이 내가 도자기 가게에 들어섰을 때 느꼈던 혼란스러움이었다. 가게는 어두웠고, 집 안은 창문이 닫혀 있어서 빛이 거의 들어오지 않았다. 나는 주방 한구석에서 소년의 어머니가 울고 있는 것을 보았다. 침실 문가에는 두 아이가 손가락을 입에 물고 놀란 표정으로 안을 들여다보고 있었다. 시신은 침대에 누워 있었다. 그 침대는…….

펜을 내려놓고 창가로 가서 기억에 숨을 불어넣어야겠다. 정말이지 그 장면은 역겨웠다. 죽음 자체도 그랬거니와 망자의 모습도 끔찍했다……. 여기 이곳에서의 모습과는 분명 달랐다. 여기서 바라보는 바깥의 모든 것은 생명이 살아 숨 쉰다. 수레 옆에서 되새김질하는 염소, 길바닥의 흙을 쪼아 먹는 암탉, 중앙 열차는 경적과 함께 하얀 연기를 내뿜으며 칙칙폭폭 지나가고, 하늘을 향해 곧게 뻗은 야자수, 심지어 근육도 잎도 없는 교회 첨탑마저 생명의 기운을 풍겼다. 저만치 골목에서 종이 연을 날리는 소년은 죽지 않았고 죽어가고 있지도 않다. 그 역시 만두카라는 이름을 가지고 있다.

사실 다른 만두카는 여기 이 친구보다 더 나이가 많다. 조금 더 형이다. 열여덟이나 열아홉 살쯤 되었을 테지만, 독자는 그를 열다섯으로도 혹은 스물두 살로도 생각했을 수 있다. 얼굴로는 그의 나이를 결코 짐작하지 못했을 것이다. 주름 사이사이에 나이를 감추고 있었기 때문이다……. 자, 이제 모든 것을 밝히겠다! 그는 죽었고, 그의 친척들도 죽었다. 그들 중 하나가 아직 살아 있다고 해도, 그 사실로 인해 수치심을 느끼거나 상처를 입지는 않을 것이다. 솔직히 말하면, 만두카는 잔인한 질병에 시달리고 있었다. 다름 아닌 나병이었다. 살아생전에도 추했던 그의 모습은 죽은 뒤에는 끔찍할 정도로 흉했다. 침대 위에 뻗어 있는 내 이웃의 처참한 시신을 마주했을 때, 나는 순간 겁에 질려 황급히 시선을 돌렸다. 하지만 시선을 회피하면 할수록, 알 수 없는 어떤 보이지 않는 손이 내 시선을 자꾸 그쪽으로 다시 향하게끔 했다. 나는 물러나서 완전히 방을 빠져나올 때까지 알 수 없는 그 힘에 몸을 맡긴 채 시신을 보고, 또 보았다.

"많이 고통스러워했지요." 소년의 아버지가 한숨을 쉬었다.

"불쌍한 만두카!" 어머니가 흐느꼈다.

나는 조심스럽게 나설 채비를 하며, 집에서 기다리고 있다는 말과 함께 작별 인사를 고했다. 소년의 아버지는 나에게 장례식에 와줄 수 있는지 물었다. 나는 솔직하게 잘 모르겠다고 대답한 뒤, 어머니가 시키는 대로 하겠다고 했다. 그러고는 서둘러 가게를 벗어나 거리로 뛰어나왔다.

제86장 청년들이여, 사랑하라!

너무 가까워서 삼 분도 채 안 되어 집에 도착했다. 나는 복도에 멈춰 숨을 골랐다. 창백하고 기형적인 망자의 모습을 떨쳐버리려고 노력했다. 그리고 이 장에서 역겨운 모습을 떠올리지 않게 하고자 내가 말하지 않았던 나머지 것들을 잊으려고 노력했지만, 독자는 어찌할 수 없이 그 모습을 상상할 것이다. 몇 초 만에 모든 것이 시야에서 사라졌다. 다른 집에서 있었던 일을 생각하고, 삶에 대해 더 많이 생각하고, 카피투의 상큼하고 발랄한 얼굴을 떠올리기만 하면 충분했다. 청년들이여, 사랑하라! 그리고 무엇보다도 아름답고 매력적인 젊은 여성들을 사랑하라. 이들이 질병에 대한 치료제를 주고, 병자에게 향기를 주며, 죽음을 생명으로 바꿔준다……. 청년들이여, 사랑하라!

제87장 마차

내가 마지막 층계에 도착했을 때, 마치 칸막이 문의 문살 사이에서 나를 기다렸던 것처럼 불현듯 어떤 생각이 뇌리를 스쳤다. 다음 날 장례식에 와달라고 청했던 만두카 아버지의 말이 생각난 것이다. 나는 계단에 멈춰 섰다. 그러고는 잠시 골똘히 생각에 빠졌다. 그렇다. 장례식에 갈 수 있었다. 어머니에게 마차를 빌려달라고 청하면 될 일이었다…….

마차를 모는 것을 취미로 삼을 만큼 마차에 타고 싶은 욕망이 강했다고 생각하지는 말길 바란다. 지인들의 집을 방문하거나 행사가 있을 때, 비가 오거나 미사에 갈 때면 종종 어머니와 함께 마차를 탔던 어린 시절이 기억난다. 그것은 어머니가 오랫동안 아끼며 보관해온 아버지의 오래된 마차였다. 마부는 마차만큼 나이가 많았던 우리 집 노예였다. 그는 옷을 차려입고 마차 앞에서 어머니를 기다리는 나를 보고 웃으며 말했었다.

"주앙 아범이 도련님을 모시고 가겠습니다!"

그러면 나는 그에게 매번 이렇게 말하곤 했다.

"주앙, 노새를 천천히 몰거라. 천천히 가도록 해."

"글로리아 마님께서 좋아하시지 않으세요."

"그래도 천천히 가!"

마차는 안에 타고 있는 사람을 밖에서 볼 수 없는 구조이니, 허세를 부리려는 것이 아니라 마차를 타는 즐거움을 맛보려고 그랬음을 알 수 있을 것이다. 짧고 좁은, 낡은 구식의 이륜마차로, 앞에 두 개의 가죽 커튼이 달려 있어 사람이 타고 내릴 때 옆으로 걷어 젖히는 구조였다. 커튼마다 작은 원창이 달려 있어서 나는 그것을 통해 바깥 풍경을 보는 것을 좋아했었다.

"자리에 앉거라, 벤치뉴!"

"내다보게 해주세요, 엄마!"

좀 더 어렸을 때는 일어나서 창유리에 얼굴을 쑤셔 박은 채, 큰 부츠를 신고 왼쪽 노새를 몰며 다른 쪽 노새의 고삐를 잡은 마부의 모습을 구경하곤 했다. 그의 손에는 길고 두꺼운 채찍이 들려 있었다. 부츠와 채찍, 노새에 이르기까지 온통 불편함투성이였지만, 그는 그 일을 좋아했었고, 나도 마찬가지였다. 양옆으로는 인적이 잦거나 드문 주택가와 문을 여닫은 상점들이 보였고, 거리에서는 긴 보폭이나 잰걸음으로 사람들이 오가는 모습과 마차 앞을 가로질러 건너는 모습도 볼 수 있었다. 사람이나 동물이 앞을 가로막을 때면 마차는 멈추어 섰고, 그 광경은 특히 흥미로웠다. 인도나 집 문 앞에 서 있던 사람들은 마차를 바라보며 자기들끼리 수군대곤 했다. 분명 안에 누가 타고 있을지에 관한 이야기였을 것이다. 나이가 들어가면서 나는 그들이 다음과 같이 추측하고 수군댈 것이라고 상상했었다. "마타카발루스 거리의 그 부인이야. 벤치뉴라는 아들이 하나 있다더군……."

세상 돌아가는 것에 둔감했던 어머니의 삶의 방식대로 마차는 오랜 세월 우리와 함께했고, 비슷한 종류의 마차가 더는 돌아다니지 않을 때까지 우리는 계속 그 마차를 타고 다녔다. 길거리와 동네에서는 '골동품 마차'로 알려질 정도였다. 마침내 어머니는 마차를 바로 팔지 않는 조건으로 처분하는 데는 동의했다. 마구간을 유지하는 비용이 감당하기 어려운 수준이 되자 어쩔 수 없이 결국 마차를 포기했다. 쓸모없는데도 마차를 유지했던 것은 순전히 감상적인 이유에서였다. 그것은 남편에 대한 추억 때문이었다. 우리 아버지가 쓰던 모든 물건은 아버지의 일부이기라도 한 것처럼, 온전하고 순수한 영혼을 나눠 가진 분신처럼 취급되어 보관되었다. 아버지의 옹고집 유전자도 아들이 고스란히 물려받았다고 어머니는 친구들에게 넋두리하곤 했다. 우리 어머니는 옛날 습관, 옛날 방식, 옛날 생각, 옛날 패션에 강한 애착을 보였다. 자신만의 골동품 박물관을 만들어 사용하지 않는 빗, 목도리 조각, 1824년과 1825년에 발행된 구리 주화 등을 소장하고 있었다. 그리고 옛날 것을 고수하다못해 자신마저도 늙어 보이길 원했었다. 그러나 이 점에 대해서는 내가 이미 말했듯이,

원하는 모든 것을 이루지는 못했다.

제88장 정직한 핑계

아니다. 장례식에 가겠다는 생각은 마차와 그에 대한 달콤한 추억에서 비롯된 것이 아니다. 그 시초는 다른 데 있었다. 다음 날 장례식에 가느라 신학교에 가지 않으면, 카피투를 다시 보러 가서 조금 더 오래 볼 수 있기 때문이었다. 이것이 그 생각의 시초였다. 마차에 대한 기억은 나중에 부차적으로 떠오른 것일 수도 있지만, 가장 중요하고 즉각적인 생각은 바로 그것이었다. 나는 산샤 양에게 차도가 있는지 알아본다는 핑계로 인발리두스 거리를 다시 방문할 것이다. 모든 것이 그날처럼 흘러가기를 기대하고 있었다. 괴로워하는 구르제우, 등나무 소파에 함께 앉은 카피투와 나, 깍지 끼고 맞잡은 손, 그날의 머리 묶기…….

"엄마한테 물어봐야겠어."

나는 칸막이 문을 열었다. 문을 지나기 전에 죽은 소년의 아버지가 했던 말이 떠올랐던 것처럼 이제는 그 어머니가 했던 말이 떠올라 낮은 목소리로 따라 말했다.

"불쌍한 만두카!"

제89장 거절

내가 장례식에 가겠다고 했을 때 어머니는 당황했다.

"신학교를 하루 빠지게 될 텐데……."

나는 만두카가 나에 대해 느꼈던 각별한 우정에 주목하게 했다. 그다음으로 가난한 사람들이라는 점도 강조했다……. 내가 생각할 수 있는 모든 이유를 들었다. 주스치나 당이모는 부정적인 의견을 펼쳤다.

"가면 안 된다고 생각하세요?" 어머니가 그녀에게 물었다.

"안 됩니다. 한 번도 본 적 없는 아이와 무슨 우정이 그렇게 각별하겠습니까?"

주스치나 당이모가 이겼다. 내가 그 사건을 객식구에게 언급하자 그는 미소를 지으며 당이모의 숨은 동기는 아마도 장례식에 "나와 같은 귀빈을 모시는 영광"을 하사하고 싶지 않아서였을 것이라고 말했다. 그 이유가 무엇이든 간에 나는 기분이 좋지 않았다. 이튿날 그 이유를 생각해보니 언짢은 마음이 누그러졌다. 나중에는 그것이 특별한 의미를 지니고 있다는 것을 깨달았다.

제90장 논쟁

이튿날 나는 들어가지도, 멈추지도 않은 채 죽은 소년의 집

앞을 스쳐 지나갔다. 만약 내가 멈추었다면, 그것은 내가 독자에게 이 사실을 이야기하는 데 걸리는 시간보다 훨씬 더 짧은 순간에 불과했다. 내가 착각한 것이 아니라면, 전날처럼 부를까봐 두려워 오히려 더 빨리 걸었다. 장례식에 가지 않을 거라면 되도록 거리를 두는 편이 좋았기 때문이다. 나는 걸음을 재촉하며 가엾은 악마를 생각했다.

우리는 친구도 아니었고, 서로를 잘 알지도 못했다. 친밀감조차 없었다. 병을 앓고 있던 그와 건강한 나 사이에 무슨 친밀감이 생길 수 있었겠는가? 우리는 잠깐 스치는 인연 정도의 먼 사이였다. 나는 그와 있었던 일들을 생각하다 몇 가지를 떠올렸다. 모두 2년 전 우리 사이에 오고 갔던 어떤 주제에 관한 논쟁과 연관이 있었다……. 내가 그 주제가 무엇이었는지 이야기해도 독자는 믿지 못할 것이다. 바로 크림 전쟁이었다.

만두카는 집 안에 틀어박힌 채 침대에 누워 지겨울 정도로 책을 읽었다. 주일 오후가 되면, 그의 아버지는 그에게 어두운 색 잠옷을 입힌 후 가게 뒤편으로 데려가 한 뼘 남짓한 틈으로 거리의 풍경과 지나가는 사람들의 모습을 엿볼 수 있게 해주었다. 이것이 그의 유일한 오락거리였다. 바로 그곳에서 나는 그를 처음 보았고, 그 모습에 적잖이 놀랐다. 병 때문에 살점 일부가 문드러졌고, 손가락은 오그라들어 있었다. 확실히 끌리는 외모는 아니었다. 그때 나는 열세 살에서 열네 살로 넘어가던 무렵이었다. 두 번째로 그곳에서 그를 보았을 때, 당시 맹위를 떨치며 연일 신문을 떠들썩하게 장식했던 크림 전쟁에 대해 이야기하게 되었다. 만두카는 연합군이 반드시 승리할 것이라고 말했고, 나는 그렇지 않을 것이라고 대답했다.

"그럼 한번 지켜보자고." 그가 다시 말했다. "이 세상에서 정의가 승리하지 못하는 경우라면 가능하겠지만, 그것은 불가능한 일이야. 정의는 연합군의 편이지."

"아니야. 명분은 러시아인들에게 있어."

당연히 우리는 시에서 발행한 신문에 실린 내용에 따라 이야기한 것이었고, 이 신문은 외국 신문을 고스란히 베낀 것이었지만, 우리 각자가 자신의 기질에 따라 의견을 가졌을 수도 있다. 나는 항상 사상적인 면에서 모스크바를 지지하는 편이었다. 나는 러시아의 입장을 옹호했고, 만두카는 연합군의 입장을 옹호했다. 내가 가게에 들른 세 번째 주일에 우리는 이 주제를 놓고 다시 논쟁을 벌였다. 그런 다음 만두카는 서면으로 각자의 주장을 교환하자고 제안했다. 화요일인가 수요일에 나는 연합군의 입장과 튀르키예의 영토 보전 문제에 관한 설명과 함께 이를 옹호하는 내용의 두 장짜리 편지를 받았다. 편지는 다음과 같은 예언적인 문구로 결론을 맺었다.

"러시아인들은 콘스탄티노플을 향해 진군하지 않을 거야!"

나는 그것을 읽고 반박하기 시작했다. 내가 사용한 논거 중 단 한 가지도 기억하지 못할뿐더러, 이제 한 세기가 거의 끝나가는 이 시점에서 그 문제를 궁금해하는 이도 없을 것이다.

어쨌든 그와 관련해 나에게 남아 있는 기억은 답변할 수 없다. 나는 그에게 직접 편지를 전해주러 갔었다. 그의 가족은 나를 침실로 안내했는데, 그곳에서 그는 퀼트 이불을 반만 덮은 채 침대에서 기지개를 켰다. 논쟁을 좋아하는 나의 취향 탓이든 내가 미처 깨닫지 못한 다른 어떤 이유에서든 간에, 환자와 그의 침대에서 나는 어떠한 혐오감도 느끼지 못했고, 그에게 기꺼이 편지를 전달한 것도 진심에서 우러나온 행동이었다. 만면에 머금은 만두카의 미소는 당시 그의 역겨운 얼굴에도 불구하고 흉한 육체를 무색하게 했다. 그가 그 편지를 읽고 답을 주겠다고 말할 때 보여줬던 확신에 찬 표정은 우리의 언어로도 다른 어떤 언어로도 완전하고 진실하게 담아낼 수 없을 것이다. 그 모습은 의기양양하지도 않았고, 호들갑스럽지도 않았으며, 별다른 몸짓도 없었다. 아마 질병으로 인해 표현하지 못했을 것이다. 편지에 담긴 나의 주장을 확인하기 전까지는 단순하고, 웅장하며, 심오한, 무한한 승리의 기쁨을 머금은 모습이었다. 침대 발치에는 이미 종이와 펜, 잉크가 놓여 있었다. 며칠 후 답장을 받았다. 새로운 내용이 있었는지는 기억나지 않는다. 한층 격앙된 어조였고, 끝은 똑같았다.

"러시아인들은 콘스탄티노플을 향해 진군하지 않을 거야!"

나는 세 번째 반박 편지를 썼고, 그때부터 우리 중 누구도 굴복하지 않고, 각자의 힘과 열정으로 자신의 고객을 변호하는 맹렬한 논쟁을 한동안 계속했다. 만두카는 나보다 더 길고 신속하게 썼다. 그도 그럴 것이 나에게는 공부, 여가, 가족, 나의 건강까지 신경 써야 할 일들이 수천 가지나 되었다. 만두카에게는 일요일 오후의 한 뼘 남짓한 거리 풍경을 감상하는 일 말고는 이 전쟁밖에 없었다. 전 시민의 화두이자 전 세계인의 관심사였지만, 아무도 그와 그 문제를 논의하려고 하지는 않았다. 우연히 그가 내 안의 적수가 된 것이다. 글쓰기에 소질이 있었던 그는 마치 새롭게 개발된 급진적인 치료법이라도 되는 양 논쟁에 뛰어들었다. 길고 힘들었던 시간이 이제는 짧고 즐겁게 느껴졌다. 이전에는 눈물이 마를 날이 없었다면, 이제는 어떻게 우는지조차 까먹은 것이다. 나는 그의 아버지와 어머니의 행동에서 그의 이러한 변화를 감지했다.

한번은 가게 주인이 길옆 문가에서 나에게 말했다. "도련님께서 그 아이에게 편지를 써주신 후로는 말도 많이 하고 많이 웃습니다. 제가 점원에게 도련님께 편지를 가져다드리라고 시키자마자 답장이 왔는지, 시간이 얼마나 걸릴지 묻기 시작한답니다. 그러고는 도련님 댁의 심부름하는 흑인 아이에게 지나갈 때마다 묻지요. 답장을 기다리는 동안에는 신문을 다시 읽고 메모합니다. 그러다 답장을 받으면, 바로 읽고 그 즉시 답장을 쓰기 시작합니다. 아예 먹지 않거나 제대로 먹지 못할 때도 있습니다. 그래서 말인데, 한 가지 청을 드리고 싶습니다. 편지를 보내실 때 점심이나 저녁 시간은 피해주시면 감사하겠습니다……."

먼저 지친 건 나였다. 답신의 속도가 점차 느려지다 마침내 더는 보내지 않게 되었다. 만두카는 나의 침묵 뒤에도 두세 번 더 고집스럽게 편지를 보냈지만, 아무런 답변도 받지 못하자 결국 지쳤거나 혹은 나를 귀찮게 하지 않기 위해 사과와 함께 편지 보내는 일을 중단했다. 첫 번째 편지를 비롯한 모든 편지와 마찬가지로, 마지막 역시 그 영원한 예언을 똑같이 확인할 수 있었다.

"러시아인들은 콘스탄티노플을 향해 진군하지 않을 거야!"

그들은 실제로 진군하지 않았다. 그때도, 나중에도, 지금까지도 진군하지 않았다. 그러나 그 예언이 영원히 유효할까? 언젠가는 진군하지 않을까? 어려운 문제다. 만두카는 영면하기 위해 3년의 세월 동안 몸이 썩어가는 인고의 시간을 견뎌내야 했다. 자연이 역사와 마찬가지로 무심코 흘러가지 않는다는 것은 확고한 사실이다. 튀르키예처럼 그의 삶은 저항했다. 그가 마침내 항복했다면, 그에게는 영불 동맹과 같은 동맹이 없었기 때문이다. 의학과 약학의 단순한 협정을 그렇게 생각할 수는 없기 때문이다. 국가가 사라지듯이 그는 결국 죽었다. 그 누구도 죽음을 피할 수 없기 때문에 우리에게는 튀르키예가 사라질지 아닐지가 아니라, 러시아인이 콘스탄티노플을 향해 진군할 것인지를 아는 것이 특별한 문제였다. 나병에 걸린 채 슬프고, 낡아빠진, 더러운 퀼트 이불 아래에서 죽어간 나의 이웃에게는 이것이 문제였다…….

제91장 위로가 되는 발견

물론 조금 전 내 생각은 당시 신학교를 오가며 했던 것이 아니라 지금 여기 엔제뉴노부의 서재에서 한 생각이다. 사실상 나는 나의 이웃 만두카에게 어느 날 갑자기 위로가 되어주었다는 것 외에는 아무것도 해준 게 없다. 하지만 오늘 곰곰이 생각해보니 그에게 위로뿐 아니라 행복까지 가져다준 것 같다. 그리고 그 발견이 내게도 위로가 되었다. 이제부터 나는 가난한 악마에게 두세 달 정도의 행복감을 안겨주어 질병과 그에 따른 고통을 잊게 해주었던 사실을 절대 잊지 않을 것이다. 그것은 내 인생을 정리할 때 어떤 의미를 지니게 될 것이다. 만약 저세상에서 의도하지 않은 미덕에 대해 어떤 보상 같은 것이 주어진다면, 이것으로 내가 저지른 많은 죄 중 한두 가지 죗값 정도는 치를 수 있을 것이다. 만두카의 경우 러시아에 대해 반대 의견을 표명한 것이 죄라고는 생각하지 않지만, 만약 그렇다면 연옥에서 40년 동안 정죄하며 두세 달 동안 누렸던 행복의 죗값을 치러야 할 것이다. 이를 통해 그는 (이미 늦었지만) 아무 말도 하지 않고 끙끙대기만 하는 게 차라리 나았다는 결론에 도달할 것이다.

제92장 흔히 그려지는 것처럼 악마가 그렇게 추한 것은 아니다

만두카는 나 없이 묻혔다. 다른 많은 사람에게 같은 일이 있었을 때는 아무 느낌이 없었지만, 이 경우는 이미 언급한 이유로 특히 나를 괴롭혔다. 내 인생의 첫 번째 논쟁을 회상하며, 편지를 받고 신이 나서 반박의 글을 썼을 그의 모습을 떠올릴 때는 마치 이야기를 할 때와는 달리 왠지 모를 울적한 기분도 들었다……. 그러나 시간은 이 모든 향수와 추억을 빠르게 지워버렸다……. 시간만이 아니었다. 두 사람 역시 이에 일조했다. 한 사람은 같은 날 밤 꿈속에 나타나 나와 함께 잤던 카피투였고, 다른 한 사람은 다음 장에서 언급할 것이다. 이 장의 나머지 부분에서는 그저 다음의 내용만 부탁하고자 한다. 누군가가 내 책을 판매 가격보다 많은 기대를 품고 읽게 된다면, 소신 있게 흔히 그려지는 것처럼 악마가 그렇게 추하지는 않다는 결론을 내렸으면 한다. 요컨대…….

요컨대, 내가 하고 싶은 말은 마타카발루스 거리의 내 이웃이 반(反)러시아적 견해로 병의 고통을 다스려 자신의 썩어가는 육체에 대한 영적 성찰과 위안을 얻었다는 것이다. 물론 더 큰 위안이 있고, 이런 질병이나 그 어떤 질병도 겪지 않는 것이 가장 좋겠지만, 자연은 너무나 신성해서 그러한 대조를 즐기며, 가장 역겹고 비참한 상황에 놓인 사람에게 꽃을 흔든다. 그리고 아마도 그렇게 가장 아름다운 꽃도 탄생하는 것이리라. 우리 정원사는 제비꽃에 좋은 향기가 나게 하려면 돼지 분뇨가 섞인 거름이 필요하다고 말한다. 조사해보지는 않았지만, 분명 사실일 것이다.

제93장 망자의 빈자리를 채워준 친구

압도적인 존재감을 지닌 다른 사람은 주일 오전에 마타카발루스에 온 나의 동료 에스코바르였다. 그렇게 또 다른 친구가 망자의 빈자리를 채워주었고, 이 친구는 마치 몇 달 동안 나를 보지 못한 것처럼 약 오 분 동안 내 손을 잡고 있었다.

"나랑 저녁 먹을래, 에스코바르?"

"그게 내가 온 이유야."

어머니가 그에게 나의 친구가 되어줘서 고맙다고 하자 그는 당황하여 말문이 막힌 듯 보였지만 이내 깍듯하게 예의를 갖춰 대답했다. 독자는 그가 원래 그런 성격임을 이미 보았다. 하지만 아무리 능변가라 할지라도 매번 말을 능숙하고 막힘이 없이 할 수는 없다. 그가 했던 말을 간단히 줄이자면, 훌륭한 자질을 지니고 있을 뿐만 아니라 품격 있는 가정교육을 받은 나를 높이 평가한다는 것이었다. 신학교에서도 모두가 나를 좋아하고, 좋아하지 않을 이유가 없다고 덧붙였다. 에스코바르는 가정교육의 중요성과 부모는 자식에게 모범을 보여야 한다고 말하며, 하늘이 나에게 내려준 "사랑스럽고 소중한 어머니"에 대해 재차 강조했다……. 이 모든 이야기를 목이 메어 떨리는 목소리로 말했다.

모두가 그를 좋아했다. 나는 에스코바르가 나의 발명품이기나 한 것처럼 기분이 좋았다. 주제 지아스는 그에게 두 차례나 최상급 수식어를 사용했고, 코즈미 삼촌은 백개먼의 더블 스코어 압승을 두 차례나 허락했다. 주스치나 당이모는 그에게서 나무랄 곳을 찾지 못했다. 물론 이삼 주가 지나자, 어김없이 나의 친구 에스코바르가 오지랖이 넓고, 무엇 하나 허투루 다루지 않는 경관과 같은 매의 눈을 가졌다고 지적했다.

"그의 눈이에요." 내가 설명했다.

"나도 다른 사람의 눈이라고 말한 것은 아니다."

"생각이 깊은 눈이지." 코즈미 삼촌이 의견을 피력했다.

"그 점에 대해서는 의심의 여지가 없습니다." 주제 지아스가 거들고 나섰다. "하지만 주스치나 당이모님의 말씀도 어느 정도 일리가 있습니다. 사실 그 두 가지 가운데 어느 한 가지를 이야기할 때 다른 것을 배제할 수는 없습니다. 성찰은 자연스러운 호기심을 동반합니다. 호기심이 많아 보이기는 합니다. 그건 맞습니다. 하지만……."

"제가 보기에는 매우 진지한 청년 같아요." 어머니가 말했다.

"정확히 보셨습니다!" 그녀의 말에 반대 의견을 표명하지 않기 위해 주제 지아스가 대꾸했다.

내가 에스코바르에게 어머니가 했던 말을 전했을 때(물론 그에게 다른 사람들의 이야기까지 전하지는 않았다) 그는 유독 기뻐했다. 그는 어머니가 좋은 분이라며 고맙다고 말했고, 위엄 있고 기품 있는 분이 젊기까지 하다며 우리 어머니의 젊어 보이는 외모를 칭찬했다. “연세가 어떻게 되셔?”

“이미 마흔이셔.” 나는 괜히 우쭐해서 대답했다.

“말도 안 돼!” 에스코바르가 소리쳤다. “마흔이시라니! 서른도 안 돼 보이시는데. 너무 젊고 예쁘셔. 너는 하느님께서 주신 그 눈을 반드시 누군가에게 물려줘야만 해. 네 눈은 어머니의 눈을 쏙 빼닮았거든. 사별하신 지는 오래되셨어?”

나는 우리 어머니와 아버지의 삶에 대해 알고 있는 것을 그에게 말했다. 에스코바르는 주의 깊게 들었고, 내가 건너뛰거나 모호하게 남겨둔 부분에 대해 추가로 물었다. 내가 너무 어렸을 때 와서 시골 생활에 대해서는 아무것도 기억나지 않는다고 말하자, 그는 여전히 기억에 생생하게 남아 있는 자신의 세 살배기 시절의 이야기 두세 가지를 들려주었다. “우리가 시골에 가볼 수는 없어?”

“안 돼. 이제는 못 가. 저기 지나가는 저 흑인이 거기 출신이야. 토마스!”

“도련님!”

우리는 우리 집 텃밭에 있었고, 흑인 노예가 일하고 있었다. 그가 우리에게 다가와서 지시가 내려지기를 기다렸다.

“토마스는 결혼했어.” 내가 에스코바르에게 말했다. “마리아는 어디 있느냐?”

“네, 도련님, 옥수수를 빻고 있습니다.”

"토마스, 아직 시골 생활에 대해 기억나는 것이 있느냐?"

"네, 도련님, 기억합니다."

"그렇구나, 물러가거라."

나는 다른 노예도 불렀고, 그렇게 하나둘씩 불러서는 누구는 페드루이고, 누구는 주제이며, 또 누구는 다미아웅이라고 알려주었다.

"모두 알파벳으로 된 이름이네." 에스코바르가 끼어들었다.

실제 그들의 이름은 따로 있었다. 그제야 나는 그 사실을 깨달았다. 심지어 내가 보여줬던 또 다른 노예 중 일부는 이름이 같아서 '누렁이 주앙', '뚱보 마리아'처럼 별명이나 생김새로 구별하거나, '벵겔라에서 온 페드루', '모잠비크에서 온 안토니우'처럼 출신지로 구별하기도 했다.

"그러면 이 사람들 모두 여기 이 집에 있는 거야?" 에스코바르가 물었다.

"아니, 일부는 거리에서 돈을 벌고, 또 다른 일부는 임대해줬어. 모두 집에 둘 수가 없어서. 시골에 있던 노예들을 다 데려온 것도 아니야. 대부분은 거기 두고 왔어."

"나는 글로리아 아주머니가 비좁고 답답한 도시 생활에 바로 적응했다는 게 놀라워. 거기 있는 집은 당연히 클 거 아냐."

"잘은 모르겠지만, 그런 것 같아. 엄마는 이 집보다 더 큰 다른 집이 있는데도 여기서 눈을 감을 거라고 하니까. 다른 집들은 임대해줬어. 일부는 키탄다 거리에 있는 집처럼 상당히 커……."

"그 집 알아. 예쁜 집이지."

"히우콤프리두와 시다지노바에도 집이 있고, 카테치에도 하나 있어……."

"살 곳이 부족할 일은 없겠구나." 그는 다정한 미소를 지으며 이야기를 마무리했다.

우리는 집 뒤로 향했다. 빨래터를 지나고 있었다. 그는 그곳에서 잠시 걸음을 멈추더니, 옷을 치대는 돌을 바라보며 청결의 중요성을 지적했다. 그런 다음 우리는 계속 걸으며 이야기를 나눴다. 무슨 말을 했었는지 지금은 기억나지 않는다. 그저 어떤 기발함에 웃음을 터뜨렸던 것만 기억날 뿐이다. 그도 웃었다. 내가 즐거워하는 모습에 그 역시 즐거워했고, 하늘이 너무나 푸르고 공기가 너무나 맑아서 자연도 우리와 함께 웃는 것 같았다. 이때가 세상을 사는 행복을 제대로 누리는 순간이다. 에스코바르는 내면세계와 외부 세계의 이러한 조화를 아주 섬세하고 고상한 말로 표현해 내게 감동을 주었다. 그러고는 육체적 아름다움과 조화를 이루는 도덕적 아름다움에 대해 논하며, 우리 어머니 이야기를 다시 꺼내더니 "외모도 마음도 천사"라고 말했다.

제94장 산술적 사고

그에 대해 더는 말하지 않겠다. 이미 너무 많이 했다. 그는 언변과 사고력이 뛰어났을 뿐 아니라 계산도 빠르고 정확했다. 올리버 웬들 홈스가 이야기한 산술적 사고(2+2=4)에 능한 사람이었다. 독자는 그가 얼마나 빠르게 암산으로 덧셈과 곱셈을 해내는지 상상조차 못 할 것이다. 나에게 항상 가장 어려운 작업 중 하나였던 나눗셈이 그에게는 그야말로 식은 죽 먹기였다. 눈을 반쯤 위로 치켜뜬 채, 숫자를 하나씩 중얼거리다보면, 어느새 결괏값이 나와 있었다. 그것은 무려 일곱 자리, 열세 자리, 스무 자리에 달하는 숫자들이었다. 그의 뛰어난 재능은 그가 값의 상징체계 자체를 경애하게 했다. 그는 숫자가 적기 때문에, 알파벳의 스물여섯 글자보다 훨씬 더 사변적이고 관념적이라고 생각했다.

에스코바르는 말하곤 했다. "쓸데없는 글자도 있고 생략할 수 있는 글자도 있잖아. d와 t는 어떤 별개의 기능을 수행하는 걸까? 이 두 글자는 거의 같은 음가를 가지고 있어. b와 p, s와 c와 z, k와 g 등의 음가도 마찬가지라고 생각해. 그저 쓸모없는 서체들에 불과해. 숫자를 봐. 똑같은 기능을 수행하는 숫자는 없어. 4는 4고, 7은 7이야. 그리고 4와 7이 만나 11로 표현되는 이 수식의 아름다움은 정말 경이롭지. 게다가 11에 2를 곱하면 22가 되고, 또다시 같은 숫자를 곱하면 484가 돼. 이렇게 계속 새로운 결괏값이 만들어져. 하지만 가장 완벽한 숫자는 0을 사용하는 경우야. 0의 값은 그 자체로는 아무것도 아니지. 그러나 이 기호의 기능은 바로 늘리는 데 있거든. 5는 단독으로 쓰일 때는 5지만, 거기에 두 자리 숫자 00을 넣으면 500이 돼. 이렇게 아무 가치도 없는 것이 큰 가치를 지니게 되는 거지. 두 글자의 연속으로는 절대 만들어낼 수 없는 효과야. 왜냐하면 하나의 p를 사용하여 'aprovo'라고 쓰든 두 개의 pp를 사용하여 'approvo'라고 쓰든 의미상 아무런 차이 없이 '나는 승인합니다'라고 표현할 수 있거든."

부모님으로부터 철자법 교육을 받고 자란 나로서는 그런 신성모독을 듣는 것이 거북했지만, 감히 그의 말을 반박하고 나서지는 못했다. 그러던 어느 날 내가 문자를 옹호하는 말을 몇 마디 하자, 그는 그것이 편견이라고 답하며, 산술적 사고는 다루기 쉽다는 이점이 있어 무한히 이어질 수 있다고 덧붙였다. 실제로 철학적 또는 언어적 문제에 봉착했을 때 나는 그에 대한 해답을 그 자리에서 도출해내지 못했지만, 그는 삼 분 안에 어떤 값이든 산출해냈다.

"가령…… 나에게 문제를 하나 내봐. 내가 알지 못하거나 미리 알 수 없는 일련의 숫자를 나에게 이야기해봐……. 음, 너희 어머니가 보유하고 계신 집들의 번지수와 각각의 집세를 알려줘. 내가 일이 분 안에 그 총합을 말하지 못하면 나를 교수대로 보내!"

나는 내기를 수락했고, 그다음 주에 집의 번지수와 임대료가 적힌 목록을 그에게 내밀었다. 에스코바르는 목록을 들고 눈으로 훑으며 암기하기 시작했다. 내가 시계를 쳐다보고 있는 동안, 그는 눈동자를 치켜떴다가 이내 눈꺼풀을 다시 내리깔며 중얼거렸다……. 오! 바람도 이보다 더 빠르지는 않을 것이다! 그는 말한 것을 그대로 행동으로 옮겼다. 삼십 초 만에 그는 나에게 외쳤다.

"다 해서 매월 107만 헤이스야."

나는 너무 놀라서 입이 떡 벌어졌다. 집이 아홉 채 이상 있었고, 임대료도 7만 헤이스에서 18만 헤이스까지 제각각이었다. 나라면 종이에 기록까지 해가며 삼사 분을 할애해야 할 이 모든 일을 에스코바르는 암산으로 슬렁슬렁 끝낸 것이다. 그는 나를 의기양양하게 바라보며 정확한지 물었다. 나는 오로지 그의 계산이 정확하다는 것을 보여주기 위해 주머니에서 총액이 적힌 종이를 꺼내 그에게 보여주었다. 한 치의 오차도 없이 정확히 일치했다. 107만 헤이스였다.

"이로써 산술적 사고가 더 단순하고, 따라서 더 자연스럽다는 것이 증명됐겠지. 자연은 단순하거든. 예술은 뒤죽박죽이지."

나는 내 친구의 여유 넘치는 멋진 모습에 덩달아 흥분해서 그를 안아주지 않을 수 없었다. 우리는 안뜰에 있었고, 다른 신학생들의 시선이 일제히 우리에게로 쏠렸다. 그들과 함께 있던 신부는 우리의 모습을 보고 언짢아했다.

"겸허의 자세는 그러한 과도한 몸짓을 용납하지 않습니다. 서로를 아끼는 건 좋지만 중용을 견지할 줄 알아야 합니다." 그 신부가 우리에게 말했다.

에스코바르는 다른 사람들과 신부가 시샘하는 것 같으니 떨어져 지내자고 나에게 제안했다. 나는 싫다고 딱 잘라 말했고, 시샘하는 것이라면 오히려 그들을 위해 더욱 그렇게 해서는 안 된다고 말했다.

"우리가 혼쭐을 내주자!"

"하지만……."

"지금까지보다 더 가깝게 지내는 거야."

에스코바르는 남몰래 내 손을 꽉 잡았다. 아직도 손가락이 얼얼할 정도로 힘을 주어 세게 잡았다. 물론 이 통증은 장시간 쉬지 않고 글을 써서 나타난 증세가 아니라면 착각에 불과하다. 잠시 펜을 쉬어야겠다…….

제95장 교황

에스코바르의 우정은 위대하고 유익했다. 그에게 뒤처지지 않기 위해 경쟁이라도 하듯이 주제 지아스는 그 주가 끝나갈 무렵 집에서 나에게 이렇게 말했다.

"이제 도련님께서 신학교를 떠나실 때가 됐습니다."

"뭐라고요?"

"내일까지 기다리세요. 저를 보자고 하신 분들과 카드를 하기로 했습니다. 내일 저기 방이나 뒤뜰에서, 또는 미사에 가는 길에 어떻게 된 일인지 말씀드리겠습니다. 거룩한 생각이니 성소에서 말씀드려도 잘못된 행동은 아닐 테지요. 내일 뵙겠습니다, 벤치뉴 도련님."

"하지만 확실한 거예요?"

"아주 확실합니다!"

이튿날 그는 나에게 그 비밀을 밝혔다. 나의 첫 반응은 전혀 생각지도 못한 제안에 눈이 휘둥그레졌다는 것이다. 신학생인 내가 봤을 때, 그것은 영성 가득한 웅장함을 담은 구상서였다. 이보다 덜하지는 않았다. 그에 따르면, 우리 어머니는 자신이 저지른 일을 뉘우치고 내가 세상 밖으로 나오기를 원하지만, 맹세의 도덕적 책무 때문에 이러지도 저러지도 못하고 매여 있다고 했다. 이 상황을 타개해야 하며, 성경에 따르면 사도들에게 죄 사함의 권세를 부여한다고 했으니, 그와 내가 로마에 가서 교황에게 사면을 청하겠다는 것이었다……. 내가 어찌 놀라지 않을 수 있었겠는가?

"괜찮은 것 같아요." 나는 잠시 생각에 잠겼다가 대답했다. "좋은 해결책이 될 수도 있겠네요."

"유일한 해결책입니다, 벤치뉴 도련님. 유일한 해결책이라고요! 저는 오늘 글로리아 사모님께 모든 것을 설명해드리고 이야기할 것입니다. 그러면 우리는 두 달 안에 떠날 수 있습니다. 혹은 그 전에 떠날 수도 있지요……"

"다음 주일에 말씀하시는 것이 좋겠어요. 제가 먼저 생각을 좀 해볼게요……."

"오! 벤치뉴 도련님!" 객식구가 끼어들었다. "무슨 생각을 하신다는 말씀입니까? 무엇을 원하시는지…… 제가 말씀드릴까요? 이 늙은이의 말에 노여워하지 않으시겠습니까? 도련님께서는 어떤 사람의 의견을 구하고 싶으신 겁니다."

엄밀히 말하면 카피투와 에스코바르 두 사람이었지만, 나는 누구의 의견도 구하지 않을 것이라고 단호히 부인했다.

"그러면 누구입니까, 원장님인가요? 그분께 그런 문제를 털어놓는 것은 적절치 않습니다."

"아니요, 원장님도, 교수님도, 그 누구도 아닙니다. 그냥 곰곰이 생각할 시간이 필요한 겁니다. 일주일이면 돼요. 주일에 답을 드리겠다고 했고, 그 생각이 나쁘지 않아 보인다고 이미 말씀드렸잖아요."

"아니라고요?"

"네, 아니에요."

"그럼, 오늘 바로 결정하시죠."

"그렇게 외유를 떠나듯 로마에 갈 수는 없잖아요."

"'혀가 있는 자는 로마에 가도 좋다'고 했습니다. 우리의 경우 혀는 돈입니다. 요컨대 도련님은 도련님 자신을 위해 돈을 쓰셔도 됩니다……. 저는 아닙니다. 바지 한 벌, 셔츠 세 벌, 일용할 양식이면 충분합니다. 저는 자기 일을 하면서 복음을 선포하러 다녔던 성 바오로 사도처럼 될 것입니다. 물론 복음을 전파하러 가는 것이 아니라 찾으러 가는 것이지요. 우리는 로마 교황 대리 사절과 주교의 편지를 우리 장관님께 전달할 것입니다. 카푸친회 수도사의 편지도 받을 생각입니다……. 물론 이 생각에 반대 의견을 제시하실 수 있다는 것도 잘 압니다. 여기에서도 관면을 구할 수 있다고 말씀하실 테지요. 그러나 제가 굳이 말씀드리지 않더라도 은총의 대상이자 번

제물이 될 레위인이 바티칸에 들어가 교황의 발밑에 엎드려 직접 은총을 구하고, 한없이 인자하고 자애로우신 어머니를 위해 하느님의 죄 사함을 구하는 것이 훨씬 더 경건하고 합당해 보이리라는 건 너무나도 자명한 이치입니다. 도련님께서 사도들의 왕자의 발에 입 맞추는 장면을 그려보십시오. 성하께서는 복음 가득한 미소를 지으시며 친히 몸을 굽혀 물으시고 경청하신 뒤, 죄의 사함과 강복을 빌어주실 겁니다. 천사들이 도련님을 지켜보는 가운데, 동정 마리아께서는 벤치뉴 도련님의 모든 소원이 성취되고, 도련님께서 사랑하시는 이 땅의 모든 사람이 하늘에서도 똑같이 사랑받을 수 있도록 지극히 거룩하신 아드님에게 청하실 것입니다……."

이 장을 끝내야 하므로 더 말을 잇지는 않겠다. 그는 연설을 끝낼 생각이 없었다. 가톨릭 신자이자 사랑에 빠진 남성으로서 내가 느낄 감정에 대해 모두 이야기했다. 어머니의 영혼이 위로받고, 카피투가 기뻐하는 모습이 나의 눈앞에 보이는 듯했고, 두 사람이 우리 집에서, 나는 그들과 함께, 그도 우리와 함께 있는 모습이 로마로의 짧은 여행을 통해 모두 그려졌다. 영적으로도 지리적으로도 로마의 위치는 너무나 잘 알았지만, 카피투가 그 거리를 어떻게 생각할지는 알 수 없었다. 핵심은 바로 여기에 있었다. 카피투가 멀다고 생각하면 가지 않을 생각이었다. 그녀의 의견을 들어볼 필요가 있었다. 또한 현명한 조언을 해줄 에스코바르의 말도 들어봐야 했다.

제96장 대안

나는 주제 지아스의 제안을 카피투에게 이야기했다. 그녀는 나의 이야기를 주의 깊게 듣더니 슬퍼하며 말했다.

"네가 가면 나를 완전히 잊어버릴 거야."

"절대 그럴 리 없어!"

"잊어버릴 거야. 유럽 중에서도 특히 이탈리아가 아름답다며. 여기 오는 가수들은 모두 거기 출신 아니야? 너는 나를 잊을 거야, 벤치뉴. 다른 방법은 없는 거야? 글로리아 아주머니는 네가 신학교에서 나오기를 간절히 원하셔."

"응, 그렇지만 어머니는 맹세를 반드시 지켜야 한다고 생각하셔."

카피투는 다른 뾰족한 수를 생각해내지 못했고, 선뜻 이 제안을 받아들이지도 못했다. 길을 걸으며 그녀는 나에게 로마에 가게 된다면 6개월 후에 돌아오겠다는 맹세를 해달라고 했다.

"맹세할게."

"하느님의 이름을 걸고 맹세해?"

"하느님과 모든 걸 걸고 맹세해. 6개월이 지나면 돌아오겠다고 맹세할게."

"그런데 만약 교황이 너를 놓아주지 않으면?"

"그 말을 전갈로 보낼게."

"네가 거짓말하면?"

이 말이 너무 아파서 나는 바로 답을 하지 못했다. 카피투는 깔깔대고 웃으며 나를 위선자라고 불렀다. 그러고는 내가 맹세를 지킬 것이라고 믿는다고 했지만, 그래도 바로 동의하지는 않았다. 그녀는 다른 방법이 없는지 생각해보려 했고, 나도 다른 방법을 찾아보겠다고 했다.

신학교로 돌아간 나는 나의 친구 에스코바르에게 모두 털어놓았고, 그는 내 말을 경청한 뒤 카피투와 똑같이 슬퍼했다. 평소에는 시선도 잘 마주치지 않던 그가 강렬한 눈빛으로 나를 거의 집어삼킬 듯이 쳐다봤다. 그러다 갑자기 표정이 바뀌더니 번뜩이는 생각이 떠오른 듯 자기 생각을 늘어놓기 시작했다.

"아니야, 벤치뉴, 그럴 필요 없어. 더 나은 방법이 있어. 더 낫다는 말은 하지 않을게. 왜냐하면 교황님은 항상 그 어떤 것보다 더 존귀하신 분이니까. 그러나 똑같은 효과를 내는 것이 있어."

"그게 뭐야?"

"너희 어머님이 하느님께 사제를 바치겠다고 맹세하셨다고 했지? 그렇다면 하느님께 사제를 바치되, 그게 꼭 너일 필요는 없는 거잖아. 어머님이 고아를 데려다 너 대신 서품받게 할 수도 있는 거니까. 그럼 굳이 네가 아니어도 신부를 만들어 바치겠다는 맹세는 지킬 수 있는 거지."

"알겠어, 이해했어, 바로 그거야."

"그러면 되지 않아?" 그는 계속했다. "이에 대해 사도좌 서기관님과 상의해봐. 그런 식으로 맹세를 대체할 수 없다면, 너에게 말씀하시겠지. 네가 원한다면 내가 직접 여쭤볼게. 서기관님이 대답을 주저하시면 주교님과 이야기하면 될 테고."

나는 그 제안을 곰곰이 생각하며 말했다.

"그래, 그게 정답인 것 같아. 신부가 생기면 맹세는 지켜지는 거니까."

에스코바르는 경제적인 측면에서도 문제가 간단히 해결될 수 있다는 점을 간파했다. 어머니는 나에게 쓸 비용과 똑같은 비용을 지출하면 될 테고, 고아라면 거창한 대가를 요구하지는 않을 것이라고 했다. 그는 노예 가격을 제외한 107만 헤이스의 임대료 총액을 예로 들었다…….

"그게 유일한 방법인 것 같아." 내가 말했다.

"그렇게 우리 함께 나가는 거야."

"너도?"

"나도. 라틴어 실력이 나아지면 그만둘 거야. 신학은 나랑 안 맞아. 라틴어도 그다지 필요한 것은 아니고. 사업하는 데 라틴어가 뭐 얼마나 쓰이겠어?"

"인 호크 시그노 빈케스."• 나는 웃으며 말했다.

갑자기 장난기가 발동했다. 오! 희망은 모두를 행복하게 만드나니. 에스코바르는 나의 대답이 마음에 들었는지 미소를 지었다. 그런 다음 우리는 각자의 생각에 빠져 한동안 멍하니

• '이 표지에 따라 그대는 승리를 얻으리라'라는 뜻의 라틴어.

있었다. 내가 다시 정신을 차렸을 때, 그는 여전히 멍하니 시선을 허공에 둔 채 생각에 빠져 있었다. 나는 대안을 제시해 준 것에 대해 다시 감사를 표했다. 이보다 더 나은 묘책은 있을 수 없었다. 에스코바르는 나의 이야기에 대단히 만족스러워했다.

"이로써 종교와 자유는 다시 한번 유익한 동반자 관계를 형성한 셈이지." 그는 사뭇 진지하게 말했다.

제97장 전진

모든 것이 순조롭게 이루어졌다. 어머니는 조금 망설였지만, 카브라우 신부가 주교와 상의한 뒤 그렇게 해도 괜찮다는 말을 전해주자 결국 물러섰다. 나는 그해 말에 신학교를 그만두었다.

그때 나는 겨우 열일곱이 조금 넘은 나이였다……. 여기가 이 책의 중간 지점이 되어야 했지만, 글쓰기 경험이 부족해서 펜이 가는 대로 좇아가다보니 정작 가장 중요한 이야기는 꺼내지도 못한 채 어느덧 거의 책 끝부분에 도달했다. 이제 약간의 수정과 숙고를 거쳐 추려질 이야기를 장마다 큼직큼직하게 짚어나가기만 하면 된다. 이 한 쪽을 완성하는 데만 몇 개월이 걸렸으니, 나머지 부분은 몇 년이 족히 소요될 수도 있다. 그러다보면 어느새 탈고를 눈앞에 두게 될 것이다. 이

인고의 시간을 감내하는 데 있어 가장 큰 고역 중 하나는 열일곱 살 시절의 감정을 분석하는 것이다. 독자도 열일곱 살이었던 적이 있었을 것이다. 그렇다면 그 시기가 절반의 남성과 절반의 소년이 하나의 몸을 형성해 호기심이 왕성한 나이임을 알 것이다. 우리 집 객식구, 주제 지아스의 표현을 빌리자면, 나는 대단히 호기심이 많은 아이였다. 나쁜 의도에서 이야기하고자 한 것은 아니다. 그의 최상급 수식어가 아니었다면, 방금 지적했듯이 나의 계획 일부를 차지하는 그 시절 나의 감정을 분석하는 데 있어 어려움이 많았을 것이다. 나는 신학생이자 어머니의 아들로서 순결을 서약했으면서도 불쑥불쑥 음흉한 충동을 느꼈다. 젊은 피가 끓어오르는 탓이기도 했지만, 거리에서든 창가에서든 나를 가만히 내버려두지 않는 젊은 여성들 때문이기도 했다. 사람들은 내가 잘생겼다고 말했고, 나의 수려한 용모를 좀 더 가까이에서 보고 싶어 하는 이들도 있었다. 허영심은 어김없이 부패의 원인이 된다.

제98장 다섯 해

이성이 승리했고, 나는 유학을 떠났다. 열여덟, 열아홉, 스물, 스물한 살이 지나 다섯 해 만인 스물두 살에 법학 학위를 받았다.

내 주변의 모든 것이 변했다. 어머니는 드디어 나이를 먹은

티가 나기 시작했다. 그래도 여전히 흰머리만 드문드문 조금씩 눈에 띌 뿐이었다. 모자, 원피스, 납작하고 굽이 없는 신발은 이전과 같았다. 하지만 이제는 예전처럼 이곳저곳을 많이 다니지는 못했다. 코즈미 삼촌은 심장이 안 좋아져서 요양 중이었다. 주스치나 당이모는 단지 나이만 몇 살 더 먹었을 뿐이다. 주제 지아스도 나이를 좀 더 먹긴 했지만, 나의 졸업식에 참석해서 마치 본인이 이제 막 졸업한 사람인 양 나와 함께 유쾌하고 활기찬 산행까지 즐겼다. 카피투의 어머니는 돌아가셨고, 아버지는 삶이 끝날 때까지 다니고 싶어 했던 직장에서 은퇴했다.

에스코바르는 리우데자네이루 최고의 회사 중 한 곳에서 4년을 일한 후 커피 무역을 시작했다. 주스치나 당이모는 그가 우리 어머니에게 청혼할 생각을 품고 있었다고 말했다. 그럴 생각이 있었든 없었든 결국 나이 차이를 무시하지는 못했다. 어쩌면 그는 어머니를 자신의 첫 사업에 끌어들이는 것에만 관심이 있었을지도 모른다. 실제로 나의 요청에 따라 어머니는 그에게 약간의 돈을 융통해주었고, 에스코바르는 상환 능력을 갖추자마자 그 돈을 갚으며 넌지시 말했다. "글로리아 아주머니는 겁도 많고 야망도 없으셔."

이별은 우리의 우정을 갈라놓지 못했다. 그는 나와 카피투 사이에서 편지를 전해주는 전령이었다. 그녀를 본 순간부터 그는 우리 사랑을 적극 응원해주었다. 그가 산샤의 아버지와 관계를 맺기 시작하면서 카피투와의 관계도 더욱 가까워졌고, 우리 두 사람 모두의 친구가 되었다. 처음에 카피투는 그와 가까워지는 것을 꺼렸고, 주제 지아스가 전령이 되어주기를 원했다. 하지만 나는 주제 지아스에게 배어 있는 유치한 경외감을 몹시 혐오했다. 결국 에스코바르가 승리했다. 카피투는 내키지 않아 했지만 첫 편지를 그에게 건넸고, 그 후에도 연달아 수도 없이 많은 편지가 그를 통해 오고 갔다. 그는 결혼한 이후에도 계속해서 이러한 호의를 베풀었다……. 그랬다. 그는 결혼했다. 상대가 누구였으리라 생각하는가. 그는 착한 산샤와 결혼했다. 산샤가 카피투의 친구이자 거의 자매나 마찬가지였기 때문에 에스코바르는 나에게 편지를 보내며 어느 때는 카피투를 "우리 처제"라고 부르기도 했다. 이렇게 친분이 두터워지고 가족 관계까지 얽히면서 아슬아슬한 관계가 펼쳐지기 시작했고, 책으로 엮게 된 것이다.

제99장 아들은 아버지의 모습과 닮았다

내가 법학사가 되어 돌아왔을 때, 어머니는 기뻐서 어쩔 줄 몰라 하셨다. 성 요한의 복음을 상기시키며 우리가 얼싸안은 모습을 지켜보던 주제 지아스의 목소리가 여전히 생생하게 들리는 듯하다.

"여자여 보라, 네 아들이다! 아들아 보라, 네 어머니다!"•

어머니는 눈물을 흘리며 말했다.

"코즈미 오라버니, 이 아이 아버지 얼굴과 똑같지 않아요?"

"그래, 눈이랑 얼굴 생김새가 뭔가 닮았어. 약간 더 현대판 아버지 얼굴이네." 삼촌은 장난스럽게 응수했다. "자, 이제 말해봐, 글로리아. 얘가 신부가 되겠다고 고집부리지 않아서 천만다행이지? 우리 교체 선수가 유능한 신부가 될지 지켜보자고."

"제 대리인은 어떻게 지내요?"

"차근차근 과정을 밟아가고 있단다. 내년에 서품 받을 거야." 코즈미 삼촌이 대답했다. "너도 가서 서품식을 봐야 해. 우리 주님의 마음에 들려면, 나도 참석해야겠지. 마치 네가 직접 서품받는 것처럼 다른 사람의 영혼에 네가 들어가 있다고 생각하는 것이 좋을 거다."

"맞아요!" 어머니가 소리쳤다. "그런데 잘 보세요, 코즈미 오라버니, 죽은 그 사람 모습이랑 얼마나 닮았는지 보세요. 보렴, 벤치뉴, 나를 봐봐. 나는 항상 네가 아버지와 닮았다고 생각하기는 했는데, 지금은 훨씬 더 비슷해. 콧수염이 조금 풀려 있기는 하다만……."

"그래, 글로리아, 콧수염은 정말……. 그래도 정말 많이 닮았구나."

어머니는 글로 다 담아낼 수 없을 만큼 한없이 다정한 몸짓으로 나에게 입맞춤했다. 코즈미 삼촌은 어머니의 기분을 띄어주기 위해 나를 '박사님'이라고 불렀다. 주제 지아스도 따

● 〈요한복음〉 19장 26~27절 참조.

라 불렀고, 당이모와 노예들을 포함한 집안사람들을 비롯해 인사차 집에 찾아온 파두아와 그의 딸, 어머니까지 모두 나를 그렇게 불렀다.

제100장 "너는 행복할 거야, 벤치뉴!"

방에서 여행 가방을 풀고 상자 속에서 학사 학위증을 꺼내며, 나는 다가올 행복과 영광스러운 미래를 생각했다. 주제 지아스가 말없이 나를 도와 가방을 정리하는 동안, 나의 결혼 생활과 빛나는 경력이 눈앞에 펼쳐진 듯한 느낌이 들었다. 보이지 않는 요정이 나의 곁으로 내려와 뜨거운 숨결이 깃든 부드러운 목소리로 속삭였다. "너는 행복할 거야, 벤치뉴. 너는 행복해질 거야."

"도련님께서 행복하지 않으실 이유가 뭐가 있겠어요?" 주제 지아스가 상체를 곧게 편 채 나를 바라보며 물었다.

"들으셨어요?" 나는 깜짝 놀라 몸을 일으키며 물었다.

"듣다니, 뭘요?"

"제가 행복해질 거라고 말하는 목소리를 들으셨어요?"

"네, 그럼요! 도련님께서 방금 이야기하셨잖아요……."

나는 지금도 그 목소리가 요정의 목소리였다고 맹세할 수 있다. 동화와 시에서 설 자리를 잃은 요정들은 자연스레 사람들의 마음속으로 파고들어 속마음을 밖으로 꺼내놓곤 한다.

나는 분명하고 뚜렷한 이 목소리를 자주 들었다. 예컨대, 그녀는 스코틀랜드 마녀의 사촌임이 틀림없다. "너는 왕이 될 거야, 맥베스!" "너는 행복할 거야, 벤치뉴!" 그것은 결국 보편적이고 영원한 같은 곡조의 같은 예언이다. 놀란 마음이 진정되고 난 뒤, 나는 주제 지아스의 나머지 연설을 들었다.

"도련님께서는 아무나 받을 수 없는 그 졸업장을 받으실 자격이 충분하셨던 것처럼 마땅히 행복해지실 자격이 있습니다. 모든 과목에서 우수한 성적을 거두신 것이 바로 그 증거입니다. 이미 말씀드린 바 있듯이 제가 직접 교수님의 입을 통해 극찬을 들었습니다. 게다가 행복은 영광스러운 일로만 얻어지는 것이 아니라 다른 것들을 통해서도……. 아! 도련님께서는 늙은 주제 지아스에게 모든 것을 털어놓지 않으셨지요! 불쌍한 주제 지아스는 단물 빠진 캐슈너트처럼 구석에 버려졌습니다. 쓸모가 없어진 게지요. 이제 그 자리는 젊은 에스코바르가 차지했습니다……. 그가 매우 뛰어난 젊은이고, 근면하고, 성실한 남편이라는 것을 부정하지는 않습니다. 하지만 노인도 사랑에 대해 압니다……."

"무슨 이야기를 하고 싶으신 거지요?"

"무슨 이야기겠어요? 모르는 사람이 누가 있습니까? 이웃 간의 친분은 이렇게 마무리되는 것이 맞습니다. 정말 하늘이 내린 축복이지요. 그 아이는 천사니까요. 그야말로 대단한 천사지요……. 벤치뉴 도련님, 제가 험담했던 것을 용서해주세요. 그 아이의 완벽함을 돋보이게 하려는 저만의 방식이었습니다. 옛날에는 정반대로 생각했어요. 어린아이 같은 행동을 성격으로 착각했지요. 그 사려 깊은 눈빛을 지닌 장난꾸러기 소녀가 탐스럽고 달콤한 열매를 맺을 팔색조의 매력을 지닌 꽃이라는 사실을 미처 알아채지 못했습니다……. 남들에게만 알려주시고 왜 저에게는 말씀하시지 않으셨습니까? 게다가 여기 집안사람들은 모두 알고 있는 것도 모자라서 이미 두 분의 관계를 인정하고 있다는 것을요?"

"엄마가 정말 인정하신다고 했어요?"

"그러신 것 아니었나요? 저와 그 이야기를 나누셨고, 제 의견을 친히 묻기까지 하셨는걸요. 어머님께 제가 긍정적으로 분명하게 말씀드렸습니다. 여쭤보세요. 제가 어머님께 더 나은 며느리는 어디 가도 구하실 수 없을 것이라고 했습니다. 착하고, 신중하고, 재능 있고, 사람들에게 친절하고……. 게다가 집안 살림은 말할 것도 없고요. 포르투나타 부인이 돌아가신 후 카피투가 모든 일을 맡아 했습니다. 이제 막 은퇴한 파두아 씨는 매달 지급되는 연금을 받아 딸에게 건네주는 것 외에는 아무것도 하는 일이 없습니다. 딸이 규모 있게 살림을 꾸려서 세금을 내고, 지출을 관리하고, 식료품, 옷, 전기 등 모든 것을 관리하지요. 도련님께서도 작년에 그 아이를 보셨지 않습니까. 더구나 미모에 관해서는 도련님께서 그 누구보다 잘 알고 계실 테고요……."

"그런데 정말 엄마가 우리 결혼에 대해 의견을 물으셨어요?"

"긍정적으로 말씀은 하셨지만, 정확히 말하면 그건 아니었습니다. 카피투가 좋은 아내가 될 자질이 있는지 물으셨지요. 며느리 이야기를 꺼낸 것은 저였습니다. 글로리아 사모님께서는 제 말을 부정하지 않으셨고, 심지어 웃기까지 하셨습니다."

"엄마는 저에게 편지를 쓰실 때마다 카피투 이야기를 하셨어요."

"도련님께서도 어머님이 카피투와 잘 지내신다는 것을 아시잖아요. 그래서 당이모님께서 점점 더 심술을 부리시는 겁니다. 어쩌면 이 기회에 더 빨리 결혼하실 수도 있지요."

"주스치나 이모가요?"

"모르셨어요? 물론 아직은 그냥 소문일 뿐입니다. 하지만 어쨌든 주앙 다 코스타 박사님께서 몇 달 전에 아내와 사별하셨는데, 사람들 말로는 두 분이 절반 정도는 홀아비 생활과 과부 생활을 청산하고 재혼하는 쪽으로 마음이 기울었다고 하더군요(저는 잘 모릅니다. 서기관님께서 저에게 말씀해주셨습니다). 당이모님께서 항상 박사님을 해골바가지 같다고 말씀하셨던 것을 생각하면 아무 사이도 아닐 가능성이 크지만, 그렇다고 아예 가능성을 배제할 수는 없을 것 같습니다. 당이모님께서 기꺼이 묘지가 되시겠다면 가능한 이야기일 테니까요." 그는 웃으며 말했다. 그러고는 이내 정색하며 말했다. "농담으로 말씀드린 겁니다……."

나머지는 듣지 못했다. 오로지 내 내면의 요정이 반복해서 이야기하는 목소리만 들려왔을 뿐이다. 하지만 이제 말소리는 들리지 않았다. "너는 행복할 거야, 벤치뉴!" 카피투도 나에게 여러 가지 다른 말로 같은 이야기를 했고, 에스코바르도 마찬가지였다. 두 사람 모두 자신이 받은 인상을 통해 주제 지아스의 이야기를 확인시켜주었다. 마침내 몇 주 후 내가 어머니에게 결혼 승낙을 구하러 갔을 때 어머니는 허락해주었을 뿐만 아니라 자신의 표현으로 바꿔 말하긴 했지만 같은 예언을 했다. "우리 아들은 행복할 거야!"

제101장 천국에서

독자가 기다림에 지칠 대로 지쳐 한눈팔기 전에 행복해지도록 하자. 우리는 결혼식을 올렸다. 1865년 3월의 어느 오후, 행복할 거라는 예언처럼 마침 비가 내렸다. 신랑 신부의 보금자리가 있는 치주카 정상에 도착하자 하늘이 비를 불러들여 이미 알려진 별들뿐 아니라 지금부터 몇 세기가 지나서야 발견하게 될 별들에까지 환하게 불을 밝혀주었다. 그야말로 극진한 환대였고, 그뿐만이 아니었다. 하늘의 열쇠를 쥐고 있는 성 베드로는 우리에게 문을 열어주며 들어오게 했고, 지팡이를 우리의 몸에 가져다 댄 후 자신의 첫 번째 전서에 실려 있는 몇 구절을 낭독했다. "아내 된 자들아, 이처럼 자기 남편에게 순복하라……. 너희 단장은 머리를 꾸미고 금을 차고 아름다운 옷을 입는 외모로 하지 말고, 오직 마음에 숨은 사람을 온유하고 안정한 심령의 썩지 아니할 것으로 하라……. 남편 된 자들아, 이처럼 너희 아내와 동거하고, 더 연약한 그릇이요, 또 생명의 은혜를 유업으로 함께 받을 자로 알아 귀히 여기라…….” 그런 다음 그는 천사들에게 신호를 보냈고, 천사들은 〈아가〉의 한 구절을 노래했다. 그 합창 소리가 너무 조화롭게 어우러져서 그것이 지상의 소리였다면 가히 이탈리아 테너의 가설을 반박하고도 남을 정도였다. 그러나 그것은 하늘의 소리였다. 음악은 바그너의 오페라 방식대로 마치 태어날 때부터 한 몸이었던 것처럼 〈아가〉의 구절과 함께 진행되었다. 그 후 우리는 그 영원의 장소 일부를 방문했다. 더 설명할 생각은 없으니 걱정하지 말길 바란다. 인간의 언어는 그러한 것을 담아낼 만한 적절한 형식을 지니고 있지 못하다.

결국 그것은 모두 꿈이었을지도 모른다. 신학생이었던 나에게 가는 곳마다 라틴어와 성경이 들리는 것보다 더 자연스러운 일은 없을 것이다. 성경도 라틴어도 몰랐던 카피투가 다음과 같은 몇 마디 구절을 암기하게 된 것은 사실이다. “내가 그토록 원하던 그 그늘에 앉았다.” 이튿날 그녀는 성 베드로가 낭독한 구절에 관해 언급하며, 그것이 자신을 위한 이야기인 것 같다고 했다. 그리고 내가 그녀가 몸에 걸칠 유일한 레이스이자 장식품이 될 것이라고 말했다. 그 말에 나는 나의 아내는 이 세상에서 가장 좋은 레이스를 늘 걸치게 될 것이라고 대꾸했다.

제102장 아내

시계추만 있고 시계판이 없어서 표시된 시각을 볼 수 없는 시계를 상상해보길 바란다. 시계추는 좌우로 왔다 갔다 하겠지만, 시간의 진행을 나타내는 외부 표시는 찾아볼 수 없을 것이다. 치주카에서 보낸 그 주가 그랬다.

때때로 우리는 과거로 돌아가 서운했던 일과 상처받았던 일들을 회상했지만, 이 역시 우리 자신에게 집중하는 한 방법이었다. 그렇게 우리는 오랜 연애의 기다림을 비롯해 사춘기 시절, 초반에 나오는 밀고 이야기를 다시 나눴고, 우리를 떼어놓으려다 도리어 우리의 결합을 축하해주어야 했던 주제지아스 이야기를 하며 통쾌하게 웃었다. 한두 번 산을 내려가 집으로 돌아갈까도 생각했지만, 아침마다 비가 오거나 햇빛이 강해 흐린 날이 되기를 기다렸다.

그래도 카피투는 집에 가고 싶어 안달이 난 것 같았다. 그녀는 남는 데 동의하긴 했지만, 장인어른과 우리 어머니 이야기를 꺼내며 소식이 없어 다들 궁금해하고 있을 거라는 둥 하도 이런저런 핑계를 대는 통에 조금 다투기까지 했다. 나는 그녀에게 벌써 내가 싫증 났냐고 물었다.

"내가?"

"그렇게 보여."

"자기는 늘 어린아이 같아." 그녀는 손으로 나의 얼굴을 가렸다가 눈을 아주 가까이 마주 대며 말했다. "그럼, 내가 겨우 일주일 만에 싫증 날 사람을 그렇게 오랜 세월 기다렸다는 거야? 그런 거 아니야, 벤치뉴. 정말이야. 가족이 우리를 보고 싶어 할 수도 있고, 어디 아픈 건 아닌지 걱정할 수도 있잖아. 그리고 솔직히 말하면 나 아빠가 보고 싶어."

"그럼 내일 가자."

"아니야. 흐린 날 가야지." 그녀가 웃으며 기다렸다는 듯이 대꾸했다.

나는 그녀의 말을 따르기로 했지만 조바심은 가라앉지 않았고, 우리는 결국 화창한 날 산에서 내려왔다.

그녀가 기혼 여성들이 쓰는 모자를 쓰며 기뻐했던 모습과 마차에 오르내릴 때 나에게 손을 내밀며 내비쳤던 기혼 여성들의 전형적인 그 표정, 거리를 걸으며 나에게 팔짱을 끼던 행동, 이 모두가 카피투가 조바심친 원인이 새로운 외관에 있었음을 시사했다. 그녀는 사면이 벽으로 둘러싸인 집과 나무 몇 그루가 심어진 정원만으로는 결혼 생활을 영위할 수 없었던 것이다. 세상의 나머지 것들도 필요했다. 그리고 그녀와 함께 거리를 걷거나 발길을 멈춰 주변 경관을 바라보며 이야기를 나누는 나의 모습에서 나 역시 같은 느낌을 받았다. 나는 사람들이 나를 보고, 인정하고, 부러워하도록 일부러 산책길에 올랐다. 거리에 나서면 많은 사람이 호기심 어린 시선으로 고개를 돌리거나 멈춰 섰고, 어떤 이들은 "누구야?"라고 수군대며 묻곤 했다. 그러면 한 사람이 나서서 이렇게 설명했다. "이분은 며칠 전에 저가 계신 카피톨리나 부인과 혼인하신 산치아구 박사님이십니다. 어릴 적부터 키워온 사랑의 결실을 거두신 것이지요. 글로리아에 사시고, 가족은 마타카발루스에 살고 계십니다." 그러면 다들 한결같이 감탄했다. "한 미모 하시네요!"

제103장 행복에는 좋은 영혼이 깃든다

'한 미모 한다'라는 말은 저속한 표현이다. 주제 지아스의 표현이 더 나았다. 그는 치주카에 있는 우리의 보금자리를 방문했던 유일한 사람이다. 그는 우리의 안부를 가족에게 전하며 주옥같은 말을 남겼다. 지면을 아끼기 위해 여기에 적지는 않겠지만, 절로 미소가 지어지는 말이었다. 어느 날, 그는 우리를 이웃한 지붕의 처마 아래 지어진 두 곳의 둥지에서 나고 자란 새들에 비유했다. 나머지는 쉽게 상상이 될 것이다. 새들은 깃털이 나자 하늘로 날아올랐고, 하늘도 이제 더 넓은 품으로 새들을 보듬을 수 있게 되었다고 말했다. 우리 둘 다 웃지 않고 진지하게 감동에 젖어 그의 말을 경청했다. 1857년 오후 이후에 벌어졌던 모든 일을 까마득히 잊어버렸다……. 행복에는 좋은 영혼이 깃든다.

제104장 피라미드

주제 지아스는 이제 어머니와 나 사이를 번갈아 오가며, 글로리아에서는 저녁 식사를, 마타카발루스에서는 아침 식사를 함께했다. 모든 것이 순조롭게 잘 돌아가고 있었다. 결혼한 지 두 해가 다 되어가도록 아이가 생기지 않아 상심이 컸다는 것 외에는 모든 것이 순조롭게 돌아갔다. 그사이 나는 장인을 여의었고, 코즈미 삼촌도 살날이 얼마 남지 않은 상태였지만, 우리 어머니의 건강 상태는 양호했고, 우리는 더할 나위 없이 좋았다.

나는 몇몇 부유한 가문의 전속 변호사였고, 소송 의뢰가 밀려들었다. 에스코바르는 나의 첫 법정 진출에 큰 힘을 실어주었다. 저명한 변호사를 개입시켜 그의 변호인단에 나를 넣어주었고, 위탁 업무 몇 건을 구해주기도 했다. 모두 그가 자발적으로 나선 것이었다.

게다가 주변 가족들과의 관계도 이미 틀이 모두 갖추어져 있었다. 산샤와 카피투는 결혼한 후에도 학생 때 우정을 계속 이어갔고, 에스코바르와 나도 신학생 때의 우정을 그대로 이어갔다. 그들은 안다라이에 살았고, 그곳에 우리를 종종 초대했다. 우리는 원하는 만큼 자주 갈 수는 없었기 때문에 주일에 가끔 저녁을 먹으러 갔고, 그들이 우리와 저녁 식사를 함께하러 오기도 했다. 사실 저녁 식사만이 아니었다. 우리는 항상 점심 식사 직후인 아주 이른 시간부터 만나 하루를 온전히 함께 즐기며, 집으로 돌아가지 않으면 안 되는 9시, 10시, 11시가 되어서야 헤어졌다. 인제 와서 안다라이와 글로리아에서의 그 시절을 생각해보면, 삶과 그 밖의 모든 것이 피라미드만큼 그렇게 견고하지는 않다고 느껴진다.

에스코바르와 그의 아내는 행복했고, 둘 사이에는 어린 딸이 하나 있었다. 언젠가 남편이 극장 사업에 발을 담갔다가 여배우인지 발레리나인지 모를 상대와 염문이 났던 적이 있긴 했지만, 적어도 추문으로까지 번지지는 않았다. 산샤는 겸손했고, 남편은 근면했다. 어느 날 내가 아이가 없는 것에 대해 에스코바르에게 한탄하자, 그는 이렇게 대꾸했다.

"사람아, 염려하지 말라. 하느님께서 원하실 때 주실 것이요, 주시지 아니하시는 것은 하느님이 필요하시어 하늘에 두는 것이 더 좋기 때문이니라."

"아이를 갖는 것이 자연스러운 삶의 순리야."

"필요하다면 생길 거야."

아이는 생기지 않았다. 카피투는 수태를 기다리는 기도를 올렸고, 나도 여러 차례 아이를 갖게 해달라고 청하는 기도를 올렸다. 어릴 적 소원을 빌 때처럼 거짓 맹세를 남발하지는 않았다. 이제는 집세처럼 선불로 지급했다.

제105장 팔

그 외에는 모든 것이 순조롭게 잘 돌아가고 있었다. 카피투는 웃고 즐기는 것을 좋아해서 결혼 초에는 산책하거나 극장에 갈 때 마치 새장에서 풀려난 새처럼 신나 했었다. 그녀는 우아하면서도 지나치게 화려하지 않은 옷을 즐겨 입었다. 다른 젊은 여성들처럼 보석을 좋아하기는 했지만, 내가 값비싼 보석을 많이 사주는 것을 원하지 않았고, 한번은 너무 정색하고 거절해서 더는 아무것도 사지 않겠다고 약속한 적도 있었다. 그러나 그것도 잠시뿐이었다.

우리의 삶은 대체로 평온했다. 가족이나 친구들과 함께하지 않을 때나 연극이나 사적인 파티에 가지 않을 때면(이런 경우는 드물었지만), 우리는 글로리아 집의 창가에서 바다와 하늘, 산과 배 또는 해변을 지나는 사람들을 바라보며 밤을 지새웠다. 때때로 나는 카피투에게 도시의 역사를 들려줬고, 어떤 때는 천문학 이야기를 들려주기도 했다. 아마추어가 들려주는 이야기임에도 그녀는 호기심 어린 표정으로 관심을 보이며 들었다. 물론 항상 그랬던 것은 아니고, 가끔은 조금씩 졸기도 했다. 피아노를 칠 줄 몰랐던 그녀는 결혼 후 피아노를 배우기 시작했고, 하루가 다르게 실력이 늘어 얼마 지나지 않아 친구들과의 모임에서 연주하곤 했다. 그것은 글로리아에서 우리가 누릴 수 있는 취미 중 하나였다. 노래도 불렀지만, 성량이 풍부하지 않았기 때문에 아주 가끔만 불렀다. 어느 날 그녀는 노래를 아예 하지 않는 것이 낫다는 충고를 듣고 그대로 따랐다. 춤추는 것은 좋아했다. 무도회에 갈 때마다 정성껏 치장하곤 했다. 팔은…… 팔에 대해서는 할 이야기가 많다.

그녀의 팔은 아름다웠고, 그녀가 팔을 드러낸 채 무도회에 참석한 첫날 밤, 나는 그녀에게 견줄 만한 몸매를 가진 여성은 이 도시에 존재하지 않을 것이라고 확신했다. 제아무리 소녀라 하더라도 혹은 이 글을 읽고 있는 여성 독자라 하더라도 마찬가지였을 것이다. 만약 존재했다면, 아마도 탄생 직전의 대리석 안에 있거나 신성한 조각가의 손에 머물러 있었을 것이다. 그날 밤 그녀의 미모는 나를 잔뜩 우쭐하게 할 정도로 가히 타의 추종을 불허했다. 맨살을 드러낸 그녀의 팔이 낯선 이들의 연미복 사이를 가로질러 왔다 갔다 하는 모습을 쳐다보느라 나는 다른 손님들과 거의 대화를 나누지 못했다. 두 번째 무도회는 더 가관이었다. 남자들은 온통 카피투의 팔에 정신이 팔려 그녀의 뒤를 쫓아 호시탐탐 다가갈 기회를 노렸고, 검은 소매로 그녀의 팔을 훑기까지 했다. 나는 속상하고 짜증이 나서 세 번째 무도회에는 참석하지 않았다. 나의 기분을 눈치챈 에스코바르가 나를 지지하고 나섰고, 나는 솔직하게 불만을 털어놓았다. 그는 즉시 나의 의견에 동의했다.

"산샤도 가지 않을 거야. 갈 거라면 긴팔 드레스를 입어야지. 그러지 않으면 정숙하지 않아 보여."

"그렇지? 그런데 이유는 말하지 마. 우리를 신학생이라고 부를 거야. 카피투는 이미 나를 그렇게 불러."

물론 나는 카피투에게 에스코바르도 나의 의견에 동의했다는 사실을 애써 감추려 하지 않았다. 그녀는 미소를 지으며 산샤의 팔은 이상하게 생겼다고 대답했지만, 바로 수긍하고는 그 무도회에 가지 않았다. 이후 다른 무도회에 갈 때는 소매가 반쯤 비치는 소재로 된 드레스를 입거나, 카몽이스의 베일•처럼 완전히 가린 것도 아니고 안 가린 것도 아닌 알 수 없는 차림이었다.

제106장 10파운드스털링

나는 이미 그녀의 몸에 근검절약이 배어 있다고 말했다. 그러지 않았다면 지금 말하고자 한다. 그녀는 돈뿐 아니라 전통, 추억 혹은 향수를 이유로 간직하고 있는 낡은 물건들에도 애착을 두었다. 신발도 그랬다. 한 가지 예를 들자면, 그녀는 앵클부츠를 신기 전에 마지막으로 신었던 발등과 발목을 가로지르는 검은색 리본이 달린 납작한 신발을 집으로 가져왔고, 잊을 만하면 한 번씩 서랍장에서 다른 옛날 물건들과 함께 신발을 꺼내 보며, 어린 시절 추억의 일부라고 말했다. 같

• 포르투갈의 시인 루이스 바스 드 카몽이스(1524~1580)의 《우스 루지아다스》에 등장하는 비너스의 베일.

은 성격의 어머니는 카피투의 그런 말과 행동을 좋아했다.

그녀의 저축 습관에 관해서는 한 가지 일화만 언급하면 충분하다. 글로리아 해변을 바라보며 카피투에게 천문학을 가르치고 있을 때였다. 카피투가 가끔 나의 이야기를 들으며 약간 졸기도 했다고 말했던 것을 기억할 것이다. 어느 날 밤, 바다에 온통 정신이 팔린 그녀의 모습에 질투를 느낀 내가 말했다.

"안 듣고 있구나, 카피투."

"나? 잘 듣고 있어."

"내가 무슨 말 하고 있었는데?"

"자기가…… 천랑성 이야기를 하고 있었지."

"천랑성이라니, 카피투! 내가 천랑성을 이야기한 지는 이십 분이나 지났어."

"음…… 화성에 관해 이야기하고 있었어." 그녀가 재빨리 정정했다.

화성에 관해 말한 게 맞았지만, 말소리만 들었을 뿐 그 의미는 알 리 없었다. 순간 나의 얼굴에서 웃음기가 사라졌고, 벌떡 일어나 응접실을 뛰쳐나가고 싶은 충동이 들었다. 이를 눈치챈 카피투는 내 손을 잡고 갖은 애교를 부리더니, 계산을 하고 있었다고 고백했다. 요컨대 빠트린 특정 액수를 찾기 위해 돈을 모두 더하고 있었다는 것이다. 현금을 금으로 바꾸려 한다고 했다. 처음에는 내 화를 풀어주기 위한 핑계라고 생각했지만, 이내 나는 무릎 위에 종이를 올려놓고 연필을 든 채 직접 계산하기 시작했고, 그녀가 찾던 계산 착오가 어디서 발생한 것인지 발견했다.

"그런데 이 파운드는 어디서 났어?" 계산을 끝내고 내가 물었다.

카피투는 나를 똑바로 바라보며 웃었고, 나 때문에 비밀이 들통나버렸다고 투덜댔다. 그러고는 자리에서 일어나 방으로 갔다가 10파운드스털링을 손에 들고 돌아왔다. 내가 매달 그녀에게 준 생활비를 아껴 모은 돈이었다.

"이렇게나 많이?"

"그렇게 많지는 않아. 겨우 10파운드에 불과해. 자기의 구두쇠 아내가 몇 달 만에 저축할 수 있는 액수지." 그녀가 손에 쥔 금화를 딸그랑거리며 말했다.

"중개인은 누구였어?"

"자기 친구 에스코바르."

"어떻게 나에게 아무 말도 하지 않을 수 있지?"

"바로 오늘 왔거든."

"여기 왔었어?"

"자기가 집에 오기 조금 전에. 의심할까봐 내가 이야기 안 했어."

나는 두 배의 금을 써서 그녀에게 기념 선물을 주고 싶었지만, 카피투가 막았다. 오히려 그녀는 그 돈으로 무엇을 하면 좋을지 조언을 구했다.

"당신 돈이야." 내가 대답했다.

"우리 돈이지." 그녀가 정정했다.

"그럼 당신이 보관해둬."

이튿날 나는 에스코바르를 만나러 매장에 갔고, 두 사람의 비밀 작전을 비웃었다. 에스코바르는 미소를 지으며 나에게 모두 털어놓기 위해 사무실로 가려던 참이었다고 말했다. 우리가 최근 안다라이를 방문했을 때 처제가(그는 카피투를 계속 이 호칭으로 불렀다) 그 이야기를 했고, 비밀로 해달라고 했다는 것이다.

"내가 산샤에게 이야기했더니 산샤는 어리둥절해하며, '물가가 이렇게 비싼데 카피투는 어떻게 돈을 모을 수 있었을까?' 하더군. 그래서 내가 '모르지. 내가 아는 건 처제한테 10파운드가 있다는 거야'라고 대답했어."

"산샤도 본받으라고 해."

"아니, 나는 그건 어렵다고 생각해. 산샤는 돈을 낭비하지는 않지만 그렇다고 검소한 건 아니거든. 내가 주는 돈으로 충분하지만, 그게 전부야."

나는 잠시 생각에 잠겼다가 말했다.

"카피투는 천사야!"

에스코바르는 고개를 끄덕였지만, 그 여자에 대해 같은 말을 할 수 없다는 듯이 강하게 동조하지는 않았다. 독자도 그렇게 생각할 것이다. 주변 사람들의 미덕이 우리에게 큰 허영심과 자부심 또는 위안을 안겨준다고 분명 생각할 것이다.

제107장 바다에 대한 질투

천문학이 아니었다면 나는 카피투의 10파운드를 그렇게 빨리 발견하지 못했을 것이다. 그러나 내가 다시 천문학 이야기를 꺼내는 것이 그 때문은 아니다. 혹여 내가 카피투의 무심함에 속상해하고 바다마저 질투하게 된 것이 선생으로서의 허영심 같은 것에서 비롯된 행동이라고 독자가 생각하지 않을까 하는 우려 때문이다. 나의 친구여, 단언컨대 그건 아니다. 그녀의 머릿속에 있는 생각이 무엇인지 알고 싶어 그런 질투심이 생겼을 뿐이다. 단지 그 이유였을 뿐 허영심 같은 것은 추호도 없었다. 알다시피 사람은 저마다 주의력이 다를 수 있다. 누군가는 보통 사람의 절반도 안 되는 주의력을 지녔을 수 있고, 또 누군가는 3분의 1, 5분의 1, 10분의 1 정도로 주의가 산만할 수 있다. 탓을 하려고 들면 얼마든지 할 수 있다. 눈은 단순히 한번 쳐다보는 것만으로도 대상을 기억하고, 그 대상을 떠올리며 마음껏 상상의 나래를 펼칠 수 있다. 실제로 치명적인 죄를 저지를 일도 없고, 편지, 말, 손짓, 한숨은 물론 그보다 더욱 가볍고 사소한 신호조차 주고받을 일이 없다. 길모퉁이를 지나가는 익명의 한 남자나 여자로 인해 우리는 천랑성을 화성 안에 집어넣을 수도 있다. 독자도 알다시피 이 둘 사이에는 거리와 크기의 차이가 분명히 존재하는데도 천문학에서는 왕왕 이러한 혼란이 벌어지곤 한다. 바로 이것이 나의 얼굴빛을 변하게 만들고, 닥치고 응접실에서 뛰쳐

나와 적절한 순간이 될 때까지 다시 돌아오고 싶지 않게 만든 이유였다. 그때가 언제인지는 하느님만이 안다. 아마도 나는 십 분 후에 다시 돌아갔을 것이다. 십 분 후에 응접실로 돌아가 피아노 옆이나 창가에 다시 자리를 잡고 중단했던 이야기를 계속했을 것이다.

"화성의 거리는……."

너무 짧은 시간 아니냐고? 맞다, 아주 짧은 시간이었다. 고작 십 분이었다. 나의 질투심은 강렬했지만 짧았다. 순식간에 모든 것을 무너뜨릴 수도 있었지만, 또 금세 언제 그랬냐는 듯이 하늘과 땅과 별을 다시 일으켜 세울 수도 있었다.

믿기 어려울지 모르지만, 사실은 카피투가 더 많이 좋아졌기 때문이다. 그날 밤 그녀는 훨씬 더 사랑스러워 보였고, 부드러운 공기가 우리를 더욱 포근히 감싸 안았으며, 밤하늘은 한층 더 환해졌고, 성령으로 더욱 충만해졌다. 꼭 10파운드 스털링 때문만은 아니었고, 그 사건 덕분에 더욱 확실히 알게 된 그녀의 경제관념 때문만도 아니었다. 카피투가 매일 나를 위해 해왔던 일상에서의 내조를 언젠가 나에게 공개하기 위해 취한 사려 깊은 배려 때문이었다. 에스코바르에게도 더 큰 애착을 느끼게 되었다. 우리는 더욱 자주 왕래했고, 더욱 깊은 대화를 나누었다.

제108장 아들

그렇다고 해서 아이에 대한 나의 갈망이 해소된 건 아니었다. 노르께한 얼굴에 삐쩍 마른 병약한 아이라 하더라도 나를 닮은 아들, 아들만 하나 있으면 만사형통일 것 같았다. 우리는 안다라이에 가서 에스코바르와 산샤의 딸을 보고 부러움에 휩싸였다. 아이는 '카피투지냐'라는 친숙한 이름을 지녔다. 그 어린 소녀는 귀엽고 통통했으며, 말도 잘하고 호기심도 많았다. 부부는 여느 부모와 마찬가지로 아이의 짓궂은 장난과 말썽 피운 이야기를 들려주었다. 밤이 되어 글로리아로 돌아오는 길에 우리는 부러움에 한숨을 내쉬며, 하늘을 향해 시기의 늪에 빠지지 않게 해달라고 마음속으로 기도했다…….

시기심이 사라지고 희망이 싹트기 시작하더니 얼마 지나지 않아 그 희망의 열매가 세상에 찾아왔다. 내가 기도했던 것과 달리 병약하고 못생기기는커녕 튼튼하고 잘생긴 남자 아이였다.

아이가 태어났을 때의 기쁨은 어떻게 말해야 할지 모르겠다. 나는 똑같은 감정을 느껴본 적이 없었고, 그 어떤 감정도 그에 견줄 수 없을 뿐만 아니라 앞으로도 그와 유사한 감정은 느끼지 못할 것이다. 그것은 일종의 현기증, 광기와 같았다. 나는 소심한 성격 탓에 거리에서 노래를 흥얼거리지는 않았고, 집에서도 회복 중인 카피투를 괴롭히지 않기 위해 얌전히 있었다. 이제 막 부모가 된 이들을 지켜주는 신이 있었기 때문에 넘어지는 일도 없었다. 밖에서는 아이 생각만 하며 지냈다. 집에서는 아이에게서 시선을 떼지 못한 채 보고 또 보며, 어디서 왔는지, 왜 내가 그토록 아이에게 흠뻑 빠지게 되었는지 묻곤 했고, 매 순간 말도 안 되는 여러 가지에 대해 잠자코 생각에 빠지거나 공상에 잠겼다. 어쩌면 아이에게 정신이 팔려서 몇 가지 소송에서 패소했던 것인지도 모른다.

카피투는 아이와 나 모두에게 다정했다. 우리는 언제나 서로의 손을 마주 잡고, 아이를 돌보지 않을 때는 우리 자신에 관해, 우리의 과거와 미래에 관해 이야기했다. 마법에 걸린 것처럼 가장 신비로운 시간은 모유를 먹일 때였다. 그 모습은 단지 한 존재의 자양분과 생명을 유지하기 위한 자연적인 결합에 불과할 뿐 그 이상도 그 이하도 아니었지만, 내 아들이 자기 어머니의 젖을 빠는 것을 보면서 저항할 수 없는 운명의 힘으로 우리의 사랑을 굳건히 지켜 이뤄낸 성취에 이루 말할 수 없는 감정에 사로잡혔다. 어쩌면 세세하게 말로 표현하지 않는 편이 나을 것 같기도 하다. 기억이 확실치 않은 탓에 내 말이 모호하게 비춰질까봐 두렵기 때문이다.

상세하게 전달하지 못함을 용서하기를 바란다. 어머니와 함께 처음 며칠 밤낮을 카피투 곁에서 지극정성으로 돌본 산샤에 대해서는 무슨 부연 설명이 필요하겠는가. 나는 산샤의 호의를 거절하려고 했다. 그녀는 나를 위한 호의가 아니라고 말하며, 카피투 역시 결혼하기 전에 인발리두스에 자신을 돌보러 왔었다고 답했다.

"카피투를 만나러 오셨던 거 기억나지 않으세요?"

"기억합니다. 하지만 에스코바르는……."

"나는 와서 너와 함께 저녁 먹고, 밤에는 안다라이로 돌아갈게. 여드레면 모두 끝날 텐데 뭐. 누가 초보 아빠 아니랄까봐."

"너도 마찬가지면서. 둘째는 어디 있는데?"

우리는 이렇게 서로 농담을 주고받곤 했다. 요즘은 내가 바깥출입을 하지 않고 은둔하며 지내는 탓에 그런 말이 여전히 존재하는지는 알 수 없지만, 분명 있을 것이다. 에스코바르는 그가 말한 대로 했다. 우리와 함께 저녁을 들고, 밤에 집으로 돌아갔다. 저녁 무렵이면 우리는 해변이나 파세이우 푸블리쿠 공원을 거닐었고, 그가 사업 궁리를 하며 머릿속으로 계산기를 두드리는 동안, 나는 온갖 상상의 나래를 펼쳤다. 나는 내 아들이 의사, 변호사, 사업가가 되는 상상을 했고, 아이를 여러 대학과 은행에 넣다 뺐다를 반복하다가 심지어 아이가 시인이 되는 것도 나쁘지 않겠다고 생각했다. 정치인이 될 가능성도 생각했고, 나에게 흐르지도 않는 웅변가의 피를 물려받아 위대한 웅변가가 될 수도 있지 않을까 하는 어처구니없는 생각에 빠지기도 했다.

"그럴 수도 있지. 데모스테네스가 그렇게 되리라고는 아무도 상상하지 못했을 테니까." 에스코바르가 응수했다.

에스코바르는 나의 유치한 상상을 곧잘 함께했고, 미래에 관해 묻기도 했다. 우리가 서로 사돈을 맺게 될 가능성도 이야기했다. 우정은 존재한다. 이 말을 들은 나는 그 진한 우정에 깊이 감동해서 무어라고 대답할 말도 제대로 찾지 못한 채 에스코바르의 손을 잡고 협정에 서명했다. 그 말은 거칠게 뛰던 심장이 진정되고 한참 뒤에야 뜬금없이 튀어나왔다. 나는 양해 각서 체결을 수락했고, 이 목적을 위해 아이들을 같은 방식으로 함께, 온전하고 바른 길로 인도하자고 제안했다.

에스코바르를 아이의 대부로 삼고자 했던 것도 나의 생각이었다. 대모는 반드시 우리 어머니였으면 싶었고, 또 그래야만 했다. 그러나 나의 계획은 코즈미 삼촌의 개입으로 인해 시작부터 변경되었다. 코즈미 삼촌은 아이를 보자마자 예뻐 죽겠다는 표정으로 말했다.

"이놈아, 이리 와서 네 대부의 축복을 받아야지." 그러고는 나를 향해 돌아서서 말했다. "그 정도 호의는 베풀어주마. 세례식은 병이 더 심해져서 내가 골로 가기 전에 서둘러야 해."

나는 에스코바르의 양해와 용서를 구하기 위해 조심스럽게 이야기를 꺼냈다. 그는 웃었고 기분 나빠 하지도 않았다. 오히려 한술 더 떠 세례식 날 점심 식사를 자신의 농장에서 대접하고 싶다기에 그렇게 하기로 했다. 그 와중에도 나는 코즈미 삼촌의 병이 먼저 심해지지 않을까 싶어 계속 식을 미뤘지만, 생각해보니 죽이려고 아예 작정한 것보다 그게 더 상심이 컸을 것 같다. 세례식을 치르는 것 외에는 다른 방도가 없었다. 아이는 '에제키에우'•라는 이름으로 세례를 받았다. 에

• 유대 왕국 말기의 선지자인 '에스겔'을 상징하는 이름.

스코바르의 이름이었고, 나는 이런 식으로라도 그를 대부로 삼지 못한 미안함을 만회하고 싶었다.

제109장 외동아들

지난 장이 시작되었을 때 에제키에우는 아직 출생 전이었지만, 장을 마칠 때는 그리스도교인이자 가톨릭 신자가 되어 있었다. 이것은 다섯 살 무렵부터 나의 에제키에우에게 지워진 또 다른 운명이었다. 건장하고 잘생긴 맑은 눈의 소년은 이미 동네의 모든 소녀를 비롯해 세상 모든 여자를 후릴 듯한 기세의 거친 눈빛을 지니고 있었다.

게다가 외동아들이었다. 맞든 틀리든, 죽든 살든, 하나밖에 없는 자식이었고, 더는 아이가 생기지 않을 수도 있다는 점을 고려한다면, 에제키에우에게 우리가 지극정성을 다했던 이유와 그 아이가 우리로부터 앗아 간 잠, 이를 뽑느라 야단법석을 떨었던 일 또는 미열이나 가벼운 질환에도 놀라 당황했던 일 등 아이를 키우는 부모들이 겪는 모든 고충을 기꺼이 감내했던 이유를 짐작할 수 있을 것이다. 아이에게 무슨 일이 생길 때마다 우리는 만사를 제쳐두고 달려갔다. 굳이 언급할 필요가 없는 것들일 수도 있지만, 너무 둔해서 모든 것을 시시콜콜 이야기해주지 않으면 아무것도 이해하지 못하는 독자들도 있다. 자, 그럼 다시 나머지 이야기로 돌아가자.

제110장 어린 시절의 특징

나머지 이야기에는 더 많은 장을 할애해야 한다. 더 적은 수의 장을 할애한 이야기들도 있지만, 그 경우는 결론이 난 완성된 이야기였다.

대여섯 살 무렵 에제키에우는 글로리아 해변에서 내가 상상했던 미래를 실제로 그려봄 직했다. 심지어 한량부터 사도에 이르기까지 모든 자질이 엿보이기까지 했다. 여기에서 한량은 좋은 의미로, 생각하고 침묵하는 사람이라는 뜻으로 사용한 것이다. 아이는 어렸을 때부터 종종 혼자만의 세계에 빠져 있곤 했고, 그 모습은 아이 엄마를 연상시켰다. 그뿐만 아니라 동네 여자아이들에게 내가 가져온 까까가 진짜 까까라는 것을 보여주러 가겠다며 고집을 피우고 법석을 떨기도 했다. 물론 먼저 질리도록 실컷 까까로 배를 채우고 나서야 가겠다고 나서긴 했다. 사도들도 모든 교리를 마음에 새기기 전까지는 말씀을 전파하러 나서지 않았다. 유능한 사업가인 에스코바르는 이런 행동을 보이는 주된 원인은 아마도 부모가 그에게 까까를 가져다준 기회를 틈타 은연중에 동네 여자아이들을 같은 전도회에 불러 모으고자 했던 데 있었을 것이라고 의견을 밝혔다. 그러고는 아이의 재치에 웃음을 터뜨리며, 크면 자신의 동업자로 삼아야겠다고 말했다.

에제키에우는 까까 못지않게 음악도 좋아했고, 나는 카피투에게 아이를 위해 마타카발루스의 코카다 행상인들이 부르던 노래를 피아노로 연주해달라고 말했다…….

"생각이 안 나."

"무슨 소리야! 오후마다 코카다를 팔던 그 흑인 행상인이 어떻게 생각나지 않을 수 있어……."

"코카다를 팔던 흑인은 생각나지만, 노래는 모르겠어."

"가사도 생각 안 나?"

"가사도 생각 안 나."

이 책을 주의 깊게 읽었다면 응당 그 가사를 기억할 여성 독자는 그 가사가 카피투의 어린 시절과 사춘기 시절을 상기시키는 추억의 한 부분이라는 걸 알기에, 그렇게 까맣게 잊었다는 사실이 놀랍기 그지없을 것이다. "잊을 수도 있지. 모든 걸 기억할 수는 없잖아." 카피투는 나에게 이렇게 대답했고, 나는 대꾸하지 못했다. 나는 그녀가 미처 예상치 못했을 행동을 보였다. 나는 오래된 서류들을 보관해놓은 곳으로 달려갔다. 상파울루에서 유학하던 시절, 나는 음악 선생님에게 행상곡의 선율을 악보로 옮겨달라고 부탁했었다. 그는 기꺼이 수고를 감수하고 해주었고(나는 그에게 기억 속의 노래를 흥얼거리기만 하면 되었다), 나는 그 악보를 보관해두었던 것이다. 나는 악보를 찾으러 갔다. 잠시 후 그녀가 악보를 손에 들고 연주하고 있던 로맨스를 중단시켰다. 그녀에게 자초지종을 설명했고, 그녀는 악보에 적힌 열여섯 개의 음표를 피아노로 연주했다.

카피투는 맛깔스럽다고 표현해도 손색없는 특별한 풍미를

곡에 불어넣었다. 아이에게 행상인 이야기를 들려준 뒤, 그녀는 연주하며 노래를 불렀다. 에제키에우는 음악을 이용해 자신에게 돈을 달라고 청해 나에게 가사의 속뜻을 새삼 깨닫게 해주었다.

에제키에우는 의사, 군인, 배우가 되었다가 발레리노도 되었다. 나는 아이에게 웅변을 시킨 적은 한 번도 없었지만, 목마와 장난감 칼은 항상 아이와 함께했다. 어느 순간부터 군대가 거리를 지나갈 때면 내가 말하지 않아도, 아이는 달려가서 구경하곤 했다. 모든 아이가 그렇다. 하지만 모든 아이가 이 아이와 같은 눈을 지니고 있지는 않다. 나는 어떤 아이에게서도 군악대의 북소리와 함께 행군하는 군대를 보며 그토록 흥분하며 좋아하는 모습을 본 적이 없었다.

"보세요, 아빠! 보세요!"

"보고 있어, 아들!"

"사령관 보세요! 사령관이 탄 말 좀 보세요! 병사들 좀 보세요!"

어느 날 에제키에우는 잠에서 깨자마자 손으로 나팔을 연주하기 시작했다. 나는 아이에게 금속으로 된 장난감 나팔을 사주었다. 장난감 병정들은 물론이고, 에제키에우가 한참을 눈을 떼지 못하던 전투 장면이 그려진 판화도 사주었다. 아이는 대포 한 대와 쓰러진 병사, 검을 높이 치켜든 또 다른 병사에 대해 설명해달라고 했다. 설명을 듣고 나자, 아이의 모든 관심은 검을 높이 치켜든 병사에게로 쏠렸다. 어느 날 (천진무

구한 나이이지 않은가!) 에제키에우는 나에게 조급하게 물었다.

"그런데 아빠, 왜 검을 내려놓지 않는 거예요?"

"그건 그림이기 때문이야."

"그런데 그럼 왜 저 병사가 자기를 그린 거예요?"

나는 아이의 실수에 웃음을 터뜨리며 병사가 자기를 그린 것이 아니라 판화가가 그린 것이라고 설명했고, 판화가가 무엇인지, 판화가 무엇인지에 대한 설명도 추가로 덧붙여야 했다. 한마디로 아이는 카피투의 호기심을 고스란히 빼닮았다.

이러한 것들이 어린 시절의 주요 특징이었다. 하나만 더 이야기하고 이 장을 마치도록 하겠다. 어느 날 에제키에우는 에스코바르의 농장에서 입에 쥐를 물고 있는 고양이와 맞닥뜨렸다. 고양이는 먹이를 문 채 달아날 곳을 찾지 못하고 멈춰서 있었다. 에제키에우는 아무 소리도 내지 않고, 숨을 죽인 채 웅크리고 앉아 계속 고양이를 지켜봤다. 그 모습을 본 우리가 멀리서 무슨 일이냐고 묻자, 에제키에우는 우리에게 조용히 하라는 신호를 보냈다. 에스코바르가 말했다.

"고양이가 쥐를 잡았을 거야. 우리 집에 쥐가 계속 들끓고 있거든. 악마가 따로 없어. 가보자."

카피투도 아들이 무엇을 하고 있는지 보고 싶어 했다. 나는 그들을 따라갔다. 사실 별 관심도 재미도 없는 고양이와 생쥐의 진부한 사건이었다. 유일하게 특이한 점은 생쥐가 살아서 발버둥 치고 있었고, 내 어린 아들이 그걸 넋을 잃고 바라보고 있었다는 것이다. 아주 짧은 순간이었다. 고양이는 사람들이 더 많아진 사실을 감지하자마자 달아날 준비를 했다. 아이는 여전히 눈을 떼지 못한 채 다시 우리에게 조용히 하라고 손짓했고, 순식간에 주변은 적막감마저 감돌았다. '종교적'이라는 말을 쓰려다 지운 뒤, 여기에 다시 넣었다. 침묵의 총체성을 의미할 뿐만 아니라, 고양이와 생쥐의 행동에 의식과 유사한 무언가가 있었기 때문이다. 유일하게 들렸던 잡음은 생쥐가 마지막으로 버둥대는 소리였다. 아주 미약했다. 다리는 거의 움직이지 않았고, 제멋대로 늘어져 흔들거리고 있었다. 보기가 역겨웠던 나는 손뼉을 쳐서 고양이가 달아나게 했다. 고양이는 재빨리 달아났다. 다른 사람들이 나를 저지할 시간조차 없었다. 에제키에우의 실망은 이만저만이 아니었다.

"아, 아빠!"

"뭐가? 지금쯤이면 쥐는 잡아먹혔을 거야."

"네, 알아요. 하지만 직접 보고 싶었어요."

다른 두 사람은 웃었다. 나도 그 모습이 우스웠다.

제111장 짧은 일화

나도 그 모습이 우스웠다. 시간이 흘러 일련의 사건을 겪으며 생쥐에 대한 일종의 동정심 같은 것이 생겼는데도 여전히 그 사실만큼은 부정하고 싶지 않다. 재미있었다. 이 말에 나는 아무런 부담도 느끼지 않는다. 선별적 거부나 부당한 배제 없이 자연이 원하는 방식대로 자연을 사랑하는 사람들은 자연에서 난 것을 하찮게 여기지 않는다. 나는 생쥐를 사랑한다. 나는 고양이를 싫어하지 않는다. 나는 이들을 함께 키울 생각까지 했었다. 하지만 이들이 결코 양립할 수 없는 존재라는 사실을 알았다. 실제로 한쪽은 나의 책을 갉아 먹고, 다른 한쪽은 나의 치즈를 갉아 먹는다. 한때 더 안 좋은 상황에서 나의 휴식을 송두리째 앗아 간 강아지 한 마리를 용서했던 적을 제외하고는, 이들에게 내가 관용을 베푸는 경우는 그리 흔치 않았다. 짧은 일화 하나를 소개하겠다.

에제키에우가 태어났을 때였다. 아이 엄마는 열이 있었고, 산샤가 그녀의 곁을 지키며 돌봤다. 거리에서 개 세 마리가 밤새도록 짖어댔다. 나는 순찰 중인 경관을 찾았지만, 이것은 마치 지금까지도 자신이 독자라는 사실을 전혀 알아채지 못한 독자를 찾는 것과 마찬가지였다. 그래서 나는 그들을 죽이기로 마음먹었다. 독약을 사서 고깃덩어리 세 개를 만든 뒤, 그 안에 직접 약을 넣었다. 밤이 되었고, 나는 밖으로 나갔다. 1시였다. 병자도 병시중을 들던 이도 귀가 먹먹할 정도로 개들이 짖어대는 통에 도통 잠을 이루지 못하고 있었다. 개들은 나를 보자 피했다. 두 마리는 플라멩구 해변 방향으로 내려갔고, 한 마리는 내가 다가오기를 기다리듯 조금 떨어져 나를 지켜봤다. 나는 휘파람을 불고 손가락을 튕기며 개에게 다가갔다. 개는 사납게 계속 짖어댔지만, 나의 우정의 신호에 서서히 마음을 열며 소리가 잦아들기 시작하더니 이내 완전히 잠잠해졌다. 내가 계속 신호를 보내자 개는 천천히 꼬리를 흔들며 나에게 다가왔다. 이것이 개들이 미소 짓는 방식이다. 나는 이미 독이 든 고깃덩어리를 손에 들고 그중 하나를 개에게 던질 채비를 끝낸 상태였다. 그런데 그 특별한 미소, 애정, 신뢰, 혹은 뭔지 모를 그 무엇이 나의 의지를 마비시켰다. 그렇게 괜스레 개가 불쌍해져서 고깃덩어리를 주머니에 도로 넣었다. 독자는 아마도 고기 냄새가 개를 진정시켰다고 생각할지도 모른다. 아니라고는 말하지 않겠다. 하지만 나는 개가 나의 몸짓에 배신으로 답하고 싶지 않아 나에게 자신을 온전히 맡겼다고 생각한다. 그 결과 개는 용케 죽음을 면할 수 있었다.

제112장 에제키에우의 모방

에제키에우는 그렇게 하지 않았을 것이다. 독이 든 고깃덩어리를 만들진 않았겠지만, 던지기를 기피하지도 않았을 것이다. 확실한 건 달릴 수 있을 때까지 돌을 던지며, 끝까지 개의 뒤를 쫓아갔으리라는 것이다. 그리고 몽둥이가 있었다면 몽둥이를 사용했을 것이다. 카피투는 이 미래 전사의 모습에 열광했을 것이다.

"우리를 안 닮은 것 같아. 우리는 평화를 좋아하는데." 어느 날 카피투가 나에게 말했다. "하지만 어렸을 때 자기도 그랬다고 어머니가 나에게 말씀하셨어."

"응, 계집애 같은 남자아이는 안 될 거야." 내가 대꾸했다. "그런데 내가 한 가지 작은 결점을 발견했어. 다른 사람들을 모방하는 걸 좋아해."

"모방? 뭘?"

"사람들의 몸짓, 말하는 방식, 태도를 따라 하는 거지. 주스치나 당이모도 따라 하고, 주제 지아스 아저씨도 따라 해. 심지어 에스코바르의 발짓과 눈짓까지 따라 하는 것도 봤어……."

카피투는 생각에 잠겼다가 나를 바라보며 아이의 버릇을 고쳐주어야겠다고 말했다. 그제야 그 버릇이 정말 아이에게 습관처럼 배어 있다는 사실을 깨달은 듯했지만, 흔히 재미 삼아 다른 이들의 행동을 따라 하는 성인들처럼 그저 모방을 위한 모방일 뿐 오래가지 않을 거라고 여기는 것 같았다…….

"그렇다고 아이를 나무라면 안 돼. 버릇을 고칠 시간은 아직 많아."

"알았어, 지켜볼게. 그런데 당신도 누군가에게 화가 나면 그러지 않았어?"

"나를 화나게 하면 그랬지. 나도 인정해. 복수의 화신이 따로 없었지."

"그랬구나. 하지만 나는 집안사람들을 모방하는 것은 마음에 들지 않아."

"그때 당신 나 좋아했었어?" 나는 그녀의 뺨에 가볍게 손가락을 튕기며 물었다.

카피투는 대답 대신 조소 어린 달콤한 미소를 지어 보였다. 그녀의 이 미소는 말로는 설명할 수 없고, 오로지 그림으로만 제대로 담아낼 수 있을 것이다. 그러고는 팔을 뻗어 나의 어깨 위에 걸쳤다. 그 선이 너무 아름다워서 마치 (오래된 추억 속 이미지!) 꽃목걸이를 걸친 것처럼 보였다. 나도 그녀의 행동을 똑같이 따라 했고, 주변에 우리의 모습을 대리석 조각으로 옮겨줄 조각가가 없다는 사실이 아쉬웠다. 물론 예술가만 주목받을 것이다. 어떤 한 사람이나 집단의 모습이 담긴 예술품이 완성되면, 모델에 신경 쓰는 사람은 없고 오로지 작품에만 관심이 쏠린다. 작품만 남는다. 하지만 그런 것 따위는 중요치 않다. 우리는 그것이 우리라는 사실을 알고 있기 때문이다.

제113장 제삼자 금수 조치

이 이야기를 꺼내면, 독자는 그녀에게 지나치게 집착했던 내가 아이가 태어나고 세월이 흘렀는데도 계속 그랬던 것 아니냐고 물을 것이 뻔하다. 맞는다, 그랬다. 아주 작은 몸짓 하나, 무심코 던진 말 한마디, 사소한 고집에도 괴로워할 정도로 나는 그녀에게 계속 집착했다. 종종 무관심만으로도 충분했다. 나는 모든 것과 모든 사람을 질투했다. 이웃집 남자, 왈츠 파트너, 나이가 많든 적든 상관없이 남자라면 누구나 나를 공포와 불신으로 가득 채웠다. 카피투가 타인의 시선을 즐겼던 것은 확실하다. 그 목적을 달성하기 위한 가장 적절한 수단(어느 날, 어떤 여성이 나에게 말했다) 역시 보는 것이며, 타인의 시선에 노출될 일이 없으면 봐야 할 것도 없다.

나에게 이 말을 한 여성은 나에게 호감이 있었고, 아마도 내가 자신의 마음을 받아줄 생각이 없음을 알게 되자, 그렇게 그악스러운 말을 했던 것이 아닐까 싶다. 나를 좇는 다른 시선들도 있었다. 그리 많지는 않았다. 아직 닥치지 않았지만, 머지않아 나에게 닥칠 위태로운 미래에 대해 고백하고자 한 애초의 목적대로 나는 그 시선들에 대해서는 더 이야기하지 않겠다. 당시 내가 알고 지내던 미인 중 그 누구도 카피투에 대한 나의 마음을 털끝만치도 흔들지 못했다. 우리 어머니조차 절반 이상을 차지하지는 못했다. 카피투는 나에게 전부였고, 그 이상이었다. 평상시에도 일할 때도 숨 쉬듯 늘 그녀를 생각했다. 우리는 함께 극장에 가곤 했다. 그녀 없이 공연을 보러 간 적이 딱 두 번 있었던 것으로 기억한다. 무대 인사가 포함된 오페라의 첫 공연이었는데, 카피투는 몸이 안 좋아서 이 공연에 가지 못했다. 하지만 나보고는 다녀오라고 고집을 피웠다. 에스코바르에게 특별석 입장권을 보내기에는 너무 늦은 시간이었다. 나는 공연을 보러 갔지만, 1막이 끝나고 집으로 돌아왔다. 뜻밖에도 복도 문가에서 에스코바르를 발견했다.

"너랑 할 이야기가 있어서 왔어." 그가 나에게 말했다.

나는 극장에 갔다가 몸이 안 좋은 카피투가 걱정돼서 돌아오는 길이라고 설명했다.

"어디가 아픈데?" 에스코바르가 물었다.

"두통이 있고 속이 쓰리다고 했어."

"그럼 난 갈게. 그 제삼자 금수 조치 건 때문에 왔어."

제삼자 금수 조치였다. 중요한 일이 생겨서 시내에서 식사하고 집에 가는 길에 나에게 말하고 가는 게 낫겠다 싶어 들렀지만, 나중에 이야기하겠다고 했다…….

"아냐, 지금 이야기하자. 올라와. 좀 나아졌을 거야. 더 안 좋아졌으면 내려가고."

카피투는 괜찮아졌고, 심지어 좋아졌다. 그녀는 단지 약간의 두통이 있었을 뿐이었다며, 내가 공연을 즐기러 가도록 고통을 과장했었다고 했다. 그녀의 표정이 밝지 않았기 때문에 나를 놀라게 하지 않으려고 거짓말한다는 의심이 들었지만, 그녀는 순수한 진실이라고 맹세했다. 에스코바르가 웃으며 말했다.

"우리 처제가 너나 나만큼 아픈 것 같네. 우리 금수 조치 이야기나 하러 가자."

제114장 설명한 내용을 설명할 때

금수 조치를 이야기하기 전에 이미 설명했지만 충분하지 않은 점에 관해 설명하겠다. 독자는 내가 상파울루의 한 음악 선생님에게 마타카발루스의 코카다 행상인의 노래를 악보로 옮겨달라고 부탁했던 것을 읽었을 것이다(제110장). 그 이야기 자체는 별 내용이 없어서 두 장은 고사하고 한 장을 할애할 만한 가치도 없다. 그러나 유쾌하지는 않지만 흥미로운 가르침을 주는 내용이 있다. 설명한 내용을 설명하겠다.

카피투와 나는 그 행상인의 노래를 절대 잊지 말자고 맹세했었다. 서로 진정한 마음을 확인하는 순간이었다. 하늘나라의 공증인은 그 순간의 맹세를 알고 있을 것이다. 그가 바로 영원의 책에 기록하는 사람이기 때문이다.

"맹세해?"

"맹세해." 그녀가 무심하게 팔을 뻗으며 말했다.

나는 그 기회를 틈타 그녀의 손에 입맞춤했다. 내가 아직 신학교에 다닐 때였다. 상파울루에 간 뒤, 어느 날 그 곡을 다시 떠올려보려고 했지만, 생각이 잘 나지 않았다. 하지만 결국 기억해내는 데 성공했고, 음악 선생님에게 달려갔다. 음악 선생님은 친절하게도 종이에 악보를 적어주었다. 나는 내가 했던 맹세를 어기지 않기 위해서 이렇게 했다. 하지만 글로리아에서 그날 밤 오래된 서류들을 보관해놓은 곳으로 달려갔을 때, 나 역시 그 노래의 선율도 가사도 기억하지 못했다면 믿을 수 있을까? 나는 나의 맹세에 충실한 척했고, 이것이 나의 죄였다. 잊는 것은 누구나 잊을 수 있다.

사실 맹세를 지켜야 할지 말아야 할지는 아무도 모른다. 미래에 결정될 일들이기 때문이다! 그러므로 선서를 단순한 확인 절차로 바꾼 우리의 정치 헌법은 근본적으로 윤리적이라 할 수 있다. 이로써 끔찍한 죄에 종지부를 찍은 것이다. 약속을 어기는 것은 언제나 불성실한 일로 여겨지지만, 사람보다 하느님을 더 두려워하는 사람은 자신의 영혼이 연옥에 가지만 않는다면 때때로 거짓말을 내뱉어도 개의치 않을 것이다. 연옥을 영원히 표류해야 하는 지옥과 혼동하지 말길 바란다. 연옥은 모든 선행을 고금리 단기 대출로 빌려주는 전당포다. 그러나 그 대출 기간은 언젠가 한두 가지의 중간 선행이 크고 작은 모든 죄를 갚을 때까지 갱신될 수 있다.

제115장 의구심에 대한 의구심

이제 금수 조치에 대해 이야기하겠다……. 그런데 왜 금수 조치에 대해 이야기해야 할까? 그 이야기를 하는 것은 고사하고, 그것을 적는 것이 얼마나 고역인지 하느님은 알고 있다. 에스코바르가 전한 새로운 국면에 관해서는, 당시에 내가 그에게 했던 말을 고스란히 전하겠다. 그것은 아무런 가치도 없는 내용이었다.

"전혀?"

"거의 아무런 가치도 없어."

"그러면 어느 정도 가치가 있다는 거네."

"우리가 이미 가지고 있는 명분을 강화하는 정도는 되는데,

네가 나와 함께 마실 차의 가치보다는 못해."

"차 마시기에는 너무 늦었어."

"빨리 마시면 되지."

우리는 차를 마셨다. 차를 마시는 동안 에스코바르는 내가 추가 청구 작성을 피하려고 새로운 국면으로 전환되는 것을 꺼린다고 생각한 듯 의심의 눈초리로 나를 쳐다보았다. 그러한 의심은 우리의 우정과는 어울리지 않았다.

그가 떠나고 난 뒤, 나는 카피투에게 나의 의구심에 대해 언급했다. 그녀는 올랭피오의 슬픔마저 말끔히 몰아낼 수 있는 자신만의 섬세한 기교와 재주, 자신의 모든 매력을 총동원해 나의 의구심을 풀어주었다.

"금수 조치 때문이었겠지." 그녀가 결론지었다. "그리고 에스코바르가 이 시간에 여기까지 왔다는 건 그 일이 굉장히 중요하다고 생각했다는 의미일 거야."

"당신이 옳아."

말은 꼬리에 꼬리를 물고 계속 이어졌고, 나는 다른 의구심에 대해서도 말을 꺼냈다. 마치 겨울잠 자던 개구리가 깨어난 것처럼, 내 안에 잠들어 있던 의구심이 깨어나 봇물 터지듯 밖으로 분출된 것이다. 나는 어머니가 카피투를 다소 차갑게 대하며 거리를 두기 시작한 것 같다고 말했다. 그러나 이 의구심에 대해서도 곧바로 카피투의 섬세한 기교가 발휘되었다.

"내가 이미 당신한테 이야기했잖아. 시어머니들은 원래 그래. 당신 어머니는 당신한테 서운하신 거야. 서운한 마음이

사그라들고 보고 싶은 마음이 커지면, 예전처럼 돌아오실 거야. 손자가 보고 싶으실 테니까……."

"하지만 어머니는 에제키에우에게도 차갑게 대하셔. 내가 아이를 데려가도 이전만큼 반가워하시지 않아."

"몸이 편찮으신 게 아닐까?"

"내일 어머니랑 저녁 먹을까?"

"그래…… 그런데…… 아냐, 그렇게 해."

우리는 노모와 저녁을 먹었다. 백발이 성성하긴 해도 머리가 완전히 하얗게 세지는 않은 데다 외모도 비교적 젊은 축에 끼었지만, 이제는 어머니를 그렇게 칭하는 데 무리가 없어 보였다. 겉모습만큼은 50대 청춘이나 팔팔한 노년이라고 해도 전혀 손색이 없었지만, 감정적으로는 기복이 심했다……. 우리와 만났다 헤어질 때마다 촉촉해지는 어머니의 눈가에 대해서는 굳이 이야기하지 않겠다. 어머니는 대화에도 거의 참여하지 않았다. 그렇지만 집안 분위기는 특별히 평소와 다를 바 없었다. 주제 지아스는 결혼과 결혼의 아름다움에 관해 이야기했고, 정치, 유럽, 동종 요법도 이야기했다. 코즈미 삼촌은 지병에 관해 이야기했고, 주스치나 당이모는 이웃들에 관해 이야기하다가 주제 지아스가 자리를 비우면 그에 관해 이야기했다.

밤에 집으로 돌아갈 때는 카피투와 나의 의구심에 관해 이야기를 나누며 걸어갔다. 카피투는 다시 나에게 인내심을 가지고 기다리라고 충고했다. 시어머니들은 다 그런 법이고, 하루아침에 달라질 수 있다고 했다. 그녀는 좀 더 부드럽게 말했다. 그날 이후 그녀는 나를 더욱 다정하게 대했다. 나의 질투심을 유발하지 않기 위해 창가에서 나를 기다리지는 않았지만, 내가 계단을 올라 계단 꼭대기에 다다르면, 칸막이 문 문살 사이로 나의 사랑스러운 친구이자 아내의 얼굴을 볼 수 있었다. 그녀는 어린 시절 내내 그랬던 것처럼 웃고 있었다. 간혹 에제키에우가 그녀와 함께 있을 때도 있었다. 우리가 아침저녁으로 입맞춤하는 것을 유심히 지켜보던 아이는 그 모습을 흉내 내며 나의 얼굴에 뽀뽀를 퍼붓곤 했다.

제116장 사람의 아들

나는 어머니의 달라진 태도에 대해 의견을 구하려고 주제지아스를 집으로 불렀다. 그는 놀랐다. 아무 일도 없었고, 무슨 일이 있을 리 만무하다고 했다. 어머니로부터 "아름답고 몸가짐이 단정한 카피투"라는 칭찬을 한두 번 들은 게 아니라고 했다.

"이제 그런 칭찬이 들려올 때마다 저도 한목소리로 동참하지만, 처음에는 너무 부끄러웠습니다. 이 결혼을 반대했던 저 같은 사람이 이제 와서 하늘이 내린 진정한 축복이라고 인정하기가 어려웠지요. 마타카발루스의 장난꾸러기 아이가 이처럼 의젓한 숙녀가 될 줄 어찌 알았겠습니까! 우리가 서로를 알게 되기 전에 약간의 거리를 두었던 것은 그 아비 때문이었습니다. 그러나 모든 것이 다 잘되었습니다. 정말입니다, 도련님, 글로리아 사모님께서 대자의 어머니이기도 한 며느님을 칭찬하실 때마다……."

"엄마가요?"

"그럼요!"

"그런데 왜 우리 집에는 오랫동안 안 오시는 거예요?"

"최근에 류머티즘이 생기신 것 같아요. 올해는 무척 추웠지요……. 온종일 돌아다니셨던 분이 이제 오라버니 곁에서 조용히 지내실 수밖에 없으니 얼마나 답답하실지 상상해보십시오. 게다가 삼촌께서는 와병 중이시니……."

나는 이것이 우리가 마타카발루스에 갈 때마다 느꼈던 차가운 태도가 아니라 왕래를 끊은 이유를 설명한다는 것을 확인하고 싶었다. 그러나 객식구와 더 깊은 이야기를 나눌 수는 없었다. 주제 지아스는 우리의 "작은 선지자"(그는 에제키에우를 그렇게 부르곤 했다)를 만나게 해달라고 청했고, 평소처럼 아이와 반갑게 인사를 나눴다. 그러고는 느닷없이 성경 말투를 흉내 내며(나중에 생각해보니, 전날 밤에 〈에스겔서〉를 훑어보고 있었다) 에제키에우에게 물었다. "사람의 아들아, 어떻게 지냈느냐?" "사람의 아들아, 네 장난감은 어디 있느냐?" "사람의 아들아, 까까를 먹겠느냐?"

"사람의 아들이라니 무슨 소리예요?" 카피투가 불쾌한 표정으로 물었다.

"성경 말투를 옮긴 것입니다."

"저는 그런 말투 싫어요." 그녀가 거칠게 대답했다.

"카피투 아씨 말이 맞습니다." 객식구가 동의했다. "성경이 얼마나 조잡하고 직설적인 표현들로 가득 차 있는지 상상도 못 하실 겁니다. 저는 다양한 표현을 사용하려는 의도에서 그렇게 말한 것입니다……. 나의 천사님, 어떻게 지내나요? 나의 천사님, 제가 길에서 어떻게 걷지요?"

"아니요." 카피투가 끼어들었다. "다른 사람을 흉내 내는 습관을 고쳐주려고 노력 중이에요."

"하지만 얼마나 귀여운데요. 제 몸짓을 흉내 낼 때는 저를 본뜬 작은 모형을 보는 것 같아요. 요전에는 글로리아 사모님의 몸짓을 너무 잘 따라 해서 사모님께서 그 대가로 뽀뽀해 주시기도 했지요. 자, 제가 어떻게 걷지요?"

"안 돼, 에제키에우." 내가 말했다. "엄마가 안 된다고 하셨어."

나 역시 그것이 나쁜 버릇이라고 생각했다. 에스코바르의 손짓과 발짓 같은 일부 동작들은 아이에게 습관이 되어갔다. 최근에는 말할 때 고개를 돌리는 버릇과 웃을 때 고개를 떨구는 버릇까지 따라 했다. 카피투는 혼을 냈다. 그러나 아이는 악마처럼 짓궂었다. 우리가 다른 이야기로 화제를 돌리자마자, 응접실 한가운데로 팔짝 뛰어가 주제 지아스에게 소리쳤다.

"할아버지는 이렇게 걸어요."

우리는 웃지 않을 수 없었다. 나는 누구보다 크게 웃었다.

제일 먼저 눈살을 찌푸리며 아이를 꾸짖고 불러낸 사람은 카피투였다.

"그렇게 하면 안 돼, 알았어?"

제117장 가까운 친구들

당시 에스코바르는 이미 안다라이를 떠나 플라멩구에 집을 사서 이사한 뒤였다. 그 집은 아직 그곳에 있다. 옛 감정들이 사라진 것인지 아니면 단순히 잠자는 것인지 시험해보고 싶은 충동에 며칠 전 그 집을 보러 갔었다. 잠이 깊이 들었을 때는 숨을 쉬는지 확인하지 않으면 산 사람과 죽은 사람을 혼동할 수 있으니 뭐라고 말해야 할지 잘 모르겠다. 낮은 숨결이 느껴졌다. 그러나 파도가 일렁이던 바다 때문이었을 수도 있다. 결국 나는 그 집을 지나쳤고, 시가에 불을 붙였을 때는 이미 카테치에 와 있었다. 프린세자의 옛 거리를 따라 올라왔던 것이다……. 오, 옛 거리여! 오, 옛 가옥들이여! 오, 쌩쌩했던 예전의 다리여! 우리는 모두 옛날 사람이었고, 나쁜 의미에서 이미 늙고 병들었음을 뜻한다는 것은 굳이 말할 필요도 없을 것이다.

집은 낡았지만 변한 것은 없었다. 지금도 같은 번지수인지는 모르겠다. 사람들이 찾아가서 묻고 이야기를 파헤치는 것은 원치 않기 때문에 번지수를 밝히지는 않겠다. 에스코바르가 살아 있었다면 여전히 거기에 살고 있었을 것이라는 건 아니다. 얼마 후 그는 죽었다. 그의 죽음에 대해서는 다른 방식으로 이야기하겠다. 그가 살아생전 우리는 매우 가깝게 지냈기 때문에 한집에 사는 거나 매한가지였다. 나는 그의 집에서 살았고, 그는 나의 집에서 살았다. 글로리아와 플라멩구 사이의 해변 길이 마치 우리 소유의 사적인 통행로인 양 빈번하게 왕래했었다. 벽 하나를 사이에 두고 나란히 이웃하고 있던 마타카발루스의 두 집을 생각나게 했다.

포르투갈어권의 대표 역사가인 주앙 드 바후스•는 포르투갈인들이 근처에 요새를 짓자고 제안했을 때 야만족 왕이 했던 말을 순화해 소개하고 있다. 왕이 이르기를, 좋은 친구는 지척에 두지 말고 멀리 떨어져 있어야, 바위 절벽이 세차게 부딪히는 바닷물을 바라보며 관조하듯 서로 으르렁거릴 일이 없다고 했다. 역사가의 망령이 떠돌아다니고 있다면, 부디 나를 용서해주길 바란다. 나는 왕이 정말 그렇게 말했는지, 심지어 그 말이 진실인지조차 의심스럽다. 아마도 역사가가 자신의 글을 장식하기 위해 만들어낸 말일 것이다. 그리고 그 선택은 나쁘지 않았다. 왜냐하면 아름답기 때문이다. 정말이지 꽤 아름다운 문장이다. 율리시스 이후로, 심지어 그 이전에도, 나는 관습대로 바다가 실제 바위에 부딪혔다고 믿는다. 그러나 그 말이 사실이라고 믿는 것은 아니다. 물론 이웃 간의

• 포르투갈 고대 사학자 주앙 드 바후스(1496?~1570).

원수도 있지만, 형제처럼 가까운 친구도 있다. 그리고 역사가는 (그 시절에는 아직 없었던 것이 아니라면) '눈에서 멀어지면 마음마저 멀어진다'라는 속담을 잊은 듯하다. 우리의 마음은 더 가까워지려야 가까워질 수 없을 정도로 가까웠다. 아내들끼리는 서로의 집에서 살다시피 했다. 우리는 이 집 저 집을 오가며 대화를 나누거나 카드놀이를 하거나 바다를 바라보며 저녁 시간을 함께 보냈다. 두 아이는 플라멩구나 글로리아에서 며칠씩 보내곤 했다.

내가 나와 카피투 사이에 일어난 일이 그 아이들에게도 일어날 수 있다고 이야기하자, 모두가 그렇게 생각한다고 말했다. 산샤는 한술 더 떠 아이들이 심지어 닮아가기 시작했다고 덧붙였다. 나는 설명했다.

"아니에요, 에제키에우가 다른 사람의 몸짓을 흉내 내서 그렇게 느끼는 거예요."

에스코바르는 나의 말에 동의했고, 때로는 자주 교류하는 아이들끼리는 서로 닮기도 한다고 넌지시 말했다. 나는 평소대로, 내가 잘 아는 것도 아니고 모르는 것도 아닌 문제에 대해 늘 그래왔던 것처럼 고개를 끄덕였다. 모든 것이 가능했다. 확실한 것은 두 아이가 서로를 무척 좋아했고 결혼할 수도 있었지만, 결국 하지 못했다는 사실이다.

제118장 산샤의 손

독자여, 모든 것은 끝난다. '지속되는 모든 것이 다 오래가는 것은 아니다'라는 사실은 오래된 자명한 진리다. 이 서술부는 쉽게 인정하는 사람을 찾기 어렵다. 오히려 바람의 성이 그 재료인 바람보다 더 오래 지속된다는 생각을 쉽사리 머리에서 떨쳐버릴 수 없을 것이다. 그게 좋다. 그렇지 않으면 거의 영원하다고 할 수 있는 구조를 만드는 그 오래된 관습이 사라질 수 있다.

우리의 성은 견고했지만, 어느 주일……. 전날 밤 우리는 플라멩구에서 저녁을 보냈었다. 떼려야 뗄 수 없는 두 부부뿐만 아니라 객식구와 주스치나 당이모도 있었다. 그때 창가에서서 나와 이야기를 나누던 에스코바르가 이튿날 다시 저녁을 먹으러 와야 한다고 말했다. 가족 계획, 우리 넷을 위한 계획을 논의해야 한다고 했다.

"우리 넷을 위해? 콘트라단사 추려고?"

"아니, 절대 뭔지 짐작 못 할 거야. 나도 말해주지 않을 거고. 내일 와."

우리가 대화를 나누는 동안 창가 한쪽 구석에 있던 산샤는 우리에게서 눈을 떼지 못했다. 남편이 자리를 벗어나자 그녀가 나에게 다가왔다. 그녀는 나에게 우리가 무슨 이야기를 나눴는지 물었다. 나는 어떤 계획에 관해 이야기했는데, 무엇인지 모르겠다고 대답했다. 그녀는 나에게 비밀을 지키라고 요구하며 그것이 무엇인지 밝혔다. 2년 후 유럽 여행을 계획하고 있다는 것이었다. 그녀는 이 이야기를 실내를 등진 채 거의 속삭이다시피 했다. 바다가 해안으로 세차게 몰아치고 있었다. 파도가 일었다.

"우리 모두 가는 거예요?" 내가 끝으로 물었다.

"네, 모두."

산샤는 고개를 들고 너무나 기쁜 표정으로 나를 바라보았다. 그녀와 카피투의 관계만 아니었다면 나는 그녀의 이마에 입맞춤했을 것이다. 그도 그럴 것이 산샤의 눈은 단순히 형제애를 불러일으키는 눈빛이 아니었다. 뜨겁고 도전적으로 보였고, 다른 것을 원하는 눈빛이었다. 하지만 그녀는 곧 창에서 멀어졌고, 나는 그곳에서 바다를 바라보며 생각에 잠겼다. 맑은 밤이었다.

그곳에서 나는 피아노 곁에 있던 산샤의 시선을 좇다가 중간에 그녀와 눈이 마주쳤다. 네 개의 눈동자는 가만히 멈춰 선 채 서로를 마주 보았다. 누군가 먼저 시선을 피하기를 기다렸지만, 둘 중 누구도 눈길을 돌리지 않았다. 마치 완고한 두 여행자가 좁은 길에서 맞닥뜨렸을 때 벌어지는 일처럼 말이다. 하지만 조심성 있게 처신했고, 이내 제각기 다른 곳으로 시선을 돌렸다. 나는 다시 창 너머로 시선을 향했다. 그렇게 밖을 바라보며 내가 그녀를 그런 표정으로 본 적이 있었는지 기억을 파헤치기 시작했으나, 확신이 서지 않았다. 한 가지는 확신할 수 있었다. 어느 날 나는 그녀를 지나가는 미지의 아름다운 여인을 생각하듯 생각했었다. 하지만 그때 그녀는 짐작했을 것이다……. 아마도 당시 그런 단순한 생각이 나의 얼굴에 스쳤을 테고, 그 모습에 그녀는 짜증이 났거나 수줍음을 느껴 나를 피했을 것이다. 그리고 지금은 거역할 수 없는 충동 탓에 나에게서 도망친 것이다……. '거역할 수 없는', 이 말은 마치 미사 때 신부가 강복을 기원하는 행위와도 같았고, 사람들은 그것을 자기 자신 안에 내면화하여 거듭 떠올렸다.

"내일 바다는 도전해볼 만할 거야." 내 옆에 서 있던 에스코바르의 목소리였다.

"내일 바다에 들어가게?"

"여기보다 더 거대한, 훨씬 더 큰 바다에도 들어갔었는걸, 뭐. 너는 거친 바다가 얼마나 매력적인지 상상도 못 할 거야. 나처럼 수영을 잘해야 하고, 이렇게 강한 폐도 필요하지. 이 팔도 좀 만져봐." 그는 가슴을 치면서 말했다.

나는 그의 팔이 산샤의 팔처럼 느껴졌다. 이러한 고백을 하는 것이 거북하기는 하지만, 진실을 외면하지 않으려면 숨겨서는 안 된다. 이런 생각을 하며 그의 팔을 만졌을 뿐만 아니라, 또 다른 감정도 느꼈다. 내 것보다 더 두껍고 강하다는 사실을 깨닫곤 부러웠다. 게다가 그는 수영도 할 줄 알았다.

우리가 그 집을 나설 때, 나는 안주인과 다시 한번 눈으로 대화를 나눴다. 그녀는 나의 손을 꽉 쥐었고, 평소보다 길게 악수했다.

지금처럼 그때도 나는 산샤의 몸짓을 남편의 계획에 대한 승인과 감사의 의미로 받아들이는 게 겸손한 행동이라고 생각했다. 그랬어야만 했다. 하지만 나의 몸 전체를 관통했던 이상한 기류가 내가 방금 쓴 결론을 빗나가게 했다. 게다가 서로 악수하며 산샤의 손가락과 내 손가락이 맞닿아 있는 감촉을 느꼈다. 그것은 혼돈과 죄악의 순간이었다. 시곗바늘의 움직임으로는 미처 따라잡지도 못할 만큼 순식간에 지나갔다. 시계를 귀에 갖다 대니 덕과 이성이 똑딱거리는 소리만 들렸다.

"대단히 매력적인 여성이네요." 주제 지아스가 자신의 연설을 마무리하며 말했다.

"대단히 매력적이지요!" 나는 다소 열정적으로 그의 말을 되풀이했고, 곧바로 말을 바꾸며 수습에 나섰다. "정말 아름다운 밤이네요!"

"저 집의 모든 사람이 그러하듯이요." 객식구가 말을 이어갔다. "여기 바깥은 아닙니다. 여기 바깥은 바다가 잔뜩 성이 났네요. 들어보세요."

우리는 집 안에서도 바다의 포효를 들었다. 파도가 크게 일었고, 멀리서 파도가 더욱 세지는 것이 보였다. 앞서가던 카피투와 주스치나 당이모가 해변 모퉁이에서 잠시 걸음을 멈췄고, 그렇게 우리 넷은 함께 걸으며 대화를 나눴다. 하지만 나는 대화에 제대로 끼지 못했다. 산샤의 손과 우리가 나눈 눈빛을 도저히 잊을 수 없었다. 한 장면이 떠오르고 나면, 금세 또 다른 장면이 생각났다. 악마의 초침이 하느님의 분침과 서로 교차하며 움직였고, 이에 따라 시곗바늘은 나의 파멸과 구원을 번갈아 가리켰다. 주제 지아스는 문 앞에서 작별을 고했다. 주스치나 당이모는 우리 집에서 자고, 다음 날 점심 식사후에 미사를 드리고 떠날 예정이었다. 나는 서재로 자리를 피해 평소보다 더 오래 머물렀다.

그곳에 가지고 있던 에스코바르의 사진이 어머니의 사진 옆에서 마치 살아 있는 사람처럼 말을 걸어왔다. 나는 플라멩구에서부터 따라온 충동과 진심으로 맞서 싸웠다. 친구 아내의 모습을 떨쳐내려 애썼고, 스스로를 배신자라고 불렀다. 게다가 그녀와의 작별 인사와 그 이전 몸짓들에 그런 의도가 있다고 누가 나에게 단언할 수 있겠는가? 모든 것이 우리 여행에 대한 그녀의 관심 때문일 수도 있다. 산샤와 카피투는 무척 친한 친구니까 함께 여행을 가는 것이 더할 나위 없이 기뻤을 수도 있다. 성적인 의도가 있었다고 해도, 그것이 하룻밤 자고 나면 사라질 운명을 지닌 한순간의 감정이 아니라는 것을 누가 증명할 수 있겠는가? 다른 죄에서 비롯되지도 않고 그리 오래 지속되지도 않는 후회의 고통도 있는 법이다. 나는 이 가설에 매달려, 나의 기억 속에서 따스하고 길게, 서로의 손을 굳게 마주 잡고 악수하며 느꼈던 나의 손 안의 산샤의 손과 화해했다…….

진심으로 나는 친구와 여자 문제로 얽히게 된 것이 불편했다. 소심함은 그 위기를 초래한 또 다른 원인이었을 수도 있다. 우리에게 선행을 베풀도록 하는 것은 하늘만이 아니다. 소심함도 그렇다. 우연히 행하는 선행은 굳이 거론하지 않겠다. 우연은 그저 우연히 발생한 사건일 뿐이기 때문이다. 최고의 선행은 하늘에서 내려주는 것이다. 하지만 소심함을 하늘에서 내려주었듯이, 하늘은 우리에게 기질도 내려주기 때문에 소심함의 딸인 선행은 계보에 따르면 같은 천상의 피를 나눈 사이인 셈이다. 그렇게 할 수만 있었다면, 그렇게 생각했을 것이다. 그러나 처음에는 이유 없이 방황했다. 그것은 열정도 관심도 아니었다. 변심한 것이 아니라면 무엇이었을까? 이십 분 후 그것은 아무것도, 정말 아무것도 아니었다. 에스코바르의 사진이 나에게 말하는 것 같았다. '너의 솔직하고 분명한 태도를 봤어.' 나는 고개를 저으며 잠자리에 들었다.

제119장 친구여, 그러지 말길 바란다

어제의 카바티나와 오늘의 왈츠 사이에서 휴식을 취하자는 생각으로 이 책을 펼친 나의 친구이자 독자는 우리가 절망의 나락을 배회하는 모습을 보고는 서둘러 책을 덮고 싶을 것이다……. 친구여, 그러지 말길 바란다. 내가 방향을 바꾸겠다.

제120장 사건 경위서

이튿날 아침 나는 전날 밤의 가증스러움은 완전히 벗어버린 채 잠에서 깼다. 나는 그것을 환각이라고 불렀고, 커피를 마신 뒤 신문을 보며 몇 가지 사건 경위서를 검토하러 갔다. 카피투와 주스치나 당이모는 라파에서 9시 미사를 드리기 위해 집을 나섰다. 내가 사건 경위서에 적힌 상대방의 주장 속에서 법률이나 관행의 뒷받침 없이는 용납할 수 없는 거짓 주장들을 읽는 사이에 산샤의 모습은 완전히 사라졌다. 나는 소송에서 이기기 쉬울 것이라고 예상했다. 달로스•와 페레이라 이 소자••의 판례를 살펴본 것이다…….

나는 딱 한 번 에스코바르의 사진을 보았다. 작년에 찍은 멋진 사진이었다. 그는 프록코트의 단추를 채운 채 왼손은 의자 등받이에, 오른손은 가슴에, 시선은 멀리 관객의 왼쪽을 바라보며 서 있었다. 우아함과 자연스러움이 배어 있었다. 내가 주문한 액자는 카드 뒷면 대신 아래에 새겨진 헌사를 가리지 않았다. "나의 친애하는 벤치뉴에게 너의 친애하는 에스코바르가. 1870년 4월 20일." 이 말은 그날 아침 내 생각을 확신하게 했고, 전날의 모든 기억을 한 번에 날려버렸다. 당시에는 나의 시력이 좋았다. 앉은 자리에서 헌사를 읽을 수

• 프랑스의 유명 법학자 빅토르 달로스(1795~1869).

•• 포르투갈 판사 조아킹 주제 카에타누 페레이라 이 소자(1756~1819).

있었다. 나는 다시 사건 경위서로 시선을 향했다.

제121장 재앙

경위서를 한창 읽어가던 그때, 계단에서 급한 발걸음 소리가 들리고 초인종이 울리더니 누군가 손뼉을 치고 문을 두드리며 부르는 소리가 들렸다. 모두가 문을 열어주러 현관으로 향했지만, 내가 직접 문을 열어주었다. 찾아온 사람은 산샤의 집에서 보낸 노예였다.

"가보셔야겠어요……. 주인님께서 수영하시다 물에 빠져 돌아가실 것 같아요."

그는 그 이상 아무 말도 하지 않았다. 혹은 내가 나머지 말을 듣지 못했을 수도 있다. 옷을 입고 카피투에게 메모를 남긴 다음 플라멩구로 달려갔다.

가는 도중에 무슨 일이 벌어진 것인지 대충 짐작했다. 에스코바르는 여느 때와 다름없이 물에 들어갔고, 바다가 거칠었는데도 평소보다 좀 더 과감하게 모험을 시도하다 파도에 휩쓸려 익사한 것이었다. 구조용 카누조차 손을 쓸 수 없었고, 간신히 그의 시신만 수습했다.

제122장 장례

남편을 여읜 아내……. 그녀가 터트린 오열과 나의 눈물, 그 밖의 다른 이들이 쏟아낸 눈물에 대해서는 말을 아끼겠다. 나는 그곳에서 11시쯤 떠났다. 카피투와 주스치나 당이모가 나를 기다리고 있었다. 한 사람은 넋이 나간 표정으로 멀거니 있었고, 다른 한 사람은 그저 따분해 보였다.

"가서 가엾은 산샤와 함께 있어줘. 장례는 내가 알아서 치를게."

우리는 그렇게 했다. 나는 장례식이 화려하고 친구들로 북적거리기를 원했다. 해변, 거리, 글로리아 광장은 모두 조문객들의 마차로 가득 찼다. 그중 많은 수가 개인 소유의 마차였다. 집이 크지 않아 다 수용할 수 없었으므로 많은 사람이 해변에서 사고에 관한 이야기를 나누며 에스코바르가 사망한 장소를 가리키거나 시신이 어떻게 수습되었는지 들었다. 주제 지아스는 고인의 사업을 두고 오간 이야기를 들은 뒤, 자산 가치 평가에 대해서는 일부 이견이 있긴 하지만, 부채가 많지 않을 거라는 데는 모두가 같은 의견을 내놓았다고 말했다. 사람들은 에스코바르의 사업가적 자질을 칭찬했다. 한두 사람은 히우브랑쿠 내각의 최근 행보에 관한 이야기를 꺼내기도 했다. 1871년 3월의 일이었다. 나는 그달이나 연도를 결코 잊을 수 없다.

영결식에서 추도사를 낭독하기로 결심한 뒤, 나는 집에서 몇 줄의 글을 적어 주제 지아스에게 보여주었다. 그는 추도문이 고인과 나에게 정말 합당하다고 평했다. 주제 지아스는 나에게 글이 적힌 종이를 달라고 청하더니 천천히 단어에 힘을 실어 낭독하며 자신의 첫 평가를 재확인했다. 플라멩구 전역에 내가 추도사를 낭독할 것이라는 소식이 퍼졌다. 몇몇 지인이 나에게 찾아와 물었다.

"그래서 추도사를 낭독하시는 거예요?"

"네 마디밖에 안 돼요."

몇 마디 더 있었을 수도 있다. 즉흥적으로 말하다가 감정이 북받쳐서 말을 잇지 못할까봐 두려워 추도문을 짧게 썼던 것이다. 틸버리 마차를 타고 이동하던 한두 시간 동안 나는 신학생 시절을 떠올렸다. 에스코바르와의 관계, 우리가 서로에게 느꼈던 호감, 둘도 없는 친구가 된 이후 오랜 시간 함께할 것을 약속한 우리 두 사람을 운명이 영원히 갈라놓을 때까지, 단 한 번도 흔들림 없이 이어진 우리의 우정이 주마등처럼 눈앞을 스쳤다. 나는 이따금 눈물을 훔쳤다. 나에게 두세 가지 질문을 던지며 기분을 살피던 마부는 별다른 소득이 없자 마차를 모는 데 집중했다. 집에 도착하자마자 나는 그 감정을 종이에 적었다. 이렇게 완성된 것이 그 추도문이었다.

제123장 파도를 닮은 눈

발인 준비가 끝나고 마침내 떠날 시간이 되었다. 산샤는 남편에게 마지막 작별 인사를 하고 싶어 했고, 남편의 시신 앞에서 절규하는 그녀의 모습은 모두를 먹먹하게 만들었다. 남자들도 많이 울었고, 여자들은 하나같이 눈물을 흘렸다. 카피투만이 감정을 추스르며 묵묵히 남편 잃은 여인을 부축하고 있었다. 그녀는 산샤를 위로하며 시신에서 떼어놓으려 했다. 온통 눈물바다였다. 카피투는 이 혼란의 한가운에서 몇 초간 뚫어져라 시신을 내려다보았다. 그렇게 시선을 고정한 채 시신을 뚫어져라 쳐다보던 그녀의 눈에서 눈물 몇 방울이 조용히 흘러내렸다…….

그 순간 나의 눈물이 멈췄다. 나는 그녀를 바라본 채 서 있었다. 카피투는 서둘러 눈물을 훔치더니 응접실 안에 있던 사람들을 남몰래 둘러보았다. 그러고는 친구를 더욱 살뜰히 위로하고 달래며 다른 곳으로 데려가려 했지만, 마치 시신도 그녀를 붙잡고 놓아줄 생각이 없는 것 같았다. 카피투가 저 너머 바다로부터 밀려오는 파도처럼, 집어삼킬 듯한 큰 눈으로 눈물도 말도 없이 망자의 모습을 응시하던 그 순간, 망자의 아내만큼이나 그녀도 그날 아침에 수영하던 이가 다시 돌아오기를 간절히 바라는 것처럼 보였다.

제124장 추도사

"자, 내놓을 시간이 되었습니다……."

나에게 관을 덮으라고 재촉한 사람은 주제 지아스였다. 우리는 관을 덮었고, 나는 운구용 손잡이 중 하나를 잡았다. 마지막 통곡이 터졌다. 운구 행렬이 문에 도착하자 밝은 햇빛 아래 모여 있는 수많은 사람과 마차가 눈에 들어왔다. 사람들은 모자를 벗고 예의를 갖췄다. 길가로 관과 시신, 모든 것을 내놓을 시간이 되었다는 주제 지아스의 그 말이 그동안 수도 없이 입 밖으로 꺼내고 싶은 충동이 일었지만 단 한 번도 내지 못했던 말을 내뱉게 했다. 나는 마차에 올라 그에게 함부로 입 놀리지 말라고 으름장을 놓았다. 묘지에 도착해서도 나는 집에서 치렀던 의식을 반복해야 했다. 운구용 손잡이를 풀고 무덤까지 관을 옮기는 것을 도왔다. 이 과정이 나에게 얼마나 고역이었는지 상상도 못 할 것이다. 시신을 묘혈 안으로 내려놓은 뒤 석회와 삽을 가져왔다. 독자도 이러한 절차를 알고 있어야 한다. 아마도 한 번 이상은 장례식에 참석하게 될 것이다. 그러나 독자여, 그대도 알지 못하고, 그대의 친구들 혹은 다른 그 어떤 낯선 이도 알 수 없는 것이 있다. 그것은 바로 모든 시선이 나에게 쏠려 있는 것을 의식한 순간 나를 휘감았던 위기감이다. 사람들은 발소리가 나지 않도록 조심스레 걸었고, 다들 숨죽인 채 귀를 기울였다. 그렇게 몇 초의 정적이 흐르자 속삭이며 수군대는 소리와 다그치는 소리가 들렸고, 누군가 신호 같은 것을 주고받더니 다가와 나의 귓가에 말했다. 주제 지아스였다.

"자, 말씀하십시오."

추도사였다. 사람들은 추도사를 기다리고 있었다. 그들은 추도사를 요구할 만한 자격이 있었다. 나는 기계적으로 주머니에 손을 넣어 종이를 꺼낸 뒤, 속사포처럼 추도사를 쏟아냈다. 처음부터 끝까지 제대로 다 읽지도 못했다. 목소리는 밖으로 나오는 것이 아니라 오히려 기어드는 것 같았고, 두 손이 덜덜 떨렸다. 내가 이런 반응을 보였던 것은 낯선 감정이라서만은 아니다. 친구에 대한 기억, 그리움에 대한 토로, 그의 성품과 재능에 대한 찬사가 담긴 바로 그 글 때문이었다. 이 모든 것을 내가 말해야만 했고, 틀리게 말했기 때문이다. 그와 동시에 사람들이 진실을 알아챌까 두려워 애써 숨기려 했기 때문이다. 내 말을 들은 사람은 거의 없다고 생각하지만, 대체로 이해하고 용인하는 반응이었다. 나에게 악수를 청한 사람들은 공감을 표하기도 했다. 일부는 다음과 같이 말하기도 했다. "정말 멋졌습니다! 아주 좋았습니다! 훌륭했습니다!" 주제 지아스는 조의를 표하기에 걸맞은 호소력 있는 말솜씨였다고 평했다. 기자로 보이는 한 남자가 원고를 가져다가 보도 자료로 사용해도 될지 나에게 허락을 구했다. 그런 단순한 부탁을 거절한 것도 걷잡을 수 없는 감정의 동요 때문이었다.

제125장 비교

프리아모스는 자기 아들을 죽인 자의 손에 입맞춤해야 했다는 사실 때문에 가장 불행한 인간으로 여겨진다. 이 이야기를 쓴 사람은 호메로스다. 그는 훌륭한 작가였다. 운문 형식으로 이야기를 쓰긴 했지만, 그의 시구에는 정확한 서사가 있고, 심지어 나쁜 시구도 있다. 프리아모스의 상황을 나와 비교해보기를 바란다. 조금 전 나는 그녀의 시선을 한 몸에 받았던 망자의 선행을 칭송했을 뿐이다……. 제아무리 호메로스라 하더라도 나의 상황을 가지고 훨씬 더 효과적인 장면을 그려내지는 못했을 테고, 똑같이 그려낼 수도 없었을 것이다. 카몽이스의 작품《우스 루지아다스》에서 지적한 원인 때문에 우리에게 호메로스 같은 작가가 별로 없는 것이라는 궁색한 해명 따위는 아예 내놓을 생각조차 하지 말길 바란다. 독자여, 그건 아니다. 우리에게 그런 작가가 많지 않은 것은 사실이다. 그러나 그것은 프리아모스처럼 음지와 침묵을 추구했기 때문이다. 그가 고요하고 평안한 표정으로 비탄을 토로하는 대신 간청하며, 마치 아킬레우스가 헥토르를 죽이지 않았던 것처럼 행동할 수 있었던 것은 보이지 않는 문 뒤에서 이미 눈물을 훔쳐냈기 때문이다.

제126장 고민

묘지를 벗어난 직후, 나는 주제 지아스가 막으려고 노력하는데도 굴하지 않고 추도문을 갈기갈기 찢어 창밖으로 던져버렸다.

"아무짝에도 쓸모없어요." 내가 그에게 말했다. "공개하고 싶은 마음이 들 수도 있으니 아예 없애버리는 게 나아요. 아무짝에도 쓸모없고, 아무런 가치도 없어요."

주제 지아스는 내 생각이 잘못되었다는 점을 지적하기 위해 반대 의견을 밝히며 일장 연설을 했다. 그런 다음 장례식에 대한 찬사를 늘어놓은 뒤, 고인에 대한 추도사로 마지막을 장식했다. 위대한 영혼을 지닌 활동가이자 올곧고 우애가 깊은 좋은 친구였고, 하느님이 그에게 주신 대단히 헌신적인 아내에게 합당한 사람이었다고 했다…….

연설이 이어지는 동안 나는 그가 혼자 떠들게 버려둔 채 생각의 늪에 빠져들었다. 마음이 너무 어둡고 혼란스러워서 정신을 차릴 수가 없었다. 나는 카테치에서 마차를 멈추게 한 뒤, 플라멩구에서 숙녀들을 태워 집으로 데려가라고 주제 지아스에게 말했다. 나는 걸어가겠다고 했다.

"하지만……."

"들를 데가 있어요."

고민을 끝내고, 지금으로서 가장 적절한 판단을 내리기 위함이었다. 마차는 걷는 것보다는 더 빨리 갈 것이다. 걸어가면 가다 서다 반복하며 천천히 갈 수도 있고, 멈추거나 왔던 길을 돌아가며 마음껏 생각에 빠질 수 있을 것이다. 나는 걸으며 생각했다. 이미 전날 저녁 산샤의 몸짓과 절망에 빠져 있던 그날의 모습을 비교해봤지만, 두 가지 모습은 양립할 수 없었다. 그녀는 대단히 헌신적인 아내였다. 그렇게 나의 허영심이 빚어낸 환상은 완전히 사라졌다. 카피투의 경우도 마찬가지가 아니었을까? 나는 그녀의 눈빛, 내가 그녀를 바라보던 위치, 그녀가 무언가 숨겨야 했다면 당연히 들키지 않도록 조심스럽게 행동하게 만들었을 빈소를 가득 메운 조문객의 모습을 재구성하려 했다. 연역적 추론 방식에 따라 논리적으로 재구성하고 싶었지만, 요동치는 마차와 주제 지아스의 방해 탓에 혼란스러운 생각과 감각만 맴돌았었다. 그러나 이제는 명확하고 분명하게 추론하고, 기억을 소환할 수 있다. 나는 나의 오랜 열정이 여전히 나의 눈을 흐리게 하고, 언제나처럼 현혹했던 것이라고 스스로 결론지었다.

이러한 결론에 다다랐을 때 나 역시 집 문 앞에 다다랐지만, 발걸음을 돌려 카테치 거리를 따라 다시 올라갔다. 나를 괴롭히던 의구심 때문이었을까, 아니면 더 오래 자리를 비워 카피투를 괴롭히고 싶었던 것일까? 두 가지 이유 모두에서였다고 해두자. 나는 평정심을 되찾을 때까지 한참을 서성이다가 집으로 향했다. 빵집의 시계가 8시를 가리키고 있었다.

제127장 이발사

집 근처에 얼굴을 알고 지내는 이발사가 있었다. 그는 바이올린 연주를 즐겨 했고, 실력이 생각보다 나쁘지 않았다. 내가 지나갈 때마다 그는 이름 모를 곡을 연주하고 있었다. 나는 인도에 멈춰 서서 그의 연주를 들었고(모두 괴로운 마음을 달래기 위한 핑계였다), 그는 나를 보더니 연주를 계속했다. 주일 늦은 시간이었는데도 그에게 면도를 맡기기 위해 이발소를 찾아온 손님이 있었다. 이발사는 연주하느라 그를 돌려보냈고, 곧이어 다른 손님도 돌려보냈다. 그 와중에도 이발사는 한 음도 놓치지 않고, 나를 위해 연주했다. 이러한 배려에 그를 바라보고 서 있던 나는 거리낌 없이 가게 문으로 다가갔다. 가게 입구에서 집 내부를 가리고 있는 옥양목 커튼을 들어 올리자, 밝은 원피스 차림으로 머리칼에 꽃을 꽂은 갈색 피부의 젊은 여성이 모습을 드러냈다. 그의 아내였다. 나는 그녀가 안에서 나를 알아보고, 내가 그녀의 남편에게 베푼 호의에 직접 감사 인사를 하러 왔다고 생각했다. 내가 착각한 것이 아니라면, 그녀는 눈인사로 감사를 표했다. 이제 그 남편은 더 열정적으로 연주에 열중하기 시작했다. 아내와 손님은 안중에도 없이, 악기에 얼굴을 바싹 붙인 채 활에 영혼을 담아 연주하고, 또 연주했다…….

신들린 연주였다! 사람들이 하나둘씩 모여들었고, 나는 가게 문을 빠져나와 다시 집으로 발걸음을 옮겼다. 복도를 지나 소리 없이 계단을 올랐다. 나는 그 이발사가 연주했던 곡을 단 한 번도 잊은 적이 없다. 내 인생의 중대한 순간과 연결되어 있기 때문이기도 하지만, 편곡자들이 당장 가져다 음악 교과서에 실어도 손색없을 정도로 최고였기 때문이다. 연주자의 훌륭한 연주는 서서히 잊히지만, 실제 곡은 절대 잊히지 않는다. 불쌍한 이발사! 그는 그날 밤 두 명의 손님을 잃었다. 그것은 이튿날 먹을 양식을 포기한 것이나 마찬가지였다. 모두 지나가는 한 남자에게 연주를 들려주기 위함이었다. 이제 한 남자가 나처럼 떠나는 대신 문 앞에 서서 그의 연주를 듣고, 그의 아내와 사랑을 나누었다고 가정해보자. 그렇다고 하더라도 그는 현란한 활 놀림으로 바이올린을 켜며 필사적으로 연주를 선보였을 것이다. 신들린 연주였다!

제128장 한 줌의 성공

이미 말했던 것처럼 나는 소리 없이 계단을 올라 반쯤 열려 있던 칸막이 문을 밀었고, 문 옆 작은 거실에서 카드놀이를 하는 주스치나 당이모와 주제 지아스를 발견했다. 카피투는 소파에서 일어나 나에게 다가왔다. 그녀의 표정은 이제 차분하고 평안했다. 다른 두 사람은 카드놀이를 멈췄고, 우리는 함께 그 불의의 사고와 망자의 아내에 대해 이야기했다. 카피투는 에스코바르의 무모함을 탓하며, 친구의 고통이 그녀에게 안겨준 비통한 심정을 감추지 못했다. 나는 그녀에게 그날 밤 산샤 곁에 머물지 않은 이유를 물었다.

“거기 사람들이 아주 많은데 뭐. 내가 함께 있겠다고 했는데 산샤가 거절했어. 또 산샤에게 여기 와서 우리와 함께 며칠을 보내는 것이 더 나을 것 같다고도 했고.”

“그것도 거절했어?”

“그것도 거절했어.”

“하지만 매일 아침 바다를 보는 것이 본인에게도 고통스러울 텐데요.” 주제 지아스가 우려 섞인 목소리로 말했다. “어떻게 견뎌내려는 것인지 모르겠네요…….”

“하지만 지나갈 거예요. 지나가지 않는 일이 어디 있나요?” 주스치나 당이모가 끼어들었다.

우리가 이러한 생각을 주고받으며 이야기를 나누기 시작하자, 카피투는 아이가 자고 있는지 확인하기 위해 거실을 나섰다. 거울을 지나치며 그녀는 아주 천천히 여유롭게 머리카락을 한 올 한 올 정리했다. 자기애적 성향이 강한 사람이라는 사실을 몰랐다면 지나치게 작위적인 모습으로 비칠 만한 행동이었다. 거실로 돌아왔을 때 그녀는 눈시울이 붉어져 있었다. 아들이 잠든 모습을 보자, 산샤가 느낄 비통함과 그녀의 어린 딸이 떠올랐단다. 그러고는 손님들과 하인들의 시선은 아랑곳하지 않은 채 나를 껴안으며 자신을 생각한다면 먼저 내 목숨부터 소중히 여기라고 말했다. 주제 지아스는 “대단히 아름답군요!”라는 말과 함께 카피투에게 시를 써보는 것이

어떠냐고 너스레를 떨었다. 나는 그의 너스레에 농담으로 화답했고, 이렇게 우리는 그날 밤을 마무리했다.

이튿날 나는 추도문을 찢어버린 것을 후회했다. 보도 자료로 제공하고 싶어서가 아니라 고인에 대한 기억을 담고 있었기 때문이다. 다시 써볼까도 생각했지만, 모아놓아도 아무 의미가 없는 조각난 문장들만 기억났다. 다른 글을 쓸까도 생각했지만, 이미 그 느낌을 되살리는 것이 어려웠을 뿐만 아니라 묘지에서 내 추도사를 들었던 사람들이 거짓이라고 생각할 수도 있었다. 거리에 버려진 종잇조각을 다시 수거하기엔 이미 늦었다. 빗자루로 다 쓸어냈을 게 뻔했다.

나는 에스코바르와의 추억이 담긴 책과 청동 잉크병, 상아로 만든 지팡이, 새 한 마리, 카피투의 앨범, 두 장의 파라나 풍경 사진 및 기타 물건 등을 목록으로 만들었다. 그도 내가 가진 것과 똑같은 물건들을 가지고 있었다. 우리는 생일날이나 특별한 이유 없이도 이렇게 선물을 주고받으며 추억을 공유하며 살아왔다. 이 모든 것이 나의 눈을 가렸다……. 그날의 신문이 도착했다. 불의의 사고와 에스코바르의 부고를 전하며, 그의 학력과 직업, 개인적인 성품, 사업적 관심사를 비롯해 그의 유산 및 아내와 딸 이야기도 실었다. 모두 월요일에 있었던 일이다. 화요일에는 유언장이 공개되었다. 나를 두 번째 유언집행자로 지명했고, 첫 번째 유언집행자는 그의 아내였다. 그는 나에게 아무것도 남기지 않았지만, 나에게 남긴 별도의 편지글은 숭고한 우정과 존중의 마음을 담고 있었다.

이번에는 카피투도 많이 울었다. 그러나 빠르게 마음을 추슬렀다.

유언장, 유품 정리, 모든 것이 여기에서 말했던 대로 대부분 빠르게 진행되었다. 얼마 지난 후, 산샤는 파라나에 있는 친척 집으로 거처를 옮겼다.

제129장 산샤 부인에게

산샤 부인, 이 책을 읽지 마시길 바랍니다. 혹시 여기까지 이미 읽으셨다면, 나머지 내용은 읽지 마실 것을 권고드립니다. 책을 덮으시기만 하면 됩니다. 더 나은 방법은 다시 펼쳐보고 싶은 유혹에 빠지지 않도록 태워버리는 것입니다. 경고를 듣고도 끝까지 계속 읽기로 결심하셨다면, 그 책임은 전적으로 당신의 몫입니다. 저는 당신이 받게 될 고통에 대해 아무런 책임도 지지 않을 것입니다. 제가 그 토요일에 일어난 일을 이야기함으로써 당신에게 입혔을 수도 있는 피해는 여러 사건을 통해 그저 나의 환상일 뿐이었음을 밝혔으니 이미 끝난 일로 보입니다. 그러나 지금부터 알게 될 일은 돌이킬 수 없을 것입니다. 안 됩니다, 나의 벗이여, 더는 읽지 마십시오. 남편도 딸도 더는 아무도 곁에 두지 말고 늙어가시길 바랍니다. 저는 그렇게 하고 있습니다. 그것이 젊음이 지나간 후에 할 수 있는 가장 나은 선택이기 때문입니다. 언젠가 우리는 이곳을 떠나 천국의 문으로 향할 것입니다. 그곳에서 우리는 새롭게 태어나는 나무처럼 새로운 모습으로 다시 만날 것입니다.

> 새롭게 태어나는 나무처럼(come piante novelle),
> 새로운 잎을 틔울 것입니다(Rinovellate di novelle fronde)•

나머지는 단테를 참조하시기를 바랍니다.

제130장 어느 날……

그러던 어느 날 카피투는 무엇 때문에 내가 그토록 말도 없이 침울하게 지내는지 알고 싶어 했다. 그녀는 유럽, 미나스 제라이스, 페트로폴리스로의 여행과 무도회 등 우울증을 앓는 이들에게 처방되는 수천 가지 치료법을 제안했다. 나는 어떻게 대답해야 할지 몰랐고, 모든 제안을 거절했다. 하지만 그녀는 포기하지 않고 계속 고집을 피웠고, 나는 어쩔 수 없이 사업이 어렵다고 대답했다. 카피투는 나를 격려하기 위해 미소를 지었다. 그러고는 무엇이 잘못됐는지 물으며, 다시 괜찮아질 거라고 위로했다. 그러면서 그때까지 보석과 값나가

• 단테의《신곡》중 '연옥' 편에 나오는 구절.

는 물건은 모두 팔아 어디 외진 곳에 가서 살자고 했다. 우리가 조용히 지내면 금방 잊힐 것이고, 나중에 다시 사람들에게 모습을 드러내면 된다고 말했다. 그녀의 말투가 한없이 다정하고 따뜻해서 아무리 목석같은 사람이라도 마음이 움직일 만했다. 그러나 그조차 아무런 소용이 없었다. 나는 무뚝뚝하게 아무것도 팔 필요 없다고 대답했다. 그러고는 계속 말없이 침울한 표정으로 있었다. 그녀는 카드나 체커 놀이를 제안하기도 했고, 산책하거나 마타카발루스에 가자고도 제안했다. 하지만 내가 어떤 제안도 받아들이지 않자, 응접실로 가서 피아노 뚜껑을 열더니 연주를 시작했다. 나는 그녀가 자리를 비운 틈을 타 모자를 집어 들고 집 밖으로 나왔다.

용서를 구한다. 이 장은 산샤가 떠나고 두 달 뒤의 일로, 몇 주 전 있었던 사건을 이야기한 앞 장보다 먼저 왔어야 한다. 원고를 출판사로 보내기 전에 그렇게 써서 앞 장보다 먼저 오게 배치할 수도 있지만, 쪽 번호를 변경해야 하는 번거로움이 너무 크므로 그냥 이대로 두고자 한다. 이후의 이야기는 끝까지 쭉 이어질 것이다. 게다가 짧다.

제131장 앞 장의 앞 장

나의 삶이 다시 한번 달콤하고 평온해졌을 무렵의 일이었다. 나는 변호사 사무실을 운영하며 충분한 소득을 올리고 있었다. 카피투는 더 아름다워졌고, 에제키에우는 잘 크고 있었다. 1872년 새해가 시작되고 있었다.

"에제키에우 눈이 좀 이상한거 당신 봤어?" 카피투가 물었다. "이런 눈을 가진 사람은 딱 두 명밖에 못 봤어. 아빠 친구분이랑 죽은 에스코바르. 엄마 좀 봐, 에제키에우. 이렇게 똑바로 봐봐, 아빠 쪽으로 고개를 돌려봐. 눈은 굴릴 필요 없어, 이렇게 해봐, 이렇게……."

저녁 식사 후였다. 우리는 여전히 식탁에 앉아 있었다. 카피투는 아이와 서로 장난을 치며 놀아주고 있었다. 실제로 두 사람은 서로를 정말 좋아했다. 그리고 에제키에우는 내가 자신을 좋아하는 것보다 나를 훨씬 더 좋아했던 것도 사실이다. 나는 에제키에우에게 가까이 다가갔다. 카피투가 옳았다. 에스코바르의 눈이었다. 하지만 그렇다고 이상해 보이지는 않았다. 결국 세상에는 여섯 가지 이상의 유전자형은 존재하지 않을 것이고, 많은 유사점이 자연스럽게 발생할 수 있다. 에제키에우는 영문을 몰라 놀란 눈으로 카피투와 나를 번갈아 바라보더니 결국 나의 무릎 위로 뛰어올랐다.

"산책하러 가는 거예요, 아빠?"

"금방 갈게, 아들."

카피투는 우리 두 사람을 의식하지 못한 채 식탁 반대편 가장자리를 응시하고 있었다. 그러나 내가 그녀에게 에제키에우의 눈이 엄마의 아름다운 눈을 쏙 빼닮았다고 말하자 카피투는 미소를 지으며 다른 어떤 여성에게서도 본 적이 없는 고혹적인 자태로 고개를 저었다. 어쩌면 내가 다른 여성들은 그다지 좋아하지 않았기 때문이었을지도 모른다. 사람들은 애정을 가진 만큼 가치 있게 여긴다. 그래서 항간에 "콩깍지가 씌면 못생긴 사람도 잘생겨 보인다"라는 속담이 떠도는 것이다. 이 세상 누구도 흉내 낼 수 없는 카피투만의 독특한 여섯 가지 몸짓이 있었다. 그녀의 고갯짓은 내 영혼의 깊숙한 곳을 건드렸다. 이것이 내가 아내이자 친구인 그녀에게 달려들어 입맞춤을 퍼부은 이유였다. 그러나 이 두 번째 사건이 이전 장이나 다음 장들을 이해하는 데 꼭 필요한 것은 아니다. 에제키에우의 눈 이야기로 돌아가도록 하자.

제132장 밑그림과 채색

눈뿐만 아니라 나머지 모양들, 얼굴, 몸, 사람 전체가 시간이 지남에 따라 완성되어갔다. 작가가 조금씩 채워나가며 색을 입히는 밑그림 같았다. 그 인물의 형상은 당신을 바라보기 시작하고, 미소를 짓고, 살아 숨 쉬고, 말을 걸게 될 것이다. 그리고 마침내 더는 존재하지 않는 과거에 속한 대상이 되고 나면, 가족들은 그를 회상하기 위해 액자를 벽에 걸 것이다. 여기에서도 그럴 수 있었고, 그랬다. 관습은 변화를 막아내는 데 큰 역할을 했다. 그래도 변화는 일어났다. 극적인 방식이 아니라 여명처럼 서서히 찾아왔다. 난생처음 편지를 읽는 사람은 처음에는 편지를 읽을 수 있다는 사실만으로도 족하지만, 그다음에는 거리, 집, 서재 할 것 없이, 창문을 열 필요도 없이 편지를 읽게 된다. 블라인드 창으로 들어오는 빛줄기만으로도 글씨를 알아보기에 충분하기 때문이다. 나는 편지를 읽긴 했지만, 처음에는 제대로 읽지 못했고 다 읽지도 못했다. 나중에 가서야 조금씩 더 잘 읽을 수 있었다. 사실 나는 편지 읽기를 거부하고, 주머니에 종이를 쑤셔 넣은 채 집으로 달려가 서재의 문을 잠그고 그 안에 머물곤 했다. 덧창도 열지 않고, 어둠 속에서 눈을 감고 있었다. 그렇게 다시 눈을 뜨고 편지를 펼치면, 글씨가 선명하게 드러나면서 내용도 아주 분명해졌다.

에스코바르는 이렇게 무덤과 신학교, 플라멩구로부터 찾아와 나와 함께 식탁에 앉았고, 계단에서 나를 맞이했다. 아침이면 서재에서 나에게 입맞춤했고, 밤에는 평소 습관대로 축복을 빌어달라고 청했다. 이 모든 행동이 혐오스러웠다. 나를 세상에 드러내지 않으려고 그 모두를 용인하고 따랐지만, 세상 사람들에게는 숨길 수 있어도 나 자신에게만큼은 숨길 수 없었다. 나는 누구보다 나 자신과 더 가까웠다. 카피투도 아들도 나와 함께 있지 않을 때면, 나는 절망감이 극도로 커져 두 사람을 한 번에 죽여 없애버리겠다고 맹세하기까지 했다. 혹은 엉망진창이 되어버린 고통스러운 삶의 마지막 일 분을 오롯이 느끼며 천천히 죽음의 시간을 나눠서 맞이하게 하겠노라고 맹세한 적도 있었다. 하지만 집에 돌아와 나를 그토록 원하는 어린 생명체가 계단 꼭대기에서 기다리는 모습을 발견하면, 이내 무장 해제되어 하루씩 다음 날로 형벌을 미루었다.

그 암흑의 나날 동안 카피투와 나 사이에 있었던 일은 여기에 기록하지 않을 것이다. 너무 사소하고 일상적인 데다, 이미 너무 오래돼서 빠짐없이 지루하지 않게 이야기할 수 없을 것이기 때문이다. 그러나 중요한 것은 언급할 것이다. 중요한 것은 이제부터 폭풍이 계속 몰아쳐 끔찍해지리라는 점이다. 그 사악한 진실의 땅을 발견하기 전에 우리는 잠깐의 다른 폭풍우를 겪기도 했지만, 얼마 지나지 않아 하늘은 푸르러졌고, 태양은 밝게 빛났으며, 바다는 잔잔해졌다. 그 고요해진 바다 위로 우리는 다시 돛을 펼쳤고, 또 다른 회오리바람이 모든 것을 휩쓸어버릴 때까지 돛은 우리를 우주의 가장 아름다운 섬과 해안으로 안내해주었다. 그리고 우리는 조타기를 잡고 또 다른 평온의 시기가 다가오기를 기다렸다. 그 평온의 시기는 더디거나 다가올 기약이 없는 것도 아닌, 오히려 완전하고 확실한 모습으로 눈앞에 다가오고 있었다.

이러한 은유를 용서하기를 바란다. 이는 나의 친구이자 아내의 정부인 에스코바르를 죽음에 이르게 한 바다와 조수를 연상시킨다. 카피투의 파도를 닮은 눈도 떠올리게 한다. 그래서 늘 육지에 속한 사람이었던 나는 삶의 이 시절을 이야기할 때마다 마치 뱃사람이 자신의 난파 경험을 회상하듯 이야기한다.

이제 우리 사이에 남은 것은 이별을 고하는 마지막 말뿐이었다. 우리는 이미 그것을 서로의 눈에서 생생하고 확실하게 읽었다. 에제키에우가 우리에게 올 때마다 우리는 서로의 거리를 더욱 확인할 뿐이었다. 카피투는 토요일에만 집에 돌아오는 기숙학교에 아이를 보내자고 제안했다. 어린아이에게 이 상황을 받아들이게 하느라고 몹시 애를 먹었다.

"아빠랑 같이 갈 거야! 아빠는 나랑 같이 가야 해!" 아이는 소리쳤다.

어느 월요일 아침에 내가 직접 아이를 데려다주었다. 학교는 우리 집에서 멀지 않은 예전 라파 광장에 있었다. 나는 다른 이의 관을 옮겼던 것처럼 아이의 손을 잡고 걸어서 데려다주었다. 아이는 걸음을 옮길 때마다 계속 보챘다. 집에 갈 수 있는지, 언제 갈 수 있는지, 자신을 보러 올 것인지 물었다…….

"그러마."

"아빠는 안 오실 거예요."

"아니야, 갈 거야."

"맹세해요, 아빠!"

"물론이지."

"아빠는 맹세한다고 안 했어요."

"맹세해."

그렇게 나는 그곳에 아이를 두고 왔다. 에제키에우의 일시적인 부재는 악을 막아내지는 못했고, 관계 회복을 위해 카피투가 시도한 온갖 섬세한 기교로 적어도 겉으로는 아무렇지도 않은 것처럼 보였다. 하지만 나는 점점 더 나빠지고 있었다. 새로운 상황 자체가 나의 감정을 더욱 악화시켰다. 에제키에우는 이제 나의 시야를 벗어난 곳에서 더 많은 시간을 보냈다. 그러나 문제는 아이가 주말에 집으로 돌아올 때였다. 이제는 내게 아이의 존재가 익숙하지 않아서인지, 시간이 갈수록 생김새가 더 비슷해졌기 때문인지, 더욱 생생하고 강력한 에스코바르의 환영에 시달렸다. 조금 더 지나면 목소리마저 비슷해질 것이 분명했다. 이미 나에게는 똑같이 느껴졌다. 토요일에 나는 집에서 저녁 식사 하는 것을 피했고, 아이가 잠들 때까지 기다렸다가 귀가하곤 했다. 그러나 내가 서재에서 신문과 사건 경위서에 파묻혀 지냈던 주일에는 아이를 도저히 피할 수가 없었다. 에제키에우가 문을 벌컥 열고 뛰어들어서는 사랑스럽게 까르르 웃으며 소란을 피워댔기 때문이다. 작은 악마는 나를 점점 더 따랐다. 반면 나는, 솔직히 말해서, 이제 카피투와 다른 사람들에게 숨길 수 없는 혐오감을 느꼈다. 나의 이 도덕적 상태를 완전히 숨길 수 없었기 때문에, 꼭 필요한 경우가 아니면 아이와 접촉하지 않으려고 애썼다. 서재 문을 잠그고 일하거나, 주일에는 외출해서 내 안의 은밀한 악마와 함께 시내와 도시 외곽을 배회했다.

제133장 어떤 생각

어느 날, 금요일이었다, 나는 더 견딜 수가 없었다. 검은 형체를 띠고 있던 내 안의 어떤 생각이 날개를 펴고, 나가고 싶어 좀이 쑤신 것처럼 이리저리 날개를 퍼덕이기 시작했다. 금요일이었다는 것은 우연이었겠지만, 계획된 것이었을 수도 있다. 나는 그날의 공포 속에서 자랐다. 나는 금요일을 불길한 날로 여기던 집과 시골, 옛 도시에서 발라드 노랫소리를 듣고 자랐다. 그러나 뇌에는 연감 같은 것이 있을 리 만무하므로 세상 밖으로 나와 살아갈 필요성을 느꼈던 게 아니라면, 생각은 굳이 날개를 퍼덕이지 않았을 가능성이 크다. 생명은 너무 아름다워서 죽음에 관한 생각조차 실현되기 전에 먼저 태어나야 한다. 독자는 이미 내가 무슨 생각을 하는지 짐작할 것이다. 이제 다른 장을 읽길 바란다.

제134장 안식일

그 생각은 마침내 뇌를 떠나 세상 밖으로 나왔다. 밤이 되었지만 이리저리 뒤척이기만 할 뿐 잠을 이룰 수 없었다. 그렇게 빨리 지나간 밤도 없었다. 내가 한두 시간도 채 지나지 않았으리라고 생각할 즈음, 이미 날이 밝기 시작했다. 나는 생각을 집에 두고 나온 줄 알았지만, 생각은 나와 함께였다. 바깔에서도 똑같은 어두운색의 날개를 같은 모습으로 퍼덕였고, 날개를 펼치고 날아가고 싶지만 마치 묶여 있는 것처럼 보였다. 나는 생각을 망막 안에 넣고 다녔다. 외부의 사물을 차단하는 것이 아니라 오히려 그 생각을 통해 사물이 평소보다 더 흐릿하게 보여 전혀 거리낌 없이 바라볼 수 있었다.

그날의 나머지 시간은 잘 기억나지 않는다. 편지를 몇 통 적은 뒤, 어떤 약물을 구매했다는 것은 안다. 그것을 사용해 보고 싶은 욕망을 괜스레 일깨우지 않기 위해 무슨 약물인지는 말하지 않겠다. 그 약국은 파산했다. 사실이다. 주인은 은행가가 되었고, 은행은 번창하고 있다. 죽음이 주머니 안에 있다고 생각하자 마치 내가 복권에 당첨되기라도 한 것처럼 가슴이 벅찼다. 아니, 그보다 더 큰 기쁨이었다. 복권 당첨금은 쓰면 없어지지만, 죽음은 그렇지 않기 때문이다. 어머니 댁에 문안을 핑계로 작별 인사를 하러 갔다. 그것이 진실이건 환상이건 그날은 그곳의 모든 것이 더 좋아 보였다. 어머니는 덜 슬퍼 보였고, 코즈미 삼촌은 심장이 아프다는 사실을 잊은 듯했으며, 주스치나 당이모는 말을 잃은 듯했다. 나는 평화롭게 한 시간을 보냈다. 결국 나는 계획을 포기했다. 살기 위해서는 무엇이 필요할까? 다시는 마타카발루스의 집을 떠나지 않거나 그 시간을 나에게 묶어두기만 하면 되었다…….

제135장 〈오셀로〉

나는 외식을 했다. 저녁에는 극장에 갔다. 때마침 내가 본 적도 읽은 적도 없는 〈오셀로〉를 상연 중이었다. 극의 주제는 알고 있었기에 우연의 일치를 기뻐했다. 나는 손수건 한 장 때문에 무어인이 크게 분노하는 모습을 보았다. 그저 단순한 손수건에 지나지 않았다! 그리하여 이 장에서는 아메리카 대륙과 다른 대륙 심리학자들의 연구 자료를 소개하고자 한다. 손수건 한 장으로 오셀로의 질투를 불러일으키고, 세상에서 가장 숭고한 비극을 만들어낼 수 있었다는 사실을 제대로 살펴보지도 않고 그대로 답습할 수는 없는 노릇이기 때문이다. 손수건은 잃어버릴 수 있다. 오늘날에는 침대 시트 정도는 되어야 한다. 어떤 때는 시트도 안 되고, 셔츠만이 그럴 만한 가치가 있다. 무어인은 경련을 일으키며 뒹굴고, 이아고가 그에 대해 비방을 일삼는 동안 이처럼 모호하고 혼란스러운 생각이 나의 머릿속을 스치고 있었다. 막간에도 나는 자리를 뜨지 않았다. 아는 사람을 만나는 위험을 감수하고 싶지 않았다. 여자들은 대부분 자리에 남아 있었던 반면, 남자들은 담배를 피우러 나갔다. 다시 막이 오르고 연극이 다시 시작할 때까지 나는 이 여성 중 한 명이 지금 묘지에 누워 있는 누군가를 사랑했던 것은 아닐지, 다른 모순도 등장하는 것은 아닐지 자문했다. 마지막 장면에서 나는 죽어야만 하는 사람은 내가 아니라 카피투라는 사실을 깨달았다. 데스데모나의 간청과 그녀의 순수하고 사랑스러운 말, 무어인의 분노에 찬 절규가 들려왔고, 관객의 열광적인 갈채 속에서 그는 데스데모나의 목을 졸라 살해했다.

"그런데 그녀는 결백했다!" 나는 길을 따라 내려오며 계속 말했다. "그녀가 정말로 죄를 지었다면, 카피투처럼 큰 죄를 지었다면 관객들은 어떻게 했을까? 그리고 무어인은 그녀에게 어떤 죽음의 선고를 내릴까? 베개 하나로는 충분치 않을 것이다. 피와 불이 필요했다. 그녀를 완전히 태워 재로 만들어줄 강렬하고 거대한 불이 필요했다. 타버린 재는 바람에 날려 흩어져 영원히 소멸할 것이다……."

나는 밤새도록 거리를 배회했다. 저녁 식사를 거의 먹는 둥 마는 둥 했지만, 아침까지 버티기에는 충분했다. 나는 밤의 끝자락과 아침의 첫 자락 사이에서, 늦은 밤에 거리를 산책하는 사람들과 새벽녘의 첫 청소부, 첫 수레, 첫 소음, 여명, 전날에 이은 또 다른 하루이자 나에게 다시는 돌아오지 않을 날을 보았다. 내가 배회했던 거리가 나에게서 스스로 도망치는 것 같았다. 다시는 글로리아 너머의 바다도, 오르가웅스산맥의 줄기도, 산타크루스의 요새와 그 밖의 나머지 경치들도 감상할 수 없을 것이다. 거리에 사람이 평일처럼 많지는 않았지만, 꽤 많은 사람이 일터로 향하고 있었다. 이들은 내일도 그 일을 되풀이할 것이다. 하지만 나는 다시는 아무것도 하지 않을 것이다.

집에 도착해 아주 천천히 문을 열고 발끝으로 계단을 올라

서재로 들어갔다. 6시가 가까워지고 있었다. 나는 주머니에서 독을 꺼낸 뒤 셔츠 소매를 걷어붙이고 카피투에게 보내는 마지막 편지를 한 통 썼다. 내가 썼던 그 어떤 편지도 그녀를 위한 것은 아니었다. 나는 그녀가 내 죽음에 회한을 느끼게 할 만한 말을 써야겠다고 느꼈다. 두 개의 글을 썼다. 첫 번째 글은 너무 길고 장황해서 태워버렸다. 두 번째 글은 필요한 내용만 명확하고 간결하게 담고 있었다. 그녀에게 우리의 과거나 우리가 극복해온 어려움, 어떤 추억 속 기쁨의 순간을 떠올리게 할 만한 내용은 전혀 언급하지 않았다. 그저 에스코바르와, 죽어야만 하는 이유에 대해서만 말했다.

제136장 커피 잔

나의 계획은 커피를 기다렸다가 그 안에 약을 녹여 삼키는 것이었다. 그때까지 나는 로마 역사를 완전히 잊어버리지 않았기 때문에, 카토가 자살하기 전에 플라톤의 책을 읽고 또 읽었다는 사실을 기억해냈다. 나에게는 플라톤이 없었다. 하지만 유명한 로마인의 삶이 서술된 플루타르코스의 발췌본 한 권이면 남은 시간을 보내기에 충분했다. 모든 면에서 카토의 행동을 그대로 따라 하기 위해 소파에 몸을 뻗었다. 그의 행동을 단순히 모방하기 위해서만은 아니었다. 그가 과감하게 죽음을 선택하기 위해 철학자의 감성이 필요했던 것처럼 내 안에 그의 용기를 주입해야만 두려움 없이 죽을 수 있을 것 같았다. 무지의 해악 중 하나는 마지막 순간에 이 치료법을 사용하지 않는 것이다. 이런 방법을 쓰지 않고도 스스로 목숨을 끊고, 고상하게 생을 마감하는 사람도 많다. 그러나 좋은 책에서 이러한 종류의 도덕적 코카인을 찾을 수 있다면, 더 많은 사람이 자기 삶을 마감할 명분을 내세울 수 있으리라고 믿는다. 그렇지만 모방 자살이라는 의심은 피하고 싶어서 플루타르코스의 책이 내 곁에서 발견되어 당시 내가 입고 있던 바지의 색상과 함께 신문에 언급되는 불상사가 생기지 않도록 매우 조심했다. 독을 마시기 전에 다시 제자리에 가져다놓을 생각이었다.

집사가 커피를 가져왔다. 나는 일어나 책을 제자리에 꽂고 커피 잔이 놓인 탁자로 갔다. 이미 집 안은 소란스러웠다. 나를 끝낼 시간이었다. 약이 든 포장지를 여는데 손이 떨렸다. 겨우 용기를 내어 커피 잔에 약물을 붓고, 멍한 눈으로 커피를 휘젓기 시작했다. 결백을 주장하던 데스데모나가 떠올랐다. 전날 밤의 광경이 아침의 현실을 침범하고 있었다. 하지만 에스코바르의 사진이 나약해지려는 마음을 다잡게 해주었다. 사진 속 그는 의자 등받이에 손을 얹고 먼 곳을 바라보고 있었다…….

'이걸로 끝내자.' 나는 생각했다.

커피를 마시려는 순간, 카피투와 아이가 미사를 보러 나갈 때까지 기다리는 것이 더 좋지 않을까 하는 생각이 들었다.

나중에 마시는 것이 더 나았다. 이렇게 결심한 뒤, 나는 서재를 배회하기 시작했다. 복도에서 에제키에우의 목소리가 들렸다. 아이가 들어와 외치며 나에게 달려왔다.

"아빠! 아빠!"

독자여, 이 장면에는 완전히 잊어버려서 묘사할 수 없는 몸짓이 하나 있다. 하지만 아름답고 비극적인 몸짓이었다는 것만은 분명하다. 실제로 아이의 등장과 함께 나는 책장에 등이 닿을 때까지 뒷걸음질을 쳤다. 에제키에우는 내 무릎을 껴안더니, 마치 평소처럼 나에게 입맞춤하려는 것처럼 나를 잡아당기며 까치발을 들었다 놓기를 반복했다.

"아빠! 아빠!"

제137장 두 번째 충동

만일 내가 에제키에우를 보지 않았다면, 나는 아마 여기서 이 책을 쓰고 있지 않았을 것이다. 왜냐하면 나의 첫 번째 충동은 달려가 커피를 마시는 것이었기 때문이다. 나는 커피 잔을 집어 들었고 아이는 여느 때와 같이 내 손에 입맞춤했다. 아이의 모습과 몸짓이 차마 여기서 밝히기 힘든 또 다른 충동을 불러일으켰다. 하지만, 뭐, 모든 걸 말하기로 했으니 말하겠다. 원한다면 나를 살인자라고 불러도 좋다. 나는 그 말을 부정하거나 반박하지 않을 것이다. 나의 두 번째 충동은 범죄였다. 나는 몸을 굽혀 에제키에우에게 이미 커피를 마셨느냐고 물었다.

"네, 아빠. 엄마와 함께 미사에 갈 거예요."

"한 잔 더 마시렴. 반 잔만 더 마셔봐."

"그럼 아빠는요?"

"나는 더 가져오라고 할게. 어서 마셔봐!"

에제키에우가 입을 벌렸다. 나는 커피 잔을 아이의 입술로 가져갔다. 손이 너무 떨려 거의 쏟을 뻔했지만, 맛이나 온도로 인해 아이가 뱉어낼 경우를 대비해 목구멍에 커피를 부을 준비를 했다. 커피는 차가웠다……. 하지만 순간 뭔지 모를 느낌에 나는 갑자기 뒤로 물러섰다. 커피 잔을 탁자 위에 놓고, 아이의 머리에 미친 듯이 입맞춤을 퍼부었다.

"아빠! 아빠!" 에제키에우가 외쳤다.

"아니야, 아니야, 나는 네 아빠가 아니야!"

제138장 카피투의 등장

고개를 들어보니 눈앞에 카피투가 있었다. 그것은 에제키에우의 행동만큼이나 극적으로 보일 뿐 아니라 아주 자연스러운 행동이었다. 카피투는 아이를 데리고 미사에 갈 때면 나에게 말없이 집을 나서는 법이 없었다. 이미 차갑고 짧은 형식적인 말투이기는 했다. 대부분 나는 그녀를 쳐다보지도 않았다. 하지만 그녀는 항상 나를 바라보며, 내가 다가오기를 기다렸다.

이렇게 그녀를 마주하고 보니 내 눈이 그랬던 건지 모르겠지만, 카피투의 얼굴이 창백해 보였다. 침묵이 흘렀다. 한 세기처럼 느껴졌다고 해도 과언이 아닐 것 같은 긴 침묵이었다. 그러한 침묵은 큰 위기의 시간을 연장하는 것이나 마찬가지였다. 카피투는 정신을 차리고 아들에게 밖에 나가 있으라고 말한 뒤, 나에게 설명을 요구했다…….

"설명할 게 없어." 내가 말했다.

"설명할 게 왜 없어. 나는 당신과 에제키에우가 왜 눈물을 흘리고 있었는지 이해하지 못하겠어. 두 사람 사이에 무슨 일이 있었던 거야?"

"내가 아이에게 한 말 못 들었어?"

카피투는 울음소리와 말이 섞여 웅얼거리는 소리밖에 듣지 못했다고 대답했다. 나는 그녀가 모든 것을 분명히 들었지만, 그것을 인정하면 침묵과 화해의 희망을 잃게 될 것 같아서 못 들었다고 이야기하고, 직접 본 장면에 대해서만 물었다고 믿는다. 커피 사건에 대한 언급은 피한 채 나는 그녀에게 앞 장 끄트머리의 그 말을 되풀이했다.

"뭐?" 그녀는 제대로 듣지 못했다는 듯이 물었다.

"내 아들이 아니라고."

카피투는 경악과 분노를 감추지 못했다. 우리 재판에 처음 출두했던 증인들을 방불케 할 정도로 두 가지 반응 모두 너무나 자연스러웠다. 가격에 따라 다양한 증인이 있다는 제보를 들었다. 그렇다고 내가 그 제보를 신뢰하는 것은 아니다. 특히 나에게 이 이야기를 한 사람은 얼마 전 소송에서 패했기 때문이다. 그러나 증인을 고용하는 것이 사실이든 아니든 내 앞에 서 있는 증인은 진짜였다. 숨길 수 없었던 유전자가 자연의 섭리에 따라 스스로 정황을 밝혔고, 나는 그 증거를 의심하고 싶지 않았다. 그래서 카피투의 말, 행동, 그녀를 짓누르는 고통, 그 모든 것을 깡그리 무시한 채 그녀 스스로 포기하도록 단호하게 두 번 했던 말을 되풀이했다. 몇 분 후에 그녀가 나에게 말했다.

"그런 모욕적인 발언을 확실한 근거도 없이 하지는 않으리라 생각해. 하지만 당신은 아주 사소한 행동에도 질투하던 사람이야. 그런데 불신의 그림자는 조금도 보이지 않았어. 당신이 그런 생각을 하게 된 계기가 뭐야? 말해줘." 내가 아무런 대답도 하지 않자 그녀는 말을 이었다. "다 말해줘. 그런 치욕적인 발언도 들었는데, 뭔들 못 듣겠어. 그보다 더하진 않겠지. 이제 와서 그렇게 확신하게 된 계기가 뭐야? 자, 벤치뉴, 말해 봐! 말해보라고! 나랑 헤어진다고 해도 좋아! 하지만 그 전에 모든 것을 말해줘."

"말로 할 수 없는 것들도 있는 거야."

"그럼 절반만 말로 할 수 없는 것들인가보지. 이미 반은 말했잖아. 그러니 다 얘기해."

카피투는 탁자 옆 의자에 앉았다. 너무 혼란스러워서 그랬던 것이겠지만, 그녀의 태도는 피고인의 태도가 아니었다. 나는 그녀에게 그 이상 억지 부리지 말라고 애원했다.

"아니, 벤치뉴, 만약 당신이 생각하기에 내가 해명할 수 있는 부분이 있다면, 해명이라도 하게 다 얘기해줘. 아니면 지금 당장 당신과 헤어지겠어. 더는 못 참겠어!"

"당연히 헤어져야겠지." 나는 그녀의 말꼬리를 붙잡고 반박했다. "적당히 이야기할 때 조용히 헤어지는 것이 더 나을 거야. 그래봤자 각자 상처만 안고 떠나게 될 테니까. 그러나 숙녀께서 고집을 부리시니 이게 내가 당신에게 말할 수 있는 전부야."

나는 모든 것을 말하지는 않았다. 에스코바르의 이름은 언급하지 않으면서 가까스로 그와의 불륜을 암시했다. 카피투는 실소를 금치 못했다. 그 웃음을 글로 표현하기엔 역부족이다. 어처구니가 없어 자신도 모르게 툭 터져 나온 웃음이었지만, 어딘지 모르게 서글픔이 묻어났다.

"어떻게 죽은 사람까지! 죽은 자도 당신의 질투는 피할 수 없구나!"

카피투는 작은 망토를 고쳐 매고 자리에서 일어섰다. 그녀는 한숨을 쉬었다. 나는 그녀가 한숨을 쉬었다고 믿는다. 그 누구보다 그녀가 받아들일 만한 해명을 해주기를 바랐던 나는 그녀에게 어떤 말이 이 파국을 설명하는 데 적합할지 모르겠다고 말했다. 카피투는 경멸스러운 눈빛으로 나를 쳐다보며 중얼거렸다.

"나는 그 이유를 알아. 우연의 일치로 닮았기 때문이지……. 신의 섭리만이 모든 것을 설명할 수 있을 거야……. 비웃는 거야? 이해해. 신학교에 다녔으면서도 당신은 신을 믿지 않았으니까. 하지만 나는 믿어……. 어쨌든 그만 이야기하자. 더는 말하지 않는 것이 좋겠어."

제139장 사진

내가 피해망상에 시달리는 거대한 환상의 희생자라고 믿기 일보 직전에 이르렀을 때였다. 갑자기 에제키에우가 들이닥쳐 소리쳤다. "엄마! 엄마! 미사 시간이에요!" 나는 아이의 외침에 현실을 자각했다. 카피투와 나는 무심코 에스코바르의 사진을 힐끗 쳐다보았다가 다시 서로를 바라보았다. 그 순간 동요하던 그녀의 눈동자가 순수한 고백이었던 셈이다. 그 사람이 그 사람이었다. 무슨 운명의 장난처럼 우리의 아이, 에제키에우의 모습이 담긴 어린 시절 에스코바르의 사진이 그곳에 있었다. 그러나 그녀는 말로는 아무런 자백도 하지 않았다. 마지막 말만 되풀이하고는 아들을 끌고 미사를 드리러 집을 나섰다.

제140장 교회에서 돌아오다

혼자 남았으니 커피를 마시는 게 당연했다. 하지만 나의 선택은 달랐다. 나는 죽음에 대한 흥미를 잃었다. 죽음은 하나의 해결책이었다. 방금 나는 다른 해결책을 찾아냈다. 확정적이지 않아서 더 좋았다. 그리고 필요한 경우를 대비해 배상의 가능성도 열어두었다. 나는 분명 '용서'가 아니라 '배상'이라고 말했다. 즉, 법적 책임을 염두에 둔 것이다. 이유가 무엇이든 나는 죽음을 거부하고 카피투가 돌아오기만 기다렸다. 평소보다 더 오랜 시간이 걸렸다. 나는 그녀가 어머니 집에 갔을까봐 두려웠지만, 그녀는 그러지 않았다.

"나의 모든 고통과 괴로움을 하느님께 맡기고 왔어." 교회에서 돌아온 카피투가 나에게 말했다. "우리가 결국 헤어질 수밖에 없다는 결론을 내렸어. 당신의 지시에 따를게."

나에게 이 말을 건네던 그녀의 눈빛은 마치 거부나 기다림의 몸짓을 지켜보는 것처럼 속내를 감추고 있었다. 그녀는 나의 나약함 혹은 아이와 나 사이에 친자 관계가 성립될지도 모른다는 내가 가진 일말의 불확실성에 막연한 기대를 품고 있었지만, 모든 것이 수포가 되었다. 혹시 내 안에 새로운 유전인자가 숨겨져 있었던 것은 아닐까? 새로운 우성인자가 이제야 발현된 것은 아닐까? 이런 경우라면, 단지 숨겨져 있던 유전인자에 불과할 것이다. 나는 곰곰이 생각해보고 결정하겠다고 답했다. 내가 진실로 너희에게 이르노니 모든 것은 생각하고, 행한 것이라.

그러던 중 고인이 된 구르제우가 그의 집에서 카피투를 닮은 아내의 초상화를 보여줬을 때 했던 말이 떠올랐다. 독자는 그 말을 기억해야 한다. 기억나지 않는다면, 그 장을 다시 읽길 바란다. 쪽 번호는 나도 기억나지 않으니 따로 표기하지는 않겠다. 그러나 그리 오래전 이야기는 아니다. 요컨대 설명할 수 없는 유사성도 있다는 말이었다……. 그다음 날도, 또 그다음 날에도 에제키에우는 나를 찾아 서재에 왔고, 죽은 이의 얼굴과 판박이처럼 똑같다는 인상을 뚜렷이 풍겼다. 어쩌면 내가 유독 아이의 생김새에 집착했기 때문이었는지도 모르겠다. 이런 혼란의 와중에 예전에는 전혀 의심의 눈초리로 바라보지 않았던 아득히 오래전 일들과 막연했던 일화, 말, 만남, 사건들마저도 모두 의심스럽게 보이기 시작했다. 기억을 더듬어 두 사람이 말없이 단둘이 있던 모습을 떠올렸다. 나를 웃게 했던 비밀, 그녀가 꿈을 꾸며 했던 잠꼬대, 그 모든 기억이 갑자기 한꺼번에 쏟아져 나를 어지럽게 만들었다……. 나는 왜 그날 전깃줄에 앉아 있는 제비 두 마리의 모습을 거리에서 목격했으면서도 그들을 목 졸라 죽이지 않고 방관했던 것일까? 다른 제비 두 마리가 바깥에서 짝짓기하는 동안, 두 사람은 잠시 서로를 마주 보다가 시선을 아주 조심스럽게 회피하며 나에게 유쾌하고 다정하게 말을 걸었다. 나는 그들에게 제비들의 구애 행동에 관해 이야기했고, 두 사람은 흥미를 보였다. 에스코바르는 전깃줄 위에서 짝짓기하는 제비들을 구경하기보다는 저녁 식탁에 요리로 올리는 것이 더 나을 것 같다고 말했다. "제비 둥지는 한 번도 먹어본 적이 없지만, 청나라 사람들이 그 요리를 발명했다면 분명 훌륭할 거야." 그가 말했다. 그렇게 우리는 청나라 사람들과 그들에 대해 언급한 고전들을 거론하며 계속 이야기를 나눴고, 카피투는 우리의 이야기가 지루하다며 다른 일을 하러 자리를 떴다. 그때는 아무것도 아닌 것처럼 보였던 이 모든 것이 이제야 비로소 생각났다.

제141장 해결책

이것이 우리의 해결책이었다. 우리는 필요한 짐만 챙겨 유럽으로 갔다. 여행하기 위함도, 새로운 것이든 오래된 것이든 무언가를 보기 위함도 아니었다. 우리는 바로 스위스로 향했다. 우리와 동행했던 히우그란지 출신의 가정교사는 카피투의 동반자로 남아 에제키에우에게 모국어를 가르쳤다. 다른 것들은 그곳 학교에서 배우게 할 생각이었다. 그렇게 우리의 삶을 정리한 뒤, 나는 브라질로 돌아왔다.

몇 달이 지나자 카피투가 나에게 편지를 쓰기 시작했고, 나는 차가운 말투로 단답형의 회신을 보냈다. 그녀의 편지는 순종적이었고, 원망이 섞여 있지도 않았다. 간혹 애정이 묻어나기도 했고, 그리움을 토로하며 나에게 자신을 보러 와달라고 애원하기까지 했다. 1년 뒤 나는 유럽으로 향하는 배에 올랐지만, 그녀를 찾아가지는 않았다. 그 후에도 여러 차례 유럽 여행길에 나섰지만, 그녀를 보러 간 적은 없었다. 집으로 돌아올 때면 카피투를 기억하는 사람들이 소식을 물었고, 나는 마치 그녀와 함께 지내다 온 것처럼 그들에게 그녀의 소식을 전해주곤 했다. 당연히 여행은 바로 이러한 모습을 연출해 사람들의 입방아에 오르내리지 않으려고 계획한 것이다. 어느 날 마침내…….

제142장 성녀

독자는 내가 유럽으로 여행을 떠났을 때 주제 지아스가 동행하지 않은 것은 그의 의지가 부족해서가 아님을 이해할 것이다. 그는 거의 거동을 하지 못했던 코즈미 삼촌과 갑자기 늙어버린 어머니 곁에 머물러야만 했다. 그도 나이가 들긴 했지만 아직은 건강했다. 그는 나를 배웅하겠다며 항구까지 따라와 나와 함께 배에 오르곤 했고, 그때마다 나에게 했던 말과 손수건을 흔들던 모습, 눈물을 훔치던 모습에 나 역시 가슴이 뭉클하기도 했다. 지난 여행길에 그는 나와 함께 배에 오르지 않았다.

"오세요……."

"안 됩니다."

"두려우신 거예요?"

"아니요, 안 돼요. 여기서 작별 인사를 할게요, 벤치뉴 도련님. 제가 도련님을 다시 뵐 수 있을지 모르겠습니다. 저는 다른 유럽, 영원한 유럽으로 떠나게 될 것 같습니다……."

그는 바로 떠나지 않았다. 먼저 떠난 사람은 우리 어머니였다. 성 요한 세례자 묘지에서 '성녀'라는 비문이 적힌 이름 없는 무덤을 찾아보길 바란다. 그곳에 그녀가 묻혀 있다. 이 비문을 만드는 데 약간의 어려움이 있었다. 조각가는 비문이 이상하다고 했고, 묘지 관리자는 교구신부와 상의해봐야겠다고 했다. 교구신부는 성녀는 제단과 하늘에만 속할 수 있다고 소견을 밝혔다.

"죄송합니다." 내가 끼어들었다. "하지만 이 무덤에 시성된 여인이 묻혀 있다는 의미는 아닙니다. 저는 그 단어에 고인께서 생전에 베푸셨던 모든 선행에 대한 세속적 정의를 담고 싶었을 뿐입니다. 겸허의 몸가짐도 그 선행 중 하나였기 때문에 사후에도 이름을 새기는 대신 그 뜻을 기리고 싶어 그리한 것입니다."

"그래도 이름도, 혈연관계도, 날짜도 없는 비문을 새긴다는 것이……."

"제가 죽고 난 뒤에 날짜, 혈연관계, 이름 따위를 신경 쓸 사람이 누가 있겠습니까?"

"그분이 성녀 같은 분이셨다는 말씀인가요?"

"그렇습니다. 만약 카브라우 사도좌 서기관님께서 살아 계셨다면, 제가 지금 말씀드린 내용을 확인해주셨을 겁니다."

"진위를 따지고 싶은 것은 아닙니다. 그저 절차상 문제 때문에 망설이는 것일 뿐입니다. 그런데 사도좌 서기관님과 아는 사이셨나요?"

"잘 아는 사이였지요. 정말 모범적인 사제셨습니다."

"훌륭한 교회법 학자이자 뛰어난 라틴어 학자셨지요. 긍엄하면서도 자애로운 분이셨습니다." 교구신부가 응수했다.

"그리고 약간의 사회적 재능도 지니고 계셨습니다." 내가 말했다. "저희 집안사람들은 늘 그분을 최고의 백개먼 파트너라고 했습니다……."

"그분은 아주 훌륭한 주사위를 가지고 계셨지요!" 교구신부는 천천히 한숨을 내쉬었다. "그야말로 거장의 주사위였습니다!"

"그럼 비문은 어떻게 할까요?"

"다른 의미가 있는 것도 아니고, 다른 의미를 부여하려는 의도도 아니니 선생님의 뜻대로 하시지요. 허용하겠습니다……."

주제 지아스는 아주 침울한 표정으로 이 모든 과정을 지켜보았다. 이야기를 마치고 성당을 빠져나오는 길에 그는 간이 콩알만 해서 큰일은 못 하겠다며 신부에 대해 갖은 험담을 늘어놓았다. 주제 지아스가 신부를 위해 찾은 유일한 핑계는 그가 우리 어머니를 알지 못한다는 것이었다. 신부뿐만 아니라 공동묘지의 다른 사람들도 마찬가지였다.

"그들은 어머님을 모르더군요. 그분을 알았다면, 비문에 '대단한 최고의 성녀'라고 새기도록 지시했을 겁니다."

제143장 마지막 최상급

어머니에 대한 칭송은 주제 지아스가 사용한 마지막 최상급 수식어가 아니었다. 다른 수식어들은 여기에 쓸 가치도 없다. 하지만 마지막 수식어만큼은 그간의 다른 어떤 수식어보다 훌륭했고, 가장 달콤했으며, 그에게 있어 죽음을 삶의 한 조각으로 승화시켰다. 당시 그는 이미 나와 함께 살고 있었다. 어머니가 그에게 약간의 유산을 남겼지만, 그는 유산의 상속 여부와 상관없이 끝까지 의리를 지키기 위해서라도 나와 헤어지지 않겠다고 말했다. 아마도 그는 자기 손으로 직접 나의 장례까지 치러주고 싶었던 듯하다. 주제 지아스는 카피투와 편지를 주고받았다. 그는 그녀에게 에제키에우의 사진을 보내달라고 부탁했지만, 카피투는 매번 다음을 기약하며 보내길 미뤘다. 결국 어느 순간부터인가 그는 사진을 요구하지 않았다. 하지만 젊은 학생의 마음만큼은 포기하지 못했다. 그는 그녀에게 "같은 혈통을 사랑할 운명을 가지고 태어난" 아버지와 할아버지의 오랜 친구에 대해 잊지 말고 에제키에우에게 이야기해줄 것을 그녀에게 부탁했다. 이렇게 살뜰히 삼대를 돌볼 준비를 했으나, 에제키에우보다 먼저 죽음이 임했다. 병은 빠르게 진행되었다. 나는 동종 요법 의사를 불렀다.

"아니요, 벤치뉴 도련님. 대증요법 의사로도 충분합니다. 어느 학파에서든 사람은 죽습니다. 게다가 동종 요법만 고집하는 것은 젊은 시절의 아집이었습니다. 세월이 흘렀고, 저도 부모님의 종교로 개종하려고요. 대증요법은 의학의 천주교입니다……."

그는 잠시 고통에 시달리다 평화롭게 숨을 거두었다. 숨을 거두기 직전, 그는 하늘이 아름답다는 우리 말에 창문을 열어 달라고 부탁했다.

"안 돼요, 바깥공기가 해로울 수 있어요."

"무슨 해를 끼친단 말입니까? 공기는 생명입니다."

우리는 창문을 열었다. 정말이지 맑고 푸른 하늘이었다. 주제 지아스가 고개를 들어 밖을 바라보았다. 몇 초 후 그는 "대단히 아름답군요!"라고 중얼거리며 머리를 떨구었다. 그가 이 세상에 남긴 마지막 말이었다. 불쌍한 주제 지아스! 내가 어떻게 그를 위해 울지 않을 수 있었겠는가?

제144장 뒤늦은 질문

내가 이 세상에 남겨두고 떠날 많은 벗이여, 그대가 남자든 여자든 나를 위해 이렇게 눈물을 흘려주길 바란다. 그러나 그럴 가능성은 희박하다. 나는 나 자신을 잊게 했다. 나는 멀리 떨어져 살고, 거의 외출하지 않는다. 그리고 내 인생의 양 끝을 효과적으로 연결하지도 못했다. 엔제뉴노부의 이 집은 마타카발루스에 있는 집을 고스란히 재현했지만, 옛집에서 내가 느꼈던 감정보다는 오히려 비교와 반성의 결과물만 떠올리게 할 뿐이다. 나는 이미 이 이야기를 했다.

독자는 내가 같은 오래된 거리에 옛집을 이미 소유하고 있었으면서도 왜 철거를 막지 않고 이 집에 와서 옛 모습을 재현하게 되었는지 물을 것이다. 이 질문은 사실 처음에 물어야 했지만 여기에 답을 제시하겠다. 그 이유는 어머니가 돌아가신 직후에 바로 그곳으로 돌아가고 싶어 처음 며칠 동안 오래 살펴본 결과, 집 전체가 나에게 낯설었기 때문이다. 뒤뜰에 있던 거대한 유향나무와 벚나무, 우물, 낡은 두레박과 빨래터, 그 어느 것도 내가 알던 예전 모습이 아니었다. 해송은 내가 심어둔 안쪽 자리에 그대로 있었지만, 예전처럼 줄기가 곧게 뻗은 것이 아니라 물음표 모양으로 잔뜩 휘어 있었다. 외부인이 쉽게 침입할 소지가 다분했다. 나는 주위를 둘러보며 그곳에 남겨두고 떠난 추억들을 찾아보았지만 어느 것 하나 찾지 못했다. 오히려 나뭇가지들이 언뜻 이해하기 힘든 노랫말을 속삭이기 시작했고, 마치 새 아침의 노래를 읊조리는 것 같았다. 이 낭랑하고 경쾌한 음악과 함께 일종의 철학적 조롱의 집약체라 할 수 있는 돼지의 꿀꿀대는 소리도 들려왔다.

모든 것이 나에게 생경하고 적대적으로 느껴졌다. 나는 옛집을 허물게 내버려두었고, 이전에 말했듯이 나중에 내가 엔제뉴노부에 오면 건축가에게 내 설명에 따라 옛집의 복제품을 만들게 하겠다고 생각했다.

제145장 귀환

이미 이 집으로 이사한 뒤였다. 어느 날 점심 식사를 위해 옷을 갈아입으려는데 이 이름이 적힌 카드를 받았다.

에제키에우 A. 지 산치아구

"이 사람이 와 있어요?" 나는 하인에게 물었다.

"네, 주인님. 기다리고 계십니다."

나는 바로 가지 않았다. 나는 그를 응접실에서 십 분에서 십오 분 정도 기다리게 했다. 나중에 가서야 어느 정도 상기된 표정으로 달려가 그를 껴안고, 그의 어머니에 관해 묻는 것이 적절하겠다는 생각이 들었다. 그의 어머니, 그녀가 죽었다는 말을 내가 아직 하지 않은 것 같다. 그녀는 그곳, 스위스에서 영원히 잠들었다. 나는 서둘러 옷을 입었다. 방을 나서며 나는 애써 아버지 같은 모습을 취했다. 온화하면서도 절반은 동 카즈무후의 무뚝뚝한 모습을 연출했다. 응접실로 들어서자 등을 돌린 채 벽에 그려진 마시니사의 흉상을 바라보고 있는 한 청년이 눈에 들어왔다. 나는 소리 없이 조심스럽게 다가갔다. 그런데도 그는 나의 발소리를 듣고 재빨리 몸을 돌렸다. 그는 사진으로만 봤을 나를 용케 알아보고는 나를 향해 달려왔다. 나는 미동도 하지 않았다. 그는 성 요셉 신학교에 다니던 내 젊은 시절 옛 동료의 모습 그 이상도 이하도 아니었고, 약간 더 키가 작고 살집은 덜했지만, 윤기 나는 피부만 제외하고는 나의 친구와 똑같은 얼굴을 하고 있었다. 물론 현대식 복장에 행동도 달랐지만, 전체적인 모습은 죽은 사람을 그대로 재현해놓은 것 같았다. 그는 바로, 정확히, 진짜 에스코바르였다. 그는 내 아내의 정부였고, 내 앞에 있는 이는 그의 아들이었다. 에제키에우는 그의 어머니를 애도하는 상복을 입고 있었다. 나 역시 검은 옷을 입고 있었다. 우리는 자리에 앉았다.

"아빠는 최근 사진과 별 차이가 없어요." 그가 나에게 말했다.

목소리는 에스코바르와 똑같았지만, 프랑스어 억양이 묻어났다. 나는 그에게 실제로 내가 예전과 거의 달라진 점이 없다고 말했고, 감정을 조절하기 위해 말을 줄이고 취조하듯 질문을 던졌다. 그러나 이것이 오히려 그의 얼굴에 생기를 불어넣었고, 신학교 시절의 내 동료는 묘지에서 서서히 몸을 일으키고 있었다. 그가 똑같은 웃음과 더 존경 어린 눈빛으로 내 앞에 앉아 있었다. 한마디로 깍듯함이 똑같이 몸에 배어 있었고 사람을 끄는 똑같은 매력을 지니고 있었다. 그는 내가 보고 싶었다고 했다. 그의 어머니가 나를 세상에서 가장 순수하고 사랑받을 만한 자격이 있는 사람이라고 극찬하면서 나에 대해 자주 이야기했다고 했다.

"아름다운 모습으로 숨을 거두셨어요." 그가 말했다.

"점심 먹자."

점심 식사가 씁쓸했으리라고 생각한다면 오산이다. 지루한 순간이 있었던 것은 사실이다. 처음에는 에제키에우가 나를 온전케 하고 이어갈 나의 아들이 아니라는 사실이 마음 아팠다. 그 청년이 어머니를 닮았더라면 나는 모든 것을 더 쉽게 믿고 끝냈을 것이다. 마치 하루 전날 떠났던 사람처럼 그는 어린 시절의 장면과 대화, 기숙학교에 가던 일을 상기시켰다…….

"아빠, 저를 기숙학교에 데려가셨던 날 아직 기억하세요?" 그가 웃으며 물었다.

"물론이지, 내가 어떻게 그걸 기억 못 하겠니?"

"라파 광장에 있었어요. 저는 필사적으로 매달렸고, 아빠는 발걸음을 멈추지 않으셨지요. 아빠는 걸음을 옮길 때마다 저를 끌어당겼고, 저는 짧은 보폭으로……. 네, 마실게요."

그는 내가 따라준 포도주를 마시기 위해 잔을 내밀었고, 한 모금 마시고는 계속 먹었다. 에스코바르도 접시에 얼굴을 박고 그렇게 먹곤 했다. 그는 유럽에서의 삶과 연구, 특히 그가 열정을 가지고 있었던 고고학 연구에 대해 이야기했다. 그는 애정 어린 눈빛으로 고대 사회에 관해 이야기했고, 이집트의 수천 년 역사에 관해 숫자 하나 헷갈리지 않고 이야기했다. 아버지의 산수 머리를 물려받은 것이다. 이미 상대방의 친자 관계에 대해서는 익숙했지만, 망령의 부활을 즐길 수는 없었다. 간혹 그의 몸짓뿐만 아니라 그 어떤 모습도 보고 싶지 않아 눈을 감고 있기도 했지만, 악동이 말하고 웃으면 망자도 그를 통해 말하고 웃었다.

그와 함께하는 것 외에는 방도가 없었기 때문에 나는 본격적으로 아버지 연기를 했다. 혹시 카피투가 생각 없이 가져갔던 에스코바르의 사진을 보았을 수도 있다는 생각은 전혀 떠오르지 않았고, 설령 떠올랐다손 치더라도 금세 잊혔다. 에제키에우는 어머니를 믿었듯이 나를 믿었다. 주제 지아스가 살아 있었다면 에제키에우에게서 나의 모습을 찾아냈을 것이다. 주스치나 당이모는 그를 보고 싶어 했지만, 와병 중이었기 때문에 나에게 그를 집으로 데려와달라고 부탁했다. 나는 그녀의 성정을 알고 있었다. 에제키에우를 보려던 그녀의 목적은 틀림없이 아이가 어렸을 적 우연히 발견했던 밑그림을 청년이 되고 난 뒤 확인하기 위함이었을 것이다. 아마도 그녀에게는 그것이 마지막 선물이 되었을 것이다. 나는 그 선물을 제때 가로챘다.

그녀를 만나고 싶다는 에제키에우에게 나는 "많이 안 좋으셔"라고 말했다. "사소한 감정의 동요도 생명을 위태롭게 할 수 있단다. 쾌차하시면 그때 뵙도록 하자꾸나."

우리는 가지 않았다. 죽음은 며칠 만에 그녀의 목숨을 앗아 갔다. 그녀는 주님의 품 안에서, 혹은 자신이 원하는 곳에서 편히 쉬게 될 것이다. 에제키에우는 관 속에 누워 있는 그녀의 얼굴을 보았지만 알아보지 못했다. 그도 그럴 것이 오랜 세월과 죽음으로 그녀의 얼굴은 다른 사람이 되어 있었다. 묘지로 향하는 길에 그는 일부 거리와 탑, 길게 뻗은 해변 등 많은 것을 떠올렸고, 그 모든 것이 그에게는 기쁨으로 다가왔다. 일과를 마치고 집으로 돌아올 때마다 그랬다. 그는 거리와 집들을 보며 떠올린 기억들을 나에게 이야기하곤 했다. 그 중 많은 집이 마치 젊어서 요절이라도 한 것처럼 자신이 떠났을 때와 똑같은 모습을 지니고 있다는 사실에 적잖은 놀라움을 표했다.

6개월이 지나갈 무렵, 에제키에우는 나에게 친구 몇 명과 그리스를 거쳐 이집트와 팔레스타인으로 학술 조사를 떠나기로 약속했다고 말했다.

"성별은 어떻게 되는데?" 나는 웃으며 물었다.

그는 짜증 섞인 미소를 지으며 여자는 유행과 시대에 너무 민감한 생명체이기 때문에, 3만 년 전의 유적을 결코 이해하지 못할 것이라고 대답했다. 동행자는 대학교 동창 두 명이었다. 나는 비용을 지원하겠다고 약속했고, 필요한 돈을 그 자리에서 내 주었다. 하지만 속으로는 아버지에게 빼앗긴 사랑으로도 모자라서 이젠 그 아들에게 고고학 연구비까지 대주는 것이냐고 스스로에게 반문했다. 그 대가로 나병에 걸리게 해도 시원치 않을 판에……. 이런 생각이 머릿속을 스쳤을 때, 너무 잔인하고 악랄한 나의 모습에 흠칫 놀라 에제키에우를 붙잡고 가슴에 끌어안으려다 뒤로 물러섰다. 나는 진짜 아들인 양 그를 바라보았다. 그는 다정하게 나를 쳐다보며 눈빛으로 감사함을 표했다.

제146장 나병은 아니었다

나병은 아니었지만, 이 인간의 땅에는 구대륙이든 신대륙이든 열병이 창궐하지 않는 곳이 없었다. 11개월 후, 에제키에우는 장티푸스로 사망해 예루살렘 변두리에 묻혔다. 그곳에 두 대학 친구가 그를 위해 무덤을 세웠다. 무덤의 비문은 〈에스겔서〉에서 따와 그리스어로 적었다. "너는 모든 행실이 완전하였다." 그들은 나에게 그리스어와 라틴어로 된 두 가지 비문과 무덤의 스케치, 경비 청구서와 에제키에우가 가지고 있던 나머지 돈을 보내왔다. 그를 다시 보지 않을 수만 있다면 세 배라도 지급했을 것이다.

나는 그 비문의 원본을 확인하고 싶어 내가 소장하고 있던 《불가타 성경》을 찾아보았다. 번역이 정확하다는 것은 확인했지만, 그 문장 말고도 추가되는 내용이 또 있었다. **"너는 창조된 날부터** 모든 행실이 완전하였다." 나는 멈춰 서서 조용히 물었다. "에제키에우가 창조된 날은 언제였을까?" 아무도 나에게 대답하지 않았다. 여기에 이 세상 많은 사람이 궁금해할 또 하나의 미스터리가 있다. 그 모든 사건에도 불구하고 나는 맛있게 저녁 식사를 마치고 극장에 갔다.

제147장 회고전

독자는 내가 영혼이 아무리 갈가리 찢겨도 창백하고 고독한 꽃처럼 구석에 머물러 있지는 않았다는 것을 이미 알고 있다. 나는 그러한 낯빛을 가져본 적이 없고 낯빛이 변하는 것도 허용해본 적이 없다. 나는 최선을 다해 살았고, 첫 여자로부터 받은 상처를 위로해줄 여자 친구들이 없었던 것도 아니다. 사실 사람의 마음은 갈대처럼 쉽게 변한다. 회고전을 보러 갔다 지겹도록 작품을 감상한 후 흥미를 잃게 된 사람처럼 나를 만든 것은 바로 그녀들이었다. 이 방문객 중 단 한 명만이 문 앞에 마차와 단장을 한 마부가 기다리고 있었다. 다른 여성들은 겸손하게 걸어서 갔다. 비가 오면 나는 광장의 마차를 타고 갔고, 그녀들을 마차에 태운 뒤 요란한 작별 인사와 함께 또 다른 작품들을 추천했다.

"카탈로그 가져가겠어요?"

"네, 가져갈게요. 내일 봐요."

"내일 봐요."

그녀들은 돌아오지 않았다. 나는 문 앞에 서서 기다렸고, 모퉁이까지 가서 염탐하며, 연신 시계를 들여다보았지만 아무도 나타나지 않았다. 그러다 다른 손님이 오면 팔짱을 끼고 함께 들어갔다. 풍경화, 역사화, 풍속화, 수채화, 파스텔화, 구아슈화 등을 보여주고 나면 그녀도 지쳤다. 그리고 손에 카탈로그를 들고 떠났다…….

제148장 자, 그럼 나머지는?

자, 왜 이 변덕스러운 여인들 가운데 누구도 내 마음의 첫사랑을 잊게 만들지 못했을까? 아마도 이들 중 누구도 파도를 닮은 눈이나 비스듬히 치켜뜬 은밀한 집시의 눈빛을 가지고 있지 않았기 때문일 것이다. 그러나 이것은 엄밀히 말해서 이 책의 나머지 부분이 아니다. 남은 것은 글로리아 해변의 카피투가 이미 마타카발루스의 카피투 안에 있었는지, 아니면 우연한 사건의 결과로 이 카피투가 다른 카피투로 바뀌었는지 알아내는 일이다. 만일 시라의 아들 예수가 내가 처음으로 질투하는 것을 알았다면, 〈집회서〉 9장 1절에 실린 것처럼 나에게 이야기했을 것이다. "네 아내를 질투하지 말라. 그가 네게서 배운 악의로 속이려 할까 염려하라." 그러나 나는 그것이 사실이라고 믿지 않으며, 독자도 나의 의견에 동의할 것이다. 카피투의 어린 시절을 기억한다면, 껍질 안에 있는 과실처럼 한 사람이 이미 다른 사람 안에 존재하고 있었다는 것을 인식해야 한다.

그리고 해답이 무엇이든 간에 한 가지는 확실히 알 수 있다. 그리고 그것은 그 총합의 총합 또는 나머지의 나머지다. 즉, 그토록 다정하고 그토록 사랑했던 나의 첫사랑과 나의 가장 친한 친구가 결국 나를 기만하고, 하나가 될 운명을 택했다는 것이다……. 이 땅이 그들 위에 가볍게 머물기를! 자, 이제 《변두리의 역사》로 넘어갑시다.

오셀로 증후군이 빚어낸 파국

인류사를 관통해온 여러 화두 중에서 '복수'보다 더 날것의 감정이 있을까? 슬픔, 분노, 증오, 광기로 표출되는 복수는 그야말로 인간 본성의 가장 깊숙한 곳에 자리한 원초적 본능이라 할 수 있다. 기원전 5세기 소포클레스의 시대부터 셰익스피어를 거쳐 현대에 이르기까지 복수는 문학의 고전적 테마로서 작품에 따라 다양한 방식으로 변주되어왔다. 이는 비단 문학에만 국한되지 않는다. 복수에 뿌리를 둔 수많은 신화, 예술 작품, 역사적 사건들이 인류사의 흐름에 복수가 얼마나 지대한 영향을 미쳐왔는지를 증명한다.

복수는 흔히 해악으로 치부되지만, 때로는 사회적 부정을 드러내고 바로잡는 순기능도 한다. 불평등한 억압 관계에서는 중요한 전복적 기제가 되기도 한다. 그러나 뼈아픈 사랑의 상처는 통제 불능의 복수로 이어져 비극적 파국을 맞이하는 경우도 있다. 배우자나 연인이 배신했을 때 가장 큰 상처를 입는 것은 다름 아닌 스스로의 자존감이기 때문이다. 자신의 선택이 틀렸다는 것을 확인하고 인정하는 과정은 신체의 일부가 잘려나가는 듯한 통렬한 아픔을 동반하기 마련이다. 이 황폐해진 마음에 질투와 의심이라는 광기가 스며들기 시작하면 상황은 걷잡을 수 없이 극단으로 치닫게 된다.

브라질의 대문호 마샤두 지 아시스가 1899년 발표한 소설 《동 카즈무후》는 그 사랑과 광기의 그림자에 대해 다루고 있다. 모든 것을 가졌지만 첫사랑이었던 아내와 가장 친한 친구가 부적절한 관계를 맺었다고 의심하게 되면서 세상과 단절한 채 고독한 여생을 살고 있는 벤치뉴, 벤치뉴를 사랑하지만 그의 의처증으로 인해 이역만리 타지에서 홀로 아들을 키우다 숨을 거두는 카피투, 그리고 애꿎게 이 둘의 사랑싸움에 휘말려 어느 날 갑자기 아버지로부터 버림받는 에제키에우. 모두가 부러워할 만큼 모자랄 것 없이 단란했던 한 가족이 의심과 집착으로 인해 와해되는 과정을 고스란히 그려낸다.

이야기는 19세기 후반 브라질 입헌군주제 시대에 당시 수도였던 리우데자네이루의 명문 귀족 집안의 아들로 태어난 화자가 중년이 된 시점에서 "삶의 양 끝을 연결하여, 노년기에 이르렀을 때 젊은 날의 의미를 되찾"고자 회고록 집필을 결심하는 것에서 시작된다. 즉 집필에 들어가는 작품이 바로 독자가 막 펼쳐 읽기 시작한 주인공의 인생사, 《동 카즈무후》 그 자체인 것이다. 부와 성공을 모두 거머쥐었지만, 주인공에게는 치명적인 문제가 있다. 사랑하는 아내 카피투를 향한 질투와 의심이 지나쳐 의처증 증세를 보이는 것이다. '무뚝뚝 경' 혹은 '통명 공'이라는 의미의 '동 카즈무후' 역시 아집과 독선으로 똘똘 뭉쳐 세상에 대한 불신으로 가득 찬 화자의 성격에 빗대어 지어진 별명이다. 뒤이어 시점은 1857년 과거의 어느 날로 거슬러 올라가 복수의 씨앗을 품을 카피투와의 사랑이 시작된 그날을 회상한다. 하지만 벤치뉴는 사제의 길을 걸어야 할 운명을 갖고 태어났다. 그의 어머니 글로리아 부인이 "첫아들을 사산하자, (……) 둘째 아이를 지키기 위해 사내아이라면 그 아이를 교회에 보내겠노라고 하느님께 맹세"했던 것이다. 결국 운명을 거스르지 못한 채, 카피투와의 아쉬운 이별을 뒤로하고 신학교에 입학한 벤치뉴는 그곳에서 둘도 없는 단짝 에스코바르를 만난다. 영민한 이성과 예민한 감성의 소유자였던 에스코바르는 고아를 데려다 대신 사제로 바치는 묘안을 짜내 벤치뉴를 옥죄던 운명의 굴레에서 벗어나도록 도울 뿐만 아니라, 벤치뉴가 고향을 떠나 대학에 다니는 동안에도 두 사람 사이의 전령 역할을 자처하며 카피투와의 교제를 적극 지지하고 나선다. 이후 변호사가 되어 고향으로 돌아온 벤치뉴는 마침내 어머니로부터 카피투와의 결혼 승낙을 받고, 오랜 기다림 끝에 사랑의 결실을 맺은 둘 사이에 아들 에제키에우가 탄생한다. 한편 에스코바르 역시 카피투의 가장 친한 친구이자 학창 시절 동창생인 산샤와 결혼해 딸을 낳는다. 네 사람은 학창 시절의 우정을 그대로 이어가며 한 가족처럼 허물없이 서로의 집을 왕래하며 지낸다. 그러던 어느 날 에스코바르는 예기치 못한 불의의 사고로 죽음을 맞이한다. 그의 장례식장에서 카피투가 친구의 시신을 하염없이 바라보다 조용히 눈물을 떨구는 모습을 우연히 목격하게 된 벤치뉴는 두 사람의 관계를 의심하기 시작한다. 그리고 아들 에제키에우의 생김새가 죽은 친구의 모습과 유독 많이 닮았다는 사실을 깨달으면서 그의 삶은 광란의 한가운데에 놓인다.

작품 속 벤치뉴는 편집성 성격과 더불어 자주 망상에 시달린다. 그리고 그의 망상은 주로 카피투에 대한 의심과 집착에서 생겨난다. 벤치뉴는 그녀를 "파도를 닮은 눈", "비스듬히 치켜뜬 은밀한 집시의 눈빛"의 소유자로 묘사하며, 카피투가 다른 남자와 눈빛을 마주치거나 이야기를 나눌 때마다 마치 그녀가 원인 제공자인 양 카피투를 추궁하며 자신의 의심에 대한 근거를 찾으려 애쓴다. 청산해야 할 빚과 마찬가지로 그에게 원한은 '갚아야 하는' 것이기에, 벤치뉴는 자신이 그토록 사랑했던 아내에게 '배신'에 대한 응분의 대가를 치르게 한다. 보이지 않는 주홍 글씨의 낙인을 찍어 스위스로 떠나보낸 것이다. 카피투는 그렇게 다시는 고향 땅을 밟지 못한 채 낯선 이국땅에서 생을 마감한 뒤 그곳에 묻힌다. 정상적인 인간관계에서 분리시켜 영원히 고립시키고자 하는 의도로 자행된 일종의 '사회적 살인'인 셈이다.

이 소설의 모티프가 된 셰익스피어의 희곡 《오셀로》에 등장하는 주인공 오셀로 역시 질투와 망상에 시달리다 결국 아내 데스데모나를 제 손으로 죽이고 만다. 하지만 모든 것이 자신의 심복 이아고의 음모였다는 사실이 밝혀지자 슬픔과 회한으로 스스로 생을 마감한다. 하지만 벤치뉴는 카피투의 죽음 앞에서도 감정의 동요나 후회의 기색은커녕 믿기 어려우리만큼 태연한 모습을 유지한다. 고작 "손수건 한 장으로" 의심과 망상에 사로잡힌 오셀로와 달리, 그의 망상에는 나름의 논리와 체계가 있기 때문이다. 그 명백한 근거로 그는 "숨길 수 없었던 유전자"를 든다.

그래서일까? 《동 카즈무후》를 완독한 독자라면 누구나 한 번쯤 이런 질문을 던지게 된다. '카피투는 과연 벤치뉴를 배신한 것일까, 배신하지 않은 것일까?' 하지만 판결에 앞서 우리가 절대 간과해서는 안 되는 사실이 있다. 이 작품의 화자가 바로 벤치뉴라는 점이다. 또한 간교한 꼬임으로 그의 눈을 멀게 하는 이아고 역시 벤치뉴 자신이다. 실제로 벤치뉴는 소설 속 주인공이자 화자의 아명으로, 그의 본명은 '벤투 산치아구'이다. 그의 성 '산치아구(Santiago)'가 '이아고(Iago)'의 애너그램인 셈이다. 게다가 그의 직업은 다름 아닌 변호사다…….

우리는 카피투에 대해 얼마나 알고 있을까? '나'로 서술되는 자전적 서사는 그 특성상 화자의 욕망이 개입되어 사실이 왜곡될 확률이 높다. 우리는 단 한 번도 카피투의 입을 통해 그녀의 진술을 직접 전해 듣지 못했다. 화자의 진술만이 유일한 증거라는 사실은, 곧 '진실'과 '거짓'의 가능성을 동시에 내포하고 있음을 뜻한다. 그렇다면 과연 우리는 벤치뉴의 이야기를 어디까지 신뢰할 수 있을까? 여기서 우리는 타고난 이야기꾼인 작가 마샤두 지 아시스의 면모를 엿볼 수 있다. 그리고 바로 이것이 그가 남긴 열 편의 장편과 이백여 편의 단편소설 가운데에서도《동 카즈무후》를 가장 뛰어난 수작이자 세대를 넘어 브라질인들이 가장 사랑하는 고전으로 늘 첫 손에 꼽는 가장 큰 이유다.

서사는 그것을 구성하고 서술하는 주체의 언어와 사회적·문화적·역사적 맥락에 따라 각기 다른 의미를 지닐 수밖에 없고, 그렇기에 어떤 서사도 '진실'의 순수한 재현일 수는 없다. 1897년 브라질 문학 아카데미를 창설하며 초대 회장을 지내기도 했던 마샤두 지 아시스는 작가로서 최고의 자리에 오르기는 했지만, 선천적으로 간질병과 말더듬증이 있었던 데다 백인이 아닌 가난한 집안 출신의 물라토 혼혈로 인종적·사회적 열등감에 늘 시달려야 했다. 최근까지도 미디어 속 마샤두 지 아시스의 이미지가 전형적인 백인 엘리트를 연상시키는 외모로 묘사되거나 백인에 가까운 모습으로 수정·보완되어 소개되었다는 점을 고려하면, 브라질 최고의 소설가로 인정받기까지 그가 얼마나 노력했을지, 어떤 시련을 겪었을지 가히 짐작되고도 남는다. 실제로 그러한 주변의 시선을 의식한 듯 그는 살아생전 단 한 번도 흑인이나 하층민과 같은 사회적 약자의 시각을 전면에 내세운 작품을 발표한 적이 없다. 그랬던 그가 의식적으로 일인칭 주인공 시점의 회고록 형식을 빌려 서사의 구성 과정을 공개하고, 작품 속 화자 동 카즈무후가 자신의 욕망으로 타자를 왜곡하고 자기 논리를 정당화하는 과정을 보여줌으로써 서사의 구축 행위 그 자체에 의문을 제기하고 나선 것이다.

소설의 이야기는 크게 사춘기, 성년기, 장년기의 세 축을 중심으로 역순행적 구성을 통해 서술되며, 그 중심 서사를 이끄는 화자 '나'의 성격도 뚜렷하게 구분된다. 소심하고 조용한 성격의 전형적인 마마보이로 아명을 사용하는 사춘기 시절의 화자 '벤치뉴'와 가정을 꾸리고 변호사가 된 이후인 성년기 시절의 화자 '벤투 산치아구', 그리고 아내와 친구의 관계를 의심하기 시작하면서 에제키에우가 자신의 아들임을 부정하고 자기만의 세계에 스스로를 가둬버리는 장년기의 화자 '동 카즈무후'가 그들이다.

마샤두 지 아시스는 단순히 과거를 회상하는 데 그치지 않고, 글쓰기를 시작하는 화자 동 카즈무후의 현재 시점을 중심으로 리우 북부 엔제뉴노부에서의 독거 생활과 리우 중심가 마타카발루스 거리(현 히아슈엘루 거리)에서의 사춘기 시절, 리우 남부 글로리아에서의 행복했던 신혼 시절을 시공간에 구애받지 않고 자유자재로 넘나들며 보여준다. 이 작품에서 회상은 각기 다른 시간과 공간을 나란히 놓는 '과거와 현재의 병치'를 통해 물리적 시간과 공간에 의해서 분산된 여러 가지 기억의 파편들을 모은다. 그렇게 서로 다른 조각들이 모여 통일된 하나의 의미를 만들어내고, 그것이 또 그때까지 잊고 있던 삶의 가치를 재발견하고 재정립해주는 것이다.

과거는 잊힌 채 다시는 돌아갈 수 없는 소멸된 존재가 아니라 언젠가는 기억으로 소환될 때를 기다리는 열려 있는 존재다. 동 카즈무후는 "젊은 날의 의미를 되찾"아 자신의 정체성을 재확립하고자 과거를 회상하는 글쓰기를 시작한다. 발터 베냐민의 기억과 망각 개념에 따르면, 기억이란 기억의 주체가 어떤 것을 기억하는 순간 떠오르는 상(像)이다. 기억의 주체는 과거의 편린들을 현재에 불러내 펼쳐 보이고, 이러한 기억의 편린들은 완결된 형태 혹은 닫힌 상태가 아닌 매 순간 새롭게 구성되고 열리는 구조로 현실에 다가온다. 이에 과거의 사건 자체는 이미 종결된 형태일지라도 기억의 주체가 떠올린 상은 늘 새롭게 재구성되어 현재로 소환되는 것이다. '잊힌 것', '망각된 것'들은 그와 같은 방식으로 기억 저편에서 끄집어내진다. 가령 망자를 포착 가능한 상으로 소환하여 역사적 기억의 일부로 재편하는 것이다. 이 과정에서 망각된 역사는 정치성을 확보하며, 우리는 공적 기억에서 배제되어 가려져 있던 존재들의 목소리에 귀 기울이게 된다.

웅얼거리는 편린들 사이에서 특히 귀를 잡아끄는 목소리가 있다. 동 카즈무후가 끝까지 부정하고 싶어 했던 그의 아들 에제키에우의 목소리다. '에제키에우'는 구약성서에 등장하는 '선지자 에스겔'의 포르투갈어 이름이다. 에스겔은 바빌로니아가 예루살렘을 정복한 뒤 바빌론으로 끌려간 수많은 유대인 중 한 사람이다. 〈에스겔서〉에서 가장 주목해야 할 부분은 37장으로, 신은 마른 뼈가 가득한 골짜기로 에스겔을 데려가서 "이 뼈들이 능히 살 수 있겠느냐?"라고 묻는다. 영적으로 죽은 자가 되살아날 수 있겠느냐는 물음인 것이다. 여기서 '하느님의 말씀을 듣는 마른 뼈'를 노래하는 흑인 영가가 탄생하기도 했다. 또한 에스겔은 아이들이 부모의 죄 때문에 벌을 받아서는 안 되며, 누구나 자신의 죄에 스스로 책임을 져야 한다고 주장하기도 한다. 이집트와 팔레스타인으로 학술 조사를 떠났던 에제키에우는 장티푸스로 사망해 예루살렘 변두리에 묻힌다. 그의 무덤에는 〈에스겔서〉에서 따온 다음과 같은 비문이 적혀 있다. "**너는 창조된 날부터** 모든 행실이 완전하였다." 자신과 어머니를 버린 아버지에게 들려주고 싶었던 마지막 항변인 셈이다.

본래 《동 카즈무후》는 화자의 잃어버린 삶의 의미와 가치를 되찾는 것에 그치지 않고, 기억의 편린 속에 켜켜이 숨겨져 있던 '잊힌 존재'들의 목소리를 들추어내고자 하는 목적에서 쓰인 서막이었다. 모든 이야기가 끝이 난 뒤 화자는 말한다. "자, 이제 《변두리의 역사》로 넘어갑시다." 《변두리의 역사》는 작품 전체를 통틀어 단 두 차례 언급될 뿐이지만, 수미상관 구조를 이루며 작가의 숨은 의도를 은연중에 암시한다.

이 소설이 발표된 1899년은 브라질의 입헌군주제가 종식되고 공화정이 선포된 지 10년이 지난 때였고, 노예제도가 폐지된 지 11년이 흐른 뒤였다. 19세기 식민주의의 역사를 뒤로하고 20세기의 새로운 서막을 열던 이 시기에 마샤두 지 아시스는 《변두리의 역사》를 통해 19세기 말 산업화의 급진적인 진전과 함께 일어난 도시화의 역사와 공화정 선포 및 노예제도의 폐지 후에도 여전히 과두정치의 그림자에 가려 매번 권력에 주인 자리를 빼앗기고 상처 입기를 반복한 브라질 민중의 역사를 담아내고자 했다. '기득권자'의 시각에서 서술된 '기록으로서의 역사'가 아닌 '사회적 약자'의 시선이 가감 없이 담긴 '사실로서의 역사'를 선보이고 싶었던 것이다.

실제로 《동 카즈무후》 속 구시가지 마타카발루스 거리와 신시가지에 해당하는 글로리아와 엔제뉴노부의 모습에는 1858년 리우데자네이루 중심가를 기점으로 남부와 북부 지역을 관통하는 브라질 중앙 철도가 처음으로 개통되며 근대화와 도시화에 박차를 가하던 당시 시대상이 고스란히 투영되었다. 《변두리의 역사》는 끝내 빛을 보지 못했지만, 미완성 글쓰기를 통해 오히려 전통적인 서사 방식이 지닌 한계를 간접적으로 드러냄과 동시에 그 새로운 대안을 모색하게 한다.

문학 번역자의 소임은 외국 문학을 도착 언어의 문화 속으로 끌어들여 최대한 자연스럽게 수용할 수 있도록 옮기는 것이다. 하지만 그 문화적 차이를 수용하여 이해와 공감을 이끌어내는 것 역시 문학 번역자의 소임일 것이다. 이러한 견지에서 원문의 모든 문장은 최대한 그 의미를 살려 우리말의 통사 구조에 맞게 옮기려고 노력했으나, 가독성을 높이기 위해 일부 문장은 끊어서 번역했다. 더불어 제42장에 등장하는 파울라와 산샤, 두 명의 카피투의 친구들을 '셋(três)'으로, 제94장의 알파벳 스물여섯 글자를 '알파벳의 스물다섯 글자'로, 같은 장에서 숫자 0을 '음수 기호'로, 제103장에서 1857년을 '1858년'으로 기재한 원문의 오류 역시 작품의 전후 맥락과 여러 관련 문헌을 참고해 바로잡았다. 끝으로, 작품 속 주요 인물 중 하나인 주제 지아스의 성격을 드러내는 절대최상급 '-issimo'의 표현은 포르투갈어와 한국어의 차이를 고려하되, '비교 대상 없이 그 자체만으로 최고를 나타내는 최상급'이라는 원문의 언어적 속성과 고어(古語)적 어감을 그대로 전달하기 위해 '대단히' 혹은 '대단한'으로 옮겼음을 밝힌다.

진중하면서도 위트와 유머를 잃지 않는 마샤두 지 아시스의 세상이 우리 독자들에게도 진한 울림으로 머물기를 기대한다.

임소라

휴머니스트 세계문학 012

동 카즈무후

1판 1쇄 발행일 2022년 10월 31일

지은이 마샤두 지 아시스
옮긴이 임소라

발행인 김학원
발행처 (주)휴머니스트출판그룹
출판등록 제313-2007-000007호(2007년 1월 5일)
주소 (03991) 서울시 마포구 동교로23길 76(연남동)
전화 02-335-4422 **팩스** 02-334-3427
저자·독자 서비스 humanist@humanistbooks.com
홈페이지 www.humanistbooks.com
유튜브 youtube.com/user/humanistma **포스트** post.naver.com/hmcv
페이스북 facebook.com/hmcv2001 **인스타그램** @boooook.h

편집주간 황서현 **편집** 이은서 이성근 김대일 김선경 **디자인** 김태형
조판 이희수com. **용지** 화인페이퍼 **인쇄** 청아디앤피 **제본** 민성사

ISBN 979-11-6080-920-6 04870
979-11-6080-785-1 (세트)

휴머니스트 세계문학

시즌 1. **여성과 공포**

001 프랑켄슈타인 메리 셸리 | 박아람 옮김

002 회색 여인 엘리자베스 개스켈 | 이리나 옮김

003 석류의 씨 이디스 워튼 | 송은주 옮김

004 사악한 목소리 버넌 리 | 김선형 옮김

005 초대받지 못한 자 도러시 매카들 | 이나경 옮김

시즌 2. **이국의 사랑**

006 베네치아에서의 죽음·토니오 크뢰거 토마스 만 | 김인순 옮김

007 그녀와 그 조르주 상드 | 조재룡 옮김

008 녹색의 장원 윌리엄 허드슨 | 김선형 옮김

009 폴과 비르지니 베르나르댕 드 생피에르 | 김현준 옮김

010 도즈워스 싱클레어 루이스 | 이나경 옮김